ANNETTE CHRISTIE

MAN LIEBT SICH IMMER ZWEIMAL IM LEBEN

ROMAN

Aus dem Amerikanischen
von Sybille Uplegger

Ullstein

Besuchen Sie uns im Internet:
www.ullstein.de

Deutsche Erstausgabe im Ullstein Taschenbuch
1. Auflage März 2022

Die englische Originalausgabe erschien 2021 unter dem Titel *The Rehearsals*.
Umschlaggestaltung: Favoritbüro, München
Titelabbildung: Design und Illustration by Kirin Diemont;
© 2021 Hachette Book Group, Inc.
© Shutterstock / GoodStudio (Blumen)
Gesetzt aus der Quadraat Pro powered by Pepyrus
Druck und Bindearbeiten: CPI books GmbH, Leck
ISBN 978-3-548-06507-6

Für MLC –
ich würde mich immer und immer und immer
wieder für dich entscheiden.

Erster Tag

Kapitel 1

Megan

Wie du fortfahren willst, so beginne.

Das sagten sich Tom und Megan alljährlich an Silvester, nachdem sie sich um vierundzwanzig Uhr geküsst hatten und kurz bevor sie von der Party verschwanden, zu deren Besuch man sie überredet hatte, während die anderen Gäste, nicht unbedingt textsicher, noch das obligatorische »Auld Lang Syne« sangen. Denn eigentlich wollten sie das neue Jahr viel lieber zu zweit in ihrer gemütlichen Wohnung begrüßen, wo sie sich den Bauch mit Käse und Champagner vollschlagen und ihre Zweisamkeit genießen konnten.

Wie du fortfahren willst, so beginne.

Insofern war es wohl angemessen, dass dies die ersten Worte waren, die Megan in den Kopf kamen, als sie am Tag vor ihrer Hochzeit die Augen aufschlug. Im nächsten Moment fiel ihr ein, was bis dahin noch alles zu erledigen war, doch sie schob den Gedanken energisch beiseite. Zu diesem Zeitpunkt lagen sämtliche Details in den überaus fähigen Händen des hoteleigenen Hochzeitsplaners. Allein an diesem langen Septemberwochenende, das aufgrund des Feiertags ein beliebter Zeitpunkt für private Veranstaltungen war, hatte er fünf Trauungen zu organisieren. Da würde er sicherlich auch noch die Hochzeitsfeier Givens/Prescott stemmen können.

Megan rekelte sich noch einen Augenblick lang zwischen den luxuriösen Laken, ehe sie die Beine aus dem Bett schwang und mit nackten Füßen über den kühlen Parkettboden tappte, um so schnell wie möglich ins Bad zu kommen. Dort waren die Fliesen warm von der Fußbodenheizung, und wenn ihre Zehen erst einmal kalt waren, dauerte es ewig, bis sie wieder auftauten.

Innen an der Badezimmertür hing der flauschige weiße Hotelbademantel. Sie schlüpfte hinein, schob ihre marginal angewärmten Füße in die ebenfalls vom Hotel bereitgestellten Pantoffeln und kehrte ins Schlafzimmer zurück, wo sie die Vorhänge vor dem großen Fenster öffnete. Sie blinzelte ins helle Morgenlicht. In der Hochzeitssuite zu übernachten hatte gewisse Vorzüge. Der schönste war für sie der Ausblick auf Roche Harbor.

Es war noch früh, trotzdem herrschte draußen bereits reges Treiben. Kleine Kinder, noch in Schlafanzügen, Badetücher und Mini-Shampooflaschen in der Hand, gingen zusammen mit ihren Eltern über den hölzernen Steg der Marina zu den öffentlichen Duschen.

Vom Fenster aus konnte sie sogar das alte Segelboot ihrer Großeltern, die *Happy Accident*, mit ihrem verblichenen smaragdgrünen Rumpf und den morschen Holzverzierungen sehen. Unwillkürlich musste sie an die zahlreichen Sommerferien denken, die sie früher auf diesem Boot verbracht hatte. Solche Erinnerungen wärmten noch besser als die Fußbodenheizung. Segeln bedeutete für Megan die ultimative Freiheit. Dabei hatte sie ihre heimliche Abenteuerlust ausleben und wenigstens für eine Zeit lang alle Verantwortung an ihre Großmutter abgeben können, die an Bord das Kommando führte.

Auch deshalb war sie jetzt auf die Insel zurückgekehrt, auf der sie früher mit ihrer Familie jeden Sommer verbracht hatte. Sie war zwar in Montana aufgewachsen, hatte jedoch San Juan Island stets als ihr wahres Zuhause betrachtet und zeitlebens den Wunsch gehegt, eines Tages hier zu heiraten.

Die Insel bot in jeder Hinsicht die perfekte Kulisse für eine Traumhochzeit. Das Einzige, was noch fehlte, war ihr Verlobter.

Megan warf einen Blick auf ihr Handy und spürte ein Kribbeln der Vorfreude, als sie sah, dass Tom ihr eine Nachricht geschickt hatte, während sie noch geschlafen hatte.

Maschine gelandet. Bin auf dem Weg zur Fähre.

Unwillkürlich musste sie lächeln. Wenn sie sich erst wieder auf derselben Landmasse befanden, würde es ihr noch besser gehen. *Sag dem Fährmann, er soll auf die Tube drücken*, schrieb sie ihm zurück und schickte gleich noch ein Selfie hinterher, weil sie wusste, dass er über ihre vom Bett verstrubbelten Haare lachen würde. Nach dem Aufstehen sah sie immer aus wie so eine Trollfigur aus den 90ern (»nur hübscher«, wie Tom zu betonen pflegte).

Von draußen drang das gedämpfte Piepsen einer Schlüsselkarte an ihr Ohr. *Dieser hinterlistige Kerl*, dachte sie überglücklich. Er war bereits angekommen und hatte sie mit seiner Textnachricht bloß in die Irre führen wollen. Megan ließ den Vorhang los und war drauf und dran, sich den Bademantel von den Schultern gleiten zu lassen, um ihren Verlobten mit einem Hauch vorhochzeitlicher Nacktheit zu empfangen, als ihre Mutter in die Suite gewirbelt kam. Hastig zog Megan den Bademantel wieder zu und verknotete den Gürtel.

»Es heißt doch immer, Amazon liefert am selben Tag, aber bei allen Kleidern, die ich mir angesehen habe, stand: Lieferzeit ein bis zwei Wochen.« Eine Hand ins Kreuz gestützt, die andere an den Busen gepresst, machte Donna Givens ihrem Ruf, gerne überzureagieren, alle Ehre.

»Mom.« Megan schlug den besänftigenden Tonfall an, den sie ausschließlich für den Umgang mit ihrer Mutter reserviert hatte. Donna mochte sie zur Welt gebracht haben, trotzdem nahm sie in ihrer Beziehung grundsätzlich die Rolle des Kindes ein. »Wieso hast du einen Schlüssel für mein Zimmer?«

»Beim Einchecken haben sie dir zwei gegeben, Liebes, also wirklich.« Donna riss die Vorhänge vollständig auf, sodass sie – und Megan ebenfalls – vom grellen Morgensonnenschein geblendet wurde.

»Die andere Karte ist eigentlich für Tom.«

»Aber Tom ist nicht hier, oder?« Donna ließ sich auf die Chaiselongue neben dem Kamin sinken. Man hätte ihre knallroten Haare tatsächlich für Flammen halten können.

»Er hatte gestern noch ein Geschäftsessen, das sich nicht verschieben ließ«, sagte Megan abwehrend. Sie selbst war auch nicht gerade erfreut über Toms verzögerte Ankunft, aber sie beide hatten anstrengende Berufe, die viel Zeit in Anspruch nahmen, und waren übereingekommen, dass die Arbeit im Zweifelsfall vorging. Tom hatte den Nachtflug genommen und würde eben etwas später eintreffen. Es war wirklich keine große Sache.

Donna rümpfte schnippisch die Nase und zupfte an ihrem Halstuch. »Wer zieht denn bitte die Arbeit seiner Frau vor? Das ist ein Verhalten à la Ehemann Nummer drei.«

Megans Ärger wuchs. Und das hatte nicht nur damit zu tun, dass ein solches Verhalten in Wahrheit eher an Donnas Ehemann Nummer vier erinnerte (einen Workaholic, der mittlerweile im benachbarten County eine brandneue Bilderbuchfamilie hatte) als an Nummer drei (den jähzornigen Alkoholiker, den Donna bereits nach zwei Wochen rausgeschmissen hatte und von dem sie oft vergaß, dass sie überhaupt mit ihm verheiratet gewesen war). Sie ärgerte sich, weil Tom *nichts*, aber auch *gar* nichts, mit den Ehemännern oder Liebhabern gemein hatte, die in Donnas Leben ein und aus gingen. Denn – und das war der noch viel wichtigere Punkt – Megan hatte *ebenfalls* nichts mit Donna gemein.

Sie rieb gedankenverloren ihren Verlobungsring mit dem Daumen. Tom arbeitete viel, ja, aber er war kein Workaholic. Er hatte einfach nur einen wichtigen Termin gehabt. Sie wusste nicht genau, *was* daran so wichtig gewesen war, und ehrlich gesagt, hatten Toms Antworten auf ihr Nachfragen hin ein bisschen ausweichend geklungen, aber sie vertraute ihm blind. Wenn er sagte, dass er einen Termin hatte, den er nicht aufschieben konnte, dann war das so.

»Was meintest du vorhin mit Kleidern und Amazon?«

»Ich brauche was zum Anziehen für das Probedinner heute Abend.« Donna blickte aus dem Fenster. »Man kann von hier aus Grans und Granddads Boot sehen.«

»Ich weiß. Ist mir auch schon aufgefallen.« Es war mühsam, ihre Mutter dazu zu bringen, sich so lange auf ein Problem zu konzentrieren, dass es auch tatsächlich einer Lösung zugeführt werden konnte. Aber Megan war kampferprobt und hatte im Laufe der Jahre eine ganze Kiste voller Tricks zusammengestellt, aus der sie nun den passenden heraussuchte, ehe sie sich neben Donna auf die Chaiselongue setzte. Sie nahm die Hände ihrer Mutter und wartete geduldig, bis diese ihr wieder ihre Aufmerksamkeit zugewandt hatte.

Donna schaute sie an.

»Du hast doch ein Kleid«, sagte Megan sanft.

»Es ist viel zu gewöhnlich.« Donna entzog sich ihrem Griff und begann, im Zimmer auf und ab zu gehen. »Ich brauche was Schickeres.« Donna sprach mit einem seltsamen Akzent – das tat sie manchmal, wenn sie aufgewühlt oder durcheinander war.

»Was klingst du so britisch heute Morgen?«

Das hätte Megan lieber nicht sagen sollen. Donna stieg die Röte ins Gesicht. Wenn sie eine ihrer Launen hatte, war es am besten, die Abwärtsspirale möglichst schnell zu unterbrechen, solange sie noch nicht allzu viel Fahrt aufgenommen hatte. Da Donna in der Regel nicht widerstehen konnte, wenn man ihr ein Kompliment machte, beschloss Megan, genau das zu tun. »Mom, dein Kleid ist wunderschön. *Du* bist wunderschön darin. Wickelkleider lassen jede Frau zehn Jahre jünger aussehen.«

»Ich habe es heute Morgen anprobiert, und Gran ...«

»Was hat Gran gemacht?«

»Sie hat mich als Flittchen bezeichnet.«

»Gran hat Brianna und mich auch mal als Flittchen bezeichnet, weil wir im Schlafanzug einkaufen gegangen sind. Im *Flanellschlafanzug*, wohlgemerkt«, sagte Megan.

Ihre Großmutter und Donna gerieten ständig aneinander. Megan und ihre Schwester hingegen hatten schon vor langer Zeit gelernt, die Spitzzüngigkeit der alten Frau mit Humor zu nehmen. Außerdem: Was ihrer Großmutter an Taktgefühl fehlte, machte sie mit Umarmungen und leckerer Hausmannskost wett – zwei Dinge, in denen Donna sich nicht gerade hervortat und nach denen sich ihre beiden Töchter immer gesehnt hatten.

Solange Megan denken konnte, war sie so etwas wie der emotionale Thermostat der Familie gewesen. Ihre Mutter stand immer kurz vor dem Siedepunkt, genau wie die Hälfte der Männer, die sie anschleppte. Die andere Hälfte war eiskalt. Fieber oder Schüttelfrost, dazwischen gab es praktisch nichts, und da Megan nicht auf die Hilfe ihrer notorisch unzuverlässigen Geschwister bauen konnte, war es ihre Aufgabe, für ein halbwegs angenehmes Klima zu sorgen. An manchen Tagen fiel ihr das besonders schwer.

»Hast du was von Alistair gehört?« Sie stellte diese Frage aus zwei Gründen. Erstens wollte sie ihre Mutter damit auf andere Gedanken bringen, zweitens musste sie noch im Restaurant Bescheid geben, wie viele Personen am Abend zum Essen kommen würden.

Donna machte eine wegwerfende Handbewegung. Sie hatte es längst aufgegeben, über Alistairs Eskapaden Buch zu führen. Stattdessen zog sie es vor, sich überschwänglich zu freuen, wenn er auftauchte, und ansonsten zu vergessen, dass es ihn gab.

»Er kommt mit jedem Tag mehr nach seinem Vater.« Donna rang nach Atem, als wäre sie die Heldin in einer Geschichte voller Erzschurken.

Sie hatte ihren Ehemann Nummer eins, Alistairs Erzeuger, auf der Highschool bei einer Party kennengelernt. Die beiden hatten sich im betrunkenen Zustand ineinander verliebt, sich entliebt, sobald sie wieder nüchtern waren, und wiederholten dieses Muster seitdem mit schöner Regelmäßigkeit. Er war der Einzige aus der Riege der Ehemänner, der gelegentlich zurückkehrte – nur um das Weite zu suchen, sobald Donna sich wieder an ihn gewöhnt hatte. Der Vater von Megan und ihrer Schwester Brianna, auch bekannt als Ehemann Nummer zwei, war Donnas Trostpflaster gewesen. Die Ehe mit ihm hielt immerhin lange genug, um zwei gemeinsame Kinder hervorzubringen, ging jedoch kurz darauf in die Brüche. Obwohl ihr Vater nach der Trennung weiterhin in derselben Stadt lebte, ließ er sich nie bei seinen Töchtern blicken. Irgendwann hatte sein Desinteresse auf Megan abgefärbt, und inzwischen dachte sie so selten an ihn wie er – höchstwahrscheinlich – an sie.

Sie trat zu ihrer Mutter und streichelte ihr die selbst gefärbten roten Haare. »Gran ist eben ein bisschen altmodisch. Ich wette, du siehst in deinem Kleid absolut atemberaubend aus.«

»Ihre Kritteleien sind an diesem Wochenende einfach zu viel für mich.« Donna schmollte, ganz so, als wäre sie diejenige, die heiraten wollte. Normalerweise hätte sie ihre Selbstmitleidsnummer noch mit dem Satz: »Du musst mich aufheitern, Moopy«, unterstrichen, doch Megan kam ihr zuvor, indem sie ein weiteres Werkzeug aus ihrer Trickkiste kramte.

Sie schloss ihre Mutter in die Arme. »Du siehst toll aus. Das Kleid ist perfekt. Ich garantiere dir, Toms Mutter wird grün werden vor Neid, weil du so bombastisch aussiehst.«

Donnas Miene erhellte sich schlagartig. »Das ist die Idee!«

»Was?«

»Du gehst zu Toms Eltern und erkundigst dich, ob es ihnen an nichts fehlt, weil du ja so eine fürsorgliche Schwiegertochter bist, und bei der Gelegenheit kannst du Carol fragen, was sie heute Abend anziehen will, damit ich mich darauf einstellen kann.«

»Ich werde ganz sicher nicht …«

»Ich liebe dich, Moopy.« Donna gab Megan einen Kuss auf die Schläfe und eilte, zum Abschied mit den Fingern winkend, zur Tür.

»Ich dich auch, Mom.«

Erschöpft schloss Megan die Tür hinter ihrer Mutter und warf einen Blick auf den Wecker. Immerhin würde Toms Fähre bald anlegen. Die Dusche konnte warten, stattdessen sprühte sie sich eine großzügige Ladung Trockenshampoo ins Haar, arrangierte es am Oberkopf zu einem kunstvollen Knoten und zog sich ein bequemes Jerseykleid an. Zum Schluss nahm sie lächelnd die Halskette mit dem Herzanhänger, die sie am Abend zuvor auf der Kommode bereitgelegt hatte, und legte sie sich um. Sie war ein

Valentinstagsgeschenk von Tom gewesen – das allererste, das er ihr je gemacht hatte. Damals waren sie gerade mal achtzehn gewesen. Rückblickend betrachtet, war die Symbolik vielleicht ein bisschen platt, aber Tom hatte die Kette ausgesucht. In seinen Augen war sie der Gipfel der Romantik gewesen.

Und in ihren ebenso.

Beim Öffnen der Schatulle hatte er so feierlich und zugleich ängstlich ausgesehen, dass sie das überwältigende Bedürfnis verspürte, ihn genauso glücklich zu machen, wie er sie soeben gemacht hatte.

Später hatte er ihr gestanden, noch nie zuvor ein Geschenk für ein Mädchen gekauft zu haben. Megan war in vielerlei Hinsicht Neuland für ihn.

Sie hatte die Kette seit Jahren nicht mehr getragen, sie jedoch extra für das Wochenende herausgesucht, um sie beide daran zu erinnern, auf welch wunderbar unbeholfene Art und Weise sie sich damals ineinander verliebt hatten. Megan staunte, wie schnell der Anblick des Anhängers sie in die Vergangenheit zurückversetzte.

Sie hatte Tom im ersten Semester an der Uni kennengelernt, in einer Vorlesung über Naturkatastrophen, die sie beide nur belegt hatten, weil man darin leicht eine gute Note bekommen konnte. Vom ersten Tag an hatte sie immer wieder heimlich zu dem Typ mit dem sexy Haarschnitt und dem markanten Kinn hinübergeschielt, der die ganze Zeit zu lächeln oder zu lachen schien. Er war gutaussehend – *sehr* gut aussehend sogar –, aber das war nicht alles. Er hatte etwas unglaublich Sanftes und Liebenswürdiges an sich, und wenn sie ihn ansah, hatte sie das Gefühl, als wären sie durch ein unsichtbares Band miteinander verbunden.

In der zweiten Woche setzte sie sich nicht wie sonst ganz nach hinten, sondern suchte sich einen Platz fünf Reihen weiter vorn. Direkt neben ihm.

Er schenkte ihr ein scheues Lächeln.

Sie machte einen Witz darüber, dass man ihrem Dozenten nur die Haare zerzausen und roten Lippenstift verpassen müsste, schon würde er aussehen wie Robert Smith von The Cure. Er begriff ihre Anspielung sofort, und sie verbrachten die restliche halbe Stunde der Vorlesung damit, sich gegenseitig ihre Lieblingszeilen aus *Just Like Heaven* und *Pictures of You* auf die Ränder der Schreibblöcke zu kritzeln. Danach war ihr Leben für immer verändert.

Von diesem Tag an waren Megan und Tom praktisch unzertrennlich. Sie gingen mittags zusammen in die Cafeteria und mopsten sich gegenseitig das Essen vom Teller. Sie spielten Frisbee im Park. Sie schlenderten auf Umwegen zu ihren Seminarräumen, während um sie herum das Herbstlaub zu Boden fiel. Bereits nach kurzer Zeit kam es Megan so vor, als wäre Tom schon immer ein Teil ihres Lebens gewesen. Und als würde er für immer bleiben.

Diese sorglosen Tage lagen lange zurück, und seitdem hatte sich vieles verändert, trotzdem hatten sie von Anfang an das Gefühl gehabt, verheiratet zu sein. Deshalb hatten sie es auch nie eilig gehabt, ihre beiden sehr unterschiedlichen Familien zu einem extrem stressigen, mit Erwartungen überfrachteten Hochzeitswochenende einzuladen. Erst jetzt, nach zwölf gemeinsamen Jahren, wollten sie es endlich offiziell machen. Mittlerweile waren sie dreißig, und der Zeitpunkt fühlte sich richtig an. Die Hochzeit war ein Anlass, all das zu feiern, was sie bisher gemeinsam erlebt hatten – und ausnahmsweise ihre zwei Welten zu vereinen.

Megan rieb den Herzanhänger liebevoll zwischen Daumen

und Zeigefinger, dann schnappte sie sich den Schlüssel für den Leihwagen, um ihren Verlobten pünktlich vom Hafen abzuholen.

Vorher allerdings machte sie noch einen Abstecher zur Suite der Prescotts, um die Kleidersituation auszukundschaften. Sie war erleichtert, als auf ihr Klopfen hin niemand reagierte, und beschloss, frühstücken zu gehen und dabei nach Carol Ausschau zu halten. Das Resort war so klein, dass es keine große Herausforderung darstellen würde, ihre Schwiegermutter in spe ausfindig zu machen.

An den Sommerwochenenden strömten Kunsthandwerker und Verkäufer von der ganzen Insel nach Roche Harbor, weil direkt vor dem Hotel ein kleiner, aber erlesener Markt abgehalten wurde. Megan liebte diesen Markt. Er bot ihr eine Möglichkeit, mit den Einheimischen in Kontakt zu kommen und in der Erinnerung an vergangene Sommer zu schwelgen.

Die salzige Luft war herrlich erfrischend, und es lag noch ein Rest morgendlicher Kühle über dem Tag. Sie kaufte sich an zwei verschiedenen Ständen Scones und einen Kaffee, und tatsächlich begegnete sie dabei Toms Mutter, die gerade das Gleiche tat.

»Guten Morgen, Carol.« Obwohl sie schon eine halbe Ewigkeit mit Tom zusammen war, kam sich Megan bei jedem Gespräch mit ihren Schwiegereltern immer wie ein junges Reh vor, das versuchte, zum ersten Mal auf eigenen Beinen zu stehen. Sie zwang sich, ein fröhliches Gesicht zu machen.

Carol, die eine kleine Papiertüte in der Hand hielt, deren verräterischen Fettflecke auf Gebäckteile hindeuteten, antwortete mit einem ebenso verkniffenen Lächeln. »Megan, Liebes, ich habe eben gehört, dass die Hochzeitsprobe doch nicht heute Nachmittag stattfinden soll. Wann willst du sie denn abhalten, etwa nach dem Dinner? Das halte ich aber für sehr ungünstig.«

Natürlich war das Erste, was aus ihrem Mund kam, eine Beschwerde. Megan lächelte dünn. »Es gab Terminprobleme vonseiten des Hotels, aber der Hochzeitsplaner meinte, wir können die Probe auch weglassen. Er sorgt schon dafür, dass jeder zur richtigen Zeit am richtigen Platz ist.«

»Hmm.« Carol war offensichtlich anderer Meinung. »Wenn du meinst. Aber was machst du eigentlich hier? Es gibt doch sicher noch tausend Dinge, um die du dich kümmern musst.« Irgendwie brachte sie das Kunststück fertig, gleichzeitig schroff und großmütig zu klingen. Das brachte Megan noch mehr aus dem Konzept. Alles an Carol war klein und zierlich, angefangen bei ihrem spitzen Kinn bis hin zu den winzigen Füßen, doch Megan wusste, dass in ihrem Innern eine Furcht einflößende Riesin schlummerte.

»Für frisch gebackene Scones ist doch immer Zeit!« Sie merkte sofort, dass sie zu überschwänglich geklungen hatte. Die Prescotts hielten nicht viel von Überschwang. Als sie fortfuhr, schlug sie einen etwas gemäßigteren Tonfall an. »Ich wollte gerade losfahren, um Tom von der Fähre abzuholen.«

»Wie schön. Obwohl er meines Wissens heute Vormittag mit den Jungs Golf spielen will?«

»Die Jungs«, das waren Toms Vater und sein Bruder. Beide waren mehrere Jahrzehnte zu alt, um noch als »Jungs« bezeichnet zu werden.

»Ich weiß. Ich verspreche, ich werde ihnen dabei nicht in die Quere kommen. Ich wollte ihn einfach noch mal sehen, bevor der ganze Trubel losgeht.« Als Carol keine Anstalten machte, darauf zu reagieren, redete Megan weiter, um die Millisekunde des Schweigens auszufüllen. »Ist es nicht wunderschön hier?«

»Ja, wirklich nett. Schade nur, dass man zwei Flieger und eine Fähre braucht, um hierherzukommen.« Carol taxierte Megan von oben bis unten. »Was hast du denn da an den Füßen? Sind das etwa die Hotelpantoffeln?«

Natürlich waren es *nicht* die Hotelpantoffeln. »Nein, das sind Sandalen, die ich mitgebracht habe.«

»Aha.« Carol rümpfte die Nase, als wäre Megan ein Pups entfahren. »Nun, ich will dich nicht länger aufhalten, aber bevor du losfährst – hast du daran gedacht, die Sitzordnung für heute Abend zu ändern, damit meine Tennisfreundinnen ein bisschen näher bei mir und John sitzen können?«

»Ja, darum habe ich mich schon gekümmert.« Auch wenn sie dafür ihre über alles geliebte Tante und ihren Onkel hatte umsetzen müssen. »Aber ich frage zur Sicherheit noch mal nach.«

»Gutes Mädchen.« Zum Abschied tupfte Carol rechts und links von Megans Wangen zwei Küsschen in die Luft.

Erst als Megan schon im Mietwagen saß und ihre Wangen brannten, weil sie in Gegenwart ihrer zukünftigen Schwiegermutter stets ein Gefühl von Erniedrigung verspürte, fiel ihr ein, dass sie vergessen hatte zu fragen, was Carol zum Dinner anziehen würde. Aber immerhin konnte sie eine wohlbegründete Vermutung anstellen.

Gedeckte Farben. Nichts Außergewöhnliches. Du wirst auf jeden Fall besser aussehen, schrieb sie ihrer Mutter.

Nun, da die Kleiderkrise ihrer Mutter erfolgreich abgewendet worden war, konnte sie endlich aufatmen. Sie lächelte. Morgen würde sie in dem Städtchen am Meer, das sie so sehr liebte, den Mann ihres Lebens heiraten. Von jetzt an würde es nur besser werden.

Kapitel 2

Tom

Tom erwachte vom Tuten des Nebelhorns und einer Durchsage des Kapitäns, der die Passagiere in Friday Harbor willkommen hieß. Unmittelbar danach folgte ein sehr munteres »Guten Morgen, Schlafmütze« von seinem Sitznachbarn, der dem Schauspieler Henry Winkler zum Verwechseln ähnlich sah.

»Morgen«, gab Tom mit belegter Stimme zurück und nickte. Ein stechender Schmerz fuhr von seinem Nacken bis in die Muskeln unterhalb seiner Schulterblätter.

Er war es gewohnt, zur Musik aufzuwachen, und ohne dieses kleine morgendliche Ritual fühlte er sich orientierungslos. Megs und er einigten sich allabendlich auf einen neuen Song, den sie am folgenden Morgen als Weckmelodie verwenden wollten. Musik war vom ersten Tag an ein wesentlicher Bestandteil ihrer Beziehung gewesen. Er erinnerte sich noch gut daran, wie sie gestrahlt hatte, während sie die Textzeilen ihres Lieblingssongs von The Cure auf seinen Block kritzelte und dazu sagte: »Ein guter Songtext erzählt eine Geschichte *und* gibt dir das Gefühl, als hätte dir jemand einen Faustschlag mitten ins Herz verpasst.«

Er war immer noch ein bisschen stolz auf seine schlagfertige Erwiderung: »Genau wie ein gutes Gespräch.«

Später hatte Megs ihm verraten, dass dies der Moment gewesen sei, in dem sie sich in ihn verliebt habe. Das freute ihn sehr, hatte er sich doch genau im selben Moment in sie verliebt.

Allein und mit steifem Nacken an Bord eines Schiffs aufzuwachen war nicht gerade der beste Start in sein Hochzeitswochenende. Genauso wenig wie der Nachtflug, den er auf sich genommen hatte, um es rechtzeitig zur Golfpartie mit seinem Vater und Brody zu schaffen. Aber wie pflegte sein alter Herr so schön zu sagen? »Jeder muss Opfer bringen, mein Sohn.«

Darauf folgte normalerweise ein Vortrag, in dem Tom detailliert erläutert wurde, *welche* Opfer es zu erbringen galt. Bestes Beispiel: Sein Vater hatte ihn zu dem Abendessen mit den steifen alten Säcken des Pharmakonzerns geschickt, den die Kanzlei Prescott & Prescott seit Neuestem vertrat. Es sei an der Zeit zu beweisen, dass er das Zeug habe, beruflich seinen Mann zu stehen und große Fusionen abzuwickeln, hatte John gemeint. Dass Tom weniger als achtundvierzig Stunden später vor den Altar treten wollte, spielte dabei keine Rolle.

Er war dermaßen übermüdet, dass er sich kaum noch daran erinnern konnte, wie er vor Morgengrauen in Seattle gelandet war und den Shuttlebus zum Fährterminal bestiegen hatte.

Er rieb mit der Hand die Bartstoppeln an seiner Wange und fuhr sich mit der Zunge über die Zähne. Er brauchte dringend eine Dusche und eine Zahnbürste. Ein paar Liter starker Kaffee wären auch nicht schlecht. Er drehte den Kopf erst nach rechts, dann nach links, um seine Nackenschmerzen loszuwerden, und versuchte, an etwas Schönes zu denken: an Megs. In letzter Zeit waren sie beide durch Beruf und Hochzeitsvorbereitungen so stark eingespannt gewesen, dass sie einander kaum gesehen hatten.

Deshalb waren sie dazu übergegangen, sich kleine Zettel zu schreiben. Ehe Tom zum Flughafen aufgebrochen war, hatte er eine herrlich kitschige Nachricht in seiner Unterwäscheschublade gefunden.

> Diese Boxershorts wird fantastisch aussehen … auf dem Fußboden unserer Suite.

Er konnte es gar nicht erwarten, den Beweis dafür anzutreten.

Doch Gedanken an Megs brachten zugleich auch eine wachsende Unsicherheit mit sich. Er hatte ihr heute noch weit mehr zu sagen als nur »Ich liebe dich«, und spätestens nach dem Geschäftsessen war klar geworden, dass er es nicht länger aufschieben durfte.

Er wollte seine Krawatte lockern, ehe er merkte, dass er sie längst abgenommen hatte. Noch war es nicht zu spät. Er würde gleich heute mit ihr reden. Seine geliebte, warmherzige, vernünftige Megs würde es verstehen.

Und im Grunde genommen waren es ja gute Neuigkeiten.

Wahrscheinlich würde sie sich sogar freuen. Er würde es ihr gleich nach dem Wiedersehen sagen, dann konnten sie heute Nachmittag noch vor dem Probedinner darauf anstoßen.

Seine Gedankengänge wurden unterbrochen, als ein kleiner Ruck durch den Rumpf des Schiffs ging. Sie hatten angelegt. Tom träufelte sich ein paar Tropfen in seine blutunterlaufenen Augen (ein Gratispröbchen, das ihm die Ehefrau eines der Pharmabosse am Abend zuvor mit den Worten »Sie sehen müde aus« zugesteckt hatte).

Sobald er einen Fuß an Land gesetzt hatte, waren Ärger und Schmerzen vergessen. Die Sonne schien vom Himmel, das Meer leuchtete in tiefem Indigoblau. Er war erst ein paarmal auf San

Juan Island gewesen, aber mit jedem Besuch verstand er besser, warum Megs es hier so mochte. Die ganze Insel war in einer Palette von Grüntönen gemalt. Sie wirkte so lebendig. Magisch. Ein Ort der Ruhe, nur einen Steinwurf vom Rest der Welt entfernt und doch unberührt davon. Hier fühlte man sich ein wenig freier – selbst Tom, der oft Mühe hatte, sich zu entspannen.

Er atmete die gesunde Seeluft ein und erspähte Megs, die ihm mit einer Hand aufgeregt zuwinkte, während sie in der anderen zwei Kaffeebecher balancierte. Er eilte zu ihr, ließ sein Gepäck fallen und schloss sie in die Arme, als hätten sie einander monatelang nicht gesehen, wobei er darauf achtgab, die Heißgetränke nicht zu verschütten. Der vertraute Duft ihres Shampoos stieg ihm in die Nase, und sein Magen machte vor Freude einen kleinen Satz. Irgendwie war er auch nach zwölf Jahren immer noch richtig in sie verknallt. Sie war klug und gütig, ehrgeizig und wunderschön. Sie liebte es, schlechte Filme zu gucken, weil die sie zum Lachen brachten, und sie hörte Songs nicht nur der Musik, sondern auch der Texte wegen. Wie hätte man in so eine Frau nicht verknallt sein sollen?

Während sie sich in den Armen lagen, spürte er, dass etwas Kleines, Hartes gegen sein Schlüsselbein drückte. Er machte sich los, und sein Blick fiel auf den Herzanhänger, den Megs um den Hals trug.

Als er ihn ihr mit achtzehn Jahren gekauft hatte, war er der Auffassung gewesen, dass er seine Gefühle für sie perfekt verkörperte. Inzwischen fand er ihn nicht mehr ganz so geschmackvoll wie damals, und dass Megs ihn trotzdem trug, rührte ihn tief.

»Ich mag deine Halskette.« Er hob ihr Kinn an, um ihr einen schnellen Kuss auf die Lippen zu geben.

»Ich mag dein Gesicht.« Sie erwiderte den Kuss.

Dann schnappte sie sich die Anzughülle, die er auf den hölzernen Planken des Anlegers hatte fallen lassen, während er seinen Koffer aufhob, und sie gingen gemeinsam an Land. Nun, da der erste Moment des Wiedersehens vorbei war, beschlich Tom erneut ein ungutes Gefühl. Er versuchte, sich nichts anmerken zu lassen.

Ein Fahrradtaxi hielt vor ihnen am Straßenrand. Am Lenker saß eine Frau mit langem silbergrauen Haar und Beinmuskeln, die dicker waren als seine.

»Mitfahrgelegenheit gefällig? Wo soll's denn hingehen?«

»Nein, danke.« Megs klimperte mit ihren Autoschlüsseln.

Tom zückte sein Smartphone, das zuvor kein Netz gehabt hatte, und stellte fest, dass in der Zwischenzeit mehrere Nachrichten sowie einige Anrufe eingegangen waren. Auch Megan nahm ihr Handy heraus, vermutlich wollte sie sich vergewissern, dass sie keine wichtigen Mails von der Arbeit bekommen hatte. Eigentlich hatten sie sich das Wochenende freigenommen, aber ihr Job war genauso fordernd wie seiner.

Tom tippte auf das Voicemail-Icon, und die Stimme seines Bruders dröhnte aus dem Lautsprecher.

»Hier ist Brody. Wir sind schon auf dem Grün, du Ersatzteillager. Beeil dich. Wir erwarten dich vor fünf Minuten.«

Ersatzteillager. Den Spitznamen würde er vermutlich nie loswerden. Er wusste gar nicht mehr, wer als Erster behauptet hatte, seine Eltern hätten nur aus einem einzigen Grund noch ein zweites Kind bekommen: für den Fall, dass ihr erstgeborener Goldjunge Brody eine neue Niere oder Ähnliches brauchte. Irgendwie war die Bezeichnung kleben geblieben.

»Liegt es an mir, oder ist das Baby da ungewöhnlich stark behaart?« Megs zupfte ihn am Ärmel, um seine Aufmerksamkeit zu erregen, während sie zugleich ihr Handy zurück in die Handtasche steckte. Halblaut über seinen steifen Nacken fluchend, drehte Tom sich um und erblickte einen Mann mit einem riesengroßen Fischerhut auf dem Kopf und einer Babytrage vor dem Bauch.

In der Trage saß eine Katze.

Megs biss sich so fest auf die Lippen, dass sie weiß wurden. Sie tauschten einen vertrauten Blick, der sagen sollte: *Die Welt ist verrückt geworden, aber wenigstens haben wir uns.* Sobald der Katzenmann außer Hörweite war, ließen sie ihrem Gelächter freien Lauf.

»Komm, lass uns nach Roche fahren, damit du einchecken kannst«, sagte Megs. »Deiner Mutter war es sehr wichtig, dass ich bei eurer Golfpartie heute Morgen nicht dazwischenfunke.«

Tom schob die Schuldgefühle beiseite, die an ihm nagten, weil er sie mit ihren Familien alleingelassen hatte. Aber wenn jemand mit so einer Situation fertigwurde, dann Megs. Sie war ungemein effizient. Außerdem hatten sie vor langer Zeit eine stillschweigende Vereinbarung getroffen, die Familie des anderen nicht zu kritisieren. Er hielt sich daran – ganz egal, wie gern er Donna manchmal für ihren Umgang mit Megs die Meinung gesagt hätte.

»Hört sich gut an.« Auf dem Weg zum Wagen streichelte er ihr den Rücken. »Ich muss unbedingt duschen.«

Die Fahrt von Friday Harbor nach Roche dauerte nicht lange. Unterwegs erzählte Megs ihm von dem hysterischen Anfall, den ihre Mutter (erwartungsgemäß) gehabt und den sie (ebenfalls erwartungsgemäß) abgewendet hatte. Ihren Fragen über das Geschäftsessen wich er aus. Er wusste noch nicht, wie er das Thema ihr gegenüber ansprechen sollte. Sollte er es mit dem altbewährten Eröffnungssatz »Ich habe eine gute und eine schlechte Nachricht« versuchen, oder war es besser, ohne Umschweife zur Sache zu kommen?

Megs war bereits dabei, den Wagen zu parken. Panik stieg in

ihm hoch, und in seiner Not entschied er sich für die zweite Option. Er würde es ihr einfach sagen.

»Megs, ich …«, setzte er an. Zur gleichen Zeit gab ihr Handy mehrere Signaltöne von sich. Statt ihm zuzuhören, begann sie, durch ihre Nachrichten zu scrollen.

»*Verdammt*. Ich muss mich um meine Schwester kümmern. Ich soll sie in der Lobby treffen.« Ihr Dutt war bereits ein bisschen verrutscht. Mehrere Strähnen hatten sich daraus gelöst und umrahmten ihr Gesicht.

»Will ich überhaupt wissen, worum es geht?«, fragte er, als sie ausstiegen. Brianna hatte ihn vor einer unangenehmen Situation bewahrt. Er schämte sich für seine Erleichterung, aber jetzt konnte er es Megs auf keinen Fall sagen, das wäre schlichtweg unsensibel gewesen. Es gab eine Krise, die dringend ihrer Aufmerksamkeit bedurfte. Sie würden sich später in aller Ruhe unterhalten. Wenn sie nicht mehr so gestresst war.

Sie schüttelte wortlos den Kopf. Dann gab sie ihm eine zusätzliche Schlüsselkarte für ihre Suite, die sie an der Rezeption besorgt hatte, und warf ihm den Autoschlüssel zu, damit er zum Golfplatz fahren konnte. Mit sorgenvoll gerunzelter Stirn musterte sie ihn. »Geht es dir gut?«

»Ja, ich bin bloß erledigt von dem Abendessen und dem Nachtflug. Ich gehe schnell rauf in unser Zimmer und springe unter die Dusche, das hilft bestimmt.«

»Bist du sicher, dass es ein Geschäftsessen war und kein geheimer Junggesellenabschied?«, fragte sie mit einem diebischen Grinsen.

»Erwischt. Es war ein Abend voller Ausschweifungen jeglicher Art. Leo sagt mir schon seit Jahren, ich soll lockerer werden, und endlich waren seine Bemühungen von Erfolg gekrönt.«

Sie lachte über die Absurdität dieser Vorstellung. Tom und

Megan hatten sich darauf geeinigt, keinen Junggesellen- beziehungsweise Junggesellinnenabschied zu feiern. Stattdessen hatten sie mehrere Wochenenden in Folge durchgearbeitet, um danach umso länger in die Flitterwochen fliegen zu können. Außerdem hatte Tom in seinem ganzen Leben noch nicht einen einzigen Abend mit »Ausschweifungen jeglicher Art« verbracht – allen Bemühungen von Leo, seinem besten und wildesten Freund, zum Trotz.

Tom hatte nie mit einer anderen Frau geschlafen als mit Megs oder auch nur einen Stripklub von innen gesehen. Seine Freunde fingen reihenweise oberflächliche Affären an und schauten sich nach jeder hübschen Frau um, aber für ihn gab es nur die eine. Niemand außer Megs konnte ihn zum Lachen bringen, bis ihm die Tränen kamen, und niemand hatte ein so großes Herz wie sie. Sie kannte ihn besser als jeder andere Mensch auf der Welt und liebte ihn trotzdem.

Sie gab ihm noch einen Kuss zum Abschied und wünschte ihm viel Erfolg auf dem Golfplatz.

»Da ist ja der Mann der Stunde!« Brody empfing Tom mit der für ihn typischen halbseitigen Umarmung. »Mann, siehst du scheiße aus.«

»Danke.« Verunsichert fuhr Tom sich mit den Fingern durch die Haare, die noch nass waren von seiner hastigen Dusche.

»Hallo, Junge.« Sein Vater begrüßte ihn per Handschlag, so wie er es schon sein ganzes Leben lang getan hatte. Die Prescotts hielten nichts von übermäßigem Körperkontakt. Brodys Pseudoumarmung war das Höchste der Gefühle. »Wie lief es gestern Abend?«

»Ganz gut. Ich glaube, sie sind zufrieden.« Es war das Wochenende seiner Hochzeit, und Tom machte sich Sorgen, dass sein Vater die ganze Zeit nur von der bevorstehenden Fusion reden würde.

»Hast du dich hier mal umgesehen?«, fragte John als Nächstes, ohne auf die Antwort seines Sohnes einzugehen.

»Ja. Wunderschön, oder?«, gab Tom erleichtert zurück und ließ den Blick über die üppige Vegetation schweifen.

»Nicht mal ein anständiger Platz mit achtzehn Löchern.« Wieder tat John so, als hätte Tom nichts gesagt. »Obwohl sie das behaupten – wegen der zwei verschiedenen Tees. So ein Blödsinn. Das hier ist eine simple Neun-Loch-Anlage. Keine Ahnung, wie die Menschen so leben können.«

Mit diesen Worten machte sich John Prescott auf den Weg zum ersten Abschlag. Tom und seinem Bruder blieb nichts anderes übrig, als ihm zu folgen.

»Hey.« Brody rückte seine Schirmmütze zurecht und grinste schelmisch. »Rate mal, wie oft Mom schon ›Ist es zu glauben, dass man zwei Flieger und eine Fähre braucht, um hierherzukommen?‹ gesagt hat?«

»Ich will es gar nicht wissen.« Tom rieb sich die Augen.

»Ich habe ein Trinkspiel draus gemacht.« Brody präsentierte ihm einen Flachmann, den er in der Tasche seiner sündhaft teuren Golfhose verstaut hatte.

»Perfekt«, sagte Tom und genehmigte sich einen Schluck.

Brody tätschelte ihm kameradschaftlich die Schulter. »Entspann dich, Ersatzteillager. Schließlich soll es das beste Wochenende deines Lebens werden.« Er strubbelte ihm durchs Haar, obwohl er genau wusste, wie sehr Tom das hasste.

Aber Brody hatte recht. Er nahm sich Johns Sticheleien über die Insel viel zu sehr zu Herzen.

»Und du hast einen weiteren Flug überlebt. Ich bin unglaublich stolz auf dich.«

Tom war es gewohnt, von seinem Bruder wegen seiner Flugangst aufgezogen zu werden. Er ließ die Bemerkung an sich abtropfen und griff ein weiteres Mal nach dem Flachmann. »Du meinst zwei Flüge und eine Fähre.«

»Du wirst noch ein richtig tapferer kleiner Junge.«

Der Rest des Vormittags verging unter weiteren Neckereien seines zunehmend beschwipsten Bruders und Bemerkungen seines Vaters, die sich fast ausschließlich um die Arbeit drehten. Eigentlich hatte er sich von ihrer gemeinsamen Golfpartie mehr erhofft, schließlich war dies sein Hochzeitswochenende. Irgendwann beschloss er, die Sache selbst in die Hand zu nehmen.

»So, Dad.« Er ordnete seine bereits perfekt sortierten Golfschläger, um seiner Frage nicht allzu viel Gewicht zu verleihen. Es war eine Frage, die Nähe erzeugen sollte. In der Familie Prescott waren Gefühlsäußerungen zwar verpönt, doch er nährte ein kleines Fünkchen Hoffnung, dass es heute anders sein könnte. »Hast du noch irgendwelche weisen Worte für mich, bevor ich zum Altar schreite?«

»Macht das nicht die Braut?«, mischte Brody sich ein. »Du stehst doch vorne und wartest auf sie.«

»Weise Worte ...« John kratzte sich am Kinn, das er nicht einmal, sondern zweimal täglich rasierte. »Megan ist eine kluge Wahl. Das hast du gut gemacht.«

Tom spürte, wie ihm die Röte ins Gesicht stieg. Das war das größte Lob, das er je aus dem Mund seines Vaters gehört hatte. »Findest du?«

»Definitiv. Sie ist ehrgeizig. Fleißig. Hübsch genug, um an deiner Seite Eindruck zu machen, und gescheit genug, dass man mit ihr ein vernünftiges Gespräch führen kann.« Tom merkte, wie sich die Härchen an seinen Armen aufstellten, doch sein Vater war noch nicht fertig. »Trotzdem habe ich immer noch denselben Rat für dich wie damals, als ihr eure kleine Liebelei begonnen habt.«

Eine ungute Vorahnung beschlich Tom. Wahrscheinlich wäre es besser, das Thema zu wechseln. Wider besseres Wissen fragte er: »Wie meinst du das?«

»Selbst wenn man sich eine Partnerin nimmt, die auf dem Papier gut aussieht, gibt es immer noch Variablen, die man nicht kennt.« Er sah Toms Bruder mit hochgezogener Augenbraue an. »Broderick weiß, wovon ich rede.«

»Auf meine Frau Emmeline«, murmelte Brody und hob den Flachmann an die Lippen. Diesmal nahm er einen besonders tiefen Schluck. Mitunter war die Ähnlichkeit zwischen seinem großen Bruder und seinem Vater so frappierend, dass Tom das Gefühl hatte, einen dreißig Jahre jüngeren Klon von John vor sich zu haben.

»In Megans Fall«, fuhr John fort, »ist es ihre unsägliche Familie. Mein Rat an dich? In einer Ehe geht es keineswegs immer darum, Kompromisse zu finden.«

»Ich glaube, ich kann dir nicht ganz folgen, Dad.« Tom hatte sich so sehr auf diesen Moment gefreut. Ein so bedeutender Meilenstein wie eine Hochzeit, hatte er geglaubt, würde die Kluft zwischen ihm und seinem Vater wenigstens teilweise schließen und ihre Bindung zueinander vertiefen. Doch jetzt war er hin- und hergerissen. Einerseits wollte er wissen, was sein Vater meinte, andererseits wollte er das unangenehme Gespräch möglichst schnell beenden. Seine Hoffnung, durch eine Heirat in Johns Achtung zu steigen und endlich mit Brody mithalten zu können, kam ihm auf einmal unfassbar naiv vor. Am Ende griff er auf einen altbewährten Bewältigungsmechanismus zurück: Er biss sich auf die Zunge und schwieg, um nicht für Unfrieden zu sorgen.

»Hör zu. Wenn es um wirklich wichtige Dinge geht, zum Beispiel darum, wo ihr euren Urlaub verbringt oder wie viel Einfluss Megs' hohlköpfige Mutter auf die Erziehung eurer zukünftigen Kinder hat, musst du deinen Willen durchsetzen. Hau mit der Faust auf den Tisch.«

Jetzt wünschte Tom, er hätte doch das Thema gewechselt. Das war *nicht* der Rat, den er sich erhofft hatte.

»Und falls Megan sich beklagt«, setzte sein Vater noch hinzu, während er sich zum Schlag bereit machte, »gibt es immer noch Golf.«

Mit diesen Worten beförderte er den Ball sauber ins letzte Loch.

Kapitel 3

Megan

Als Megans jüngere Schwester durch die Türen der Lobby gestürzt kam, brachte sie einen Windstoß und einen Hauch gepflegter Langeweile mit. »Megan, wo hast du gesteckt? Ich habe dir ungefähr dreißig Nachrichten geschrieben.« Um ihren Vorwurf zu unterstreichen, warf Brianna sich die wasserstoffblonden Haare zurück. In Megan löste der Anblick ihrer Schwester wie so oft widerstreitende Gefühle aus. Da war zum einen tiefe Zuneigung, die sich vor allem aus lustigen Kindheitserinnerungen speiste, aber zugleich auch Frust über die anstrengende Frau, zu der Brianna sich entwickelt hatte. Sie war eine echte Unruhestifterin und stolz darauf.

»Sorry, Bree, ich habe deine Nachrichten bekommen, während ich Tom von der Fähre abgeholt habe.«

»Mach dich fertig, wir müssen noch mal nach Friday Harbor. Mom will shoppen gehen, und du musst fahren.«

»Ich habe das Auto gar nicht. Hast du kein eigenes gemietet?«

»Ich habe vergessen, meinen Führerschein erneuern zu lassen.« Brianna verdrehte die Augen. »Na ja, eigentlich habe ich einen Kerl betrogen, der bei der Zulassungsstelle arbeitet. Die Sache ist ein bisschen kompliziert.«

»Aha. Und warum müssen wir shoppen gehen?« Die Strecke nach Friday Harbor war landschaftlich reizvoll, aber Megan hatte keine Lust, sich für eine nervenaufreibende Spontanaktion ihrer Mutter einspannen zu lassen. Und genau darum ging es, vermutete sie.

»Mom braucht ein neues Kleid. Außerdem hat sie zufällig gehört, wie deine Schwiegermutter in spe gesagt hat, das Hotel wäre ›düster‹, und jetzt will sie Kerzen und frische Blumen besorgen, um den Laden ein bisschen aufzupeppen.«

»Wieso braucht sie denn ein neues Kleid? Das Problem habe ich doch längst gelöst.«

»Anscheinend nicht.« Brianna holte einen Snickers-Riegel aus ihrer Handtasche und wickelte ihn geräuschvoll aus. »Sie hat ihr Kleid heute Morgen für mich anprobiert, und ich habe ihr gesagt, dass es für die Mutter der Braut nicht unbedingt angemessen ist.«

Die meisten Gespräche mit ihrer jüngeren Schwester endeten damit, dass Megan im Kopf bis zehn zählen musste, um nicht die Beherrschung zu verlieren. Manche Dinge änderten sich offenbar nie.

»Was genau hast du zu ihr gesagt, Bree?«

Brianna schnaubte. »Ich glaube, meine Worte waren: ›Krass, Mom. In dem Teil sieht man ziemlich viel von deinen Möpsen.‹ Ist doch auch egal – jedenfalls will sie sich gleich hier unten mit uns treffen.«

Bree hatte nicht mal eine Minute gebraucht, um den Brand, den Megan gelöscht hatte, neu anzufachen.

»Sollen wir Gran fragen, ob sie mitkommt?« Brianna formte die Hand zu einer Pistole. »Könnte lustig werden …«

»Nein. Lass uns lieber dafür sorgen, dass Mom und Gran sich möglichst lange nicht begegnen.«

»Gott, bist du eine Spaßbremse.« Brianna runzelte kurz die Stirn, ehe sich ihre Miene wieder aufhellte. »Und? Hast du dir schon überlegt, ob ich bei dir und Tom wohnen kann?«

Während Megan stets den direkten Weg wählte, um ans Ziel zu kommen, nahm ihre Schwester normalerweise eine Route, die ähnlich verschlungen war wie ihre wilde Lockenmähne. In den letzten acht Jahren hatte sie viermal ihr Studium geschmissen, mindestens zwei Jobs gekündigt und war aus fünf weiteren gefeuert worden. Ihr neuestes Vorhaben war eine Filmakademie in New York. Sie wollte Regisseurin werden, was Megan besonders wurmte, da sie ihren großen Traum, Dokumentarfilme zu drehen, vor langer Zeit zugunsten eines geregelten Einkommens aufgegeben hatte.

»Ich habe dir doch gesagt, dass du gerne bei uns übernachten kannst, bis du was Eigenes gefunden hast«, sagte sie. »Ein, zwei Wochen müssten ja locker reichen.«

»Wow. Eine ganze *Woche*. Was bin ich doch für ein Glückspilz«, brummelte Brianna halblaut.

»Wie bitte?«

»Es ist ja nicht so, als ob ihr in beengten Verhältnissen leben würdet. Ihr habt eine Dreizimmerwohnung in Soho. Du weißt genau, wie teuer das Leben in New York ist, außerdem muss ich Schulden abbezahlen.«

»Das ist nicht meine Schuld, Bree«, sagte Megan im vergeblichen Versuch, ihre Schwester mit rationalen Argumenten zu überzeugen.

»Stimmt. Und es ist nicht *meine* Schuld, dass ich mich nicht in einen Anwalt aus einer stinkreichen Schnöselfamilie verliebt habe.«

»Jetzt reicht es aber. Glaubst du etwa, ich sitze den ganzen Tag nur zu Hause, drehe Däumchen und glotze Vormittagstalkshows? Ich arbeite hart, um zu unserem Lebensunterhalt beizutragen.« Sie musste sich ihrer chronisch erwerbslosen Schwester gegenüber nicht rechtfertigen. Und trotzdem musste sie sich *gerade* ihrer chronisch erwerbslosen Schwester gegenüber rechtfertigen.

»In deinem Fake-Job?« Brianna klimperte mit ihren angeklebten Wimpern.

»Ich bin Senior Visuals Editor bei *GQ*.«

»Was auch immer das sein soll.«

»*GQ* kennt doch wohl jeder.«

Zum Glück kam Donna, bevor es mit dem Gespräch noch weiter bergab gehen konnte. Sie wirkte deutlich gefasster als noch eine Stunde zuvor.

»Ach, Mädels, ihr streitet doch nicht etwa?«, fragte sie mit einem ebenso glockenhellen wie gekünstelten Lachen. Dann zischte sie ihnen zu: »Die Leute gucken schon. *Wehe*, ihr blamiert mich.«

Megans Herz schlug so schnell, dass es ein Atomkraftwerk hätte antreiben können. Sie atmete mehrmals tief durch, während ihre Wangen vor Zorn glühten. Aber was hatte sie erwartet? Brianna und sie hatten gar keine Chance, miteinander auszukommen.

Zwischen ihnen lagen vier Jahre Altersunterschied. Als Kind hatte Megan sich immer gern um ihre jüngere Schwester gekümmert, und Brianna hatte die Aufmerksamkeit genossen, zumal Donnas Mutterinstinkte nicht besonders stark ausgeprägt waren.

Doch wenn sie gerade keinen Mann hatte, vertrieb sie sich die Zeit damit, ihre beiden Töchter gegeneinander auszuspielen, indem sie immer abwechselnd mit ihnen über die jeweils andere lästerte, so als wären sie drei Freundinnen, die untereinander einen Machtkampf ausfochten. »Gott, deine Schwester ist so *launenhaft*«, raunte sie Megan beispielsweise zu, während sie Abendessen kochte, um dann irgendeine haarsträubende Geschichte als Beweis anzuführen. Megan merkte recht schnell, dass Donna mit Brianna genau dasselbe machte, und spürte, wie sich der Graben zwischen ihr und ihrer Schwester immer weiter vertiefte. Solange sie zerstritten waren, konnte sich Donna gewiss sein, dass sie am meisten geliebt wurde.

Sie nahmen den Leihwagen ihrer Mutter. Megan stieg auf der Beifahrerseite ein, sodass Brianna notgedrungen mit der Rückbank vorliebnehmen musste. Sobald sie unterwegs waren, knüpfte Bree an ihre zuvor begonnene Unterhaltung an, der Megan lieber aus dem Weg gegangen wäre.

»Ich will ja nicht dauerhaft bei euch einziehen. Nur fürs erste Jahr. Höchstens.« Sie lehnte sich nach vorn und quetschte sich zwischen die Vordersitze, damit sie den Radiosender wechseln konnte.

»Schnall dich an, Bree.« Megan hasste es, dass sie selbst dann die Mutter spielen musste, wenn ihre *echte* Mutter neben ihnen saß.

»Ihr beide lebt jetzt wie lange zusammen? Fast zehn Jahre?«, warf Donna wenig hilfreich ein. »Was spricht dagegen, dass deine Schwester und Dan bei euch wohnen?«

Megan blieb ruhig und starrte geradeaus auf die Straße. »Tut mir leid, Bree. Tom und ich wollen noch keine Kinder. Und wer ist Dan?«

»Welcher Dan?«, fragte Brianna, scheinbar gelangweilt.

»Der Dan, der anscheinend mit dir nach New York ziehen will? Was ist aus Jonah geworden?«

»Wir haben Schluss gemacht.«

»Weswegen?« Megan hatte Schwierigkeiten, den Überblick

über Briannas sogenannte »Beziehungen« zu behalten. Wenn man sich Donnas Bilanz mit Männern anschaute, handelte es sich definitiv um eine klassische Apfel-Stamm-Situation.

Donna zog wissend eine Augenbraue hoch. »Jonah und Brianna haben sich gestritten. Brianna konnte ihren Teil der Miete nicht bezahlen, weil sie so viel Geld bei Sephora ausgegeben hat.«

»Ihr habt euch wegen *Make-up* getrennt?« Das war absurder als jede Seifenoper.

»Es war ziemlich viel Make-up.« Ein Umstand, der Brianna kein bisschen leidzutun schien.

Zum Glück besserte sich Megans Laune, sobald sie den Wagen geparkt hatten und die leicht ansteigende Haupteinkaufsstraße von Friday Harbor hinaufschlenderten. Sie dachte daran, wie sie früher als Kind mit einem Comic unter dem Arm, Kaugummi mit Wassermelonengeschmack kauend, hier entlanggegangen war. Sie sah die steinerne Bühne in dem kleinen Park, wo Donna und ihre Schwester Paulina lokalen Jazzbands zugehört hatten, während die Mädchen den Hafen unsicher machten und mit Keschern, die so groß waren wie sie selbst, eimerweise Krabben fischten.

»Wir versuchen es hier zuerst.« Donna zeigte auf eine hübsche kleine Boutique.

Während ihre Mutter die einzigen drei Kleider im Laden anprobierte, sparte Brianna nicht mit negativen Kommentaren (»In dem Ding siehst du aus, als wolltest du zum Elternabend gehen«), die Megan aggressiv zu kontern versuchte (»Ich finde, es sieht sehr elegant aus«).

Als sie endlich zurück zum Auto gingen, hatten sie immerhin Teelichte, mehrere kleine Vasen (die Donna mit frischen Schnittblumen vom Markt füllen wollte) und ein nicht allzu teures Schultertuch besorgt. Im Hotel würde sich Megan ein ausgiebiges

Schaumbad gönnen – als Belohnung dafür, dass sie ihre Mutter zum Kauf des Tuchs überredet hatte, mit dem sie den Ausschnitt ihres bereits vorhandenen Wickelkleids kaschieren konnte.

Auf der Rückfahrt war Brianna so sehr mit ihrem Smartphone beschäftigt, dass sie ganz vergaß, für Zänkereien zu sorgen. Donna ließ das Fenster herunter, und eine Seebrise zauste ihnen die Haare, während sie die Hits aus dem Radio mitsangen, obwohl der Empfang hinter jeder Kurve aussetzte. So unbeschwert war Megan den ganzen Vormittag noch nicht gewesen.

Als sie das Hotel erreichten, hatte sich diese Unbeschwertheit zu einem richtigen Hochgefühl entwickelt. Familie hin oder her, es würde ein traumhaftes Wochenende werden. Megan konnte es gar nicht erwarten, ihrem absoluten Lieblingsmenschen an ihrem absoluten Lieblingsort das Jawort zu geben.

Sie schwebte förmlich in die Hotelhalle, blieb jedoch gleich darauf wie angewurzelt stehen, als sie den Mann sah, der lässig am Rezeptionstresen lehnte und sich mit einer Hand durch die ungezähmten Haare fuhr. Das breite Kreuz war selbst aus der Entfernung unverkennbar.

Im Trubel des Vormittags hatte sie völlig verdrängt, dass Leo heute ankommen würde. Das Herz rutschte ihr bis in die Kniekehlen, und sie schielte verstohlen in Richtung Fahrstuhl. Hatte sie noch Zeit, das Weite zu suchen?

Doch ehe sie handeln konnte, stand er bereits vor ihr. Ziemlich dicht vor ihr.

Seine Haare waren länger als bei ihrer letzten Begegnung vor zwei Jahren. Einzelne honigblonde Strähnen durchzogen seine Naturlocken – zweifellos, weil er so viel Zeit in der Sonne verbrachte. Ihr Blick streifte seine stechenden Augen und wanderte dann schnurstracks weiter zu seinen vollen Lippen, die gerade die Worte »Können wir reden?« formten.

Tja, jetzt war es *wirklich* zu spät für Flucht, auch wenn jede Zelle in ihrem Körper immer lauter danach schrie.

Megans Liste der Dinge, die sie im Leben bereute, war nicht lang, aber sie hatte es in sich. Leo stand auf Platz eins. Trotzdem blickte sie voller Wehmut auf ihre gemeinsame Vergangenheit zurück. Sie hatten schöne Zeiten erlebt. In Harvard waren Leo und Tom einander als Zimmergenossen zugewiesen worden, und daraus hatte sich eine innige Freundschaft entwickelt. Die beinahe symbiotisch anmutende Beziehung der beiden hatte sie fasziniert: Tom erdete Leo, und Leo verlieh Tom Flügel, auch wenn sein zweites Jahr an der Uni nur kurz währte. Als ihm wegen schlechter Noten die Exmatrikulation drohte, dachte er nicht etwa daran, sich mehr ins Zeug zu legen, sondern zog sich das T-Shirt aus, schmiss alles hin und verbrachte fortan seine Zeit damit, mit seiner Nikon und einem ganzen Arsenal an Objektiven im Rucksack die Naturwunder Neuenglands zu erkunden. Leo hatte nicht nur ein Händchen dafür, die Schönheit in scheinbar alltäglichen Dingen sichtbar zu machen, sondern auch eine unstillbare Lust auf Abenteuer.

Im Nachhinein konnte sie nicht mehr sagen, ob sie sich so schnell mit ihm angefreundet hatte, weil sie ihn durch Toms rosarote Brille sah, oder ob es an Leos ungewöhnlicher Ausstrahlung gelegen hatte. So oder so, nach wenigen Monaten waren die drei praktisch unzertrennlich gewesen.

Sie schauten schlechte Filme und amüsierten sich über *Mystery Science Theater 3 000*. Sie verbrachten unzählige durchwachte Nächte in geliehenen Schlafsäcken unter freiem Himmel, weil sie unter Leos Führung zu waghalsigen Wandertouren aufgebrochen waren. Alles war gut gewesen – bis es zu der großen Katastrophe gekommen war, die in Megan auch nach all den Jahren noch eiskalte Panik heraufbeschwor, wann immer sie daran dachte.

Jetzt, am Tag vor ihrer Hochzeit, standen sie sich auf einmal wieder gegenüber. Megan hoffte inständig, dass sie sich die sehnsüchtige Erwartung in seinem Blick bloß einbildete.

Sie dachte an ihre letzte Begegnung zurück. Sie war mitten in der Nacht von einem Fotoshooting nach Hause gekommen und hatte ihn schlafend auf der Couch vorgefunden. Zuvor hatte sie ihn jahrelang nicht gesehen. Auch Tom schlief bereits.

Leo schlug ein Auge auf. Ohne ein Wort zu sagen, griff er in die Tasche seiner zerschlissenen Jeans, die er auf den Fußboden gelegt hatte, und holte ein zusammengefaltetes Stück Papier heraus, das er ihr gab. Er hatte ihr einen Zettel geschrieben, als wären sie noch in der Schule. Ganz vorsichtig faltete sie ihn auseinander, so als müsste sie Angst haben, vom Lehrer erwischt zu werden.

Du fehlst mir, stand darauf.

Die Worte waren schmerzhaft in ihrer Schlichtheit.

Wenn sie ehrlich war, fehlte er ihr auch. Er fehlte ihr seit ihrem unverzeihlichen Ausrutscher, und er würde ihr fehlen, bis es irgendwann nicht mehr wehtat. Denn sich seine Freundschaft zu versagen war die einzige Art, wie Megan sich bestrafen konnte. Und sie hatte Strafe verdient.

Sie hatte den Zettel in den Müll geworfen und ihm gesagt, er solle keinen Ärger machen. Dann war sie zu Tom ins Schlafzimmer gegangen.

Noch vor Morgengrauen war die Couch leer gewesen.

Jetzt sah sie ihn nach langer Zeit zum ersten Mal wieder, und von Tom war weit und breit keine Spur.

»Können wir irgendwo hingehen?« Trotz seines unsteten Lebens abseits ausgetretener Pfade und drückender Erwartungen war Leo gut gealtert.

»Klar …« Megan fiel der Pool des Resorts ein, der ein Stück abseits gelegen war. Nicht nur wimmelte es dort von Kindern und

Familien, der Geruch von Chlor hatte außerdem etwas zutiefst Unerotisches. »Wir können uns am Pool unterhalten.«

Doch als sie dort ankamen, setzte Leo sich natürlich nicht auf eine der dafür vorgesehenen Bänke, sondern schwang sich kurzerhand auf einen Picknicktisch. Wäre sie nicht so angespannt gewesen, hätte sie gelacht und gerufen: »Kannst du nicht wenigstens *einmal* das tun, was alle anderen tun?« Stattdessen nahm sie wortlos neben ihm Platz.

»Es ist schön, dich zu sehen«, sagte sie irgendwann, sich auf ihre Manieren besinnend.

»Es ist schön, *dich* zu sehen«, gab er mit sanftem Spott über ihre Förmlichkeit zurück. Doch gleich darauf bröckelte seine Fassade, und er ließ den Kopf hängen. »Ist es wirklich schön, mich zu sehen? Ich habe nämlich das Gefühl, du hasst mich.«

»Ich hasse dich nicht.« *Ich hasse mich selbst, weil ich so oft an dich denken muss.* Und sie fand sich erbärmlich, weil sie es zugab. »Du bist einer meiner absoluten Lieblingsmenschen, Leo«, sagte sie mit falscher Munterkeit. »Das warst du immer schon.«

Das schien ihn zu ermutigen, denn er hob den Kopf.

Das Schweigen zwischen ihnen war wie ein Meteorit, der auf der Erdoberfläche einschlug. Es war ein wundervolles und zugleich verstörendes Gefühl, jemanden zu vermissen, der ihr so nahe war, dass ihre Haare, hätte sie sie geschüttelt, seine Schulter gestreift hätten.

Sie musste irgendwie diese unerträgliche Spannung auflockern. »Leo, ich –«, begann sie, und im selben Moment sagte er: »Givens, ich habe so oft an dich denken müssen, seit …«

Beide verstummten gleichzeitig, und ihre Gedanken drifteten aufs offene Meer hinaus. Schuldgefühle drohten Megan von innen aufzufressen. Der Herzanhänger um ihren Hals speicherte die Hitze der Sonne und verbrannte ihr die Haut.

»Ich muss es einfach wissen. Denkst du manchmal noch daran, was zwischen uns passiert ist?«, fragte er nach einer Weile.

»Nein.« Die Heftigkeit, mit der sie dies sagte, überraschte sie.

Natürlich war das eine Lüge. Sie dachte oft daran. In Nächten, in denen die Schlaflosigkeit sie dazu trieb, ihren Platz im Bett neben Tom zu verlassen und ins Gästezimmer Schrägstrich Arbeitszimmer zu schleichen. Und an Tagen, an denen sie ihren Job verfluchte, statt dankbar dafür zu sein, weil sie nicht aufhören konnte, an die Träume zu denken, die sie dafür geopfert hatte.

Am Wochenende ihres Harvard-Abschlusses hatte das erste Treffen ihrer und Toms Eltern stattgefunden. Megan hatte sich die ganze Zeit im Stillen über die Hochnäsigkeit von John und Carol Prescott geärgert und sich zugleich für ihre Mutter geschämt, weil diese sich ebenso eifrig wie vergeblich bemühte, die beiden zu beeindrucken. Beim Abendessen vor der offiziellen Abschlussfeier fanden sie dann endlich ein gemeinsames Gesprächsthema: Megans Zukunft. Sie kamen überein, dass sie, während Tom sein Jurastudium begann, in Harvard bleiben und sich vielleicht für einen Masterstudiengang einschreiben sollte, ehe sie ihm nach New York folgte, wo er bei Prescott & Prescott einsteigen würde. Dass sie – ganz unabhängig davon – auch bereits einen Masterstudiengang und einen Umzug nach New York in Erwägung gezogen hatte, interessierte niemanden. Alle gingen wie selbstverständlich davon aus, dass sie tun würde, was für Tom am besten war, und das säte einen Keim der Verbitterung in ihr. Sie hatte das Gefühl, gar nicht wirklich wahrgenommen zu werden. Wenig mehr zu sein als ein Dekorationselement in Toms glorreichem Leben.

Bevor sie an jenem Abend getrennte Wege gingen, gab John ihnen noch folgende denkwürdige Worte mit auf den Weg: »Ehrlich gesagt überrascht es mich, dass eure kleine Liebelei so lange gehalten hat – nachdem Carol so bemüht war, Tom mit anderen jungen Frauen bekannt zu machen.« Er lachte herzhaft, als schwelge er in schönen Erinnerungen. »Aber Tom hat sich von all den feinen Damen und Kanapees nicht beeindrucken lassen, und nun sind wir hier.«

Tom schwieg.

Megan fühlte sich wie vor den Kopf geschlagen. Was für eine Demütigung. Warum hatte Tom ihr nie erzählt, dass seine Eltern versucht hatten, ihn mit anderen Frauen zu verkuppeln? Und warum hatte er ihnen in all der Zeit nicht befohlen, damit aufzuhören?

Später, nachdem sie ihren letzten Abend als Studenten gefeiert hatten, war Tom auf dem Fußboden ihrer Wohnung eingeschlafen. Megan, noch immer innerlich aufgewühlt von dem Essen mit ihren Eltern, hatte sich rausgeschlichen und war über die Feuertreppe aufs Dach geklettert, um zusammen mit Leo den Sonnenaufgang zu erleben.

Und dann traf sie die erste Entscheidung ihres Lebens, die nicht wohldurchdacht war und die ihre Erinnerung an die schrecklichen Worte von Toms Vater auslöschen sollte: Sie küsste Leo. Oder vielmehr: Leo küsste sie, und sie erwiderte den Kuss. Sie genoss das Gefühl seiner heißen Zunge in ihrem Mund. Ihre Finger erspürten die Konturen seiner Muskeln und seine glatte Haut, während er mit beiden Händen ihren Hintern umfasste. Doch die Berührung kam ihr nicht billig vor, sondern andächtig. Sie zerrte an seinem T-Shirt, er zog an ihrem Top. Er schob ihren Rock nach oben, sie öffnete den Reißverschluss seiner Hose. Jeder Augenblick war geprägt von Hast und Verzweiflung – ein Versuch, Gefühle einzufangen und festzuhalten, von denen keiner behaupten konnte, sie wären nur vorübergehend.

Sie hatten nicht bloß Sex miteinander, sie machten Liebe.

Denn liebte sie Leo etwa nicht? Als Freund, sicher. Aber war da vielleicht noch mehr?

Leo hätte jedenfalls nicht zugelassen, dass jemand sich verächtlich über ihre Familie äußerte oder sie wegen ihrer Herkunft beschämte. Leo hätte auch niemals erlaubt, dass seine Eltern ihm andere Frauen vor die Nase setzten, damit er sich von ihr trennte. Ganz im Gegenteil. Megan hatte Leos Eltern kennengelernt. Beide hatten sie gleich bei der ersten Begegnung herzlich umarmt und mit Komplimenten überschüttet.

Jede Geschichte von Liebe und Verlangen hatte ein Nachwort. In Megans Fall sah dieses Nachwort so aus: Als sie befriedigt waren und der Schweiß auf ihrer Haut im Morgenlicht glänzte, kehrte sie Leo wortlos den Rücken zu und ging, wie einem unsichtbaren Faden folgend, zurück nach unten zu Tom.

Es war derselbe Faden, der sie von Montana nach Harvard geführt hatte.

Von ihrem Platz ganz hinten in der Naturkatastrophen-Vorlesung zu einem anderen Platz fünf Reihen weiter vorn.

Es war der Faden, der sie zuverlässig vor zerstörerischen Entscheidungen bewahrte – schließlich war sie nicht Donna Givens – und stets zurück in Toms Arme führte.

Seit jener Nacht stammte alles, was sie über Leo wusste, entweder von Tom, aus den sozialen Medien oder von Leos berüchtigtem Blog. Sie erfuhr, dass er junge Leute auf Touren durch Thailand begleitete, mit ihnen ausgelassene Strandpartys feierte und den besonders Mutigen unter ihnen den Weg zu geheimen Drogenhütten wies. Sie sah ihn auf Fotos mit Frauen, die sich heftig in ihn verliebten, nur um ihn kurze Zeit später auf der Suche nach dem nächsten Abenteuer wieder davonfliegen zu sehen. Sie las die avantgardistischen Bücher, von denen er im Internet schwärmte, nachdem sie hocherfreut festgestellt hatte, dass er ein

Goodreads-Account besaß. Und jedes Mal löschte sie danach ihren Suchverlauf. Es war eine Art Ritual, um sich von der Scham des Was-wäre-wenn reinzuwaschen.

Doch wirklich geläutert fühlte sie sich nie. Und jedes Mal, wenn sie spätnachts ihrer Neugier erlag, hasste sie sich danach nur noch mehr. Zur Strafe erlaubte sie sich nicht, ihn zu sehen oder mit ihm zu sprechen, wenn es sich irgendwie vermeiden ließ.

In all den Jahren hatte Tom nie gefragt, weshalb ihr Kontakt zu Leo immer weiter einschlief. Vielleicht, weil sie ihm zu verstehen gegeben hatte, dass sie sich bemühte, neue Freundschaften auf der Arbeit zu knüpfen.

Jetzt versuchte sie, sich einzureden, dass sie keine Angst hatte. Dass die Gefühle von damals erloschen waren und sie kein Monster war, das immer noch Zuneigung für einen anderen Mann empfand.

Doch der scharfe Unterton in ihrer Stimme sagte etwas anderes. »Was willst du, Leo? Was erhoffst du dir von mir? Ausgerechnet heute?«

Statt eine Abwehrhaltung einzunehmen, blickte er lächelnd auf seine Hände, dann in die Sonne und schließlich in ihr Gesicht. »Ich hatte noch gar keine Chance, was zu sagen, und du bist trotzdem schon sauer auf mich. Warum? Ach, weißt du was? Eigentlich ist es mir egal. Es ist trotzdem schön, neben dir zu sitzen. Ich habe das Gefühl, seit Jahrzehnten deine Stimme nicht mehr gehört zu haben.«

Er drückte all ihre geheimen Knöpfchen – vor allem ihre Schwäche für seine entwaffnende Ehrlichkeit. Das machte sie nur noch wütender.

»Übertreib mal nicht. Ich habe immer ›Hallo‹ gerufen, wenn Tom mit dir telefoniert hat.«

»Aus der Küche oder dem Wohnzimmer.« Er zog sie auf, völlig

immun gegen ihre kaltherzigen Erwiderungen. Das Gespräch weckte eine bittersüße Nostalgie in ihr. »Wie lange bist du mir jetzt erfolgreich aus dem Weg gegangen?«

»Ich bin dir nicht aus dem Weg gegangen. Du hast mindestens ein Dutzend Mal auf unserer Couch gepennt.«

»Fünfmal.«

»Sechs.« Ihn zu korrigieren war ein Fehler gewesen. Jetzt wusste er, dass sie mitgezählt hatte.

»Aber jedes Mal, wenn ich übers Wochenende da war, musstest du länger arbeiten, und wir konnten uns nicht mal unterhalten.« Er zuckte selbstironisch mit den Schultern. »Du weißt echt, wie man einem Mann das Gefühl gibt, nicht erwünscht zu sein.«

»Wir mussten uns gar nicht unterhalten, du hast mir ja Zettel geschrieben.«

»*Einen* Zettel. Den du weggeworfen hast.«

Ja, sie hatte den Zettel weggeworfen. Genau wie sie ihre zahlreichen Mailentwürfe gelöscht und das Bedauern über Dinge, die sie getan hatte – und über Dinge, die sie *nicht* getan hatte –, aus ihrem Kopf verbannt hatte.

Leo senkte die Stimme. »Dann hast du Tom also nicht gesagt, er soll sich einen anderen Trauzeugen suchen?«

»Natürlich nicht.« Die Anschuldigung (war es das?) holte sie jäh in die Gegenwart zurück. »Was hätte ich denn sagen sollen? ›Bitte, Liebe meines Lebens, nimm nicht deinen besten Freund. Ich habe am Tag unseres Uniabschlusses mit ihm geschlafen‹?«

Eine nach Salz und Chlor riechende Brise ließ ihre Haare flattern. Sie spürte die Veränderung in Leo, noch ehe er den Mund aufmachte. Sein Lächeln erstarb, der Mut verließ ihn. Er legte eine Hand zwischen sie auf den Tisch und stützte sich mit seinem ganzen Gewicht darauf.

»Tom ist also definitiv die Liebe deines Lebens?« Er sprach so leise, dass sie fast glaubte, sich die Frage nur eingebildet zu haben. Doch er schien auf eine Antwort zu warten.

Wie konnte er sie das fragen? Am Wochenende ihrer Trauung? Einen Tag, bevor er neben Tom als dessen Trauzeuge am Altar stehen sollte? Und wie konnte sie seelenruhig hier mit ihm sitzen und es zulassen? Sie musste diese unmögliche Situation beenden. *Sofort*.

Sie winkte ab. Es war eine Geste, die sie an ihre Mutter erinnerte (sodass sie sich innerlich schütteln musste). »Wer sollte es denn sonst sein? *Du* etwa?« Sie lachte hell.

»Wäre das so abwegig? Bin ich so wenig liebenswert? Komm schon, Givens.« Leo kratzte sich am Kopf, dann rutschte er vom Tisch und drehte sich zu ihr um. All die Worte, die sie einander nie gesagt hatten, standen ihm ins Gesicht geschrieben. In seinen Augen sah sie noch eine Ahnung des Studenten, der die Hand nach ihr ausgestreckt hatte, als sie traurig und verunsichert gewesen war.

»Weißt du was? Ich *sollte* es sein. Ich«, beharrte er. Allmählich kam er in Fahrt. »Der Mann, der dich wirklich sieht. Der dich nicht ein einziges Mal gebeten hat, dich zu verbiegen. Der mit ansehen musste, wie furchtbar John und Carol mit dir umgesprungen sind, und der weiß, dass du was viel, viel Besseres verdient hast. Der dir während deines Masters in bildender Kunst immer wieder aufmunternde Briefe geschrieben hat. Im Übrigen solltest du deinen Abschluss lieber dafür nutzen, Dokumentarfilme zu drehen, statt Hochglanzbildchen für ein Männermagazin zu produzieren.«

Sie öffnete den Mund, um sich zu verteidigen, doch Leo ließ sie nicht zu Wort kommen. »Der dich nur ein einziges Mal lieben durfte, auf dem Dach eures Mietshauses an eurem letzten Tag in Harvard. Und der seit acht Jahren davon träumt, es wieder zu tun.«

Er sprach mit normaler Lautstärke, trotzdem hatte sie das Gefühl, als würde er sie anschreien und dabei allen Sauerstoff aus der Luft saugen.

»Ich weiß, dass es riskant ist, dir all das zu sagen. Ich bin nicht so selbstverliebt, dass ich damit rechne, dich mit einem einzigen Gespräch umzustimmen.« Er lachte bitter. »Und ich weiß, dass du morgen heiratest und dies der denkbar ungünstigste Zeitpunkt ist, um so ein Gespräch zu führen. Wahrscheinlich heißt das, dass ich ein schlechter Mensch bin … Aber ich weiß, dass ich mich noch schlechter fühlen würde, wenn ich *nichts* sage. So viele Jahre lang dachte ich, Tom würde dir guttun, aber jedes Mal, wenn ich mit ihm rede, merke ich, dass er immer noch unter der Fuchtel seiner Eltern steht.«

»Er steht nicht unter der Fuchtel seiner Eltern«, sagte Megan verärgert. Halbherzig fügte sie hinzu: »Die Prescotts haben hohe Ansprüche, ja. Aber wir kriegen das schon irgendwie hin.«

Die Falte zwischen Leos Augenbrauen vertiefte sich. »Sogar jetzt sieht man es dir an. Glaubst du, ich habe keine Augen im Kopf? Mag sein, dass die Insel hier dein Lieblingsort ist, aber alles andere an der Hochzeit trägt Johns und Carols Handschrift. Gib es doch zu, Tom überlässt ihnen immer noch die Führung in eurer Beziehung.«

Megans Kehle war trocken. Sie versuchte zu schlucken, um sprechen zu können, stellte dann jedoch fest, dass sie gar nicht wusste, was sie sagen sollte.

»Das kann ich ihm nicht verzeihen«, schloss Leo. »Dass du für ihn nicht das Wichtigste bist. Und zwar immer.«

Megans Herz klopfte warnend in ihrer Brust. Natürlich hatte es auch schwierige Zeiten mit Tom gegeben, und manchmal hatte sie sich jemanden gewünscht, der für sie eintrat. Allerdings hatte sie nicht damit gerechnet, dass dieser Jemand ausgerechnet jetzt auftauchte. Wie sollte sie mit Leos Geständnis umgehen? Mit diesem Gespräch?

Leos Stimme wurde immer leiser, und er ließ erneut den Kopf hängen. »Wenn du mir sagst, dass du glücklich bist und keine Zweifel hast, dann werde ich morgen neben Tom stehen und euch beiden das Beste für die Zukunft wünschen.«

Glücklich. Was bedeutete das Wort überhaupt?

Sie liebte Tom. Als sie am Morgen aufgewacht war, hatte sie sich von ganzem Herzen auf ihn gefreut. Aber wenn man ein einzelnes Wort zu oft wiederholte, klang es irgendwann wie Kauderwelsch, und genau das geschah gerade mit dem Wort »glücklich«. Sie dachte an Carol und an Donna. Daran, wie oft sie sich auf die Zunge gebissen und nicht das gesagt hatte, was sie eigentlich sagen wollte.

Trotzdem wusste sie, wie ihre Antwort ausfallen musste.

»Ich bin glücklich.« Ihre Worte klangen unaufrichtig, und sie konnte nicht verstehen, woran das lag.

»*Givens*.«

»*Leo*«, gab sie zurück, als wären sie Kinder, die ein Spiel spielten.

»Willst du ernsthaft für Tom die Hausfrau spielen und für *John* und *Carol* Enkelkinder produzieren?« Leo sprach die Namen mit einer solchen Verachtung aus, dass Megan sich fragte, ob Tom wusste, wie sehr Leo seine Familie hasste.

»Megan?« Er wartete, bis sie ihn ansah. »Willst du wirklich alles aufgeben, wovon du je geträumt hast, und mit dreißig Jahren Toms Familie darüber entscheiden lassen, wer du bist und was du machst? Sollen sie deine gesamte Zukunft bestimmen? Eine von A bis Z durchgeplante, absolut vorhersehbare Zukunft, die nichts weiter sein wird als eine Kopie ihres eigenen Lebens? Ich weiß genau, dass du so niemals glücklich werden kannst.«

»Warum geht dich das überhaupt was an?«, fauchte sie, denn seine Worte hatten sie ins Mark getroffen. Im nächsten Augenblick klingelte ihr Handy. Sie drückte den Anruf weg, ohne nachzuschauen, wer es war. »Was interessiert es dich, ob ich eine Prescott werde und lauter kleine Prescott-Babys zur Welt bringe? Du kennst mich doch gar nicht mehr.«

»Doch, Megan, ich kenne dich.« Es klang wie ein Gebet. »Früher waren wir jeden Tag zusammen. Du bist immer noch der Mensch, der nach einer Gelegenheit sucht, Gutes zu tun. Der die Welt nie sehen lässt, wie müde es dich macht, dich ständig um andere kümmern zu müssen. *Natürlich* kenne ich dich.«

Der Tisch wurde immer unbequemer, und Megan rutschte hin und her, um eine bessere Sitzposition zu finden. Sie war so zuversichtlich gewesen, bevor Leo aufgetaucht war. So sicher. Oder vielleicht doch nicht? Ihre Wut über die Art, wie er sie überrumpelt und aus dem Gleichgewicht gebrachte hatte, wurde immer größer. Sie musste ihn in seine Schranken weisen.

»Nein. Nicht mehr.« Als sie versuchte, tief einzuatmen, fühlte es sich an, als hätte sich ihre Lunge in ihrem Hals verklemmt. »Du kannst unmöglich wissen, wer ich jetzt bin.«

»Doch, das kann ich. Glaubst du, ich habe nicht mitbekommen, wie du dich in einer der härtesten Branchen der Welt behauptet hast? Noch dazu in einer Stadt wie New York? Du rockst deinen Job, während du dich ganz nebenbei auch noch um deine Familie kümmerst und eine Hochzeit organisierst.«

Megan versuchte, nicht zusammenzuzucken.

»Ich habe hautnah miterlebt, wie du immer und immer wieder die Interessen anderer über deine eigenen stellst – auch Toms. *Vor allem* Toms ... Hast du denn nie darüber nachgedacht, ob du lieber mit jemandem zusammen sein willst, der dir bei der Verwirklichung *deiner* Träume hilft, statt von dir ständig Rücksicht einzufordern?« Leo setzte sich wieder neben sie, wobei er darauf achtete, sie nicht zu berühren, auch wenn man am Zucken seiner Hände ablesen konnte, wie gern er es getan hätte. »Ich liebe Tom, aber er hat den falschen Weg eingeschlagen, und ich bin es leid, tatenlos zuzusehen, wie er dein Leben zerstört. Diese acht Jahre haben nichts geändert. Ich liebe dich nach wie vor, und inzwischen ist mir sonnenklar, dass das auch immer so bleiben wird.«

Wie oft hatte sie sich vorgestellt, dass er genau das zu ihr sagte, und sich danach dafür gehasst? Leo hielt es nie lange an einem Ort aus, geschweige denn in einer Beziehung. Tom hingegen ... Tom war ein Fels. Auf ihn konnte man sich immer verlassen. Sie hatte schon vor langer Zeit ihre Wahl getroffen.

»Tja«, sagte sie, um die Spannung abzuschütteln. »Dein Timing ist wirklich unvergleichlich, Leonardo. Ich frage mich, ob jemand ›Trauzeuge versucht, mit der Braut durchzubrennen‹ auf seiner Karte fürs Hochzeitsbingo stehen hat.«

Er zog die Brauen zusammen und öffnete den Mund. Sein Blick war so intensiv, dass sie das Gefühl hatte, er würde ein Loch in sie hineinbrennen. »Ja, du hast recht, mein Timing ist beschissen. Aber das hier ist meine letzte Chance, dich zu retten – dir die Möglichkeit zu geben, dich selbst vor etwas zu bewahren, was vielleicht ein riesengroßer Fehler sein könnte. Ich bitte dich: Entscheide dich für mich. Entscheide dich für *dich selbst*. Komm mit mir.«

Er meinte es tatsächlich ernst. Mehr noch: Er war der einzige Mensch, der wusste, wie Tom sich in Gegenwart seiner Familie verhielt. Und er sagte ihr, dass sie die Reißleine ziehen sollte. Auf einmal wurde ihr ganz heiß, und ihre Kehle war staubtrocken, sodass sie keinen klaren Gedanken mehr fassen konnte. Seit wann brannte die Sonne so vom Himmel?

Dann fiel ihr Blick auf eine Frau, die sich ihren dicken Babybauch hielt und ihr aus der Ferne zuwinkte. Ihre Tante Paulina. Die einzige vernünftige Person in der Verwandtschaft und Megans Lieblingstante. Neben ihr standen ihre Großmutter, die unter einem breitkrempigen Hut mit Roche-Harbor-Logo in die Sonne blinzelte, Brianna, die wieder mal nur Augen für ihr Handy hatte, und Donna, die Leo argwöhnisch beäugte, als würde sie alle seine Geheimnisse kennen.

Noch nie war Megan so froh gewesen, ihre Familie zu sehen. »Ich muss jetzt«, sagte sie und ging, ohne sich noch einmal umzudrehen.

Kapitel 4

Tom

»Ich kann nicht glauben, dass es hier nicht mal ein richtiges Klubhaus gibt«, sagte John zum dritten Mal, nachdem sie im nahe gelegenen Restaurant einen Burger gegessen und ein Bier dazu getrunken hatten und aufs Grün zurückgekehrt waren. »Bloß ein Mann und eine Kasse. Wo ist der Shop? Wo ist das Restaurant? Ich komme mir vor, als würde ich bei jemandem im Garten Golf spielen.«

»Und *ich* kann nicht glauben, dass man zwei Flieger und eine Fähre braucht, um hierherzukommen.« Brody bot Tom einen Schluck aus dem mittlerweile fast leeren Flachmann an.

»Wenn du es sagst, zählt es nicht«, murmelte Tom, trank aber trotzdem. »Das Trinkspiel funktioniert so, dass *Mom* es sagen muss.«

»Mom ist aber nicht hier, Ersatzteillager.«

Im Grunde war Tom nicht nach Trinken zumute. Und nach Golfspielen auch nicht. Warum hatte Megs ihn weggedrückt? Er hatte sich vergewissern wollen, dass sie da war, wenn er zurückkam, damit sie reden konnten. Richtig reden.

Leider hatten sein Vater und sein Bruder bei Entscheidungen immer die Mehrheit, und sie hatten beschlossen, noch einmal dieselben neun Löcher mit anderen Tees zu spielen.

Nicht zum ersten Mal wünschte er sich, Leo hätte die Einladung zum Golfen angenommen. Leider hatte er gesagt, dass er es nicht rechtzeitig schaffen würde. Leo kam Tom oft eher wie ein Bruder vor als Brody. Mit ihm an seiner Seite wäre der Tag bestimmt erträglicher gewesen. Er schaffte es immer, ihn zu beruhigen. Wäre er dabei gewesen, hätte er Witze gemacht und mit Tom zusammen überlegt, wie man Megs das mit dem Umzug am besten beibringen konnte.

»Fang du an, Broderick.« John klopfte Brody auf die Schulter und versetzte ihm einen sanften Stoß. Seine Ulysse-Nardin-Armbanduhr reflektierte das Sonnenlicht und blendete Tom einen Moment lang.

»Ach was, diesmal soll ruhig die zweite Geige loslegen.«

Brody machte oft Scherze darüber, dass er der Liebling ihrer Eltern war. Tom wusste nicht genau, ob er es tat, weil er sicher war, dass John und Carol sie insgeheim beide gleichermaßen liebten, oder weil er sich keinen Reim auf die offensichtliche Bevorzugung machen konnte. Unterm Strich schien sich Brody für ihre Anerkennung kein bisschen anstrengen zu müssen. Dass er einen Puls hatte, genügte. Früher waren John und Carol zu jedem seiner Tennismatches gekommen und hatten eigens gedruckte Karten verschickt, wann immer er irgendeinen Abschluss erlangte. Als Brody sich für das andere Geschlecht zu interessieren begann, hofierten John und Carol die Eltern jeder seiner Auserwählten geradezu. Er hatte unmittelbar nach dem College geheiratet, und bis zum heutigen Tag gingen John und Carol jede Woche mit seinen Schwiegereltern zum Brunch. Im Gegensatz dazu trafen sie Megans Mutter an diesem Wochenende erst zum dritten Mal.

Oft wusste Tom nicht einmal, weshalb er sich so abstrampelte. Wollte er seinen Bruder einholen? An ihm vorbeiziehen? Er wusste nur, dass er sich danach sehnte, endlich irgendeine Wertschätzung seiner Eltern zu bekommen.

Es hatte Zeiten gegeben, da hatte er versucht, aus dem Wettrennen mit seinem Bruder auszusteigen. Auf der Highschool etwa hatte er sich, als er Brody und seine Clique von Angebern leid war, mit einigen Mitgliedern der Volleyballmannschaft angefreundet. Zusammen hatten sie sogar eine Garagenband gegründet – ein kurzlebiges und nicht sehr erfolgreiches Projekt. Dieser zaghafte Akt der Emanzipation hatte bei seinen Eltern kaum Beachtung gefunden. Der nächste Versuch erfolgte zu Beginn seiner Karriere, als er sich statt bei Prescott & Prescott in einer kleinen Kanzlei bewarb, die ein etwas menschenfreundlicheres Geschäftsmodell verfolgte als die Firma seines Vaters. Seine Mutter fand es heraus und beschuldigte ihn, den Namen der Familie verraten zu haben – ein Vorwurf, der Tom mit tiefer Scham erfüllte. Wie hatte er sich nach allem, was sein Vater in seine Ausbildung investiert hatte, gegen Prescott & Prescott entscheiden können? Zumal er damit die Gelegenheit verschenkte, mehr Zeit mit ihm und seinem Bruder zu verbringen?

Sie erzählten John und Brody nichts davon, dass Tom kurz davor gewesen war, abtrünnig zu werden. Am Ende war er doch zu Prescott & Prescott gegangen, ohne noch einmal zurückzublicken.

»Du hältst dein Eisen wie einen Baseballschläger«, rief John ihm zu, als er sich zum Abschlag bereit machte.

»Bis jetzt hat er bei keinem Loch auch nur ein Par geschafft, Dad. Vielleicht denkt er, dass seine Chancen auf einen Homerun besser stehen.«

Während die beiden lachten, hob Tom den Schläger und

schwang ihn mit verbissener Kraft. Selbst er musste zugeben, dass seine Haltung sichtlich darunter litt.

»Vielleicht sind wir ja auch beim Tennis?« Brody kam zum Abschlagspunkt getrabt und klatschte Tom mit dem Golfhandschuh auf den Hintern. Natürlich schlug er seinen Ball in einem wunderschönen Bogen über das Fairway. Danach verbeugte er sich demonstrativ. Der Schlag seines Vaters war ähnlich perfekt.

»Was sagt Megan eigentlich zu eurem Umzug?«, fragte John unvermittelt, nachdem er die Landung seines Balls beobachtet hatte.

»Ich habe noch nicht mit ihr darüber gesprochen.« Die Golfpartie half nicht gerade dabei, die Verspannung in seinem Nacken zu lösen, und bei der Erwähnung des bevorstehenden Umzugs zog sich sein Brustkorb schmerzhaft zusammen.

Anfangs hatte er aus Rücksichtnahme geschwiegen. Er wollte nicht zu ihrem alltäglichen Stress beitragen, sondern erst dann etwas sagen, wenn es wirklich feststand. Er hätte nie gedacht, dass sich die Sache bis zum gestrigen Abend hinziehen würde. Jetzt kam es ihm extrem taktlos vor, auf einen gestohlenen Moment vor dem Jawort zu warten. Was hatte er sich nur dabei gedacht?

Brody lachte tief aus dem Bauch heraus. »Du heiratest morgen und hast deiner Braut noch nicht gesagt, dass ihr bald nach Missouri zieht? Manchmal bist du echt die dümmste Intelligenzbestie, die ich kenne.«

Konnte es sein, dass er gerade einen Herzinfarkt erlitt? Er hatte so einen seltsamen Kupfergeschmack im Mund. Aber natürlich war es auch vorstellbar, dass er sich einfach nur auf die Zunge gebissen hatte und sein eigenes Blut schmeckte.

John wurde still. Beängstigend still. Je stiller sein Vater wurde, desto größer wurde Toms Bewegungsdrang. Er wollte joggen gehen. Einen Stepptanz aufführen.

»Gibt es vielleicht irgendwas, was du *mir* noch nicht gesagt hast?« John scrollte durch sein Handy. »Ian schreibt, das Geschäftsessen sei gut gelaufen. Es hat ihn sehr gefreut, dass du die Stelle als Inhouseberater angenommen hast und bereit bist, ins Hauptquartier zu wechseln.«

Es war zwar ein bisschen unorthodox, kam jedoch nicht zum ersten Mal vor, dass ein schwieriger Mandant eine solche Forderung stellte. Einer von Toms alten Studienfreunden war vergangenes Jahr auf Bitten einer Ölfirma hin nach Texas gezogen.

»Ich werde es ihr sagen«, versicherte er. Und das würde er auch. Er hatte einen Plan. Einen Plan, der immer wieder durchkreuzt wurde und den er nie in die Tat würde umsetzen können, wenn er nicht endlich mit dieser Golfpartie fertig wurde. Etwas von dieser Größenordnung musste mit Fingerspitzengefühl angegangen werden. Tom würde Megan nicht damit behelligen, bis sie Zeit hatten, sich in Ruhe zu unterhalten.

Eigentlich, versuchte er, sich Mut zu machen, war es doch aufregend – gewissermaßen eine Hochzeitsüberraschung für sie. Er konnte sich schon ausmalen, wie sie lachen würde, wenn sie hörte, was für eine Gehaltserhöhung mit dem Jobwechsel einherging. Eine gute und schlechte Nachricht zugleich, so würde sie es betrachten. Und hoffentlich würde sie erkennen, dass der Zeiger stärker in Richtung der guten Nachricht ausschlug.

John rückte seine Schirmmütze zurecht. »Es gibt Dinge, die man beeinflussen kann, und Dinge, auf die man keinen Einfluss hat. Wie hart man arbeitet, entscheidet man immer selbst. Darauf kann man stolz sein – wenn man ein Mann ist, der bis an seine Grenzen geht, um herauszufinden, aus welchem Holz er geschnitzt ist. Wenn du dem Job nicht gewachsen bist, Thomas, oder wenn du es nicht ernst meinst ...« Johns Stimme enthielt eine unmissverständliche Drohung. Eine Herausforderung.

»Ich bin dem Job gewachsen«, sagte Tom. »Du hast es doch selbst gesagt, das Essen gestern Abend war ein voller Erfolg. Sie reden schon seit Monaten davon, dass ich zu ihnen wechseln soll. Niemand hat seine Meinung geändert.«

Nicht einmal Tom, der wusste, dass ein Nein keine Option war, und deshalb auch keine Sekunde lang mit dem Gedanken gespielt hatte, das Angebot abzulehnen. Stattdessen hatte er sich dazu gezwungen, ausschließlich das Positive an der Situation zu sehen: Er würde mehr Geld bekommen, noch dazu an einem Ort, wo die Lebenshaltungskosten deutlich niedriger waren als in New York. Es war eine einmalige Karrierechance, die höchstwahrscheinlich sogar kürzere Arbeitszeiten bedeuten würde. Er würde wieder mehr Zeit für Megs haben, und sie konnten sich endlich ein Haus mit einem richtigen Garten leisten. Er wusste, dass es Dinge gab, die sie an Montana vermisste, und viele dieser Dinge würde sie in Missouri endlich haben können. Im Grunde musste sie gar nicht viel aufgeben. Sie konnte bei *GQ* einfach die Abteilung wechseln und künftig aus dem Homeoffice arbeiten. Sobald sie den ersten Schock überwunden hatte, würde sie sich bestimmt freuen. Er kannte sie. Er wollte nur nicht, dass sie besagten Schock während des Probedinners verarbeiten musste. Warum nahm diese Golfpartie kein Ende?

Johns Handy klingelte. Er entfernte sich einige Schritte und hielt sich den Finger ins Ohr, während er telefonierte. Am veränderten Klang seiner Stimme erkannte Tom, dass es sich um ein geschäftliches Gespräch handelte. Sein Vater besaß die verstörende Fähigkeit, seinen Mandanten das Gefühl zu vermitteln, dass sie alleroberste Priorität hatten, und zugleich klarzustellen, dass er selbst die mit Abstand wichtigste Person war.

»Wenn du nicht willst, dass sie dich am Altar stehen lässt, sagst du es ihr besser schnell«, meinte Brody. »Sonst verplappert sich noch jemand. Auf unserer Seite der Familie wissen alle Bescheid, und sie sind im Hotel mit Megan, während du hier auf dem Golfplatz rumstehst.«

Tom brach der Schweiß aus, und plötzlich bekam er einen brennenden Durst. Er war angetrunken. Ein Nachtflug ohne Frühstück, dann das Gesöff aus Brodys Flachmann auf nüchternen Magen – im Nachhinein erschien ihm das wie eine ganz schlechte Idee.

Brody hat recht.

Warum hatte er nicht früher daran gedacht? Jeder aus seiner Familie war über den bevorstehenden Umzug im Bilde. Wenn Megs es von jemand anderem erfuhr, konnte er dem geplanten Vieraugengespräch Lebewohl sagen.

Tom hatte das Gefühl, sich übergeben zu müssen. Vielleicht würde er auch ohnmächtig werden? So oder so, die Zeit wurde knapp. Die Situation war wie eine tickende Bombe. Er durfte nicht riskieren, dass sie hochging und ihm um die Ohren flog.

Während John und Brody ihren nächsten Schlag besprachen, rannte er zum Auto. Eine Hand fummelte am Schlüssel, mit der anderen wählte er die Nummer der Frau, die er über alles liebte. Die Frau, die er als seine Familie sah. Die einzige Person auf der Welt, die er noch weniger enttäuschen wollte als seinen Vater. Sie ging nicht ran. Als Nächstes schrieb er Leo eine Nachricht und fragte ihn, ob er Megs gesehen hatte. Von ihm kam ebenfalls keine Antwort. Vielleicht lag es am schlechten Netz. Oder vielleicht hatte Leos Flieger Verspätung.

Weil er es so eilig hatte, auf die andere Seite der Insel zu kommen, fuhr er deutlich schneller, als das Tempolimit es erlaubte, und parkte mehr schlecht als recht am Rand des gekiesten Hotelparkplatzes. Es war ihm egal, ob er ein Knöllchen bekam. Er musste so schnell wie möglich zu Megs.

Er stellte sich vor, wie sie seiner Mutter über den Weg lief, die ihr anbot, beim Packen für Missouri zu helfen (obwohl dazu eine Persönlichkeitstransplantation nötig gewesen wäre), oder jemand aus der Firma ihr zu Toms Beförderung gratulierte (die Tom ihr gegenüber zwar angedeutet, jedoch nie direkt angesprochen hatte aus Angst, dann auch den Umzug in den Mittleren Westen erwähnen zu müssen). Es gab eine Milliarde verschiedener Möglichkeiten, wie er auffliegen konnte, und er hätte sich am liebsten in den Arsch gebissen, weil er die Angelegenheit so lange vor sich hergeschoben hatte.

Brody hatte recht. Für jemanden, der in Harvard Jura studiert hatte, war er manchmal ein riesengroßer Idiot.

Er ließ den Blick durch die Hotelhalle schweifen, rannte die Treppe hinauf zu ihrer Suite und dann wieder nach unten, um am Anleger zu suchen. Der Schweiß lief ihm in Strömen herunter, und er wurde immer panischer. Er hatte gerade vergeblich den Markt abgeklappert, als er Megs zusammen mit ihrer Großmutter, Paulina, Donna und Brianna durch das Fenster des Friseursalons erspähte.

Er ließ die Schultern hängen. Jetzt war nicht der richtige Zeitpunkt für ein Gespräch. Er würde warten müssen, bis sie wieder allein war.

Er fand eine freie Bank mit Blick aufs Wasser und formulierte verschiedene Nachrichten an sie.

Wir müssen reden.

Können wir uns vor dem Abendessen noch mal treffen?

Es gibt da was, was ich dir sagen muss.

Doch am Ende löschte er jede einzelne wieder. Sie klangen zu Unheil verkündend. Megs würde vom Schlimmsten ausgehen und glauben, dass er eine Affäre gehabt hatte oder die Hochzeit abblasen wollte. Dabei hatte er doch *gute* Neuigkeiten. *Mehr Geld, mehr Verantwortung,* sagte er sich. *Mehr Zeit füreinander. Ein Neuanfang.*

Dies war das Mantra, das er seit mittlerweile fast zwei Monaten im Kopf hatte. Aber warum? Warum hatte er das Thema nicht früher angesprochen? Sein schlechtes Gewissen schnürte ihm die Luft ab.

Er hätte die Karten von Anfang an auf den Tisch legen müssen.

Je mehr diese Gedanken an ihm nagten, desto deutlicher wurde ihm, dass er und Megs sich im Alltagstrott verloren hatten. Sie hatten kaum noch andere Gesprächsthemen als die Arbeit.

Er konnte nicht sagen, wann genau sie aufgehört hatten, sich über Wesentliches zu unterhalten, und er wusste auch nicht, *weshalb* sie damit aufgehört hatten. Wann waren ihre Gespräche zu einer Aneinanderreihung belangloser Routinephrasen verkommen? Er hatte sich wirklich bemüht, den passenden Moment zu finden, um es ihr zu sagen, aber ein so wichtiges Thema quasi im Vorübergehen anzusprechen, zwischen Nachhausekommen und der Frage, in welchem Restaurant sie ihr Essen bestellen wollten, war ihm nicht passend vorgekommen. Und wenn sie gemeinsam zu Abend aßen und von ihrem jeweiligen Arbeitstag berichteten, waren sie meistens so erschöpft, dass sie sich danach einfach nur noch vor den Fernseher setzen, die Beine hochlegen und irgendeine hirnlose Serie glotzen wollten.

So ging es schon seit Tagen, Wochen, Monaten.

Wenn er Megs nicht erreichen konnte, brauchte er dringend jemand anderen zum Reden. War Leo inzwischen eingetroffen? Ein Blick auf sein Smartphone verriet, dass Tom schon wieder keinen Empfang hatte.

Momentan gab es in seinem Leben nicht viele Menschen, denen er sich anvertrauen konnte. Wegen Megs und seiner Arbeit hatte er den Kontakt zu vielen alten Freunden aus dem Studium verloren. Er hatte sich bemüht, mit den Kollegen bei Prescott & Prescott über reine Oberflächlichkeiten hinauszukommen, aber das hatte sich als vergeblich erwiesen – nicht zuletzt, weil sein Name auf dem Firmenschild stand.

Er scrollte durch seine Kontaktliste. Wie es schien, war er auf sich allein gestellt.

Er blinzelte in die Sonne, sah zu, wie Boote an- und ablegten, und zermarterte sich das Hirn darüber, ob Megs ihm vielleicht irgendwelche Hinweise gegeben hatte, anhand derer er abschätzen konnte, wie sie auf seine Nachricht reagieren würde oder ob sie etwas ahnte.

Sie hatten sich noch nie gestritten. Megan konnte ihre Gefühle kontrollieren wie keine Zweite. Nicht, dass sie ein Roboter gewesen wäre, ganz im Gegenteil, sie war der warmherzigste Mensch, den er kannte. Sie umarmte, als gäbe es kein Morgen, und wenn sie »Wie geht es dir?« fragte, war sie ehrlich an einer Antwort interessiert. Manchmal kam sie abends nach Hause und beschwerte sich über einen Verkäufer, der sie schlecht behandelt hatte, aber statt sich in ihren Groll hineinzusteigern, atmete sie tief durch und legte das Erlebnis dann zu den Akten. Und wenn sie wieder mal ein besonders aufreibendes Telefonat mit Donna hinter sich hatte, zog sie sich nicht die Decke über den Kopf oder warf mit Gegenständen um sich, sondern nahm, nachdem sie ihre anfängliche Fassungslosigkeit überwunden hatte, ihr Schicksal tapfer an und fragte Tom, ob sie ihm beim Kochen zusehen dürfe. (Sie hatten schon früh festgestellt, dass sie in der Rolle als Zuschauerin deutlich kompetenter war als in der als Souschef.)

Tom selbst hatte praktisch von Geburt an gelernt, dass emotionale Ausbrüche jeglicher Art nicht geduldet wurden. Wenn man Gefühle hatte – ein derart geschmackloser Gedanke, dass Toms Mutter Worte wie »Depressionen«, »Angst« oder auch nur

»Leiden« nicht einmal in den Mund nahm –, gehörte es zum guten Ton, sie zu unterdrücken. Allenfalls konnte man sie als Treibstoff nutzen, um weiter durchzustarten. Oder in Toms Fall: die Karriereleiter bei Prescott & Prescott hinaufzuklettern.

Er rieb sich die brennenden Augen. Sein ganzer Körper fühlte sich blutunterlaufen an.

Denn wenn er von seinem Stress und seiner Angst absah, kam er sich wie das letzte Arschloch vor, weil er Megan nicht von Anfang an mit einbezogen hatte. Sie hätten gemeinsam besprechen können, was ihm an dem Umzug nach Missouri Sorgen bereitete und worüber er sich freute – lange, bevor die Entscheidung endgültig geworden war. Sicher, Megs hatte viel um die Ohren, aber er hätte es ihr trotzdem sagen müssen. Irgendwann hatten sie aufgehört, sich einander anzuvertrauen, und er hatte keine Ahnung, warum. Morgen würden sie einander das Jawort geben. Er wusste, dass er auf ihre Unterstützung bauen konnte. Vielleicht wäre sie anfangs verärgert oder gekränkt, aber sie würde es definitiv verstehen. Und er würde sich etwas einfallen lassen, um sein Versäumnis wiedergutzumachen. Keine Überraschungen mehr. Von nun an würde er darauf achten, offener zu sein. So etwas würde ihm nie wieder passieren.

Kapitel 5

Megan

Natürlich war Megan klar gewesen, dass sie sich vor dem Probedinner mit Donna und Brianna würde herumschlagen müssen, trotzdem hatte sie die ganze Veranstaltung irgendwie romantisiert. Sie würde zusammen mit Paulina in Erinnerungen an deren Hochzeit schwelgen, sich Haare und Make-up machen lassen und endlich sehen, wie all die vielen Details, an denen sie anderthalb Jahre lang gefeilt hatte, lebendig wurden. Auf dem Schild am Eingang zum Festsaal stand das Motto ihrer Feier, *Besser zusammen* (eine Anspielung auf »Better Together«, den einzigen Song, den Tom auf seiner sträflich vernachlässigten Ukulele spielen konnte). Die Tischdekoration enthielt Anemonen (die Blumen, die Tom ihr bei ihrem allerersten Date geschenkt hatte), und überall im Raum fanden sich kleine Dinge, die ihren Charakter und die Wärme und Beständigkeit ihrer Beziehung widerspiegelten.

Carol mochte über Umfang und Jahreszeit der Hochzeit bestimmt haben, aber Megan hatte alles dafür getan, dass die Feier trotzdem ihre ganz eigene Handschrift trug. Sie wollte, dass Tom und sie das Wochenende genießen konnten, selbst wenn sie gewisse Zugeständnisse machen mussten, deshalb hatte sie überall, wo es ging, persönliche Elemente eingefügt. Es würden Songs aus ihren alten Playlists vom College gespielt werden, und auf den Tischen standen kunstvoll gerahmte Fotos ihrer gemeinsamen Abenteuer, zum Beispiel von dem Segelkurs, den sie einmal auf der Insel gemacht hatten, oder den Wochenendtrips, die sie gelegentlich unternahmen, um wenigstens für kurze Zeit aus ihrem stressigen Alltag zu entfliehen.

Doch als sie nun, umringt von Freunden und Verwandten, die ihr alles Gute für die Zukunft wünschen wollten, im eigens reservierten privaten Speisesaal des Hotelrestaurants stand, kreisten ihre Gedanken ausschließlich um ihr Gespräch mit Leo.

Im Grunde, sagte sie sich, lag es bloß daran, dass sie Tom den ganzen Tag über nicht gesehen hatte. Er war so etwas wie ihr Prüfstein, und eigentlich hatten sie sich vor dem Dinner noch einmal treffen wollen, aber erst hatte der Friseurbesuch länger gedauert, und dann hatte Paulina sie noch um ein spontanes Fotoshooting gebeten. Die lange Trennung von Tom und die Begegnung mit Leo hatten ein Gefühl der Haltlosigkeit ausgelöst. Ein vages Unbehagen hatte Besitz von ihr ergriffen.

Sie schob ihre Gewissenbisse beiseite und versuchte, sich an der schönen Umgebung und ihrem champagnerfarbenen Kleid zu erfreuen, dessen Spitzenbesatz mit dezenten Metallicfäden durchwoben war, die leicht schimmerten, während sie sich durch den Raum bewegte.

Die Tische waren mit weißem Leinen, blank poliertem Tafelsilber und glänzendem Porzellan eingedeckt. Durch das große Fenster konnte man bereits die ersten Sterne sehen. Noch leuchteten sie schwach am dämmrigen Himmel, trotzdem musste Megan bei dem Anblick unwillkürlich an den Abend ihrer Verlobung denken.

Tags zuvor hatten sie zusammen mit Freunden in einem koreanischen Restaurant im East Village Megans achtundzwanzigsten Geburtstag gefeiert, und aus unerfindlichen Gründen war der Abend mit einem Heulkrampf auf dem Sofa zu Ende gegangen. Tom hatte sie im Arm gehalten, während sie hemmungslos schluchzte und das Durcheinander ihrer Gefühle in Worte zu fassen versuchte. Sie war schon wieder ein Jahr älter geworden. Sie ging stramm auf die dreißig zu und hatte keine Ahnung, wer sie war, wo sie im Leben stand und wie sie dorthin gekommen war. Sie fragte sich, ob Tom irgendwann nicht mehr so viel arbeiten musste und wann sie endlich das gute Gefühl haben würde, sich das Leben, das sie führte, selbst ausgesucht zu haben, statt lediglich hineingestolpert oder von anderen hineingedrängt worden zu sein. Es gab Tage, da erkannte sie sich selbst kaum wieder. War das der berüchtigte Friss-oder-stirb-Moment, vor dem alle sie gewarnt hatten, ehe sie nach New York gezogen waren?

Sie versuchte, ihm zu erklären, dass sie sich nach einer Zeit zurücksehnte, in der sie nicht permanent überfordert und erschöpft gewesen war, und dass sie ihre Familie vermisste, die sie von Herzen liebte, selbst wenn sie sie manchmal in den Wahnsinn trieb. Sie gestand ihm auch, dass sie Heimweh nach Montana hatte. Sie wollte, wenn sie vor die Tür trat, nicht die Lichtverschmutzung der Großstadt sehen, sondern einen weiten Himmel voller Sterne, weil der Anblick ihr Kraft und Halt gab. Die Unendlichkeit des Universums vermittelte ihr das Gefühl, winzig zu sein. Sie half ihr, am Boden zu bleiben und sich von den Mühen des Alltags nicht unterkriegen zu lassen.

Als sie am darauffolgenden Abend nach einem langen Fotoshooting und einer noch längeren Redaktionssitzung nach Hause kam, erwartete sie ein romantisches Abendessen bei Kerzenschein. Nach dem Dessert verkündete Tom, dass er eine Überraschung für sie habe. Er löschte in der ganzen Wohnung das Licht, und an der Decke glommen unzählige fluoreszierende Sterne auf.

»Ich habe sehr lange darüber nachgedacht, was du gestern Abend gesagt hast. Ich kann dir nicht alles geben, was dir fehlt, aber hier ist immerhin dein Sternenhimmel«, sagte er leise. »Und ich möchte dir gerne auch noch etwas anderes schenken ...« Sie hörte das Aufschnappen einer Schmuckschatulle, dann ging er vor ihr auf die Knie. Völlig überwältigt von seiner Geste, sank sie neben ihn.

Es war eher eine gegenseitige Liebeserklärung als ein klassischer Antrag. Sicher, Tom hatte den Ring gekauft, aber die alles entscheidende Frage – genau wie die Antwort – kam von ihnen beiden gemeinsam.

Megan nahm zunächst Kurs auf den Tisch, an dem ihre Großeltern saßen, und begrüßte sie mit einem Kuss auf die papierzarte Haut ihrer Wangen. Obwohl ihre Gran sich in alles einmischte, waren ihr starker Wille und ihre Hingabe an die Familie Megan stets ein Vorbild gewesen. Im Gegensatz dazu war Megans Großvater ein ausgesprochen sanfter Mensch, der nur dann das Wort ergriff, wenn er das Gefühl hatte, auch wirklich etwas zu sagen zu haben. Er war immer zur Stelle, um einem seine Strickjacke anzubieten, wenn man fröstelte, oder einem Kleingeld für Süßigkeiten zuzustecken. Megans Liebe zu ihm war mit den Jahren nur noch stärker geworden. In Tom hatte sie von Anfang an einen Teil dieser Herzensgüte gesehen.

Kurz darauf betrat Tom den Saal. Er sah gut aus wie immer, wirkte allerdings ein wenig zerstreut. Sie umarmte ihn flüchtig und gab ihm einen Kuss, ehe ihre Großeltern dazwischengingen, um ihn ebenfalls zu begrüßen. Er schien ihr etwas sagen zu wollen, doch ehe er Gelegenheit dazu hatte, wurde er von Carol in Beschlag genommen, die ihn mit sich davonzog, damit er sich den anderen Gästen widmete.

»Ich bin so froh, dass du beschlossen hast, hier zu feiern, Meggy.« Gran tätschelte ihr die Wange, als wäre sie ein Kind, und Megan genoss den kleinen Moment der Vertrautheit.

»Es ist alles so schön«, fügte ihr Großvater hinzu.

Während sie sich mit ihren Großeltern unterhielt, kehrten die Gefühle von Ruhe und Heimat zurück, die Megan mit der Insel verband. Aus ihnen schöpfte sie Kraft für den bevorstehenden Abend.

Das Dinner sollte um neunzehn Uhr beginnen. Tom war in der Kanzlei so eingespannt gewesen, dass er ihren Menüvorschlag lediglich mit einem »Hört sich gut an« quittiert hatte. Als Vorspeise würde es Salat des Hauses mit Wildlachs-Crostini geben, danach Krabben mit Safrancreme sowie Hähnchenbrust im Speckmantel, mit wildem Blütenhonig glasiert. Zum Dessert würden handgemachte Schokoladentrüffel sowie eine Auswahl an Macarons gereicht.

»Sollten wir die Familien vielleicht ein bisschen mischen?«, fragte Donna, als sie an den Tisch der Brautleute trat. Sie warf sich ihr Tuch über die Schulter und blieb unschlüssig hinter den Stühlen stehen. »Sodass wir immer abwechselnd sitzen – Prescott, Givens, Prescott, Givens?« (Obwohl sie viermal verheiratet gewesen war, hatte Donna ihren Mädchennamen behalten und darauf bestanden, dass auch ihre Kinder ihn trugen.)

»Was für eine entzückende Idee«, entgegnete Carol, ehe sie neben ihrem Ehemann Platz nahm. »Aber es wäre doch schrecklich, wenn Sie am Ende zwischen John und Brody landen und die sich die ganze Zeit über Ihren Kopf hinweg über die Arbeit unterhalten.«

Donna schaffte es, nur ein bisschen eingeschnappt auszusehen, als sie sich neben Brianna setzte, die bereits mit beiden Händen beherzt in den Brotkorb langte. Der freie Stuhl zu ihrer Linken war für Alistair bestimmt, sollte der sich noch bequemen zu erscheinen.

Sobald alle Gäste saßen, wollten Megan und Tom den Abend offiziell einläuten, indem sie ihren Trauzeugen (Paulina und Brianna aufseiten der Braut, Leo und Brody aufseiten des Bräutigams) zum Dank kleine Geschenke überreichten.

Megans Lächeln war ein wenig verkrampft, als sie auf die imaginäre Armbanduhr an ihrem Handgelenk tippte, um ihrem Verlobten zu signalisieren, dass es Zeit war anzufangen. Tom nickte und erhob sich zusammen mit ihr von seinem Platz, sagte jedoch seltsamerweise kein Wort, sondern trommelte lediglich mit den Fingern gegen sein Bein, ein nervöser Tick, den sie gut kannte. Scheinbar fühlten sie sich beide in der Situation nicht ganz wohl. Aber was war los? Sie schob die Frage beiseite – dafür war jetzt nicht der richtige Zeitpunkt – und besann sich stattdessen auf den Ablaufplan des Abends.

»Tom und ich möchten uns bei euch allen für eure lieben Wünsche bedanken und dafür, dass ihr euch die Mühe gemacht habt herzukommen, um mit uns zu feiern.« Megan hasste es, vor Publikum zu sprechen. Die Worte kamen ihr nur schleppend über die Lippen, und sie wusste nicht genau, was sie überhaupt sagen sollte. Es ärgerte sie, dass Tom ihr auch in dieser Sache die Führung überließ, obwohl es ihm im Gegensatz zu ihr nichts ausmachte, vor größeren Menschengruppen zu reden. »Unser größter Dank gilt natürlich unseren Trauzeugen, deshalb möchten wir ihnen zum Zeichen unserer Wertschätzung nun eine Kleinigkeit überreichen.«

Sie holte vier professionell verpackte Präsente aus einem Beutel unter dem Tisch. Darin befanden sich aufwendig gravierte

Armbänder für die Trauzeuginnen der Braut und je ein Paar unoriginelle Manschettenknöpfe für Toms Trauzeugen, da er das Besorgen der Geschenke bis zum allerletzten Moment aufgeschoben hatte. Applaus schwappte durch den Saal, als die Päckchen die Besitzer wechselten.

Weil Megan keine Ahnung hatte, was sie sonst noch sagen sollte, stammelte sie lediglich: »Und jetzt ... guten Appetit!«, und deutete auf das Essen, das bereits auf den Tischen angerichtet war. Sie wollte keine Sekunde länger im Fokus der allgemeinen Aufmerksamkeit stehen.

Jetzt erbarmte Tom sich doch noch. »Aber falls einer von euch gerne einen Toast ausbringen möchte, nur zu!« Er beugte sich zu Megan. »Das war doch der Plan, oder?«, raunte er ihr ins Ohr.

Natürlich war das der Plan. Während des offiziellen Empfangs nach der Trauung würden nur ihre Eltern, ihre Tante Paulina sowie Toms bester Freund Leo (o Gott) eine Rede halten, deshalb hatten sie beschlossen, während des Probedinners auch den anderen Gästen die Möglichkeit zu geben, ein paar Worte zu sagen.

Sie nickte mit einem erzwungenen Lächeln. Wie konnte er sie so bloßstellen, obwohl sie doch diejenige gewesen war, die den Plan immer wieder mit ihm durchgesprochen hatte?

Wein wurde eingeschenkt, und große Platten mit Meeresfrüchten und Salat wurden herumgereicht, von denen sich – sehr zu Carols Entsetzen – jeder selbst bedienen konnte. Ihre Schwiegermutter hatte mehr als einmal durchblicken lassen, dass ihrer Ansicht nach jeder Gast das Essen auf seinem eigenen Teller serviert bekommen solle und die von Megan favorisierte Anrichteweise annähernd so vulgär sei wie ein *Büfett*.

Ein Gast nach dem anderen stand auf, um den Brautleuten zu gratulieren. Auch Donna versuchte immer wieder, etwas zu sagen, doch sobald sie Anstalten machte, sich von ihrem Stuhl zu erheben, durchkreuzte Carol ihre Pläne, indem sie ihr irgendeine belanglose Frage über Montana stellte. (»Was sagtest du noch, wie viele Einwohner hat Great Falls?«)

Megan versuchte, sich auf die nicht enden wollenden Plattitüden zu konzentrieren, die Toms Großtante Florence von sich gab (»Ich wünsche euch ein Leben voller Lachen und dass ihr in schweren Zeiten aufeinander bauen könnt«), statt den Blick über die fünfzigköpfige Gästeschar zu einer ganz bestimmten Person schweifen zu lassen. Leo saß mit einigen Bekannten der Prescotts an einem Tisch. Wann immer sie ihn ansah, krampfte sich ihr Magen zusammen, weil sie merkte, dass er sie ebenfalls beobachtete. Schließlich drehte sie ihren Stuhl so, dass sie nicht mehr in seine Richtung schaute und sich besser mit Tom unterhalten konnte, doch der wippte unter dem Tisch mit den Füßen und war so sehr mit seinem Salat beschäftigt, dass er gar nichts um sich herum wahrzunehmen schien.

»Komme ich zu spät?« Alistairs Stimme ließ nicht nur Großtante Florence verstummen, sondern riss auch Megan aus ihrer Trance. Schlagartig wurde es still im Saal.

Alistair und Leo waren aus demselben Holz geschnitzt. Beide waren allergisch gegen jede Form des Konformismus und weigerten sich, irgendwo Wurzeln zu schlagen. Aber während Leo seine Wanderlust dazu genutzt hatte, ein erfolgreiches Unternehmen aufzubauen, trieb Alistair ziellos durchs Leben und leerte die Bankkonten aller Frauen, die nicht bei drei auf den Bäumen waren.

An diesem Abend war er in Cargoshorts, zerlöchertem T-Shirt und Sonnenbrille zum Dinner erschienen.

»Ich habe mir sagen lassen, dass hier in Roche Harbor eine krasse Party abgeht, also habe ich mich gleich auf den Weg gemacht, um dabei zu sein, wenn meine kleine Schwester sich von dem Kerl da Fesseln anlegen lässt.«

Carols Gesicht war aschfahl geworden, John saß da wie versteinert. Die beiden waren Megans Bruder noch nie zuvor begegnet, und der erste Eindruck, den er hinterließ, warf kein gutes Licht auf sie. Ihr stieg die Schamesröte ins Gesicht. Als sie verstohlen zu Leo schielte, sah sie ihn belustigt schmunzeln. Er wirkte kein bisschen wertend.

Ganz anders sah es bei Toms Hälfte der Gästeschar aus. (Genau genommen waren es fünfundsechzig Prozent. Sie hatte einige entfernte Verwandte und Freunde ausladen müssen, um Platz für mehr Prescott-VIPs zu schaffen.) Ihnen stand die Abscheu nur zu deutlich ins Gesicht geschrieben.

Am liebsten hätte Megan sich eine Flasche Wein und einen Strohhalm geschnappt, allen gesagt, dass sie sie am Arsch lecken könnten, und sich auf das großelterliche Segelboot geflüchtet. Stattdessen stand sie auf und schloss ihren lange verschollenen Bruder in die Arme. Tom schüttelte ihm gutmütig die Hand.

Alistairs Ankunft markierte das inoffizielle Ende der Tischreden. Die Musik wurde lauter gedreht, und die Hauptspeisen wurden aufgetragen.

»Wo hast du gesteckt?«, wollte Donna von ihrem Sohn wissen. Je mehr Wein sie konsumierte, desto tiefer rutschte ihr Schultertuch.

»Ich hatte da was mit einer Frau in Brasilien am Laufen. Was Ernstes. Dann stellte sich raus, dass sie verheiratet ist, und es wurde *richtig* ernst – aber eher im Sinne von ›Gleich muss ich sterben‹, wisst ihr, was ich meine? Also bin ich ein bisschen durch die Gegend getrampt und habe es irgendwie zurück nach Amerika geschafft, wo so ein Typ mich angeheuert hat, damit ich sein Dach repariere. Könnt ihr euch vorstellen, was das für eine Knochenarbeit ist? Dachdecker?« Niemand antwortete ihm. »Erst dachte ich, so schwer kann das ja wohl nicht sein, aber dann habe ich mir aus Versehen die Hand am Dach festgenagelt und sagte mir: *Nein, danke. Ich bin raus.*«

»Sind Sie derzeit ohne feste Anstellung?«, fragte Carol mit einer ganzen Kadenz von Missbilligung in der Stimme.

»*Derzeit?*«, höhnte Brianna. »Wohl eher dauerhaft.«

»Du musst gerade reden«, gab Alistair patzig zurück.

»*Kinder, bitte*«, zischte Donna, während John und Carol unheilschwangere Blicke miteinander wechselten und Brody in sein Weinglas feixte.

Megan wäre am liebsten unter den Tisch gekrochen und gestorben.

Tom, normalerweise ein Profi darin, Gespräche in ungefährliche Fahrwasser zu lenken, damit alle friedlich blieben, verhielt sich weiterhin schweigsam. Außerdem war er schon den ganzen Abend so seltsam fahrig. Nicht, dass Megan das Recht gehabt hätte, sich zu beschweren. Leos Anwesenheit machte sie auch ganz kribbelig.

»Na dann, willkommen zurück in der Heimat, Al«, sagte sie ein wenig zu laut im Versuch, alle anderen zum Schweigen zu bringen. Sie schob das Essen mit der Gabel auf ihrem Teller hin und her. »Schön, dass du es doch noch geschafft hast.«

»Wie gefällt Ihnen San Juan Island?«, wandte Donna sich an die Prescotts, um sie abzulenken.

»Ist Ihnen auch aufgefallen, dass der Sand die Konsistenz von Hundekot hat?«, setzte Brianna hinzu, die sich offenbar unsagbar witzig fand.

John ignorierte Megans Familie demonstrativ, während Carol ihre teure kleine Nase rümpfte und sagte: »Es ist sehr ländlich hier.«

»Ländlich?«, wiederholte Donna.

»Malerisch«, fuhr Carol fort. »Schade nur, dass man zwei Flieger und eine Fähre braucht, um hierherzukommen.«

Brody musste so heftig lachen, dass er beinahe den Wein über seinen Teller gespuckt hätte. Er schnappte sich seine Serviette und entschuldigte sich bei der Runde. »Habe mich wohl verschluckt.«

Wäre die Stimmung zwischen Tom und ihr nicht so merkwürdig gewesen, hätte Megan im Kopf eine Liste mit Dingen gemacht, über die sie sich gemeinsam amüsieren konnten, wenn der Abend vorbei war und sie nebeneinander im Bett lagen. Stattdessen versuchte sie, das meiste auszublenden. Sie wollte sich später an *nichts* erinnern. Niemals hätte sie gedacht, dass sie sich am Tag vor ihrer Hochzeit so fühlen würde.

»Hey, Tom. Hat Megan schon mit dir darüber gesprochen, dass ich zu euch nach New York ziehe?« Brianna brach einzelne Stücke von ihrem Brötchen ab und warf sie sich in den Mund. Megan entging nicht, dass Carol mit Argusaugen beobachtete, wie viele Krümel auf dem Tischtuch landeten.

Tom konnte nicht antworten, weil ihm sein eigenes Brötchen im Halse stecken geblieben war.

Für Veranstaltungen familiärer oder beruflicher Art, bei denen besonders höfliches Benehmen gefragt war, hatten sie ein unauffälliges Zeichen der Verbundenheit vereinbart: Sie tippten sich zweimal mit dem Zeigefinger an die Nase. Die Geste wirkte so beiläufig, dass sie Außenstehenden gar nicht auffiel, doch für Tom und Megan barg sie eine ganze Vielzahl von Bedeutungen.

Ich weiß, du findest diese Veranstaltung genauso absurd/langweilig/furchtbar wie ich.

Wir beide gegen den Rest der Welt.

Sie verstehen es nicht, aber wir schon.

Ich liebe dich.

An diesem Abend hätte sie sich ein solches Signal gewünscht, doch Tom wich ihren Blicken permanent aus. Oder vielleicht war es auch umgekehrt, jedenfalls nahm keiner von beiden die Finger von seinem Weinglas.

Dann stand John unvermittelt auf und ergriff das Wort. »Ich weiß, ich weiß, eigentlich sollte ich mir meine Rede für den morgigen Tag aufsparen.« Irgendjemand drehte die Musik leiser. »Aber warum nutze ich nicht die Gelegenheit, jetzt ein paar Worte zu sagen?«

Tom wurde blass, und Megan tastete instinktiv unter dem Tisch nach seiner Hand. Seine Haut war feucht. Als sie seine Hand drückte, erwiderte er die Geste nicht. Ehe sie darüber nachdenken konnte, was mit ihm los war, redete ihr Schwiegervater weiter.

»Dreißig zu werden scheint Thomas gutgetan zu haben«, dröhnte Johns selbstbewusster Bariton durch den Saal. »Er hat endlich beschlossen, aus seiner Studienfreundin eine ehrbare Frau zu machen …« Einige Gäste lachten. »Und er hat auf einen der neuesten und wichtigsten Klienten von Prescott & Prescott großen Eindruck gemacht – nein, nein, fragt mich nicht nach Details. Kein Insider Trading auf der Hochzeit meines Sohnes.«

Mehr Gelächter. Megan hatte nicht die geringste Ahnung, worauf John hinauswollte.

»Tja, und besagter Klient hat Thomas darum gebeten, fortan exklusiv seine juristische Vertretung zu übernehmen.«

Alle spendeten höflichen Applaus, während Megan sich das Gehirn zermarterte, ob sie davon gewusst hatte. Tom hatte hart gearbeitet, um den Pharmakonzern als Kunden für die Kanzlei zu gewinnen, aber dass man ihm dort die Leitung der Rechtsabteilung übertragen hatte, war ihr neu. Noch einmal drückte sie Toms

Hand und versuchte, seine Aufmerksamkeit auf sich zu ziehen. Seine Finger fühlten sich an wie Granit, und sein Gesicht wurde immer blasser.

»Nun, wie die meisten von euch bereits wissen«, fuhr John fort, »bedeutet dies einen Umzug nach Missouri, und deshalb haben Carol und ich uns erlaubt, dem glücklichen Brautpaar als Teil unseres Hochzeitsgeschenks ein ziemlich geräumiges Haus in der wunderschönen Ortschaft Kirkwood zu kaufen.«

Vor Megans Augen verschwamm alles, als wäre sie unter Wasser gedrückt worden. Die Gäste machten »Ah!« und »Oh!« und applaudierten abermals. Megan ließ Toms Hand los. Sie musste wieder zu Atem kommen und zurück an die Oberfläche schwimmen. *Kirkwood?*

»Keine Bange, Kinder.« John zwinkerte ihnen zu. »Es hat vier Schlafzimmer – mehr als genug Platz für unsere zukünftigen Enkel.«

Megan hatte das Gefühl, sich übergeben zu müssen. Das konnte doch nur ein Scherz sein. Ein Missverständnis. Ein Traum. Wie war es möglich, dass sie nach Missouri ziehen würde? Warum hatte Tom ihr nichts davon gesagt?

Und wieso, verdammt, erfuhr sie ausgerechnet jetzt, während ihres eigenen Probedinners, davon?

»Megan …«, flüsterte Tom, doch sie wollte nichts von ihm hören. Im Moment konnte sie ihn nicht einmal ansehen.

Das Bustier ihres Kleides zwängte ihre Rippen ein, und die Spaghettiträger gruben sich plötzlich schmerzhaft in ihre Schultern. Ihr Blick geisterte durch den Raum auf der Suche nach einem Rettungsanker, einem Zeichen, einem … sie wusste selbst nicht, was. Vielleicht nach jemandem unter den Gästen, der ihr sagen konnte, ob ihre aufsteigende Panik gerechtfertigt war.

Ihre Gedanken wurden vom Geräusch zahlreicher Gabeln unterbrochen, die gegen Gläser schlugen – eine Tradition, die bedeutete, dass sie und Tom sich jetzt küssen mussten. Das war so ziemlich das Letzte, was sie wollte. Nichtsdestotrotz hob sie ihm ihr Gesicht entgegen, und er gab ihr einen keuschen Schmatzer auf die Lippen, während seine Augen sie nach Antworten anflehten, die sie ihm nicht ansatzweise zu geben vermochte.

Weil sie einfach nicht anders konnte, schielte sie erneut in Leos Richtung und stellte fest, dass sein Blick auf ihr ruhte. Sein Adamsapfel bewegte sich auf und ab, während er in tiefen Zügen sein Weinglas leer trank.

Hat er vielleicht doch recht? Muss ich mich retten? Zum ersten Mal ließ Megan diese Fragen tatsächlich zu.

Sie blickte nicht in ein Meer freundlicher Gesichter. Sie starrte in einen Tümpel hochnäsiger Prescotts und penetranter Givens. Mit den Marotten ihrer eigenen Familie musste sie sich wohl oder übel abfinden – aber wollte sie wirklich ein Leben lang nach der Pfeife ihrer Schwiegereltern tanzen? Wollte sie zusehen, wie Tom immer wieder die Bedürfnisse seines Vaters über ihre stellte? Wollte sie wirklich alles für einen Mann aufgeben, der es nicht einmal für nötig gehalten hatte, mit ihr über den größten Moment seiner bisherigen Karriere – ach was, *ihres gemeinsamen Lebens* – zu reden?

Auf einmal kam ihr der Verlobungsring zu eng vor, und das Kleid schnürte sie immer mehr ein. Sie musste hier raus. Irgendwohin, wo sie Luft zum Atmen hatte. Raum zum Nachdenken. Sie wollte allein sein.

»Ich frage nur mal kurz in der Küche nach, ob sie daran gedacht haben, auch ein glutenfreies Dessert vorzubereiten«, verkündete sie und stand auf. Niemand beachtete sie – bis auf Tom, aber der konnte sie mal kreuzweise.

Sie schaffte es die steinernen Stufen des Restaurants hinunter, ehe sie eine Berührung am Arm spürte. Sie wirbelte herum und rechnete damit, Tom gegenüberzustehen, doch es war Leo.

Er war zwei Treppenstufen über ihr stehen geblieben. Seine Wangen waren erhitzt, seine Augen gerötet vom Alkohol oder Jetlag oder einer Mischung aus beidem.

»*Givens*.«

Das war einfach unfair. In diesen zwei Silben schwang so viel mit, dass ihr endgültig der Geduldsfaden riss.

»*Jetzt?*« Sie zog ihn die beiden Stufen zu sich herunter, nur um gleich darauf seine Hand abzuschütteln. »Ausgerechnet jetzt kommst du zu mir? Nachdem ich gerade erfahren habe, dass ich demnächst in ein Kaff namens Kirkwood, Missouri ziehen werde? Ich besitze dort sogar schon ein Haus für meine fest eingeplanten Prescott-Nachkommen!«

»Wusstest du das alles wirklich nicht?« Er sah so geschockt aus, wie sie sich fühlte.

»Bitte, Leo. Ich habe jetzt wirklich nicht den Nerv für so was. Ich will mit niemandem reden.«

»Das verstehe ich, aber dies hier ist meine letzte Chance.« Er sah sie flehend an. Er war betrunken. »Ich habe dir Zeit gegeben, um darüber nachzudenken.« Er ließ einfach nicht locker.

»Du hast mir *vier Stunden* gegeben, damit ich mir überlege, ob ich meine Hochzeit abblasen und mit dir durchbrennen will?«

Leo hielt den Atem an. »Dann *hast* du also darüber nachgedacht.«

»Natürlich nicht. Außerdem habe ich heute schon genug Probleme«, sagte Megan, die vor Panik keuchte, während in ihrem Schädel ein drückender Schmerz pochte. »Ich brauche frische Luft.«

Weil die hochhackigen Sandaletten sie behinderten, zog sie sie kurzerhand aus und hakte einen Finger durch die Fesselriemchen, ehe sie dem sichtlich niedergeschlagenen Leo und einem Restaurant voller Gäste den Rücken kehrte und sich auf den Weg zum Anleger machte. Über ihr am Himmel ballten sich Wolken zusammen und verdeckten die Sterne.

Kapitel 6

Tom

Tom nahm die Serviette von seinem Schoß, faltete sie zusammen und legte sie auf den Tisch, ehe er aufstand.

»Entschuldigung«, sagte er, an die beiden Familien gewandt, dann ging er los, um seine Braut zu suchen. Seine Wangen brannten vor Scham. Warum hatte er es so weit kommen lassen? Die Sache mit Missouri war nicht aus heiterem Himmel gekommen, er hätte genug Zeit gehabt, um Megs vorzuwarnen. Was für ein Idiot er gewesen war. Jetzt war sie stinkwütend auf ihn – ausgerechnet am Vorabend ihrer Hochzeit.

Und das mit Recht. Er war auch wütend auf sich.

Er war gerade die Stufen vor dem Restaurant hinabgeeilt, als er mit Leo zusammenstieß.

»Dich schickt der Himmel.« Er umarmte seinen Freund. Endlich jemand, der ihm beistehen konnte. Leo kannte Megs fast so gut wie er selbst. Vielleicht konnte er ihm einen Rat geben, wie er aus diesem Schlamassel wieder rauskam. »Tut mir leid, dass ich noch keine Gelegenheit hatte, mich mit dir zu unterhalten, seit du angekommen bist. Es war ein aufreibender Tag.«

»Schon gut, Bruder.« Leo erwiderte die Umarmung. Er roch nach Alkohol. »Für mich auch.«

Gemeinsam gingen sie zu der Bruchsteinmauer, die den Fußweg säumte, und ließen sich darauf nieder. Gläserklirren und gedämpfte Unterhaltungen von verschiedenen Feiern drangen an ihr Ohr. Am Himmel schob sich der Vorhang aus Wolken beiseite, und man sah die Sterne funkeln.

»Ich bin so froh, dass du hier bist. Ich schwöre dir, ich komme mir vor wie bei einem Filmdreh, bei dem jeder ein anderes Drehbuch bekommen hat. Ich habe keine Ahnung, was hier abgeht ...« Tom wusste, dass das, was er sagte, nicht viel Sinn ergab, aber Leo würde ihn schon verstehen. Leo hatte immer verstanden, welchem Druck Tom vonseiten seiner Familie ausgesetzt war.

In diesem Augenblick sehnte er sich nach seiner Anfangszeit in Harvard zurück. Er hatte Geschichte studiert, während der ewig unentschlossene Leo mal dieses, mal jenes Hauptfach ausprobierte, und gemeinsam hatten sie ein Zimmer im Studentenwohnheim bewohnt. Damals war alles noch viel einfacher gewesen.

»Hochzeiten sind der letzte Scheiß, Tommy Boy«, sagte Leo. Zum ersten Mal fiel Tom auf, wie bedrückt sein Freund wirkte. Das war sehr untypisch für Leo.

»Erstens«, sagte er verärgert, weil er nicht die aufmunternden Worte bekam, die er dringend gebraucht hätte. »Vielen Dank, dass du zu meiner Hochzeit kommst, nur um mir zu sagen, dass Hochzeiten scheiße sind.«

Er hätte Leo fragen sollen, was mit ihm los war, aber er hatte genug mit seinen eigenen Problemen zu tun. »Zweitens: Hast du Megs gesehen?«

Leo fuhr sich mit der Hand durchs Haar und schaute zum Mond empor. »Ja.«

»Und sagst du mir auch, wo sie ist?«, hakte Tom nach.

»Nein.«

Toms Instinkt übernahm die Führung. War sie etwa abgehauen? Er sprang auf, um ihr nachzulaufen. »Wo ist sie, Leo?«

Leo wandte den Blick vom Mond ab und sah Tom in die Augen. Sein Blick war so traurig, dass er wie ein Fremder wirkte. Langsam bekam Tom es mit der Angst zu tun.

»Ich habe mit ihr geschlafen.«

Tom wurde schlagartig kalt. »Mit wem?«

»Mit Megan.« Leo schlug sich die Hand vor den Mund, als könne er nicht glauben, was er da gerade gesagt hatte. Dann rieb er sich das Gesicht. »In Harvard. In der Nacht vor eurer Abschlussfeier.«

Der Schock ließ Tom schwanken, bis sein Zorn weiß glühend an die Oberfläche drängte. Er wurde immer heißer, bis er das Gefühl hatte, er würde die Erde unter seinen Füßen versengen, wenn er auch nur einen Schritt machte.

In der Nacht vor ihrer Abschlussfeier. Wie konnte das sein?

Megs hatte während der Zeremonie Tränen in den Augen gehabt. Er war davon ausgegangen, dass es Tränen der Wehmut waren. Dass sie unsicher war, weil sie nicht wusste, was die Zukunft bringen würde.

Er *konnte* es nicht glauben. Es war völlig unvorstellbar. Erst kurz zuvor hatten sie ihre Eltern miteinander bekannt gemacht. Sie hatten alle zusammen in einem Restaurant gesessen, das nobel genug war, um den Ansprüchen der Prescotts zu genügen, aber nicht so nobel, dass Donna sich dort unwohl gefühlt hätte. Sie hatten Pläne für die nächste Phase ihres Lebens geschmiedet. Ihm war, als könne er immer noch spüren, wie Megs unter dem Tisch seine Hand gehalten hatte, während John es krampfhaft vermied, Donna anzuschauen, und Carol mit dezent gerümpfter Nase einen Bloody Mary nach dem anderen trank.

Es war ein Fiasko der leisen Art gewesen, umso quälender, weil er einfach nicht in die Luft gehen wollte.

Später, als sie wieder allein waren, hatten sie nervös darüber gelacht. Er fand, dass das Erlebnis sie nur noch mehr zusammengeschweißt hatte. Sie beide gegen seine Eltern. Gegen den Rest der Welt.

Und dann hatte sie ihm einfach den Rücken gekehrt und mit Leo geschlafen.

Bei dem Gedanken wurde ihm so schlecht, dass ihm schwindelte. Es *durfte* nicht wahr sein.

»Du hattest Sex mit Megs?« Er hoffte, dass es bloß ein Scherz war. Dass Leo jeden Moment in schallendes Gelächter ausbrechen und seine Wut zum Erlöschen bringen würde.

Doch Leo hob in einer halbherzigen Geste der Entschuldigung die Hände. »Da war immer schon was zwischen uns. Ich habe versucht, mich von ihr fernzuhalten, weil ihr zusammen wart, aber ich konnte es nicht. Ich *kann* es nicht.«

Tom wurde schwarz vor Augen. Auf einmal war sein Hass auf Leo riesig. »Du *kannst* dich nicht von meiner *Verlobten* fernhalten?«

»Tut mir leid, Mann. Ich liebe sie.«

Am liebsten hätte Tom ihn vom Pier gestoßen. Oder vom Rand der Erde.

»Wir lieben sie *beide*, Leo«, spie er. »Aber du darfst sie nicht so lieben wie ich.«

»Ich *darf* nicht? Wer soll mir das verbieten? *Du?*« Leo verschränkte die Arme vor der Brust. Es war eine abwehrende Geste und zugleich aufreizend in ihrer Lässigkeit.

»Ja, *ich*. Dein bester Freund. Der Typ, der dich seit zwölf Jahren kennt. Der, der dir Megs überhaupt erst vorgestellt hat. *Als meine Freundin.*«

Leo fuhr sich mit den Fingern durch seine dämlichen Surferlocken und dann über sein Arschlochgesicht. Noch nie hatte Tom einen Menschen so sehr gehasst wie seinen besten Freund in diesem Augenblick. Leo hatte nie den Druck verspürt, etwas Bestimmtes tun oder jemand Bestimmtes sein zu müssen. Seine Eltern hatten nicht ein einziges Mal zu ihm gesagt: »Du musst gute Noten schreiben.« Im Gegenteil, Leo hatte offen zugegeben, dass er sich nur aus einer Laune heraus in Harvard beworben hatte.

Wenn er auf dem College mit seinen Eltern telefoniert hatte, hatte Tom immer mitgehört, wie seine Eltern ihm sagten, dass sie stolz auf ihn seien, dass sie ihn liebten und wie sehr sie seinen (man beachte die Anführungszeichen) »ungewöhnlichen Mut« bewunderten.

Und jetzt benutzte Leo diesen beschissenen Mut dafür, um ihre Hochzeit zu sprengen und zu behaupten, er sei in Toms Frau verliebt.

In *Megs*.

Die Liebe seines Lebens.

Tom drehte sich um und rammte seinem besten Freund die Faust ins Gesicht.

Er hatte noch nie jemanden geschlagen, und es tat höllisch weh. Leo hielt sich fluchend den Kiefer. Er sagte irgendetwas, aber Tom wollte nichts mehr hören. Er beschloss zu gehen, ehe er sich zu etwas noch Schlimmerem hinreißen ließ.

Er ging immer weiter, obwohl er kaum noch etwas von seiner Umgebung wahrnahm.

Megs.

Leo.

Missouri war unwichtig geworden. Es spielte keine Rolle

mehr. Nicht, wenn jede schöne Erinnerung, die er an seinen besten Freund und seine große Liebe hatte, beschmutzt worden war. Sein Leben, wie er es die letzten zehn Jahre gekannt hatte, verbrannte vor seinen Augen zu einem Häufchen Asche.

Tom war nie gut genug gewesen. Nicht für seinen Vater, nicht für seine Mutter. Nicht einmal für Brody. Nur bei Megs hatte er immer das Gefühl gehabt, gut genug zu sein. Mehr als das.

Bis jetzt.

Nun war klar, dass er sich die ganze Zeit getäuscht hatte. Denn sie hatte sich dem Mann an den Hals geworfen, der das genaue Gegenteil von ihm war: frei und wild.

Die Last dieser Erkenntnis war erdrückend, und er sank mitten auf dem Kiesweg in die Knie. Die Dinnergäste konnten ihn nicht sehen, einige Bäume zwischen ihm und dem Restaurant schirmten ihn ab. Er versuchte, sich wieder aufzurappeln, doch der Boden unter seinen Füßen schwankte. Er würde nicht nur Megs, sondern auch Leo verlieren. Den zweiten Menschen, den er mehr als alles andere auf der Welt liebte.

Er konnte nicht aufhören, sich zu quälen, indem er jede alte Erinnerung durch diese neue Brille betrachtete.

Als Megs zum ersten Mal in ihre Wohnung gekommen war, um mit ihnen einen Film zu schauen, und zwischen ihm und Leo gesessen hatte.

Als Leo erfahren hatte, dass er an der Uni kurz vor dem Rausschmiss stand, sich das T-Shirt vom Leib gerissen und »Lang lebe die Anarchie!« gebrüllt hatte.

Wie er Arm in Arm mit Megan in seinem Bett gelegen hatte, während Leo auf der anderen Seite der Wand schlief.

Ihre letzte Nacht in Freiheit, als sie eigentlich zusammen hatten aufbleiben wollen, aber Tom irgendwann eingeschlafen war.

Daran, wie Megan Leo ständig aus dem Weg gegangen war,

seit ... Wann immer er in der Stadt war, hatte sie gesagt, sie müsse zu einem Shooting, und wenn er anrief, behauptete sie, noch etwas erledigen zu müssen.

Aber wie konnte Leo allen Ernstes glauben, dass er in Megs verliebt war, wenn er sie in den letzten acht Jahren kaum gesehen und genauso lange kein Wort mit ihr gesprochen hatte?

Es sei denn, Tom täuschte sich auch darin.

Er schüttelte den Kopf. Ganz offensichtlich hatte er nicht die geringste Ahnung, was in den letzten acht Jahren vorgefallen war. Alles, was er wusste, war, dass Megs nicht die war, für die er sie immer gehalten hatte.

Sie war eine Lügnerin.

Kapitel 7

Megan

Noch nie hatte Tom sie so hintergangen. Aber dann musste sie an Leos Geständnis denken und daran, dass sie wahrscheinlich kein Recht hatte, so wütend zu sein. Das war alles schrecklich unfair. Wie oft hatte sie in den vergangenen acht Jahren geschwiegen, statt den Mund aufzumachen, nur weil sie sich schuldig fühlte?

Aber *das*. Das ging zu weit.

Sie hatte sich auf den Weg zu ihrer Suite gemacht, weil sie nicht wusste, wo sie sonst hinsollte. Dabei kam sie an der kleinen Hochzeitsfeier zweier Frauen vorbei, die gerade im Hotelgarten stattfand. Die beiden tanzten zu »And I Love Her« von den Beatles, während die Gäste Taschentücher in den Händen hielten und einander vor Rührung umarmten. Megan konnte kaum hinsehen.

Genau *das* hatten sie und Tom sich auch gewünscht. Trotz Leo. Jedenfalls, bevor sie das mit Missouri erfahren hatte. Genau so hatten sie sich ihr Wochenende erträumt.

In der Suite angekommen, schloss Megan die Tür hinter sich. Sie setzte sich hin, hielt es jedoch nicht lange aus. Sie musste stehen, sich bewegen. Sie musste irgendwie ihre rasenden Gedanken beruhigen.

Doch sie dachte die ganze Zeit an Tom, der einen Job in einem anderen Bundesstaat angenommen hatte, ohne ihr ein Sterbenswörtchen davon zu sagen. Er hatte einfach vorausgesetzt, dass sie ihren Beruf und ihre Freunde aufgeben und mit ihm kommen würde. Dass sie eine fügsame Marionette war, bei der die Prescotts die Fäden zogen, und er sie deshalb nicht mal nach ihrer Meinung zu fragen brauchte. Genau wie damals, als John und Carol seine Zukunft in New York geplant hatten und er wie selbstverständlich davon ausgegangen war, dass sie schon nichts dagegen haben würde.

Sie hörte das Piepsen der Schlüsselkarte und sah, wie die Tür aufging. Dann war sie endlich mit Tom allein.

Nur dass sie jetzt nicht mehr sicher war, ob sie überhaupt mit ihm allein sein *wollte*. Unerklärlicherweise loderten seine Augen zornig, und er war außer Atem. Welchen Grund hatte *er*, sauer zu sein?

Bevor Megan loslegen konnte, riss sich Tom das Sakko vom Leib und schleuderte es gegen die Wand. Er hatte noch nie mit Gegenständen geworfen. Irgendetwas war hier faul, und zwar noch fauler als die Sache mit Missouri.

»Tom, bist du …«

Er starrte sein am Boden liegendes Sakko an. Als er endlich den Kopf hob, tat er es so langsam, dass Megan aufhörte zu atmen. Sie spürte es, noch ehe er es aussprach.

Er wusste Bescheid.

»Du und Leo.«

Megan nickte zu Tode verängstigt, weil es nach all der Zeit nun doch herausgekommen war, und voller Wut auf sich selbst, weil sie nicht den Mumm gehabt hatte, früher darüber zu sprechen.

»Wie lange schon?« Seine Stimme war ein Knurren, das tief aus seiner Kehle kam, so als wäre er heiser oder versuche, nicht zu weinen.

Sie schluckte und konnte ihm nicht in die Augen schauen, während sie fieberhaft versuchte, ihre Gedanken zu ordnen. Wie war er dahintergekommen? Was war passiert, nachdem sie das Dinner verlassen hatte? »Nur das eine Mal, Tom, ich schwöre es. Es war vor acht Jahren, und es tut mir unendlich leid, dass ich dir nicht ...«

»Du erwartest allen Ernstes, dass ich dir glaube, dass es nur *einmal* passiert ist, wenn er mir *gerade eben* gesagt hat, dass er dich liebt?«

Er rieb sich die Knöchel der rechten Hand, die rot und geschwollen aussahen. O Gott. Er hatte Leo geschlagen. »Wenn er in der Stadt war, wolltest du nie was mit uns zusammen unternehmen, und wenn er angerufen hat, hast du ihm immer nur Grüße ausrichten lassen, statt selbst mit ihm zu sprechen ... weil ihr zwei euch die ganze Zeit heimlich geschrieben und getroffen und hinter meinem Rücken über mich geredet habt und weil mein ...«

»*Nein*.«

Missouri war für den Moment vergessen. Sie musste reinen Tisch machen. Er *musste* begreifen, dass sie die Wahrheit sagte. Der Mut der Verzweiflung trieb sie quer durchs Zimmer. Sie nahm seine Hände, blickte ihm ins Gesicht und suchte darin nach einem Hinweis darauf, dass er den Glauben an ihre Beziehung noch nicht verloren hatte.

Auf ihrem ersten richtigen Date hatten sich Tom und Megan auch zum ersten Mal geküsst. Davor hatten sie wochenlang Zeit miteinander verbracht, sich dabei immer wieder wie zufällig berührt, jedoch nie den entscheidenden Schritt gewagt. Alles sollte locker und unkompliziert bleiben, obwohl ihre Herzen beide sagten: *Das ist meine große Liebe*. Irgendwann hatte Tom sie dann zum Abendessen eingeladen – ein richtiges Abendessen in einem hübschen mexikanischen Restaurant, in dem es mehr Margarita-Variationen als Hauptgerichte gab. Megan wusste damals bereits, dass sie dabei war, sich in Tom zu verlieben. Der Tequila hatte ihnen Mut (der Kellner hatte sich nicht einmal die Mühe gemacht, sie nach ihren Ausweisen zu fragen) verliehen, und nach dem Essen hatten sie noch einen ausgedehnten Spaziergang durch die Straßen von Cambridge gemacht. Irgendwann waren sie zu einer kleinen Brücke gelangt, die so aussah, als hätte Monet sie malen können, wäre er Student an einer Ivy-League-Universität gewesen. Sie waren stehen geblieben. Megan hatte Tom die Hand auf die Brust gelegt, weil sie sich einfach nicht länger zurückhalten konnte, und er hatte zärtlich ihre Wange gestreichelt, weil *er* sich nicht länger zurückhalten konnte. Dann hatte er gefragt: »Darf ich?«, und sie hatte gesagt: »Worauf wartest du?«, und dann hatten sie sich geküsst. *Für diesen Kuss*, war es ihr damals durch den Kopf geschossen, *bin ich den weiten Weg von Montana nach Massachusetts gekommen*. Und jede einzelne Meile hatte sich gelohnt.

Bei der Erinnerung daran stiegen ihr die Tränen in die Augen.

»Ich schwöre dir, ich *schwöre*, es war nichts als ein dummer Ausrutscher. Es ist nur ein einziges Mal passiert. Ich hatte keine Ahnung, dass er noch Gefühle für mich hat – oder zumindest *glaubt*, Gefühle für mich zu haben. Es tut mir leid, dass ich es dir nicht gesagt habe, aber der Grund dafür ist, dass es nichts bedeutet hat. *Es hat nichts bedeutet*.« Tom weigerte sich, ihr in die Augen zu schauen. »Ich wollte dich wegen einer uralten Geschichte, die passiert ist, als wir zweiundzwanzig waren, nicht unnötig verletzen.«

Einen Sekundenbruchteil lang schien es, als würde er sich erweichen lassen, doch dann schüttelte er ihre Hände ab und ging zum Fenster. Sie sah die Anspannung in seinen Schulterblättern. Er fuhr zu ihr herum. Sein Kiefer zitterte. »Ganz abgesehen davon, dass du mich überhaupt betrogen hast – warum musste es ausgerechnet mit ihm sein? Und wenn ich dir nicht gut genug war – wenn ich dir nicht gut genug *bin*, was machen wir dann überhaupt hier?«

Sein Zorn entfachte auch ihren aufs Neue.

»Moment mal. Ich bin hier nicht die Einzige, die Fehler gemacht hat. Was ist mit diesem Umzug nach Missouri? Ich kann nicht fassen, dass du das einfach hinter meinem Rücken entschieden hast. Wann wolltest du es mir denn sagen? Wenn der Umzugswagen vor der Tür steht? Ich bin es so leid, nie ein Mitspracherecht zu haben. Als wäre ich zu blöd, Entscheidungen über mein eigenes Leben zu treffen. Als könnte man mir nicht vertrauen.«

»Man *kann* dir auch nicht vertrauen«, spie Tom. »Das hast du mit Leo ja bewiesen.«

Zu ihrem gerechten Zorn gesellten sich Scham und die Angst, dass er womöglich recht haben könnte. War das nicht der Grund, weshalb sie ihren Frust über John und Carol immer heruntergeschluckt hatte? Durch den Seitensprung mit Leo hatte sie jedes Recht, irgendetwas von Tom zu fordern, verwirkt. Ihre Schuldgefühle hatten genauso viele Entscheidungen für sie getroffen wie Toms Eltern.

»Das war unter der Gürtellinie, und das weißt du auch«, flüsterte sie. »Klar, du kannst meinen Fehler als Waffe gegen mich verwenden. Du könntest aber auch eingestehen, dass du, wenn es um deine Familie geht, schlichtweg kein Rückgrat hast. Wir müssen aus New York City weg, und ich bin in deinen Augen so wenig wert, dass du mich nicht mal nach meiner Meinung fragst. Wie kannst du es wagen?«

»Ich …« Tom blieb ihr eine Antwort schuldig. Ob es daran lag, dass die Wahrheit zu schmerzhaft war, oder ob er seine Energie einfach nicht auf einen Streit verschwenden wollte, wusste sie nicht.

Nur das gedämpfte Knacken uralter Rohrleitungen unterbrach die Stille zwischen ihnen. Irgendwann war das Adrenalin in Megans Körper abgeflaut und machte einer Müdigkeit Platz, die so abgrundtief war, dass sie glaubte, darin ertrinken zu müssen. Fast hätte sie vergessen, dass irgendwo da draußen immer noch ihr Probedinner im Gange war.

»Ich wusste nicht, wie ich es dir sagen soll«, meinte er irgendwann.

»Du solltest es mir auch gar nicht *sagen*! Du hättest mich *fragen* müssen. Mit mir darüber *reden*. Was ist mit meinem Leben in New York? Mit meiner Arbeit? Meinen Freunden? Hast du auch nur eine Sekunde lang daran gedacht?«

»Ich dachte, du könntest vielleicht die Abteilung wechseln und fürs Erste von zu Hause aus arbeiten, wenn wir in Missouri sind«, murmelte er. Gleich darauf wurde er wieder hitzig. »Aber das ist ja jetzt alles irrelevant, oder? *Ich* habe eine neue Arbeitsstelle angenommen, ohne dich vorher zu fragen. Aber *du* hattest Sex mit meinem besten Freund!«

Draußen zuckte ein Blitz über den Himmel. Megan wartete darauf, dass die ersten Regentropfen gegen die Fensterscheiben schlugen, doch man hörte nichts. Das Unwetter war genauso schnell wieder vorbei, wie es aufgezogen war.

Das Schweigen zwischen ihnen dehnte sich immer weiter aus. Es wurde zu einem Planeten mit eigenem Gravitationsfeld und eigener Atmosphäre und schließlich zu einer ganzen Galaxie. Irgendwann ließen Angst, Erschöpfung, Wut und Verzweiflung nach, und eine Mischung aus Benommenheit und Pragmatismus trat an ihren Platz.

»Die Gäste«, sagte sie, zu müde, um ihre bruchstückhaften Gedanken auszuformulieren. »Unsere Familien. Das Probedinner. Die Hochzeit.«

Tom antwortete zunächst nicht, und Megan hoffte schon, er würde zu ihr kommen und sie in die Arme nehmen, um sie zu trösten. Doch als er das Schweigen schließlich brach, tat er es mit einem vernichtenden Schlag.

»Das hier ist keine Hochzeit.« In seinen Augen flackerten bodenlose Wut und Kränkung. »Das hier ist eine verfickte Beerdigung.«

Seine Worte raubten ihr den Atem.

»Willst du damit sagen …«

»Ich blase alles ab.« Noch nie hatte sie ihn etwas mit einer solchen Endgültigkeit sagen hören.

Ihr erster Kuss hatte auf einer verzauberten Brücke stattgefunden, in einem wahrhaft magischen Moment, in dem alles möglich schien. Sie hatten sich geküsst, weil jedes Molekül in ihnen sich verzweifelt danach sehnte.

Jetzt, in ihrer abgedunkelten Suite mit Blick auf den Ozean und das Segelboot ihrer Großeltern, das zu allem Überfluss auch noch *Happy Accident* hieß, wurde Megan bewusst, dass Tom sie nie wieder küssen würde. Sie berührte nicht seine Brust, weil sie es nicht konnte. Er strich ihr nicht über die Wange, weil er dies ganz offensichtlich nicht mehr wollte. Er hob lediglich sein Sakko vom Boden auf und ging zur Tür hinaus.

Einfach fort.

Sie presste sich die Hände auf den Bauch. Die heftige Auseinandersetzung hatte sie atemlos gemacht, und die Tränen, die ihr über das Gesicht rannen, brannten wie Säure. Es war, als liefen all die Schmerzen aus ihr heraus, die sie in den vergangenen zwölf Jahren in sich hineingefressen hatte.

Jedes Mal, wenn Tom sich nicht auf ihre Seite, sondern auf die seiner Eltern gestellt hatte. Jedes Mal, wenn er geschwiegen hatte, obwohl sie sich abfällig über ihre Familie äußerten. Sie hatte nie den Mut gehabt, es sich einzugestehen, aber wenn sie ehrlich war, hatte sich der Sex mit Leo gar nicht wie Fremdgehen angefühlt, sondern wie das Begleichen einer offenen Schuld. Betrug gegen Betrug.

Sie kroch ins Bett und vergrub das Gesicht im Kopfkissen, sodass ihr professionell aufgetragenes Make-up den teuren Leinenbezug verschmierte. Insgeheim wünschte sie sich, es möge niemals Morgen werden.

Zweiter Tag

Kapitel 8

Megan

Wie du fortfahren willst, so beginne.

Die Worte kamen ihr in den Sinn, ehe sie ihnen Einhalt gebieten konnte, zusammen mit Erinnerungen an Silvesterabende und eine gemeinsame Zukunft, die vorbei war, noch ehe sie richtig begonnen hatte.

Das Einzige, was noch schlimmer war als ein Kater von übermäßigem Alkoholkonsum, war der Kater nach einem lebensverändernden Streit. Ihr Schädel pochte. Ihr Herz war in tausend Stücke zersprungen.

Sie musste sich in den Schlaf geweint haben, und wenn sie sich nicht am Riemen riss, würden die Tränen gleich wieder anfangen zu fließen.

Es war der zweite Abend in Folge, an dem sie ohne Tom ins Bett gegangen war. Von nun an würde es wohl jeden Abend so sein.

Ein paar Wochen nach ihrem ersten Kuss hatten Megan und Tom das erste Mal miteinander geschlafen. Er hatte sie auf eins der Anwesen seiner Familie eingeladen. Er hatte es als »Strandhaus« bezeichnet, aber ihr war es vorgekommen wie ein Palast. An dem Tag hatte sie begriffen, wie reich seine Familie wirklich war – ein kleines Detail, das sie damals für unerheblich gehalten hatte. Was sie an Tom faszinierte, waren seine Güte und sein Familiensinn. Er war intelligent, ging jedoch nicht damit hausieren. Er hatte einen tollen Humor, versuchte aber nie, sich in den Vordergrund zu spielen. Er schien all das in ihr zu sehen, was sie selbst an sich mochte, und das, was sie an sich hasste, störte ihn nicht. In seiner Gegenwart war sie eine bessere Version ihrer selbst.

Am ersten Abend im Strandhaus hatten sie zusammen gekocht. Dabei war schnell herausgekommen, dass sie in kulinarischen Dingen nicht sehr bewandert war, also hatte er sie stattdessen damit beauftragt, den Wein einzuschenken und ihn anzuhimmeln, während er sich um die Zubereitung des Essens kümmerte. Zum Nachtisch hatte es Sahnewindbeutel gegeben, die sie in geschmolzene belgische Schokolade tauchten, allerdings nach nur wenigen Bissen links liegen gelassen hatten.

Ihr erstes Mal mit Tom war sinnlich gewesen, aber auch voller Gelächter und ein bisschen unbeholfen. Sie waren achtzehn, und keiner von ihnen hatte über viel Erfahrung in sexuellen Dingen verfügt. Für ihn war es das erste Mal gewesen und für sie mehr oder weniger auch.

Trotzdem war es perfekt. Nachdem er dafür gesorgt hatte, dass auch sie zum Höhepunkt kam, hatten sie eng umschlungen dagelegen, und sie hatte bei sich gedacht: *Das ist jemand, dem ich all meine Geheimnisse anvertrauen kann.*

Aber *ein* Geheimnis hatte sie ihm nicht anvertraut. Und deshalb würde sie gleich allen – ihrer Familie, den Gästen, dem Hochzeitsplaner – verkünden müssen, dass die Trauung nicht stattfinden würde. Gefühle von Demütigung und Verzweiflung drohten sie zu überwältigen.

Doch am schlimmsten war, dass sie sich zum ersten Mal seit zwölf Jahren einem Tag entgegensah, ohne die Gewissheit zu haben, dass Tom an ihrer Seite stand. Er hatte sie am Abend zuvor so überstürzt verlassen, dass es ihr wie ein Akt der Gewalt vorkam.

Sie konnte es nicht. Sie konnte sich jetzt nicht damit auseinandersetzen. Sie zog sich gerade das Kissen über den Kopf, als sie das leise Piepsen der Schlüsselkarte hörte.

Tom.

Mit einem Ruck setzte sie sich im Bett auf. Dabei stellte sie erstaunt fest, dass sie irgendwann im Laufe der Nacht ihren Pyjama, bestehend aus gestreiften Shorts und einem dazupassenden Hemdchen, angezogen haben musste.

Doch statt Tom kam Donna Givens ins Zimmer gewirbelt. Falls sie die Neuigkeit bereits gehört hatte, schien sie sie ziemlich gefasst aufzunehmen.

»Es heißt doch immer, Amazon liefert am selben Tag, aber bei allen Kleidern, die ich mir angesehen habe, stand: Lieferzeit ein bis zwei Wochen.« Donna legte sich eine Hand ins Kreuz, die andere presste sie auf ihr Herz.

Megan erstarrte. »Haben wir nicht …«

Das Verhalten ihrer Mutter deutete darauf hin, dass sie noch nichts von Megans und Toms Streit am vergangenen Abend wusste, andernfalls hätte sie längst mit Sachen um sich geworfen und Megan beschuldigt, ihrer beider Leben ruiniert zu haben.

»Haben wir nicht *was?*«, blaffte Donna. »Hörst du mir überhaupt zu? Ich brauche ein neues Kleid.«

Es dauerte einen Moment, bis Megan wusste, was sie meinte. Ihre Mutter sprach von einem neuen Kleid für *heute. Natürlich* wollte sie auf einmal auch noch ein neues Kleid für die Hochzeitsfeier haben. Aber komisch, dass sie wieder Amazon erwähnt hatte.

Es sei denn …

Megan betrachtete ihr Schlafoutfit. Völlig ausgeschlossen, dass sie es gestern Abend noch angezogen hatte. Als Nächstes rieb sie sich die Wimpern. Keine Mascara. Es war ebenso ausgeschlossen, dass sie sich gestern das Gesicht gewaschen hatte. Hatte sie die Mascara etwa komplett weggeweint?

Sie musterte ihre Mutter von oben bis unten. Diese stand in derselben theatralischen Pose da und trug dieselbe blaue Bluse mit demselben Halstuch wie am Morgen zuvor. Niemals hätte sie sich in Carols Gegenwart zweimal mit demselben Outfit blicken lassen. Das ergab alles keinen Sinn. Und wenn es keinen Sinn ergab, dann …

»Es war nur ein Traum«, murmelte Megan, und ihr Herzschlag beschleunigte sich. Das war die einzig logische Erklärung. Sie versuchte, sich an den vergangenen Abend zu erinnern … nicht an das schreckliche Probedinner und den darauffolgenden furchtbaren Streit mit Tom, sondern an den *richtigen* Abend, als sie auf der Insel angekommen war, ihren Koffer ausgepackt hatte und glücklich ins Bett gegangen war. Das alles kam ihr sehr weit weg vor.

Sie schüttelte das seltsame Gefühl ab, das sie überkommen hatte. Wenn das Dinner und der ganze Tag wirklich nur ein Traum gewesen waren, bedeutete das, dass sie sich nicht mit Tom gestritten hatte und es auch keinen Überraschungsumzug nach Missouri geben würde.

Und am allerwichtigsten: Es bedeutete, dass die Hochzeit wie geplant stattfinden konnte.

Ein Grinsen breitete sich auf ihrem Gesicht aus. Sie hätte vor lauter Erleichterung heulen können. Tom liebte sie noch. Sie hatten nach wie vor ihr ganzes Leben vor sich. Selbst wenn nicht immer alles perfekt lief, hatten sie bereits ein Dutzend gemeinsame

Jahre hinter sich gebracht. Das war mehr als fast alle Beziehungen ihrer Mutter zusammengenommen.

Sie kannte Toms Herz – vielleicht besser als ihr eigenes. Er war jemand, der sich stets bemühte, das Richtige zu tun. Er würde sie immer lieben und sie zum Lachen bringen, wenn es ihr schlecht ging. Ihre Beziehung war nicht frei von Problemen, aber es gab so viel Gutes. Der Gedanke an alles, was sie sich im Laufe der Jahre aufgebaut hatten, erfüllte Megan mit Stolz.

Sicher, sie hatten auch Fehler gemacht …

Schuldbewusst schob sie den Gedanken an Leo und seine Frage, ob sie mit ihm durchbrennen wolle, beiseite. Das hatte sie nur geträumt. Stattdessen freute sie sich über die Chance, den Tag der Hochzeitsprobe so zu gestalten, wie sie es sich wünschte. Ihr Unterbewusstsein war so nett gewesen, ein Worst-Case-Szenario zu entwerfen, und das hatte sie besser auf das Kommende vorbereitet, als alle Tabellen und To-do-Listen es vermocht hätten. Sie wusste jetzt, dass es ihre Gewissensbisse nicht lindern würde, wenn Tom erfuhr, was damals zwischen ihr und Leo gelaufen war. Im Gegenteil, es würde nur alles verderben. Es würde ihre Zukunft mit ihm zerstören. Das wollte sie auf keinen Fall zulassen.

»Was war ein Traum?«, wollte Donna wissen.

»Nichts. Vergiss es.« Megan stieg aus dem Bett, ging ins Bad und schob ihre eisigen Zehen in die Hotelpantoffeln, ehe sie die Tür hinter sich schloss.

»Wie ich sehe, ist Tom noch nicht von seinem ach so wichtigen Geschäftsessen zurück?«, rief Donna ihr in ihrem undefinierbaren Akzent durch die Tür zu, während sie sich fertig machte.

»Du klingst schon wieder so britisch«, antwortete Megan undeutlich mit der Zahnbürste im Mund.

»Ich brauche was zum Anziehen für das Dinner heute Abend«,

wiederholte Donna, ehe sie nach einer kleinen Pause hinzufügte: »Man kann von hier aus Grans und Granddads Boot sehen.«

»*Ich weiß*.« Megans Unterbewusstsein hatte wirklich ganze Arbeit geleistet.

»Du musst mich aufheitern, Moopy.« Donna klopfte leicht gegen die Badezimmertür.

Megan öffnete die Tür und suchte tief in ihrem Innern nach der Geduld, die sie brauchte, um ihre Mutter zu bemuttern. »Wenn du dich in deinem Kleid nicht wohlfühlst, können wir ja vielleicht nach Friday Harbor fahren und schauen, ob wir was Besseres finden, was hältst du davon?«

»Das ist eine großartige Idee.« Donna gab Megan einen Kuss auf die Stirn. »Ich laufe schnell los und frage deine Schwester, ob sie mitkommen will.«

In ihrem Traum hatte Megan die Kette mit dem Herzanhänger umgelegt und Tom von der Fähre abgeholt. Aber sie wollte es nicht so machen wie in ihrem Traum. Das hatte ja bloß ins Unglück geführt.

Wenn sie ganz ehrlich war, fürchtete sie sich auch ein bisschen vor dem Wiedersehen mit ihm. Ihr Streit mochte nicht wirklich stattgefunden haben, trotzdem waren dabei Wahrheiten ans Licht gekommen, mit denen sie sich lieber nicht auseinandersetzen wollte. Jedenfalls nicht jetzt. Nicht an diesem Wochenende, das eines der schönsten ihres Lebens werden sollte.

Stattdessen schrieb sie ihrem Verlobten eine Nachricht, dass sie ihm den Schlüssel für den Leihwagen im Hotelzimmer hinterlegt habe und es gar nicht erwarten könne, ihn später zu sehen.

Da sie die Kette mit dem Herzanhänger eigens für das Wochenende mitgenommen hatte, legte Megan sie trotzdem um. Dann machte sie sich auf den Weg zum Markt, um sich dort ihr

Frühstück zu holen, ehe sie sich mit ihrer Mutter und Brianna traf. Wenigstens musste sie diesmal nicht nach Carol suchen.

Es war ein wunderschöner Morgen, mild, ab und an mit einer kühlen Brise. Megan atmete die Seeluft ein, während sie den Blick schweifen ließ. Kinder in Schlafanzügen gingen an der Hand ihrer Eltern über den Steg in Richtung Duschen. Der Mann am Kaffeestand erschien ihr seltsam vertraut, genau wie die Frau, die ihr den Scone verkaufte. Aber vielleicht waren das auch nur die Nachwirkungen ihres verblassenden Traums.

Sie ließ sich Zeit und schlenderte, an ihrem Kaffee nippend, gemächlich zwischen den Marktständen umher, während sie zusah, wie die Bootsbesitzer erwachten und achtern auf ihren Grills das Frühstück zubereiteten. Dies hier war ihr absoluter Lieblingsort. Nicht zum ersten Mal freute sie sich, dass die Prescotts zwar in vielen Dingen ihren Willen durchgesetzt hatten, aber immerhin bereit gewesen waren, die Hochzeit an dem Ort abzuhalten, der einen ganz besonderen Platz in ihrem Herzen besaß.

So gerne sie die selige Ruhe des Morgens noch länger genossen hätte, sie wusste, dass es Zeit wurde, nach oben in die Lobby zurückzukehren.

Dann hörte sie plötzlich eine Stimme hinter sich. »Megan, Liebes, ich habe eben gehört, dass die Hochzeitsprobe doch nicht heute Nachmittag stattfinden soll. Wann willst du sie denn abhalten, etwa nach dem Dinner? Das halte ich aber für sehr ungünstig.«

Als Megan sich umdrehte, blickte sie in Carols verkniffenes Gesicht. Schon wieder. *Nein, nicht schon wieder*, korrigierte sie sich. *Das andere war ja bloß ein Traum.*

»Guten Morgen, Carol!« Megan lächelte angespannt. Ihr Herz klopfte plötzlich schneller. »Es gab Terminprobleme vonseiten des Hotels, aber der Hochzeitsplaner meinte, wir können die

Probe auch weglassen. Er sorgt schon dafür, dass jeder zur richtigen Zeit am richtigen Platz ist.«

»Hmm. Wenn du meinst. Aber was machst du eigentlich hier? Es gibt doch sicher noch tausend Dinge, um die du dich kümmern musst.«

»Ich wollte bloß noch ein bisschen die Ruhe genießen, bevor ich mich ins Gefecht stürze.« Megan zügelte ihren Tonfall, damit sie nicht zu überschwänglich klang. »Es ist so schön hier.«

»Ja, wirklich nett«, pflichtete Carol ihr bei. »Schade nur, dass man zwei Flieger und eine Fähre braucht, um hierherzukommen.«

Ein seltsames Kribbeln kroch Megans Nacken hinauf, als Carols Blick zu ihren Füßen wanderte. »Was hast du denn da an den Füßen? Sind das etwa die Hotelpantoffeln?«

Ein Déjà-vu, mehr nicht. Das war doch ein Déjà-vu, oder? Etwas, das man im Traum erlebt hatte und das dann zufällig auch im wahren Leben passierte?

»Nein, das sind Sandalen, die ich mitgebracht habe.« Ihre Stimme klang hohl.

»Aha.« Carol rümpfte die Nase, als hätte sie etwas Unangenehmes gerochen – genau wie in ihrem Traum. »Wenn das so ist. Ich will dich nicht länger aufhalten, aber bevor du losfährst – hast du daran gedacht, die Sitzordnung für das Probedinner heute Abend zu ändern, damit meine Tennisfreundinnen ein bisschen näher bei mir und John sitzen können?«

»Ja, darum habe ich mich schon gekümmert.« Megans Herz pochte wie wild. Das war bloß die Aufregung vor der Hochzeit. Obwohl diese Erklärung nicht wirklich Sinn ergab, klammerte sie sich daran.

»Gutes Mädchen.« Zum Abschied tupfte Carol rechts und links von Megans Wangen zwei Küsschen in die Luft.

Kapitel 9

Tom

Tom Prescott schlief wie ein Toter, bis das Tuten eines Nebelhorns neben seinem Ohr ihn jäh ins Leben zurückholte.

Er fuhr in die Höhe und presste eine Hand auf sein rasendes Herz. Eine undeutliche, wenngleich irgendwie vertraute Lautsprecherdurchsage hieß ihn in Friday Harbor willkommen. Im geschlossenen Zustand fühlten sich seine Augen an wie Sandpapier, und als er sie öffnete, wurde es noch schlimmer. Instinktiv tastete er nach seinen Augentropfen. Er fand sie schließlich in einem kleinen Plastikbeutel, in dem er sie tags zuvor für den Sicherheits-Check-in am Flughafen verstaut hatte, in seiner Anzugtasche. Dabei war er sich ganz sicher, gestern Abend vor dem Schlafengehen keinen Anzug getragen zu haben.

Er saß auf einem Sitz aus grünem Lochblech.

Auf einer Fähre.

In derselben Kleidung, die er zwei Tage zuvor beim Geschäftsessen mit den Klienten von der Pharmafirma angehabt hatte.

Zwei Tage zuvor? Doch, das musste stimmen. Denn gestern war es zu der schrecklichen Katastrophe gekommen, von der er wünschte, er könnte sie für immer aus seinem Gedächtnis löschen.

Aber wieso saß er dann jetzt wieder auf der Fähre auf dem Weg nach Friday Harbor?

Statt sich zu verlangsamen, schlug sein Herz immer schneller und härter, bis er glaubte, es würde ihm aus der Brust springen, sobald er die Hand wegnahm.

»Guten Morgen, Schlafmütze.«

Tom drehte sich um. Er wusste, wem die Stimme gehörte, auch wenn das unmöglich war. Ein Schmerz fuhr von seinem Nacken abwärts bis in seine Schulterblätter hinein. Der Henry-Winkler-Klon neben ihm schenkte ihm ein freundliches Lächeln.

»Guten Morgen?«, erwiderte Tom mit einem zaghaften Nicken.

Unter seiner Hand kam sein Herz allmählich zur Ruhe. Vielleicht würde es sogar ganz stehen bleiben. Bestimmt halluzinierte er. Kam das öfter vor, wenn man einen Herzstillstand hatte?

Seine Lippen waren genauso trocken wie seine Kehle. Er fuhr sich mit der Zunge über seine pelzigen Zähne. Er brauchte dringend eine Zahnbürste. Und noch dringender musste er herausfinden, was zum Teufel hier vor sich ging.

Das Letzte, woran er sich erinnerte, war der Streit.

Eifersucht und Scham stiegen in ihm hoch, als er den vergangenen Abend Revue passieren ließ.

Das Probedinner. Die Tischrede seines Vaters. Megans Flucht. Und dann ... Leo, der sagte, er sei in Megs verliebt. Toms Faust zuckte, als würden sich seine Muskeln noch an den Schlag erinnern.

Er hatte Megs zur Rede gestellt. Sie hatten ihren ersten richtigen Streit gehabt.

Danach hatte er beschlossen, die Hochzeit abzublasen und zu verschwinden.

Er wusste noch, wie er gedacht hatte, dass er unmöglich in die Suite seiner Eltern gehen konnte. Das wäre Wasser auf die Mühlen der Enttäuschung seines Vaters gewesen. Zu seinem Bruder konnte er auch nicht. Selbst wenn es ihm gut ging, war es anstrengend, sich mit Brody und Emmeline in einem Raum aufzuhalten. Die beiden waren entweder so übertrieben höflich, dass man sich unter Fremden wähnte, oder aber unterschwellig aggressiv, sodass man es kaum in ihrer Nähe aushielt.

Also hatte er sich zum Laden vor dem Hotel geschleppt, dort eine Flasche Jack Daniels gekauft und sich damit in das Leihauto geflüchtet. Er hatte gewusst, dass eine Nacht auf der Rückbank eines gehobenen Mittelklassewagens Gift für seinen steifen Nacken wäre, trotzdem war das von allen Möglichkeiten noch das geringste Übel gewesen.

Er hatte noch lange wach gelegen – nicht wegen der unbequemen Schlafsituation, sondern weil das Fundament, auf dem er seine ganze Welt errichtet hatte, eingestürzt war. Er hatte die Schlaflosigkeit und seine wild durcheinandertrudelnden Gedanken mit tiefen Zügen aus der Whiskyflasche bekämpft, während er gleichzeitig versuchte, sich eine Zukunft ohne Megs vorzustellen. Doch alles, was er sah, waren Einsamkeit und Schmerz.

Und jetzt saß er auf einmal wieder auf der Fähre und legte im Hafen der Insel an, die er nie verlassen hatte.

Er kramte sein Smartphone hervor, fluchte halblaut, weil er kein Netz hatte, und tippte dann auf das Kalender-Icon. Dort stand es schwarz auf weiß: Heute war der Tag des Probedinners in Roche Harbor.

Die Nackenschmerzen und das klebrige, verschlafene Gefühl waren also doch keine Halluzination. Sie waren echt.

Es musste eine rationale Erklärung dafür geben, weshalb er sich nicht mehr daran erinnern konnte, wie er aufs Boot gekommen war. Und weshalb er noch seinen Anzug vom Geschäftsessen trug.

Vielleicht war ja auch nicht der heutige Tag eine Halluzination, sondern der gestrige. *Ja, so muss es sein.* Offenbar hatte er so intensiv geträumt, dass ihm sein Traum nun vorkam wie die Wirklichkeit. Erst einige Wochen zuvor hatte Megs einen Traum gehabt, in dem Tom das Stück geräucherten Gouda aß, das sie gekauft hatte, um sich für eine besonders anstrengende Arbeitswoche zu belohnen. Beim Aufwachen war sie richtig sauer auf ihn gewesen ... bis sie gesehen hatte, dass der Käse noch im Kühlschrank lag. So realistisch konnten Träume mitunter erscheinen.

Das war die Lösung des Rätsels. Er hatte den gestrigen Tag geträumt. Definitiv bloß geträumt.

Und wenn dem so war, dann bedeutete das, dass Leo und Megs niemals miteinander ...

Er rieb sich die Faust – der man im Übrigen nicht ansah, dass er jemanden damit geschlagen hatte – und ließ sie sinken. Am liebsten hätte er vor lauter Erleichterung laut gelacht. Sein Leben, seine Beziehung – alles war intakt. Die Welt, wie er sie kannte, existierte noch.

Sobald Leo heute ankam, würde Tom ihm von dem Traum erzählen, und sie würden laut darüber lachen.

Der Jetlag und zu viele Stunden im Büro – das waren die Ursachen seiner Verwirrung. Immer wenn Tom die Nacht durchgearbeitet hatte, brach er zu Hause auf dem Bett zusammen und schlief drei Stunden, ohne sich zu rühren. Beim Aufwachen brauchte er dann jedes Mal mehrere Minuten, bis er wieder wusste, wo er war. Megs machte sich einen Spaß daraus, ihn mit seinen Koma-Nickerchen aufzuziehen.

Er steckte seine Augentropfen zurück in die Anzugtasche und versuchte, die Reste des Albtraums abzuschütteln. Bestimmt würde Megs am Hafen auf ihn warten. Dann wäre seine Welt endgültig wieder im Lot.

Nur dass Megs *nicht* am Hafen auf ihn wartete. Er trug sein Gepäck die Rampe hinauf und sah sich um. Vielleicht hatte sie sich bloß verspätet? Er starrte die leicht ansteigende Straße mit den Restaurants und Geschäften entlang. Er hätte schwören können, sie bereits gestern gesehen zu haben.

»Mitfahrgelegenheit gefällig? Wo soll's denn hingehen?« Vor ihm am Straßenrand hatte ein Fahrradtaxi angehalten. Am Lenker saß eine Frau mit langem silbergrauen Haar und Beinmuskeln, die dicker waren als seine eigenen.

Wortlos schüttelte Tom den Kopf. Sein Herzschlag beschleunigte sich erneut, als die Frau auf der Suche nach anderen Kunden davonradelte. Er blinzelte in die Sonne, und sein Blick blieb an einem breitkrempigen Fischerhut auf der gegenüberliegenden Straßenseite hängen. Als seine Augen langsam am Besitzer des Hutes hinabwanderten, stellte er fest, dass es sich um einen Mann mit einer Babytrage vor dem Bauch handelte ... in der eine sehr zufrieden aussehende getigerte Katze saß.

Dies hier war nicht nur ein Déjà-vu. Es war ein Déjà-vu auf Speed.

In der Nähe der Eisdiele wartete ein Taxi mit laufendem Motor auf Kundschaft. Unbeholfen sein Gepäck hinter sich herziehend, eilte Tom darauf zu und stieg ein. Nachdem er den Fahrer gebeten hatte, ihn zum Resort nach Roche Harbor zu fahren, zückte er abermals sein Smartphone. Er sah, dass Megs ihm geschrieben hatte, tippte jedoch zunächst das Icon für die Sprachnachrichten an. Als er der Voicemail seines Bruders lauschte (»Hier ist Brody. Wir sind schon auf dem Grün, du Ersatzteillager. Beeil dich. Wir erwarten dich vor fünf Minuten.«), die er bereits kannte, obwohl er sie doch zum ersten Mal hörte, überlief ihn ein kalter Schauer.

Er hatte keine Ahnung, was hier vor sich ging. Es konnte es sich nicht einmal ansatzweise erklären. Doch was immer es war, es drohte sogar den furchtbaren gestrigen Tag in den Schatten zu stellen.

Es war also ein neuer Tag ... und trotzdem verlief er fast genauso, wie Tom es im Traum vorausgesehen hatte. Brody trank aus seinem Flachmann und machte Witze über die Flugangst seines jüngeren Bruders oder über den »zwei Flieger und eine Fähre«-Spruch ihrer Mutter. John klopfte Brody anerkennend auf die Schulter, stichelte gegen Tom und quetschte ihn über das Geschäftsessen aus.

Tom beantwortete pflichtschuldig alle Fragen, sagte ansonsten jedoch den ganzen Vormittag über kaum ein Wort. Das irritierte Brody sehr, der nichts lieber tat, als ihn zu provozieren. Diese Dynamik existierte praktisch schon ihr ganzes Leben: Tom versuchte, die Aufmerksamkeit seines älteren Bruders zu erringen, und dem fiel nichts Besseres ein, als ihn permanent zu hänseln. Es war ein Teufelskreis, aus dem es keinen Ausweg zu geben schien.

»Was ist los mit dir, Ersatzteillager? Kriegst du kalte Füße? Schläfst du? Oder ist das hier eine dieser Geschichten, wo sich am Ende rausstellt, dass du in Wahrheit die ganze Zeit tot warst?«

»Du willst wissen, ob ich Bruce Willis in *Der sechste Sinn* bin?«

»Ich dachte eher an *Wochenende bei Bernie*.«

Tom versuchte zu lachen, doch mehr als ein ersticktes Röcheln brachte er nicht zustande. Ihm wurde klar, wie absonderlich er auf seine Umwelt wirken musste.

»Bist du auf Drogen, oder was?« Als Tom die Frage ignorierte, tippte Brody ihm gegen die Stirn, so wie er es früher oft gemacht hatte. Er hatte seinen jüngeren Bruder am Boden festgehalten und ihn nicht eher losgelassen, als bis dieser ihm die Namen von zehn verschiedenen Schokoriegeln aufzählen konnte. *Tapp, tapp, tapp.* »Und *wenn* du Drogen genommen hast, mein junger Thomas, bist du dann bitte ein artiger kleiner Bruder und gibst mir was ab?«

Tom schüttelte den Kopf. Er hatte Angst davor, Unordnung im Raum-Zeit-Kontinuum zu stiften. Wenn er so tat, als wäre alles normal, und sich einfach auf die Golfpartie konzentrierte, würde sich vielleicht irgendwann alles von selbst wieder einrenken.

Wobei ...

Normalität. Tom war sich nicht sicher, ob er das überhaupt noch wollte. »Gestern« war der schlimmste Tag seines Lebens gewesen. Er brauchte Antworten. Er musste begreifen, was hier vor sich ging. Weil er nicht wusste, was er tun sollte, während sein Dad und Brody sich ihrem Spiel widmeten, nutzte er die Gelegenheit, um sich einige Schritte zu entfernen und Megs anzurufen. Sie war immer sein Prüfstein gewesen, und selbst nach dem Streit, den sie am vergangenen Abend gehabt – oder auch nicht gehabt – hatten, schien dies ein logischer Schritt zu sein. Bestimmt konnte sie ihm helfen, die Einzelteile dieses rätselhaften Puzzles zu einem sinnvollen Ganzen zusammenzufügen.

Doch Megs ging nicht ans Telefon. Sein Unbehagen wurde immer größer, bis es sich schließlich anfühlte wie eine zweite Haut.

Als sie das neunte Loch erreichten, wo er seinen Vater (im Traum?) um Rat gefragt hatte, stellte Tom fest, dass er sich dessen Vortrag auf keinen Fall ein zweites Mal anhören wollte. Also schwieg er.

Fast hätte er über sich selbst gelacht. Ihm war ganz spontan der Gedanke gekommen, dass der Tag sich wiederholte. Aber das war völlig verrückt. Die Vorstellung war dermaßen absurd, dass er sich um ein Haar über das Wasserhindernis gebeugt und den Kopf ins kalte Nass getaucht hätte, um endlich aus diesem Wahnsinn aufzuwachen.

Stattdessen machte er sich schweigend zum Schlag bereit. Er wollte den Ball gerade mit einem sanften Schwung ins Loch befördern, als John ihn aus seiner Konzentration riss.

»Weißt du, Tom? Ich finde, du hättest es wirklich schlechter treffen können.«

Tom erstarrte. Er betete, dass sein Vater sich auf sein Golfspiel bezog. »Danke?«, sagte er zaghaft.

»Megan ist eine kluge Wahl. Das hast du gut gemacht. Sie ist ehrgeizig. Fleißig. Hübsch genug, um an deiner Seite Eindruck zu machen, und gescheit genug, dass man mit ihr ein vernünftiges Gespräch führen kann. Aber selbst wenn man sich eine Partnerin nimmt, die auf dem Papier gut aussieht, gibt es immer noch Variablen, die man nicht kennt.« Er sah Toms Bruder mit hochgezogenen Augenbrauen an. »Broderick weiß, wovon ich rede.«

Der leicht belustigte Ausdruck, den Brody die ganze Zeit im Gesicht gehabt hatte, verschwand, ehe er einen tiefen Zug aus seinem Flachmann nahm. Tom versuchte, seinen Vater zu ignorieren, und trank ebenfalls einen Schluck, wenngleich nur einen kleinen. Prompt verpatzte er seinen Schlag. Der Ball rollte am Loch vorbei. Er presste die Lippen zusammen, damit ihm nicht etwas Unbedachtes herausrutschte, und ging zu der Stelle, wo er liegen geblieben war.

»In Megans Fall«, fuhr John fort, »ist es ihre unsägliche Familie. Mein Rat an dich? In einer Ehe geht es keineswegs immer darum, Kompromisse zu finden. Die Feiertage verbringt ihr grundsätzlich bei uns, damit wäre schon mal ein Präzedenzfall geschaffen. Und wenn ihr später Kinder habt, möchtest du doch sicher nicht, dass Donna zu viel Einfluss auf sie hat. In der Sache musst du dich durchsetzen. Hau mit der Faust auf den Tisch. Und falls Megan sich je beschwert …«, er peilte sein Ziel an, »gibt es immer noch Golf.«

Genau wie beim letzten Mal rollte Johns Ball sauber ins letzte Loch.

Es war völlig ausgeschlossen, dass Tom so viele Einzelheiten eines Tages, der noch gar nicht stattgefunden hatte, im Traum vorweggenommen hatte. Was bedeutete …

Nein. Das war genauso unsinnig.

Aber ihm fiel keine andere Erklärung ein.

Konnte das möglich sein? Geschah es wirklich?

Er ließ sich jede Einzelheit durch den Kopf gehen: Henry Winkler auf der Fähre. Sein steifer Nacken. Brodys Trinkspiel. Der »kluge Rat« seines Vaters.

All das zusammengenommen konnte nur eins bedeuten, so unfassbar es auch schien: Tom erlebte ein und denselben Tag zum zweiten Mal.

Ein Kribbeln ging durch seinen Körper, und die Welt geriet ins Wanken. Wie war so etwas überhaupt möglich? Sollte er ins Krankenhaus fahren? Sich an einen Psychiater wenden?

Fast hätte er sich mitten aufs Grün gesetzt. Doch er wollte keine Szene machen. Niemand sollte wissen, wie groß seine Panik war. Wahrscheinlich wäre es das Klügste, einfach weiterzumachen wie gehabt, bis er die Situation besser einschätzen konnte. So zu tun, als wäre alles in bester Ordnung.

Obwohl davon wahrlich nicht die Rede sein konnte.

Denn was auch immer hier gerade geschah, konnte nicht real sein.

Und ganz abgesehen davon: Wenn der gestrige Tag kein Traum gewesen war … dann entsprach das, was er aus Leos Mund gehört hatte, der Wahrheit.

Megs und sein bester Freund hatten wirklich miteinander geschlafen.

Tom wurde die Kehle eng. In seinem Magen begann es zu brodeln, und in den Fingerknöcheln spürte er eine Art Phantomschmerz von einem Faustschlag, den er noch gar nicht ausgeführt hatte. Der Zorn, der plötzlich in ihm erwachte, fühlte sich genauso frisch an wie am Abend zuvor.

Er war ausgerechnet von den zwei Menschen hintergangen worden, auf deren Liebe und Loyalität er immer gezählt hatte. Von der Frau, der er mehr als jedem anderen Menschen auf der Welt vertraute.

Noch nie in seinem ganzen Leben hatte er sich so verlassen gefühlt.

Doch gleich darauf gab er sich einen Ruck. Wenn das alles wirklich stimmte, verschwendete er seine Zeit. Er musste nicht in einem Restaurant, das den hohen Ansprüchen seines Vaters nicht genügte, Burger essen und Bier trinken. Er musste nicht mit ansehen, wie Brody sich betrank, oder sich sagen lassen, was für ein Idiot er war, weil er seiner Verlobten noch nichts von Missouri gesagt hatte.

Er musste nur eins tun: Megs finden, damit er die Hochzeit zum zweiten Mal absagen konnte – idealerweise bevor das unerträgliche Probedinner, mit dem sie die Farce ihrer Beziehung feiern wollten, überhaupt begann.

Kapitel 10

Megan

Vielleicht aus einer morbiden Neugier heraus, vielleicht aber auch, weil sie sich in einer Art Trance befand, ging Megan den Tag genauso an wie im Traum – mit dem Unterschied, dass sie darauf verzichtete, Tom von der Fähre abzuholen, und deshalb genau zur selben Zeit in der Hotelhalle ankam wie ihre Tante Paulina. An diese kleine Veränderung klammerte sie sich wie an ein kostbares Schmuckstück. Sie war der Beweis dafür, dass sie die Kontrolle über die Realität noch nicht gänzlich verloren hatte.

Es gab Familienmitglieder, mit denen man geboren wurde, und Familienmitglieder, die man sich aussuchte. Paulina Tate-Shahid war für Megan ein bisschen von beidem. Obwohl sie die jüngere Schwester der unberechenbaren Donna war, hatte sie immer eine zutiefst beruhigende Wirkung auf Megan – ganz zu schweigen von ihrem bissigen Humor.

Megan erspähte ihre Tante, während sie nervös an ihrem extragroßen Becher Kaffee nippte und auf Donna wartete. Paulinas Ehemann Hamza stand neben ihr und schleppte die Koffer.

Megan nahm sogleich Kurs auf die beiden. »Paulina!«

Die beiden Frauen fielen einander in die Arme, sodass Paulinas dicker Bauch zwischen ihnen eingequetscht wurde. »Hallo, mein Schatz. Hamza und ich freuen uns so, hier zu sein!«

»So sehr, dass sie vielleicht gleich auf den Boden pieselt«, setzte Hamza hinzu, und seine warmen Augen, die die Farbe von Ahornsirup hatten, funkelten.

Paulina wirbelte zu ihm herum, dass ihre üppigen dunkelbraunen Locken tanzten. Sie hielt ihren Zeigefinger in die Höhe. »*Einmal*. Das ist mir nur *ein einziges Mal* passiert. Und zu meiner Verteidigung sei gesagt, dass dieses Baby sich dauerhaft auf meiner Blase niedergelassen hat.«

»Du siehst fantastisch aus«, sagte Megan, während Hamza seiner Frau einen zärtlichen Kuss auf die Stirn gab.

»Ich sehe aus, als hätte ich eine andere Person verschluckt. Die *ebenfalls* schwanger ist.«

Trotz ihres Unbehagens über den sehr seltsamen Tag musste Megan lachen. »Ich kann euch gar nicht sagen, wie froh ich bin, dass ihr hier seid. Endlich vernünftige Menschen.«

Paulina und Hamza tauschten einen wissenden Blick.

Die ersten vierzehn Jahre von Megans Leben hatte Paulina in ihrer unmittelbaren Nachbarschaft gewohnt und oft auf sie und Brianna aufgepasst, wann immer Donna überstürzt zu einem »Bewerbungsgespräch« aufbrach, nur um später nach Zigaretten und Parfümpröbchen riechend heimzukommen.

Megan war am Boden zerstört gewesen, als Paulina für ihr Studium nach Boston gezogen war, Lichtjahre weit weg von Montana. Trotzdem hatte eins der ersten Ferngespräche mit ihrer Tante ihr klargemacht, welchen Weg sie selbst einschlagen sollte. Sie hatte Paulina von einem Fotografiekurs erzählt, den sie gerade belegte und für den sie die Auswirkungen der jüngsten Dürre dokumentierte. »Oh, Megan, das ist ja großartig«, hatte Paulina geantwortet. »Ich wette, du hast unheimlich viel zu erzählen. Ein Künstler zu sein kann man nicht lernen, weißt du? Dazu wird man geboren. Und du warst von Tag eins an eine Künstlerin.«

Diese Worte hatten in Megan etwas Entscheidendes ausgelöst. Sie begann, Dokumentarfilme zu schauen, und bewunderte die Art, wie Filmemacher wenig beachtete Geschichten in den Fokus rückten und ihnen Atmosphäre und Kontext verliehen. Als Paulina irgendwann beschloss, ihr Studium in England fortzusetzen, wo sie sich in Hamza verliebte und sesshaft wurde, weitete sich Megans Horizont noch mehr.

Sie bewarb sich an mehreren Ivy-League-Universitäten, wenngleich eher aus einer Art Wunschdenken heraus – sie rechnete nicht damit, genommen zu werden. Doch als dann tatsächlich eine Zusage von Harvard ins Haus flatterte, beschloss sie, ihrer Tante, dem einzigen Vorbild, das sie jemals gehabt hatte, nach Massachusetts zu folgen. Sie war überzeugt davon, dass es für sie nur zwei Möglichkeiten gab: Sie konnte wie Donna enden oder Paulina nacheifern.

In Harvard fand sie ein Ziel. Und sie fand Tom.

»Wie schlägst du dich bisher?« Paulina strich Megan eine Haarsträhne hinters Ohr. »Und wo sind all die anderen?«

Wie auf ein Stichwort kam Brianna in die Lobby und schimpfte halblaut vor sich hin, weil Donna nach einer »total unschuldigen« Bemerkung über ihre Möpse die Fassung verloren hatte.

Paulina drückte Megan noch ein letztes Mal, dann nahm sie Hamzas Hand. »Wir checken jetzt erst mal ein und beziehen unser Zimmer. Viel Glück.«

Von da an folgte der Tag einem vertrauten Schema. Megan fuhr mit Brianna und Donna für einen ebenso spontanen wie überflüssigen Shopping-Trip nach Friday Harbor. Als ihre Schwester erwähnte, dass sie vorübergehend bei ihr und Tom in

New York wohnen wolle, wäre Megan um ein Haar herausgerutscht, dass sie ohnehin bald nach Missouri ziehen würde. Mit ein bisschen Glück würde diese Einzelheit auf ihren Traum beschränkt bleiben. Ein kleiner Trost inmitten all der Verwirrung.

»Hat jemand von Alistair gehört?«, fragte Brianna auf der Rückfahrt nach Roche Harbor aus heiterem Himmel. Sie hielt nicht viel von entspanntem Schweigen.

Donna ignorierte die Frage demonstrativ, und Megan schüttelte den Kopf, was einerseits als Antwort gedacht war, andererseits als Warnung an ihre Schwester, das Thema nicht weiter zu vertiefen. Donna war extrem empfindlich, was ihren Erstgeborenen anging, und Megan wusste nicht, wie viel Theatralik sie an diesem Tag noch ertragen konnte.

»Also«, sagte Donna verschnupft. »Wenn du von ihm hörst, erinnere ihn doch bitte daran, dass er eine Mutter hat – vielleicht verspürt er ja das Bedürfnis, mal wieder den Kontakt zu ihr zu suchen.«

»Ich würde ihm ja schreiben, aber er hat es mir verboten«, sagte Brianna, die den Stimmungsumschwung gar nicht mitbekommen zu haben schien. »Er meinte, er hätte keinen Roamingvertrag für sein Handy, und meine Nachrichten würden ihn zu viel Geld kosten.«

Diesmal reagierte nicht einmal Megan.

Trotz kleiner Variationen spielte sich im Wesentlichen alles genauso ab wie am Tag zuvor, und die Wiederholungen machten sie immer ratloser. Je mehr Zeit verging, desto weniger konnte sie glauben, dass das alles wirklich bloß ein Traum gewesen war.

Sie war so aufgewühlt, dass sie sämtliche Anrufe und Nachrichten von Tom ignorierte. Sie sah sich außerstande, eine normale Unterhaltung mit ihm zu führen, aus Angst, sie könnte ihm gegenüber versehentlich den Streit vom Vorabend oder gar den

Seitensprung mit Leo erwähnen. Bis sie sich ein genaues Bild der Lage gemacht hatte, war es besser, den Kontakt zu anderen Menschen nach Möglichkeit zu vermeiden.

Und an diesen Vorsatz hielt sie sich – jedenfalls, bis ihr siedend heiß einfiel, dass sie gleich auf Leo treffen würde. Eine Begegnung mit ihm würde sie kein zweites Mal durchstehen. Völlig undenkbar. Sie hatte schon das erste Mal nur mit knapper Not überlebt.

Ihr blieb also nur eine Wahl: Sie musste sich vor ihm verstecken.

Als Donna den Wagen vor dem Hotel parkte, hielt sich Leo Megans Berechnungen zufolge gerade in der Lobby auf.

»Ich mache einen Spaziergang«, teilte sie ihrer Mutter und Brianna mit.

»Vielleicht will sie abhauen«, flüsterte Brianna ihrer Mutter zu. »Ich würde ihr keinen Vorwurf daraus machen. Tom ist ein korrekter Typ, aber die absolute Ausnahme in seiner Familie. Die anderen Prescotts kann man alle in der Pfeife rauchen.«

Als Megan den gewundenen, steil ansteigenden Weg zu den Privathäusern der Insel einschlug, hörte sie ihre Mutter noch sagen: »Brianna, pass auf, was du sagst. Würdest du nicht auch ein bisschen Arroganz in Kauf nehmen, wenn du dafür so einen Lebensstil haben könntest?«

Ihre Sandalen boten auf dem Kiesweg nur wenig Halt. Ein Rinnsal aus Schweiß lief von ihrem Haaransatz ihre Wirbelsäule hinab. Und was am beunruhigendsten war: Sie hatte keinen Plan. Ihre einzige Strategie bestand darin, Leo aus dem Weg zu gehen. Ziemlich kurzsichtig, wenn man bedachte, dass er Toms Trauzeuge war. Aber etwas Besseres fiel ihr im Moment nicht ein.

Als sie wenig später in einer Sackgasse vor einem großen Anwesen ankam, das von einem echten Disney-Architekten gebaut worden war, der einige berühmte Filmkulissen entworfen hatte (als Kind hatte sie das wahnsinnig aufregend gefunden), wusste sie nicht mehr weiter. Wenn sie sich länger hier aufhielt und Leute im Haus waren, würden sie vielleicht die Polizei rufen.

Verdammter Mist. Wo sollte sie hin?

Sie beschloss, den Weg durch den Wald zu nehmen. Das Unterholz war teilweise so dicht, dass sie Mühe hatte vorwärtszukommen. Ihre Beine wurden zerschrammt, Spinnweben blieben an ihr hängen, und in der Feuchtigkeit plusterten sich ihre Haare auf. Als sie es auf die andere Seite des Waldstücks geschafft hatte, sah sie völlig zerrupft aus. Blut lief ihr die Schienbeine hinunter, weil sie sich die Haut an den Disteln aufgerissen hatte, der Knoten, den sie sich am Morgen gemacht hatte, war nur noch ein wirres Nest, und ihre Augen fühlten sich an, als würden sie ihr jeden Moment aus dem Kopf springen.

Megan war in der Nähe des Personalparkplatzes des Hotels herausgekommen. Erleichtert suchte sie Schatten unter einem Ahornbaum. Sie war gerade dabei, sich den Schweiß von der Stirn zu wischen und notdürftig ihre Frisur zu richten, als jemand ihren Namen rief.

»Megan?«

Sie konnte heulen, oder sie konnte die Flucht ergreifen. Doch auf einmal kam ihr die Begegnung geradezu schicksalhaft vor. Sie durchzustehen war der einzige Weg. »Hi, Leo.«

»Hey!« Er kam auf sie zugelaufen. Offenbar erwartete er, dass sie aufstehen und ihn zur Begrüßung umarmen würde. Als sie es nicht tat, ging er neben ihr in die Hocke. Es war nicht fair, dass er sie in derart aufgelöstem Zustand sah – vor allem, weil er sich in seiner Haut immer so wohlzufühlen schien. Wenn er ein fünf Dollar teures T-Shirt trug, sah es aus, als hätte es *fünfhundert* gekostet. Irgendetwas hatte er an sich, das selbst die schäbigsten Kleidungsstücke adelte.

»Ich habe nach dir gesucht«, sagte er. »Du siehst …«

»Aus wie Bigfoots Braut?«

»Ich wollte sagen wunderschön. Obwohl …« Vorsichtig pflückte er ein paar Zweige und ein kleines Blatt aus ihren Haaren, die er ihr wie ein Friedensangebot überreichte.

Doch wenn es um Leo ging, konnte es keinen Frieden geben, das wusste sie jetzt – obwohl sie immer noch nicht genau sagen konnte, *woher* sie es wusste.

»Kann ich mit dir reden? Bitte?« Seine Stimme klang zaghaft, doch er hatte ein Funkeln in den Augen. Es war ein Blick, der sie herausforderte, Ja zu sagen und sich zu ihrer Liebe zu bekennen. Leo mit seinem trägen Lächeln und seinem natürlichen Charme war jemand, den man einfach vergöttern musste. Und Megan *hatte* ihn vergöttert. Aber auf Dauer war ein solches Verhalten selbstzerstörerisch, auch wenn sie diesen Gedanken während ihrer nächtlichen Fantasiereisen niemals zugelassen hatte. Leo war wild und unberechenbar – der Typ Mann, für den Donna sich entschieden hätte.

Plötzlich verspürte sie einen Stich der Wehmut, so scharf, dass ihr die Luft wegblieb. Sie erinnerte sich daran, wie sie zum ersten Mal Zeit mit Leo allein verbracht hatte. Bei Tom war eine Halsentzündung diagnostiziert worden, und sie hatten beschlossen, in den Supermarkt zu gehen, um etwas zu kaufen, das ihn ein bisschen aufheiterte. Sie brachten ihm ein Jo-Jo mit, eine Packung Baseballkarten, ein Eis am Stiel, das die Farbe atomaren Abfalls hatte, sowie mehrere Teenie-Zeitschriften mit Tests wie *Welcher Lippenstift spiegelt deine Persönlichkeit wider?* oder *Bist du bereit, ihm zu sagen, was du für ihn empfindest?*. Im Gang für Damenhygiene mussten sie so heftig lachen, dass Megan sich fast in die Hose gemacht hätte. Leo, der Blödmann, hatte ihr angeboten, noch eine Packung Inkontinenzeinlagen für sie in den Einkaufskorb zu legen.

Ganz kurz gab sie sich einem ihrer liebsten Tagträume hin und stellte sich vor, wie sie mit Leo in einem Van lebte. Er erkundete die Gegend auf der Suche nach neuen Reiserouten, während sie sich Themen für ihren Dokumentarfilm überlegte, der auf internationalen Filmfestivals für Furore sorgen würde. Es gab keine Verwandten weit und breit, und sie würde nicht länger in einem Job arbeiten müssen, auf den sie sich nur beworben hatte, weil es *seiner* Karriere förderlich war.

Denn genau das hatte sie für Tom getan. Während er Jura studiert hatte, hatte sie ihren Master gemacht, und als er in die Kanzlei seines Vaters eingestiegen war, hatte sie sich einen Job bei GQ gesucht, damit sie zusammenbleiben konnten. Jede ihrer Entscheidungen hatte sie ihm zuliebe getroffen. Wie hätte ihr Leben ausgesehen, wenn es nicht so gewesen wäre?

In einem anderen Leben hätte sie sich für einen Weg entscheiden können, der sie an Leos Seite durch den Dschungel führte. Sie hätte ihr Sicherheitsbedürfnis über Bord geworfen und wäre ihrer Leidenschaft fürs Filmemachen nachgegangen. Gemeinsam hätten sie monatelang in der Wildnis gelebt, sich in winzigen, alten Zelten geliebt und so getan, als wäre der Rest der Menschheit vom Angesicht des Planeten verschwunden.

In einem anderen Leben.

Oder in diesem.

Sie spürte ein Prickeln auf der Haut. Der Gedanke war ein Verrat an allem, woran sie glaubte. Und deshalb tat sie, was sie immer tat, wenn ihre Bitterkeit zu groß wurde. Sie holte eine Tom-Erinnerung aus der Schublade in ihrem Kopf, die sie eigens für Augenblicke wie diesen angelegt hatte. Es war die Erinnerung an die allererste Nachricht, die er ihr je geschrieben hatte (wenn man die The-Cure-Textzeilen in ihrem Schreibblock nicht mitzählte). Wann immer ihr Zweifel an ihrer Beziehung kamen, rief sie sich den Inhalt dieser Nachricht ins Gedächtnis.

»Komm schon, Megan.« Leo pflückte ein paar Grashalme und bewarf sie damit, um ihre Aufmerksamkeit auf sich zu lenken. »Du gehst mir seit Jahren aus dem Weg – glaub bloß nicht, dass ich das nicht gemerkt habe. Da kannst du jetzt wenigstens zehn Minuten für mich erübrigen.«

»Du kriegst zwei«, sagte sie wider besseres Wissen.

Leo lachte leise. »Weißt du noch, wie du immer die Zeit gestoppt hast, wenn ich Bier holen gegangen bin?«

»Du hast immer diese komischen Craftbiere mit Geschmacksrichtungen wie ›Fruchtige Kiesel‹ oder ›Bullenhoden‹ angeschleppt.« Sie schüttelte den Kopf. »Jetzt hast du nur noch eine Minute.«

»Du machst mich fertig, Givens.« Leo rieb sich frustriert die Augen. »Wir führen praktisch seit acht Jahren eine Unterhaltung ohne Worte, und jetzt habe ich keine Ahnung, wo ich anfangen soll.«

»Dreißig Sekunden, Leo.«

»*Givens*. Bitte. Hör mich einfach an, ja?« Während er auf ihre Antwort wartete, zupfte er weiter am Gras herum. Ein verführerisches Lächeln umspielte seine Lippen, doch in seinen Augen spiegelte sich Furcht. »Hast du keine Angst davor, worauf du dich einlässt? Was du damit aufgibst? Ich mag dich, Givens, ich mache mir Sorgen um dich. Ich ... dein Glück liegt mir am Herzen. Und dir sollte es auch am Herzen liegen. Bist du glücklich?«

Sie riskierte einen Blick auf ihren ehemals besten Freund, und in ihrem Kopf liefen ungefähr einhundert verschiedene Szenarien ab, während eine innere Stimme fragte: *Was willst du wirklich? Was macht dich glücklich?*

Sie dachte an die Geschenke, die Leo ihr und Tom im Laufe der Jahre gemacht hatte. Als sie nach Soho gezogen waren, hatte er ihnen eine kleine Skulptur eines Künstlers geschickt, den sie sehr mochte, und zwei Jahre zuvor hatten sie zu Weihnachten eine seltene Kopie von Megans Lieblingsfolge von *Mystery Science Theater 3 000* bekommen. Leo schenkte ihnen Dinge, die ihnen beiden gefielen, aber eine ganz besondere Bedeutung für Megan hatten. Sie wusste nicht recht, ob sie geschmeichelt oder entsetzt sein sollte.

Ehe sie entscheiden konnte, welche magische Kombination von Worten sie sagen musste, um dem ganzen Schlamassel ein Ende zu machen, fiel ein Schatten über sie. Sie sah auf. Im ersten Moment fürchtete sie, es wäre Tom, doch es war nur eine Wolke, die sich vor die Sonne geschoben hatte.

Das war der Grund, weshalb sich alles wiederholte.

Vielleicht war Megan hellsichtig, und der Traum vom Tag zuvor war in Wirklichkeit eine Warnung gewesen. Wollte das Schicksal, dass sie einen anderen Weg wählte? Megan ließ diese Erkenntnis auf sich wirken ... Falls ja, dann war dies hier ihre zweite Chance. Sie hatte die Möglichkeit bekommen, es besser zu machen. Die Möglichkeit, sich nicht von einem alten Fehler aus der Bahn werfen zu lassen, der ohnehin keine Rolle mehr hätte spielen dürfen. Der keine Rolle mehr *spielte*.

Sie hatte Freunde, die daran glaubten, dass das Universum ihnen Zeichen gab. Dass, wenn auch vielleicht kein Gott im engeren Sinne, so doch ein himmlisches Energiegeflecht existierte, das die Menschen auf ihrem Weg durchs Leben leitete.

Dass sie einen ganzen Tag noch einmal erleben musste, war

ein ziemlich eindeutiges Zeichen. Und Megan hatte nicht die Absicht, es zu ignorieren.

Heute ging es darum, mit Leo abzuschließen. Den einzigen Aussetzer ihres Urteilsvermögens, der ihr je passiert war, hinter sich zu lassen, damit sie sich ganz und gar auf ihren Weg mit Tom konzentrieren konnte. Tom war ihre Zukunft. Er *musste* ihre Zukunft sein.

Denn wieso waren sie sonst seit zwölf Jahren zusammen? Selbst wenn nicht immer alles perfekt war und sie manchmal das Gefühl hatte, dass sie sich in einem gewissen Alltagstrott bewegten, gab es so viel Gutes zwischen ihnen. Ihre Beziehung war etwas ganz Besonderes – solange ihre anstrengenden Berufe und ihre noch anstrengenderen Familien ihnen nicht in die Quere kamen und sie nicht in die Falle tappte, ihm Vorwürfe zu machen, weil er wichtige Entscheidungen immer allein traf.

Bei seinem sexy Lächeln bekam sie nach wie vor Schmetterlinge im Bauch, und er brachte sie immer noch mit seinen Witzen zum Lachen. Bei keinem Menschen fühlte sie sich so geborgen wie bei ihm. Mit Leo war alles unsicher. Unvorhersehbar. Spontan. Aber Tom, *ihr* Tom, war ein Fels in der Brandung.

»Ich habe heute keine Zeit für so was, Leo.« Megan stand auf und wischte sich die Grashalme vom Kleid. »Das mit uns ist Ewigkeiten her, wir waren fast noch Kinder. Es hat rein gar nichts mit der Gegenwart zu tun.«

Als sie ging, hatte sie das Gefühl, als hielte sie seinen *»Du fehlst mir«*-Zettel in der Hand. Also stellte sie sich vor, wie sie Toms erste Nachricht an sie in die andere Hand nahm und ganz fest die Finger darum schloss. So machte sie sich auf den Weg zum Friseursalon. Sie wollte ihre Termine einhalten und ihre vor langer Zeit geschmiedeten Pläne in die Tat umsetzen, damit die Hochzeitsfeierlichkeiten endlich beginnen konnten. Keine Ablenkung mehr. Keine Umwege.

Sie hatte eine zweite Chance bekommen, und wenn sie diesmal beim Probedinner in ihrem wunderschönen Kleid neben ihrem wunderschönen Verlobten saß, würde der Abend mit einem Kuss enden.

Kapitel 11

Tom

Der Sperrbildschirm seines Handys zeigte nach wie vor nichts als das Foto von Megs und ihm im Botanischen Garten von Montreal. Sie waren einmal für ein verlängertes Wochenende nach Kanada gefahren, wo sie drei Tage lang Poutine und Crêpes gegessen und verzweifelt versucht hatten, Französisch nach der Immersionsmethode zu lernen.

Was für eine Erleichterung, dass in Montreal fast alle Englisch sprachen.

Auf dem Foto lachte Megs und zog dabei auf absolut entzückende Weise die Nase kraus. Sein eigenes Gesicht war nur im Profil zu sehen, weil er die Augen nicht von ihr hatte lassen können. Eine Touristin, die zusammen mit ihrem Ehemann ihren fünfzigsten Hochzeitstag in Montreal feierte, hatte das Foto aufgenommen.

»Wir sind schon mehr als zehn Jahre zusammen«, hatte Megs hinterher verkündet, als sie sich angeregt unterhielten. »Fünfzig dürften also kein Problem werden.«

Tom hatte das Foto als Erinnerung an jenen Tag aufbewahrt.

Als einen Beweis dafür, wie selbstverständlich es für sie war, sich ein ganzes Leben miteinander vorzustellen.

Jetzt hätte er am liebsten sein Handy gegen die Wand geworfen.

Er schlüpfte in sein Sakko. Es spannte an den Schultern.

Im Verlauf der letzten Stunden hatte er Megs immer wieder geschrieben und versucht, sie anzurufen, doch sie hatte nicht reagiert. Anfangs hatte er sich noch gefragt, ob ihr womöglich etwas zugestoßen sein könnte. Er war mehrmals kurz davor gewesen, ihrer Familie zu schreiben, um sich zu vergewissern, dass alles in Ordnung war. Aber dann hatte er jedes Mal an sie und Leo gedacht. Wahrscheinlich traf sie sich gerade mit ihm und besaß nicht einmal die Höflichkeit, an ihr verdammtes Telefon zu gehen.

Er war wütend. Und er hätte ihr zu gerne gesagt, *wie* wütend er war. Das hätte seinen Zorn ein wenig gelindert, so wie ein kühles Bier an einem heißen Tag den Durst stillte. Auf gar keinen Fall würde er zum Probedinner gehen. Sobald er Megan gefunden hatte, würde er die Hochzeit absagen.

Aber er war in ihrer gemeinsamen Suite, und sie war ... Gott weiß wo.

Er erinnerte sich noch an ihre Anfangszeit bei *GQ* kurz nach ihrem Umzug. Sie hatte Gelegenheit bekommen, bei einem Interview mit dem legendären Hollywoodschauspieler Kenneth Birch dabei zu sein, einer der wenigen Männer in der Filmbranche, die eine langjährige und stabile Ehe vorweisen konnten. Als Tom sie nach dem Interview gefragt hatte, ob sie etwas Spannendes erfahren habe, hatte sie gelacht und gesagt, dass Kenneth fast ausschließlich aus seinem eigenen Leben erzählt habe. Zum Beispiel habe er gemeint, dass Paare dazu neigten, sich immer und immer wieder über dasselbe zu streiten. Worte und Anlass der Auseinandersetzung mochten sich von Mal zu Mal unterscheiden, aber im

Kern ginge es immer um das Gleiche. Es war eine interessante, doch zugleich enttäuschende Anekdote gewesen. Kenneth hatte im Laufe der letzten drei Jahrzehnte in Dutzenden von Filmen die Hauptrolle gespielt, und eigentlich hatte Tom sich pikanten Klatsch darüber erhofft, welcher seiner Co-Stars am Set zu Wutausbrüchen neigte.

Das Erlebnis war im Gedächtnis geblieben, selbst wenn es auf ihn und Megs nicht zutraf, da sie sich nie stritten. Megs warf ihm höchstens hin und wieder mal ein Kissen an den Kopf und befahl ihm, sich die Zehennägel zu schneiden, weil sie ihr im Bett die Waden aufkratzten, oder er sagte ihr, sie solle nachts bitte schön ihre Nasenstrips tragen, damit sie nicht so laut schnarchte. Selbst den Umzug nach New York, vor dem alle sie gewarnt hatten, weil in der großen Stadt das Motto »Friss oder stirb« gelte, hatten sie gemeistert, und *wenn* es mal Probleme gab, ließen sie sie ganz bestimmt nicht am anderen aus.

Im Gegenteil, sie hatten sogar ihr eigenes kleines Trinkspiel daraus gemacht, das sie auch dann spielten, wenn gerade kein Alkohol zur Hand war: Sobald jemand auf Toms und Megans New-York-Pläne mit der Phrase »Friss oder stirb« reagiert hatte, hatten sie einen Blick gewechselt und so getan, als würden sie ein Schnapsglas leeren.

Sie hatten nicht einmal gestritten, als John und Carol wiederholt anboten, ihnen bei der Miete unter die Arme zu greifen, damit sie ihre fragwürdige Wohngegend und ihre noch fragwürdigere Wohnung gegen etwas Besseres eintauschen konnten. Ja, es war nicht einmal zu Spannungen gekommen, als sie sich eine Zeit lang nur Erdnussbutter und Brot vom Vortag aus der nahe gelegenen Bäckerei leisten konnten. Es hatte ihnen nichts ausgemacht, sich auf ihrem fleckigen alten Futon zu lieben, den sie über Craigslist gekauft hatten, und dabei zu hören, wie die Nachbarn ein Stockwerk höher versuchten, ihren Hund zu erziehen. Sie waren glücklich gewesen. Ihre Beziehung schien unantastbar.

Inzwischen wusste Tom, dass das eine Illusion gewesen war. Ihre Beziehung war sehr wohl angetastet, nein: Sie war *beschmutzt* worden. Denn die Megan, die mit ihm nach New York gezogen war, die ihr imaginäres Trinkspiel gespielt hatte und sich nicht zu schade gewesen war, alte Brötchen mit Erdnussbutter zu essen, hatte mit seinem besten Freund geschlafen, ohne Tom auch nur ein Sterbenswörtchen davon zu sagen.

Die Gefühle von Zorn und Kränkung waren noch so frisch wie am Tag zuvor, als Leo ihm alles gestanden hatte. Wie konnte sie ihm jetzt aus dem Weg gehen und ihn mit seinem Elend alleinlassen?

Allein. Er ließ sich das Wort durch den Kopf gehen. Ja, genauso war es. Alle anderen erlebten den Tag zum ersten Mal. Wenn Megs auch in dieser seltsamen Zeitschleife festsaß, wäre sie doch ans Telefon gegangen oder hätte ihn wenigstens zurückgerufen.

Er gab es auf, sie erreichen zu wollen. Früher oder später würden sie sich sehen. Bei dem Gedanken krampfte sich sein Magen zusammen.

Einerseits brannte er darauf, sie zur Rede zu stellen und die Hochzeit so schnell wie möglich abzusagen, aber zugleich graute ihm auch davor. Er wollte den furchtbaren Streit mit ihr kein zweites Mal erleben. Die Aussicht darauf war mehr als grausam.

Trotzdem hielt er es keine Minute länger in der Suite aus. Er konnte nicht tatenlos herumsitzen und auf Megs warten. Bis zum gefürchteten Probedinner war nur noch eine Stunde Zeit, also beschloss er, sich vorher ein wenig Mut anzutrinken.

Das Hotel hatte zwei Restaurants, ein eher zwangloses unten am Pier sowie ein weiter oben gelegenes mit schönerem Ausblick und höheren Preisen, in dem auch ihr Dinner stattfinden sollte. Zum Glück verfügte das untere Restaurant über eine Bar.

Er ging die steinernen Eingangsstufen hinauf und schüttelte den Kopf, als die Kellnerin am Empfang ihm einen Platz auf der Terrasse anbot, wo Gäste in Poloshirts kalte Platten und Crab Cakes speisten. Er wollte nicht den herrlichen Ausblick genießen. Er wollte nicht von lauter glücklichen Familien umgeben sein, die noch einmal das meiste aus den letzten Sommertagen herausholten. Und er wollte auch nicht die *Happy Accident* am Anleger sehen. Er wollte sich einfach nur in eine dunkle Ecke verkriechen und versuchen, einen Sinn in diesem seltsamen Tag zu finden. In seinem Leben.

Ohne darauf zu achten, ob sein Anzug Falten bekam, setzte er sich auf einen der Hocker an der Bar und starrte in die Happy-Hour-Karte.

»Oje. Sie machen ja ein Gesicht wie ein Goomba«, erklang eine sinnliche Stimme in seiner Nähe.

Tom hob den Kopf.

Casey stand auf ihrem Namensschild. Ihre pechschwarzen Haare, die sie zu einem hohen Pferdeschwanz gebunden hatte, waren so lang, dass sie ihr bis zur Taille reichten, und die azurblau gefärbten Spitzen sahen aus, als hätte man sie in einen Heidelbeer-Slurpee getaucht. In ihrer Nase blinkte ein winziges Glitzersteinchen, und ihr Lidstrich hatte einen dramatischen Aufwärtsschwung. Das musste Megs gemeint haben, wenn sie sich früher darüber beklagt hatte, dass sie keine »Katzenaugen« schminken könne.

»Ein Goomba.«

Ihre in einem überraschend attraktiven Orangerot geschminkten Lippen verzogen sich zu einem Lächeln. »Sie wissen schon –

diese kleinen Pilze mit den dicken Augenbrauen bei *Super Mario*, die immer so grimmig aussehen.«

»Ich weiß, was ein Goomba ist.«

»Dann hätten Sie nicht ›Ein Goomba‹ sagen sollen, als wüssten Sie es *nicht*.«

Ursprünglich hatte er seine Ruhe haben wollen, wenn er schon nicht mit Megs reden konnte, aber nun genoss er das Geplänkel mit Casey. Sie war jemand, der keinerlei Erwartungen an ihn stellte. Jemand, der ihn, wenngleich nur kurz, von dem heraufziehenden Unwetter ablenken konnte.

»Sie finden also, ich sehe aus wie ein grimmiger kleiner Pilz.«

»Sie verstehen es ja doch.« Casey lehnte sich über den Tresen. »Was kann ich Ihnen bringen? Vielleicht etwas, was Sie ein bisschen aufheitert?«

»Ja. Ich hatte an Scotch gedacht.«

Sie beugte sich ganz dicht zu ihm. »Keine Ahnung, ob Sie das wissen, aber Alkohol wirkt stimmungsdämpfend«, wisperte sie laut. Dann wandte sie sich ab, um seinen Drink zu machen, den sie ihm mit einem weiteren Lächeln servierte, ehe sie ihn seinen Grübeleien überließ.

Er ließ den gestrigen Tag noch einmal Revue passieren. Er suchte verzweifelt nach einer Antwort, weshalb so etwas ausgerechnet ihm widerfuhr und wie es überhaupt möglich war – doch ihm fiel nichts ein. Als seine Gedanken sich dem Streit mit Megs zuwandten, der sich zweifellos bald wiederholen würde, stellte er fest, dass er Zerstreuung noch dringender brauchte als Scotch, also erregte er Caseys Aufmerksamkeit, indem er sein Glas hob und ihr zuprostete.

»Und, wie mundet der Drink? Wie flüssiger Sonnenschein?« Sie kam zu ihm geschlendert. Ihr schiefes Lächeln sah irgendwie verführerisch aus.

»Ungefähr so wie erwartet.« Er merkte selbst, wie bedrückt er klang.

»Barkeeper sind ja angeblich so was wie Psychologen ohne Zulassung, stimmt's?« Sie stützte die Ellbogen auf den Tresen.

»Ja, habe ich auch gehört.«

»Darf ich Ihnen also einen ungebetenen Ratschlag geben?« Sie legte den Kopf schief. »Ich habe mir sagen lassen, die Leute *lieben* ungebetene Ratschläge.«

Wider Willen musste er lachen. »Schießen Sie los.«

»Was auch immer der Grund dafür ist, dass Sie wie ein grimmiger Pilz aussehen, vergessen Sie's. Ärgern lohnt sich nicht.«

»Ach nein?« Tom setzte sich aufrechter hin und verschränkte die Arme vor der Brust. Seine Körpersprache drückte Skepsis aus, aber vielleicht auch einen Hauch Neugier. »Wie können Sie sich da so sicher sein?«

»Das Leben ist einfach zu kurz. *Viel* zu kurz. Schauen Sie sich doch an: Sie sind attraktiv, stehen mit beiden Beinen im Leben. Sie können entweder Ihre Zeit damit verschwenden, sich Gedanken über all die Dinge zu machen, die Sie im Endeffekt bloß runterziehen ... oder aber Sie wagen den Sprung ins große Unbekannte.«

»Ins große Unbekannte, ja?«, wiederholte Tom spöttisch. Das klang wie etwas, was Leo sagen würde.

Diese – rein objektiv betrachtet – bildhübsche Frau hatte nie auch nur einen Tag lang in seiner Haut gesteckt. Sie war nie eine Prescott gewesen, und wahrscheinlich hatte sie auch noch nie erlebt, wie die größte Sicherheit in ihrem Leben einfach weggebrochen war – um dann am nächsten Tag gleich *noch einmal* wegzubrechen. Das »große Unbekannte« existierte nur für die Leos und Caseys dieser Welt, auch wenn Tom wünschte, es wäre anders.

Für ihn gab es nur einen riesigen, dampfenden Haufen der altbekannten Scheiße.

Ihm graute nicht nur davor, die Hochzeit (zum zweiten Mal) platzen zu lassen. Viel mehr noch fürchtete er sich vor den Konsequenzen. Vor der unweigerlichen Enttäuschung seiner Eltern angesichts seiner gescheiterten Beziehung, vor ihrer Scham, weil sie zum Gespött der Leute wurden, und vor den Augenblicken, in denen er alles vergessen und Leo eine witzige Nachricht schreiben würde. Er fürchtete sich davor, keine Megs mehr zu haben, die ihn vom Kochen ablenkte, indem sie zur Musik durch die Küche tanzte. Und vor allem fürchtete er sich vor all den Nächten, die er ab jetzt allein verbringen musste, ohne Megs' kalte Füße und ihre sanften Atemgeräusche neben sich.

Sie hatte ihn immer aufgefangen, wenn er gefallen war. Jetzt war sie diejenige, die ihn von der Klippe stieß. Wie sollte er so weiterleben?

»Genau. Das große Unbekannte.« Caseys Stimme holte Tom zurück in die Gegenwart. Sie nickte, als handle es sich dabei um eine wissenschaftlich erwiesene Tatsache. »Wenn Sie mich fragen – ich weiß, Sie *haben* mich nicht gefragt, aber wir sind ja bereits übereingekommen, dass Sie auf ungebetene Ratschläge stehen –, ist das große Unbekannte der eigentliche Sinn des Lebens.«

»Danke für den Rat«, sagte er. Dann hob er erneut sein Glas, trank es aus und sagte: »Und für den flüssigen Sonnenschein. Ich fühle mich schon viel besser.«

Das stimmte nicht. Er fühlte sich noch beschissener als vorher, denn jetzt ging ihm der Gedanke an »das große Unbekannte« nicht mehr aus dem Kopf.

Als der »flüssige Sonnenschein« langsam seine Wirkung entfaltete, dämmerte ihm, dass es in Wahrheit gar nicht gut gewesen war, dass sie in all den Jahren nie gestritten hatten. Viel besser wäre es gewesen, sie *hätten* sich gestritten – zum Beispiel darüber, dass Megan ihn mit seinem besten Freund betrogen hatte.

Sie hatten sich nie darüber gestritten, warum es dazu gekommen war. Sie hatten sich nie darüber gestritten, wie es mit Leo gewesen war oder ob er ein besserer Liebhaber war als Tom oder wie es sich angefühlt hatte, ihm den Seitensprung all die Jahre zu verheimlichen.

Er hatte nie Gelegenheit gehabt, sich seinen Frust von der Seele zu brüllen oder das Geschehene zu verarbeiten. Er war die ganze Zeit der ahnungslose Trottel gewesen, und ja, das war *viel* schlimmer, als sich immer wieder über dieselbe Sache zu streiten.

Auf der Abschlussfeier, nur wenige Stunden nachdem es passiert war, hatte sie ihn angesehen und gelacht, sodass die Quaste ihres blauen Absolventenhuts wild hin und her schaukelte. In ihren Augen hatte sich das Sonnenlicht gespiegelt.

Und jetzt ging sie nicht mal mehr ans Telefon. Was hatte sie daran gehindert, ihn von der Fähre abzuholen? Was veranlasste sie dazu, ihm die ganze Zeit aus dem Weg zu gehen? Sie konnte doch unmöglich wissen, dass er die Absicht hatte, die Feier platzen zu lassen, warum also meldete sie sich nicht zurück?

Er richtete seine Krawatte und verließ die Bar. Sein Frust war groß, weil sie sich den ganzen Tag nicht gesehen hatten, und jetzt musste er ein zweites Dinner des unterschwelligen Grauens über sich ergehen lassen, nur um hinterher alles abzusagen. Denn vor allen Gästen – vor seinem Vater! – eine Szene zu machen kam nicht infrage. Nein, er würde die ganze Tortur mit einem Lächeln ertragen. Er würde es schaffen. Er war stark.

Im privaten Speisesaal des Restaurants sah er sie zum ersten Mal. Sie trug ein atemberaubendes Kleid, dessen champagnerfarbener Stoff bei jeder Bewegung im Licht changierte. Sie lächelte, aber ihre Miene war fragend. Wider Willen starrte er auf ihren

Mund, den er schon so viele Male geküsst hatte. Mit dem sie seinen besten Freund geküsst hatte.

Er ging zu ihr und begrüßte sie mit einer flüchtigen Berührung Wange an Wange – dem Publikum zuliebe.

»Hi?« Es klang wie eine Frage, die er jedoch geflissentlich ignorierte.

»Hi«, erwiderte er. Er bemühte sich um einen neutralen Tonfall, doch ganz ließen sich sein Zorn und sein gebrochenes Herz nicht verschleiern.

Sie runzelte die Stirn. »Was ist los? Und wieso riechst du nach Scotch?«

Er wandte sich ab, ohne weiter auf sie einzugehen. »Wir sollten uns um die Gäste kümmern.«

Ehe sie Einwände erheben konnte, nahm er Kurs auf die erstbesten Leute, die er von der Gästeliste seiner Familie wiedererkannte – irgendwelche Tennisfreundinnen seiner Mutter. Aus dem Augenwinkel sah er, wie Megan einen Moment zögerte, ehe sie zu ihren Großeltern an den Tisch trat.

Irgendwie überlebte er den endlosen Small Talk und nahm all die guten Wünsche und Gratulationen entgegen, auf die er keinerlei Wert mehr legte. Nachdem er am Tisch der Brautleute Platz genommen hatte, kehrte er Megs sofort den Rücken zu und begann ein Gespräch mit Brody und Emmeline über die New Yorker Kommunalpolitik. Falls jemandem die Kühle zwischen ihm und seiner Verlobten auffiel, sagte keiner etwas dazu. Die Prescotts und die Givens blieben jeweils unter sich, während die anderen Gäste zu ihren Plätzen gingen und die Vorspeisen aufgetragen wurden.

Er aß, er trank, er redete. Der Abend verging wie im Nebel, der nur gelegentlich von bedeutungslosen Geräuschen oder Gesten durchdrungen wurde.

»Wir müssen die Geschenke überreichen«, flüsterte Megan ihm zu, während er mechanisch auf seinen Crostini herumkaute.

»Tu dir keinen Zwang an.« Tom nahm noch einen Bissen. Es verschaffte ihm eine gewisse Genugtuung, als sie auf seine abweisende Antwort hin die Schultern hochzog. Sollte sie sich ruhig ärgern. Er hatte weitaus bessere Gründe, wütend zu sein.

Er sah zu, wie sie mit angespannter Miene aufstand und sich bemühte, ein fröhliches Lächeln aufzusetzen. »Danke, dass ihr alle gekommen seid. Wir freuen uns wirklich sehr. Jetzt haben wir ein paar Geschenke, die wir gerne unseren Trauzeugen überreichen würden.«

Ihre Rede war erstaunlich kurz – jedenfalls verglichen mit der, die sie beim ersten Probedinner gehalten hatte. Tom half ihr dabei, die Manschettenknöpfe für die Männer und die Geschenke für Paulina und Brianna zu überreichen. (Er wusste nicht mehr, wofür Megs sich letztendlich entschieden hatte, auch wenn er sich noch dunkel daran erinnerte, dass sie sich während eines hastig hinuntergeschlungenen Frühstücks, bestehend aus getoasteten Bagels und Kaffee, einmal kurz darüber unterhalten hatten.)

»Jetzt würden wir gerne unseren Gästen Gelegenheit geben, ein paar Worte zu sagen. Wenn euch das lieber ist, könnt ihr euch aber auch einfach entspannen und im Kreis von Familie und Freunden das leckere Essen genießen.« Megs' Tonfall machte deutlich, dass sie keine Reden wünschte, und Tom konnte es ihr nicht verübeln. Den Ergüssen von Großtante Florence lauschen zu müssen war schon beim ersten Mal eine Qual gewesen. Erst dann fiel ihm wieder ein, dass Megan den Tag ja noch gar nicht erlebt hatte. Der Himmel wusste, weshalb *er* sich daran erinnerte.

Er schielte zu Leo und stellte fest, dass dieser Megs aufmerksam beobachtete. Die ganze Zeit hatte Tom geglaubt, der Einzige zu sein, der verstohlene Blicke mit ihr austauschte. Er ballte unter dem Tisch die Faust und versuchte, ruhig weiterzuatmen. Kaum zu glauben, dass er nicht schon viel früher gemerkt hatte, was zwischen den beiden lief ... dass er ihnen all die Jahre blind vertraut hatte.

Tom hielt es kaum noch aus. Er saß an einem Tisch mit Megs, musste Johns und Carols kritische Blicke, Donnas Albernheiten und Briannas dumme Arroganz ertragen. Am liebsten wäre er aufgesprungen und hätte gerufen: »Überraschung! Dieses ganze Wochenende ist eine einzige Farce! Begeben wir uns bitte alle zum nächstgelegenen Ausgang und sehen wir zu, dass wir so schnell wie möglich von hier wegkommen.«

Er versuchte, Großtante Florence' Stimme auszublenden. Sie hatte sich von Megs' Vorschlag, die Tischreden zu überspringen und lieber gleich mit dem Essen anzufangen, nicht beirren lassen, und er brachte es einfach nicht über sich, noch einmal zu hören, wie sie ihm und Megs riet, »aufeinander zu bauen«, und ihnen ein »Leben voller Lachen« wünschte.

Irgendwann hatte auch Alistair in seinen alten Cargoshorts und mit haarsträubenden Geschichten im Gepäck seinen vorhersehbar unvorhersehbaren Auftritt. Servierplatten wurden herumgereicht, und je mehr Wein floss, desto lebhafter wurden die Gespräche. Seine Mutter stellte Donna irgendeine völlig belanglose statistische Frage über den Bundesstaat Montana. Das Ganze schien viel länger zu dauern als beim ersten Mal.

Bevor Tom überlegen konnte, was als Nächstes kam, stand sein Vater auf und riss die Aufmerksamkeit der Gäste an sich wie ein General, der seine Truppen in die Schlacht führte. »Ich weiß, ich weiß, eigentlich sollte ich mir meine Rede für den morgigen Tag aufsparen, aber warum nutze ich nicht die Gelegenheit, jetzt ein paar Worte zu sagen?«

Das Klirren des Bestecks verstummte, und die Musik wurde leiser gedreht.

Als sein Vater zum ersten Mal seine Ansprache gehalten hatte, hatte Megs unter dem Tisch nach seiner Hand gegriffen. Diesmal verschränkte Tom vorsorglich die Arme vor der Brust.

Sicher, die Stelle in Missouri anzunehmen, ohne vorher mit ihr darüber zu sprechen, war nicht in Ordnung gewesen. Aber sein selbstgerechter Zorn war größer als sein schlechtes Gewissen. *Er* hatte Megs nicht betrogen. Im Gegenteil, er hatte versucht, sie zu *beschützen*. Sie nicht zu überfordern.

Und Megs? Sie hatte nichts anderes getan, als ihn zu hintergehen und zu lügen *und zu lügen und zu lügen* …

Er wartete auf den Moment, an dem John die Missouri-Bombe zündete. Beim ersten Mal war er zu feige gewesen, um Megan anzuschauen. Diesmal gewannen Neugier und Schadenfreude die Oberhand, und er drehte sich gerade so weit zu ihr herum, dass er ihr Gesicht sehen konnte.

»Nun, wie die meisten von euch bereits wissen«, fuhr John fort, »bedeutet dies einen Umzug nach Missouri, und deshalb haben Carol und ich uns erlaubt, dem glücklichen Brautpaar als Teil unseres Hochzeitsgeschenks ein ziemlich geräumiges Haus in der wunderschönen Ortschaft Kirkwood zu kaufen.«

Er wartete darauf, dass Megs erschrocken die Augen aufriss. Dass sie sich die Hand auf den Magen presste und ihren Verlobungsring rieb.

Doch sie aß ungerührt weiter ihre Shrimps. Sie wirkte nicht unbedingt begeistert … aber auch nicht wie jemand, der soeben erfahren hatte, dass sein ganzes Leben auf den Kopf gestellt worden war.

Hatte sie John etwa nicht gehört?

»Ihr zieht nach Missouri?«, zischte Donna ihr zu.

Jetzt drehte sich Tom vollständig zu seiner Verlobten herum.

Doch die zuckte lediglich mit den Schultern. »Ja.«

»Und wann hattest du die Absicht, mir das zu sagen?« Donna warf ihre Serviette auf den Tisch. Offensichtlich genoss sie die Gelegenheit, sich zu echauffieren.

»Ach, ich weiß es auch erst seit gestern.«

Megs' Antwort traf ihn wie ein Blitz.

Sie ...

Er hatte nicht ...

Die Geräusche um ihn herum wurden leiser, nur um dann jäh wieder anzuschwellen, als er einen Gast am Nachbartisch sagen hörte: »Das Brautpaar wirkt ein bisschen abwesend. Was meint ihr, sollen wir dafür sorgen, dass sie sich wieder auf das Wesentliche konzentrieren?« Gleich darauf folgte das Geräusch von Dutzenden Gabeln, die gegen Dutzende von Weingläsern geschlagen wurden.

Alle wollten sehen, wie Tom und Megan sich küssten.

Sie beäugten einander, sie trotzig und herausfordernd, er voller Zorn. Dann gaben sie sich einen Kuss, der ihr Publikum vor Schreck verstummen ließ. Er war leidenschaftlich, aber es war eine Leidenschaft, die nichts mit Liebe, sondern nur mit Bosheit zu tun hatte.

Tom kümmerte es nicht, ob er unhöflich oder schroff wirkte. Sobald der Kuss vorbei war, sagte er: »Wir müssen reden«, und erhob sich. Er spürte, wie Megan ihm folgte. Im Gehen schaute er noch einmal in Leos Richtung. Der machte Anstalten aufzustehen, doch ein Blick von Tom ließ ihn innehalten. Er sank zurück auf seinen Stuhl und wandte sich ab.

Das Letzte, was sie hörten, als sie das Restaurant verließen, war Briannas krude Bemerkung: »Wetten, die gehen jetzt nach oben in ihre Suite, um vor der Hochzeit noch mal ordentlich feucht durchzuwischen?«, und Alistairs Gelächter.

»Wo wollen wir denn hin?«, fragte Megan, als sie sich mit schnellen Schritten entfernten. Sie streifte sich ihre hochhackigen Sandaletten ab, um mit seinen weit ausgreifenden Schritten mithalten zu können.

»Wir haben einiges zu besprechen.«

»Okay.«

An diesem einen Wort ließ sich nichts ablesen, und sie folgte ihm den gewundenen Kopfsteinpflasterweg entlang, ohne weitere Fragen zu stellen. Er hatte keine Ahnung mehr, was in ihrem Kopf vorging.

Über ihnen zogen Wolken dahin und ballten sich unter der Last des Regens zusammen.

Sie betraten die Lobby, ließen die Fahrstühle links liegen und gingen, zwei Stufen auf einmal nehmend, die Treppen hinauf bis zu ihrer Suite. Tom brauchte mehrere Anläufe, bis die Schlüsselkarte funktionierte, weil seine Hände so sehr zitterten.

Er war auf Streit aus.

Aber vorher musste er noch etwas wissen.

»Wer hat dir das mit Missouri erzählt?«

Sie besaß doch tatsächlich die Unverschämtheit zu grinsen, während die Spannung zwischen ihnen anschwoll und abebbte und dann wieder anschwoll. »Na, du warst es jedenfalls nicht.«

Da war etwas in ihrer Körperhaltung, ihrer Ausstrahlung. Sie wirkte kämpferisch, so als wüsste sie genau, was gleich kommen würde.

Er hatte noch eine Frage an sie. Wenn ihre Antwort darauf Nein lautete, würde sie ihn definitiv für verrückt erklären. Trotzdem wappnete er sich. »Dieser Tag. Hast du den auch schon mal erlebt?«

Er hörte, wie sie scharf Atem holte, und ihm wurde klar, dass sie Bescheid wusste.

Sie wusste Bescheid.

»Auch?« Sie schluckte trocken, und er nickte. Vollkommen erstarrt standen sie da wie zwei Diebe, die auf frischer Tat ertappt worden waren.

»Was geschieht hier mit uns?«, flüsterte sie. Ihre Blicke trafen sich.

»Ich weiß es auch nicht. Ich dachte, ich wäre der Einzige, aber ...«

Auf einmal hatte der Streit, der vorher so unausweichlich erschienen war, jeden Sinn verloren. Tom rang mit den widersprüchlichen Gefühlen in seinem Innern. Einerseits war er froh, dass er diese absurde Erfahrung nicht allein durchstehen musste, andererseits hatte er dabei ausgerechnet die Person an seiner Seite, die er eigentlich nie mehr sehen wollte.

Aber so war es. Sie saßen in der Falle. Zusammen.

Sie waren die Nähe zueinander so sehr gewohnt, dass eine magnetische Kraft sie beide gleichzeitig zum Bett zog, auch wenn sie auf gegenüberliegenden Seiten blieben. Erschöpft und entmutigt von den rätselhaften Ereignissen, ließen sie sich auf die weiche Matratze sinken. Tom wusste nicht, wie lange sie so dasaßen und einander den Rücken zukehrten. Es hätten zehn Sekunden sein können, aber auch zehn Tage.

»Du und Leo«, sagte er irgendwann rau, weil er nicht anders konnte. Es gab immer noch einen winzigen Teil in ihm, der glaubte – der *hoffte* –, dass es doch ein Traum gewesen war.

»Du und Missouri«, gab sie zurück, auch wenn es ihrer Entgegnung an Kraft fehlte.

Es stimmte also. Es war real. Was für ein kranker Mist. Aber

Tom wollte nicht streiten. Dafür war das, was hier gerade passierte, zu groß und zu bedeutsam. Er hatte das Gefühl, als wäre ihm der Gleichgewichtssinn abhandengekommen, denn es kostete ihn jedes bisschen Kraft, einfach nur aufrecht sitzen zu bleiben. Er wollte das, was an diesem Tag falsch lief, wieder in Ordnung bringen. *Danach* konnte er sich um Leo und Missouri Gedanken machen und um ... den Rest seines Lebens.

Er versuchte zu überlegen, wie sein nächster Schritt aussehen könnte, doch sein Kopf war wie leer gefegt. Megs konnte viel besser mit Krisen umgehen als er. Er war immer wie gelähmt, während sie sofort in Aktion trat.

»Was machen wir jetzt?«, durchbrach er schließlich das bleierne Schweigen. Trotz allem, was geschehen war, und ungeachtet des Zorns, der in ihm brodelte, glaubte er nach wie vor, dass seine Verlobte für so gut wie jedes Problem eine Lösung finden konnte.

Sie zuckte schwerfällig mit den Schultern, als wären sie in Zement gegossen. »Vielleicht sollten wir erst mal eine Nacht darüber schlafen und uns morgen früh Gedanken machen. Beten wir, dass das alles nur ein sehr intensiver Fiebertraum war.«

»Du betest doch nie«, gab Tom zu bedenken, erstaunt über den Hauch von Zärtlichkeit in seiner Stimme.

»Ich könnte damit anfangen.« Sie lachte atemlos. »Ich bin bereit, alles zu tun, was nötig ist, um die Ordnung des Universums wiederherzustellen.«

»Sollen wir zurück nach unten gehen?« Er wollte auf keinen Fall zurück ins Restaurant, aber das Dinner ohne weitere Erklärung zu verlassen kam ihm auch nicht richtig vor. Selbst in Momenten größter Verzweiflung wollte er es immer allen recht machen.

»Ich passe«, sagte Megan trocken. »Zweimal reicht mir.«

Wieder dehnte sich das Schweigen zwischen ihnen. Sie wussten beide nicht weiter. Gleich darauf setzten draußen vor ihrem Fenster die lieblichen Klänge von »And I Love Her« ein. Die dichten Wolken, an die er sich vom vergangenen Abend erinnerte, schienen sich heute etwas langsamer zusammenzubrauen. Er sah lediglich das kurze Aufflackern eines Blitzes am Himmel.

Er räusperte sich, stand dann mit erzwungenem Elan auf und sagte: »Okay, wir schlafen drüber. Was bleibt uns auch anderes übrig?«

Es war erst kurz nach zehn, zu früh, um ins Bett zu gehen, aber Tom hatte das Gefühl, tagelang wach gewesen zu sein. Als er das letzte Mal so müde gewesen war, hatte er mitten in den Vorbereitungen für sein Anwaltsexamen gesteckt, und Megan war bei GQ gerade zum ersten Mal befördert worden. Jeden Abend beim Heimkommen hatte sie ihn schlafend über seinen aufgeschlagenen Büchern vorgefunden, während im Hintergrund leise der Fernseher lief. Sie hatten Cornflakes gelöffelt und sich ein bisschen über ihren Tag unterhalten, ehe sie todmüde ins Bett gefallen waren und einander, schon halb schlafend, umarmt hatten.

Jetzt schlug sie die Bettdecke zurück und sah ihn erwartungsvoll an. Doch er konnte unmöglich zu ihr unter die Decke kriechen, nicht einmal, um zu schlafen. Die Welt mochte aus dem Gleichgewicht (und aus den Fugen) geraten sein, aber diese Frau war nicht mehr die Megs, die er zu kennen geglaubt hatte, und die aufreibenden Zeiten seines Examens waren lange vorbei.

Er drehte ihr den Rücken zu und ging zur Tür.

»Wo willst du hin?«, fragte sie, als er die Hand nach dem Türgriff ausstreckte.

»Ich kann nicht hier schlafen.«

Pragmatikerin, die sie war, ließ sie es dabei nicht bewenden. »Aber wo schläfst du denn dann?«

Tom rieb sich erst die Faust, mit der er Leo tags zuvor geschlagen hatte, dann die Augen, in denen Tränen brannten. »Ich finde schon was. Wahrscheinlich schlafe ich da, wo ich gestern auch schon geschlafen habe. Im Auto.«

Wenn er noch länger blieb, würde das nur zu einem weiteren Streit führen. Er hatte einfach nicht die Kraft, sich mit ihrer Untreue auseinanderzusetzen und ihr die Frage zu stellen, vor deren Antwort er sich am meisten fürchtete.

Liebst du Leo immer noch?

Dritter Tag

Kapitel 12

Megan

So wild, wie die Gedanken in ihrem Kopf kreisten, schien Schlaf ein Ding der Unmöglichkeit zu sein. Und trotzdem wachte sie am nächsten Morgen in ihrem kurzen Pyjama auf, und von der Mascara, die sie am Abend zuvor wieder nicht abgewaschen hatte, fehlte jede Spur.

Ehe sie auch nur einen Blick auf die Uhr werfen konnte, hörte sie das Piepsen der Schlüsselkarte, unmittelbar, bevor Donna ins Zimmer gerauscht kam.

Das bedeutete, dass sie den Tag des Probedinners zum dritten Mal durchleben musste.

Zum. Dritten. Mal.

Sie mahlte so heftig mit dem Kiefer, dass sie sich fast einen Zahn abgebrochen hätte.

Dann kroch sie unter der Decke hervor. »*Nein*.«

Die Hitzigkeit in dieser einen Silbe überraschte sowohl sie selbst als auch ihre Mutter.

Donna öffnete den Mund und stieß ein kleines Quietschen aus. »W-was?«, stammelte sie.

Mit einer Energie wie von einem Dutzend Espressi warf Megan die Decke vom Bett, schwang die Beine auf den Boden und marschierte auf ihre Mutter zu. Mit dem Finger auf Donna zeigend, sagte sie: »Ich weiß, dass du dir wegen deines Kleids Sorgen machst, und es tut mir leid, dass Gran dich als Flittchen bezeichnet hat, aber wir wissen doch beide, wie sie ist, oder?«

Megans Gedanken überschlugen sich. Es musste doch irgendwie eine Möglichkeit geben, von diesem infernalen Zeitkarussell abzuspringen. Sie atmete einmal tief durch, um nichts Unbedachtes zu tun, wie ihre Mutter aus dem Fenster der Suite zu schubsen. *Okay, okay, okay.*

Das Universum wollte also etwas von ihr. Es wollte ganz offensichtlich *nicht*, dass sie die Sache mit Leo geheim hielt, da Tom zusammen mit ihr in der Zeitschleife feststeckte und bereits Bescheid wusste. Es musste folglich um etwas anderes gehen. Um etwas, das sowohl Tom als auch Megan betraf.

Sie dachte daran, wie Tom am vergangenen Abend ausgesehen hatte. Die Krawatte schief, das Gesicht schmerzverzerrt und voller Verwirrung. An seine Reaktion, als sie die Decke ihres Bettes zurückgeschlagen hatte.

Er hatte ihr den Rücken zugedreht.

Es war nicht zum Streit gekommen so wie am ersten Abend, aber nicht zu streiten hatte sich aus irgendeinem Grund genauso schlimm angefühlt.

Ungeachtet der Frage, wie sie in diese Situation hineingeraten waren, hatten sie nun schon zwei Nächte in Folge getrennt voneinander verbracht. Und jeden Morgen wachte sie wieder an demselben Tag auf.

Das war es!

Wenn sie wollte, dass der morgige Tag anders anfing, *musste der heutige Tag anders zu Ende gehen.*

Die Verkrampfung in ihren Schultern löste sich, und sie hatte das Gefühl, die Lage wieder ein kleines bisschen besser unter Kontrolle zu haben. Sie musste den Teufelskreis durchbrechen. Und dafür brauchte sie Tom. Da sie zusammen in der Zeitschleife festsaßen, war es logisch, dass sie ihr auch nur gemeinsam entkommen konnten.

Sie begann, sich fertig zu machen. Sie zog sich den Schlafanzug aus und das Jerseykleid an. Dass Donna ihr dabei zusah, kümmerte sie nicht. Sie hatte neuen Mut gefasst. Immerhin wusste sie jetzt, wo sie beginnen musste: bei der Person, mit der sie nie den Tag beendete.

»Der Plan sieht folgendermaßen aus: Ich fahre jetzt los und hole Tom von der Fähre ab. Auf dem Weg dahin laufe ich meiner Schwiegermutter in spe über den Weg und finde raus, was sie heute Abend anzuziehen gedenkt, auch wenn das im Endeffekt keinen Unterschied macht, weil Brianna dich mit ihren Bemerkungen sowieso wieder verunsichern wird. Danach treffe ich mich mit euch beiden in der Hotelhalle, und wir können zusammen nach Friday Harbor zum Shoppen fahren, damit du dir ... keine Ahnung, ich fantasiere hier einfach nur ein bisschen herum ... vielleicht ein Schultertuch kaufen kannst, das zu deinem Kleid passt.«

Donna starrte ihre Tochter mit offenem Mund an. Diese war fast ein bisschen schadenfroh. Sie nahm die Kette mit dem Herzanhänger von der Kommode und legte sie sich um.

»Wahrscheinlich sollten wir auch noch ein paar kleine Blumenvasen und Teelichte besorgen, um den Raum ein bisschen aufzuhübschen. Ich habe gehört, Carol findet es hier zu dunkel, und ja, natürlich wird es heller, wenn die Sonne erst mal höher steigt, aber wir wollen ihr lieber keine Gelegenheit geben, über die Location zu meckern. Oder über uns. Habe ich recht?«

Wäre sie nicht so in Eile gewesen, hätte sie sich vermutlich noch etwas länger am schockierten Gesichtsausdruck ihrer Mutter geweidet. Sie hatte es tatsächlich geschafft. Donna war sprachlos.

»Abgemacht?«, fragte sie mit schäumendem Mund, weil sie sich so energisch die Zähne putzte. Sie spuckte die Zahnpasta ins Waschbecken, spülte nach und beschloss, dem Knoten, den sie sich frisieren wollte, durch mehrere Haarnadeln sowie eine Ladung Haarspray zusätzlichen Halt zu verleihen. Inzwischen wusste sie ja, wie brutal der Tag werden würde.

Da Donna immer noch nicht zu einer Antwort in der Lage war, nahm Megan sie in die Arme und drückte sie. »Ich nehme mal an, das heißt: ›Ja, Moopy.‹«

Obwohl sie möglichst früh am Anleger sein wollte, holte sie sich auch an diesem Morgen einen Kaffee und Gebäck auf dem Markt. Auf der Fahrt nach Friday Harbor war sie ganz zittrig, trotzdem verspürte sie zum ersten Mal, seit dieser Wahnsinn begonnen hatte, auch einen gewissen Optimismus.

Das Gefühl hielt an, als sie den Mietwagen parkte und den hölzernen Landungssteg hinunterging, um den Mann in Empfang zu nehmen, von dem sie nach wie vor hoffte, dass sie mit ihm den Rest ihres Lebens verbringen würde. Das war es, was das Universum für sie beide im Sinn hatte, und tief im Herzen wollte er es bestimmt auch. Wie sollte sie je mit einem anderen Mann zusammen sein als mit Tom? Sosehr ihr auch vor den Feiertagen bei den Prescotts graute, Thanksgiving, Geburtstage und Weihnachtsfeste ohne Tom konnte sie sich einfach nicht mehr vorstellen.

Ihren Kaffee schlürfend, wippte sie auf den Füßen, um wenigstens einen Teil ihrer rastlosen Energie abzubauen. Sie hatte gedacht, sie wäre gefasst, wenn die Fähre einlief. Stattdessen wuchs ihre Nervosität, als das Nebelhorn erklang und das Schiff kurz darauf am Anleger festmachte.

Selbst aus der Entfernung hätte sie ihn überall wiedererkannt. Es war, als wären ihre Körper aufeinander geeicht. Sie hatte sich vor langer Zeit in seine breiten Schultern und seine starken Arme verliebt, die er um sie schlingen konnte, sodass sie sich fühlte wie in einem Kokon. Und in seine Körpergröße, die es ihm ermöglichte, das Kinn auf ihrem Kopf abzulegen. Sein Körper war fest, ohne durchtrainiert zu sein, und er war zwar gut aussehend, aber nicht eitel. Zu ihrem Optimismus gesellte sich eine immer größer werdende Unruhe. *Gemeinsam schaffen wir das*, machte sie sich Mut. Natürlich würden sie es schaffen. Sie hatten bereits so viel erlebt. Außerdem war Tom der Einzige für sie. Das hatte das Universum im Wesentlichen bestätigt.

Als er näher kam, bemerkte sie sein zerknittertes Aussehen, und ihr Magen krampfte sich zusammen. Einen Moment lang geriet ihre Entschlossenheit ins Wanken, weil sie wieder daran denken musste, wie er artig jedes Stöckchen apportierte, das sein Vater für ihn warf. Er hatte die Verhandlungen mit den Leuten vom Pharmakonzern übernommen. Mit ihnen hatte er über seinen Umzug gesprochen und mit seinen Eltern auch, aber nicht mit ihr. Er hatte einfach zugesagt. Hatte es ihr wochenlang verschwiegen.

Toms Wut auf Megan war unkompliziert: Er konnte ihr Vergehen exakt benennen, wohingegen sie nur eine Reihe kleinerer Fehltritte ins Feld führen konnte, auch wenn sie in Wahrheit allesamt Teil eines viel größeren Problems waren.

Er hatte immer den Mund gehalten, statt sie oder ihre Familie in Schutz zu nehmen. Jedes Jahr mussten sie die Feiertage mit den Prescotts verbringen. Ihren Job hatte sie nur auf Carols Drängen hin angenommen, und über Toms Karriere hatte ganz allein John entschieden.

Sie konnte jeden einzelnen dieser Punkte aufzählen und an Tom appellieren, zu begreifen, dass auch sie das Recht hatte, wütend zu sein, weil jedes dieser kleinen Probleme ein Loch in ihre Beziehung riss. Sie konnte ihm den ganzen Mist vor die Füße werfen und ihm sagen, dass sie es leid war, seine Last mitzutragen. Aber nun ja – dass sie mit seinem besten Freund geschlafen und es ihm jahrelang verheimlicht hatte, glich die Waagschalen vielleicht wieder aus.

Wie du fortfahren willst, so beginne.

Dieser Satz ließ sie nicht los. Wenn sie die Risse und Fissuren ihrer Liebe kitten wollten, mussten sie lernen, einander zu vergeben. Sie musste einen Weg finden, seine Verfehlungen hinter sich zu lassen, so wie er ihren Treuebruch hinter sich lassen musste. Wenn sie es nicht taten, würde das Universum sie womöglich bis in alle Ewigkeit als Geiseln halten.

Aus der Ferne fing sie Toms Blick ein, und sie verständigten sich ohne Worte: Ja, die Zeitschleife ging weiter, und ja, sie waren immer noch gemeinsam darin gefangen. Es war seltsam, inmitten so großer Unsicherheit Erleichterung zu empfinden, aber es tröstete sie zu wissen, dass sie nicht alleine leiden musste. Und dass Tom derjenige war, der sie während dieser Tortur begleitete.

Sie hatten schon so viel gemeinsam durchgestanden: das College, Toms Jurastudium und ihren Masterabschluss, den Umzug nach New York, Alkoholexzesse, Krankheiten und Familienfeiern. Wenn sie all das überlebt hatten, würden sie mit Sicherheit auch das hier überleben. Wenigstens hoffte sie es.

»Wie geht es dir?«, fragte sie, nachdem er zunächst Anstalten gemacht hatte, sie zu umarmen, ehe er sich eines Besseren besann und unbeholfen wieder auf Abstand ging.

»Das ist alles so merkwürdig. Mit Ausnahme des ersten Tages kann ich mich überhaupt nicht daran erinnern, wie ich auf die Fähre gekommen bin. Und trotzdem wache ich dort auf. Jeden Morgen wieder.«

»Immerhin nicht im Flieger«, sagte Megan, um die Spannung ein wenig aufzulockern. Sie wusste, dass Tom das Fliegen hasste, obwohl er in seinem Leben schon viel gereist war.

»Das stimmt. Oder stell dir vor, ich würde am Flughafen JFK aufwachen. Dann hätte ich noch *zwei* Flüge vor mir.«

»Ich glaube, das bezeichnet man als Expositionstherapie, auch ›Flooding‹ genannt.«

Ihre Unterhaltung war heiter und ungezwungen, doch unter der Oberfläche vibrierte eine nervöse Energie, die Megan unbedingt loswerden wollte. Sie reichte Tom seinen Kaffeebecher, er bedankte sich, und sie machten sich gemeinsam auf den Weg zum Mietwagen. Ehe sie die Fahrbahn überqueren konnten, hielt ein Fahrradtaxi neben ihnen.

»Mitfahrgelegenheit gefällig? Wo soll's denn hingehen?«

»Nein, danke.« Megan klimperte mit ihren Autoschlüsseln. Als die Frau davonradelte, knuffte sie Tom in die Rippen. »Katze in Babytrage auf drei Uhr.«

»Falls ich für immer in diesem Tag gefangen sein sollte, freunde ich mich vielleicht mit dem Typen an«, gab er zurück.

Es war eindeutig scherzhaft gemeint, trotzdem hatte die Vorstellung, sie könnten der Zeitschleife womöglich niemals entkommen, ein drückendes Schweigen zur Folge.

Immer und immer wieder dieser eine Tag ... Aber das würde Megan nicht zulassen. Sie gingen weiter.

»Ich habe einen Plan«, verkündete sie.

Einer seiner Mundwinkel wanderte nach oben. »Klar hast du das.« Sein Ton hatte etwas Wehmütiges.

»Offenbar will das Universum, dass wir zusammenbleiben.« Sie machte eine Pause und blickte ihn forschend an. Im normalen Leben war keiner von ihnen sonderlich spirituell veranlagt. »Ansonsten würde sich dieser Tag ja nicht immer wiederholen, nachdem wir die Hochzeit abgesagt haben. Es will uns eine Chance geben, alles wieder geradezubiegen.«

»Die Schlussfolgerung ist gar nicht mal so abwegig – wenn man die komplett abwegigen Umstände bedenkt«, stimmte er ihr zu.

Das war ein Anfang. Ein winziger Schritt in die richtige Richtung.

»Wenn wir wollen, dass dieser Tag, diese Zeitschleife, aufhört …« Sie wagte nicht, den Gedanken zu Ende zu bringen, aus Angst, damit einen neuen Streit heraufzubeschwören. Sie hatte das Gefühl, dass sie, um ans Ziel zu gelangen, nicht gehen, sondern springen mussten.

Inzwischen waren sie beim Wagen angekommen, doch Tom machte keine Anstalten, zur Beifahrerseite zu gehen und einzusteigen. Stattdessen sah er sie erwartungsvoll an.

Es ist Tom, sagte sie sich. *Der Mann, der mir die Haare aus dem Gesicht gehalten hat, als ich mal eine Lebensmittelvergiftung hatte und mir die Seele aus dem Leib gekotzt habe. Ihm kann ich alles sagen.*

Sie suchte nach einer möglichst taktvollen Formulierung. »Dann müssen wir … dann sollten wir vielleicht darüber nachdenken, ob wir nicht wieder … zusammenkommen wollen.«

Je länger er schwieg, desto größer wurde ihre Anspannung.

»Du meinst also, die Hochzeit muss wie geplant stattfinden.« Er verschränkte die Arme vor der Brust,

Sie nickte und schluckte den Kloß in ihrem Hals herunter. Dann schloss sie das Auto auf und stieg ein, um ihm Zeit zu geben, sein Gepäck in den Kofferraum zu legen und ihren Vorschlag zu verdauen. Erst als beide saßen und sich anschnallten, fuhr sie fort. »Aber ich glaube nicht, dass es reicht, einfach nur zu entscheiden, dass wir morgen doch heiraten wollen. Wir müssen heute alles richtig machen.«

»Was meinst du mit *richtig*?«, fragte Tom mit hörbarer Skepsis.

Sie wollte ihn mit im Boot haben. »Damit meine ich, dass wir beide in den letzten zwei Tagen eine Menge Dinge getan haben, kleine und große, die alle zu demselben Ergebnis geführt haben. Für heute müssen wir uns vornehmen, zusammenzuarbeiten und jeden Brand, dem wir unterwegs begegnen, konsequent zu löschen.« Mit einer Hand umklammerte sie ihren bereits halb erkalteten Kaffee, mit der anderen gestikulierte sie wild. »Egal, was nötig ist«, betonte sie. »Egal, was passiert. Wir müssen alles zu hundert Prozent *richtig* machen.«

»Die Hochzeit muss stattfinden«, wiederholte Tom und massierte sich den Nacken, als hätte er dort Schmerzen. Noch vor zwei Tagen hätte sie die Hand ausgestreckt und ihm geholfen.

»Genau. Die Hochzeit muss stattfinden«, pflichtete sie ihm bei und wollte den Motor anlassen.

Doch er legte seine Hand auf ihre und hielt sie zurück. »Aber willst du das denn?«

Ihr Magen machte einen unangenehmen Satz, als sie sich an die zurückliegenden Tage erinnerte. Dann sammelte sie alle Zweifel, die sie bezüglich ihrer Beziehung hegte, zusammen und schob sie in die hinterste Ecke ihres Bewusstseins. Das war die einzige Möglichkeit, sich aus dieser Misere zu befreien.

Sie strich sich eine Haarsträhne hinters Ohr. »Natürlich will ich das.«

Tom wandte sich ab und stellte seinen Sitz ein.

»Tom?«

Er hielt inne, dann drehte er sich langsam zu ihr um. Seine Lippen waren zu einem dünnen Strich zusammengepresst.

»Wir müssen einen Weg finden, das alles wirklich hinter uns zu lassen. Es geht nicht nur darum, einfach ein Lächeln aufzusetzen und zu sagen: ›Die Hochzeit findet statt!‹ Wir müssen einander *wirklich* verzeihen.«

Er nickte, obwohl Megan ihm ansah, dass es nicht von Herzen kam. Plötzlich wurde der Kaffee in ihrem Magen sauer. Sie war nicht sicher, ob sie die Wahrheit hören wollte ... dennoch fragte sie: »Glaubst du, du kannst mir verzeihen?«

Er zögerte lange mit einer Antwort. So lange, dass ihre Hand am Zündschloss zu zittern begann. Irgendwann nickte er.

»Ja. Das kann ich.«

Auf der Fahrt nach Roche Harbor unterhielten sie sich über die Landschaft, als wären sie eine Uber-Fahrerin und er ihr Passagier, die beide auf eine Fünf-Sterne-Bewertung aus waren. Sie parkte den Wagen vor dem Hotel und nahm seine Anzughülle, damit er es mit seinem Trolley leichter hatte.

Sie stand neben ihm, als er eincheckte und seine Schlüsselkarte überreicht bekam. Sie wusste, dass ihnen nur wenige Minuten Zeit blieben, ehe sie sich ihren jeweiligen Verpflichtungen widmen mussten. Denn auch wenn sie den Tag gemeinsam hinter sich bringen wollten, mussten sie sich trennen.

Alles richtig machen – in erster Linie bedeutete das, ihre Familien zufriedenzustellen. Es war ein klassischer Fall von »Teile und herrsche«: Tom musste zu seiner Golfpartie, und jeden Moment würden Donna und Brianna auftauchen, um mit Megan zum Shoppen zu fahren.

»Wir sollten uns heute Abend vor dem Dinner auf jeden Fall noch mal treffen«, sagte Megan und spielte mit ihrer Halskette.

»Alles klar. Ich schreibe dir eine Nachricht.« Tom breitete die

Arme aus, und sie bekam endlich die Umarmung, die er ihr am Fähranleger vorenthalten hatte. Doch es war eine flüchtige Berührung wie zwischen zwei entfernten Bekannten.

Die Intimität würde zurückkehren, sagte sich Megan. Sie hatten so viel gemeinsam erlebt, so viele schöne Erinnerungen gesammelt, dass es gar nicht anders sein konnte.

Sie würde dafür sorgen, dass alles glattlief. Sie wünschte sich, Tom möge sie noch ein letztes Mal ansehen, weil sie hoffte, in seinen Augen dieselbe Zuneigung zu finden wie vor drei Tagen, als sie sich zu Hause zum Abschied geküsst hatten, kurz bevor sie aufgebrochen waren. Stattdessen machte er sich von ihr los und ging.

Kapitel 13

Tom

Tom hatte das Geheimrezept für den Erfolg beim Golfspielen entdeckt. Die Sorgen um die verpfuschte Chronologie seines Lebens nahmen ihn dermaßen in Anspruch, dass er weder auf seine Technik noch auf die Kommentare seines Vaters achtete. Seine Leistung auf dem Platz war so gut wie nie.

Er war in absoluter Topform.

Auf dem Grün galt die unausgesprochene Regel, dass man keinesfalls besser sein durfte als diejenige Person, bei der man Eindruck machen wollte – normalerweise ein Klient. Tom hatte nie darüber nachgedacht, ob diese Regel auch dann galt, wenn man gegen seinen eigenen Vater spielte, denn bis zum heutigen Tag hätte er nicht einmal davon träumen können, John zu besiegen.

Wie sich herausstellte, reagierte der durchaus positiv darauf, dass sein Sohn ihn fertigmachte.

»Der Pazifische Nordwesten scheint dir gut zu bekommen, Junge«, brummte er in seinem charakteristischen Bariton, als Toms Ball schnurgerade über das Gebüsch flog.

Tom nickte. »Ich arbeite hart. Du weißt ja selbst, wie wichtig harte Arbeit ist.«

Die Erwiderung klang bissiger als beabsichtigt. Normalerweise hätte er seinem Vater gegenüber niemals einen solchen Ton angeschlagen. Dass er es doch tat, war dem Aufruhr in seinem Innern geschuldet. Warum dachte sein Vater immer nur an die Arbeit? Was war mit anderen Tugenden? War es nicht genauso wichtig, seiner Familie emotional eine Stütze zu sein? Sollte man Menschen außerhalb des engsten Kreises nicht genauso viel Respekt entgegenbringen wie Mitgliedern der eigenen Verwandtschaft?

Als John verkündet hatte, welche Sportarten Tom auf der Privatschule ausüben würde (Fechten, Basketball, Volleyball), war dieser überhaupt nicht auf die Idee gekommen, sich zu fragen, ob er sich dafür interessierte oder Spaß daran hatte. Und als John die Aufnahmegespräche in Harvard für ihn arrangiert und den Großteil seiner Lehrveranstaltungen ausgesucht hatte, um ihn optimal aufs Jurastudium vorzubereiten, hatte Tom sein Bestes getan, in jedem Kurs Bestnoten zu erringen. Ein Glück, dass er Geschichte liebte, da dies eins der wenigen Hauptfächer war, die vor Johns Augen Gnade fanden.

Tom atmete tief durch und versuchte, die Gedanken abzuschütteln. Megs zufolge mussten sie heute alles *richtig* machen – was auch immer das im Einzelnen bedeutete. Er hatte praktisch sein gesamtes bisheriges Leben damit verbracht, alles richtig zu machen, und meistens hatte es sich nicht ausgezahlt. Trotzdem: So zwiegespalten seine Gefühle für Megs seit Neuestem auch sein mochten, sie war klüger als die meisten anderen Menschen, und deshalb hatte er beschlossen, bei ihrem Plan mitzumachen. Schlimmer konnte es ohnehin nicht mehr werden.

»Natürlich bekommt ihm der Pazifische Nordwesten. Ich hatte immer schon den Verdacht, dass er eigentlich ein verkappter Hippie ist.« Brody hob seinen Flachmann. Er war bereits zu beschwipst, um dem Alkohol einigermaßen diskret zu frönen, allerdings begegneten sie nur selten anderen Golfern.

Tom zwang sich zu einem nachsichtigen Lächeln. »Eine gute Golfpartie macht mich wohl kaum zu einem Hippie, Brody.«

Vermutlich hätte ihm ein bisschen mehr Widerstandsgeist durchaus gutgetan. Aber er wollte keinen Staub aufwirbeln. Es war schwer genug gewesen, sich anzupassen.

Als Kind hatte er oft versucht, sich zu beschweren, wenn Brody gemein zu ihm war, und jedes Mal hatte er dafür von seinem Vater einen Rüffel kassiert. »Bist du eine Petze, oder bist du ein Mann?«

Brody war nie absichtlich grausam gewesen, deshalb hatte Tom mit der Zeit gelernt, seine Hänseleien stillschweigend zu ertragen. Das Verhältnis zu seinem großen Bruder war allemal herzlicher als das zu seinen anderen Familienmitgliedern, und wenn Tom eins über sich selbst wusste, dann, dass er bereit war, sich mit dem zufriedenzugeben, was er kriegen konnte.

»Was haben diese Leute hier bloß gegen den Fortschritt?« John zog die Golfhandschuhe aus seiner hinteren Hosentasche und streifte sie sich über. »Sie sind besessen von Globuli und wissen nicht, wie man ein halbwegs zuverlässiges WLAN-Signal einrichtet. Wahrscheinlich glauben sie, dass ein anständiger Golfplatz mit achtzehn Löchern Krebs verursacht.«

Tom knirschte mit den Zähnen, setzte jedoch brav ein Lächeln auf. Er brachte es nicht fertig, über die plumpen Verallgemeinerungen seines Vaters zu lachen, aber das bedeutete nicht, dass er widersprechen oder Gegenargumente vorbringen musste. In einer Familie von Anwälten war es das Klügste, jede Debatte zu vermeiden – wenn es sein musste, bis in alle Ewigkeit.

Er versuchte, sich nicht auszumalen, wie es wäre, bis in alle

Ewigkeit Golf spielen zu müssen. Das Universum war echt ein Arschloch. *Scheiße.* Das hätte er wahrscheinlich nicht denken sollen. Das Universum war ja eh schon sauer auf ihn.

John ging zum Abschlagspunkt, wo er zunächst mit Brody über den richtigen Schläger diskutierte, ehe er ausholte.

Tom überlegte indes, wie er diesen Tag *richtiger* machen konnte als den letzten. Schließlich kam ihm eine Idee. Seinen Vater um Rat zu bitten war nicht der beste Weg gewesen, eine emotionale Bindung zu ihm aufzubauen. Sie brauchten Zeit für ein *richtiges* Gespräch. Vielleicht konnte er seinen Dad davon überzeugen, den Umzug zu verschieben – gewissermaßen als Friedensangebot an Megs. Doch wenn er John darauf ansprach, wollte er es lieber an einem Ort tun, wo man Alkohol bestellen konnte. Es gab in der Nähe ein Restaurant, von dem Tom wusste, dass es Tischdecken hatte – ein Muss für John Prescott, der nichts von rustikalem Ambiente hielt.

Tom zückte sein Handy, um den nächsten Teil seines Plans in die Tat umzusetzen.

»Hey, Dad. Da es hier ja kein richtiges Klubhaus gibt, wie wäre es, wenn wir in Friday Harbor zu Mittag essen? Ich habe gerade einen Tisch reserviert.«

»Warum reservierst du einen Tisch, *bevor* du mich fragst, ob ich essen gehen will?«, gab John zurück.

Toms Kiefer taten allmählich weh, weil er ständig mit den Zähnen knirschte. Dazu kam noch sein steifer Nacken. Sein Körper war ein Wrack, und seinem Kopf ging es nicht viel besser.

»Ich dachte, ich besorge uns schon mal einen guten Platz mit Blick aufs Wasser.«

»Wie romantisch«, meinte Brody trocken. »Ein Date mit Dad.«

»Ist Brody etwa nicht eingeladen?« John stützte sich auf seinen

Schläger und rückte seine Schirmmütze zurecht. »Was soll das denn, Junge?«

Tom war alles andere als erpicht darauf, den Umzug nach Missouri anzusprechen, während Brody danebensaß und betrunken Witze riss. Aber heute ging es darum, Kompromisse zu machen. Also änderte er schnell auf dem Handy die Reservierung auf drei Personen. »Natürlich ist Brody eingeladen.«

»Dann lasst uns losfahren. Der Platz hier taugt nichts.« Brody warf seine Schlägertasche auf den Golfwagen.

»Einverstanden.« John schwang sich hinters Steuer.

Tom stellte fest, dass dies die erste Reinkarnation des Tages war, bei der Brody und sein Dad mitten im Spiel vorschlugen aufzuhören. Es konnte kein Zufall sein, dass es außerdem der erste Tag war, an dem Tom eine reelle Chance auf den Sieg gehabt hatte.

Die Kluft zwischen dem Wunsch zu vergeben und der Fähigkeit, dies auch wirklich zu tun, kam ihm unüberwindbar groß vor. Trotzdem arbeitete Tom daran, diese Kluft Zentimeter um Zentimeter zu schließen, während er seinem Vater und seinem Bruder beim Mittagessen gegenübersaß. John nippte langsam an seinem teuren Scotch, während Brody nur wenige gierige Züge benötigte, um das Bier zu leeren, das in seinem Glas glitzerte.

Tom dachte daran, wie Megs und er auf der Fahrt nach Connecticut zu seiner Großmutter mit dem Mietwagen in einen Schneesturm geraten und liegen geblieben waren. Während er die Motorhaube öffnete und verständnislos auf den Motor starrte, hatte Megs den Warnblinker eingeschaltet und die nötigen Anrufe getätigt. Dann hatten sie eng aneinandergekuschelt auf Rettung gewartet. Als er ihr gestand, wie sehr er sich für seine Hilflosigkeit schämte, hatte sie ihm einen Kuss auf die Nase gegeben und gesagt, dass er einfach nur einen kühlen Kopf bewahrt habe, was nicht das Gleiche sei wie Hilflosigkeit, und dass seine positive Grundeinstellung ihr mehr bedeute als Fachkenntnis im Reparieren von Automotoren. Und während sie in dem kalten Auto ausharrten, hatte er sie immer wieder zum Lachen gebracht, indem er versuchte, alle Strophen des Lieds *The Twelve Days of Christmas* auswendig aufzusagen.

Einen Tag in Ordnung zu bringen, der niemals zu enden schien, war deutlich komplexer, als sich um einen liegen gebliebenen Wagen zu kümmern. Trotzdem war er bereit, Megs fürs Erste zu vertrauen. Bestimmt hatte sie recht, und die einzige Erklärung dafür, dass sich alles ständig wiederholte, war, dass er irgendwo einen Fehler gemacht hatte. Vermutlich sogar mehrere. Wenn das Schicksal wollte, dass sie zusammenblieben, musste er einen Weg finden, über das, was zwischen ihr und Leo vorgefallen war, hinwegzukommen. Und das wollte er auch. Er wollte es wirklich. Es wäre allemal besser als das ständige dumpfe Pochen der Eifersucht und Scham in seinem Innern, das er im Moment empfand.

In seinem Gedächtnis suchte er nach weiteren Erlebnissen mit Megs, die ihm auf dem Weg zur Vergebung helfen konnten, und landete schließlich bei einer seiner absoluten Lieblingserinnerungen.

Er hatte gerade seine Zulassung als Anwalt erhalten und sich für seinen ersten richtigen Arbeitstag – nicht als Praktikant oder studentische Hilfskraft, sondern als Volljurist – bei Prescott & Prescott fertig gemacht. Während er vor dem Badezimmerspiegel stand und sich mit nervösen Fingern die Krawatte band, trat Megs hinter ihn, sodass er ihr Gesicht im Spiegel sehen konnte, schlang die Arme um ihn und zog ihn an sich. »Du bist der beste Mensch, den ich kenne – und der best*aussehende*. Du wirst in der Firma Großartiges leisten, und zwar als du selbst, nicht als der Sohn vom Boss.«

Ihre aufmunternden Worte hatten besser gewirkt als die Meditations-App auf seinem Handy. Er hatte sofort gespürt, wie sich seine Atmung beruhigte, sein Herzschlag langsamer wurde und das Zittern seiner Hände nachließ.

Doch was ihm nicht in den Kopf wollte, war, dass die Megs von damals dieselbe war wie die, die mit Leo geschlafen hatte. Jedes Mal, wenn er versuchte, mit dem Gedanken an ihre Untreue ins Reine zu kommen, kam der Schmerz wieder hoch.

»Du wirkst so nachdenklich. Willst du einen Rat von mir, Ersatzteillager?«, unterbrach Brody seine Grübeleien.

Tom wollte mit seinem Vater über den bevorstehenden Umzug nach Missouri sprechen, allerdings befürchtete er, dass es keine Lösung gab, die sowohl für Megs als auch für seinen Vater akzeptabel wäre. Am Ende würde er vielleicht *niemanden* zufriedenstellen, und sie würden noch länger in dieser Zeitfalle festsitzen.

»Hast du denn einen auf Lager?«, fragte er seinen Bruder, hauptsächlich, um Zeit zu gewinnen, während er gleichzeitig versuchte, sich darüber klar zu werden, wie er mit dem Missouri-Problem umgehen sollte.

»Um Gottes willen, nein.« Brody lehnte sich schnaubend zurück. »Weißt du noch, mit welcher Methode ich damals den Zauberwürfel gelöst habe? Ich habe einfach die Seiten mit Filzstift übermalt, damit sie zueinanderpassten. Auf Eheprobleme lässt sich so was leider nicht anwenden.«

Eiswürfel klimperten, als John sein Scotchglas abstellte. »Nun, wenn du Rat suchst …«

»Eigentlich nicht, Dad«, fiel Tom ihm hastig ins Wort. Er wollte nicht noch einmal denselben Vortrag hören. Er wurde mit jedem Mal unerträglicher. »Danke.«

»Bist du sicher?«, fragte John. »Megan ist vielleicht ein guter

Fang, aber das kann man von den anderen Fischen, die mit ihr im Netz zappeln, nicht sagen.«

»Wir sind seit zwölf Jahren zusammen, Dad. Ich kenne ihre Familie. Sie ist nicht so schlimm, wie du immer denkst, ganz im Gegenteil ...«

Er merkte, dass sein Vater ihm nicht mehr zuhörte. Aber das spielte auch keine Rolle, denn in diesem Moment kam ein Kellner, um ihre Bestellung aufzunehmen.

Nachdem er sich wieder entfernt hatte, lenkte John wie durch ein Wunder das Gespräch genau dorthin, wo Tom es haben wollte. »Wie hat Megan die Neuigkeit mit Missouri aufgenommen?«

Nach wie vor unsicher, ob er das Richtige tat, trank Tom einen tiefen Schluck aus seinem Wasserglas. »Überraschend gut.« Dies war der Moment, um die entscheidende Frage zu stellen. Bestimmt konnten sie den Umzug verschieben, bis Megan bereit war. Tom nahm all seinen Mut zusammen und wollte gerade den Mund öffnen, als Brody das Wort ergriff.

»Man wird dich in New York vermissen.« Er nahm seine Serviette vom Tisch und breitete sie in seinem Schoß aus.

»Ich bin gerührt, Bruderherz.«

»Was? Nein, *ich* ganz bestimmt nicht.« Brody lehnte sich mit einem gehässigen Grinsen zurück.

Johns Handy klingelte. Er ging nach draußen, um das Gespräch anzunehmen, und ließ Tom mit Brody allein.

»Wer denn dann?« Tom wusste nicht, worauf sein Bruder hinauswollte, hatte aber das Gefühl, dass die Pointe seines Witzes wie üblich unterhalb der Gürtellinie liegen würde. Das Gute an dem Umzug wäre immerhin, dass es in Missouri niemanden gab, der ihn Ersatzteillager nannte.

»Gina.« Brody sah ihn wissend an.

»Gina?«

Sie hatte zur selben Zeit als studentische Hilfskraft bei Prescott & Prescott gearbeitet wie er. Sie war extrem intelligent gewesen – und definitiv zu gutherzig für das Haifischbecken einer großen Kanzlei. Die Freundschaft mit ihr hatte Tom geholfen, das anstrengende Jahr durchzustehen. Am Ende hatte sie eine Stelle in einem anderen Anwaltsbüro angenommen, das auf Umweltrecht spezialisiert war. Tom war traurig gewesen, als sie gegangen war, trotzdem hatten sie sich im Laufe der Zeit aus den Augen verloren. Inzwischen liefen sie sich nur noch hin und wieder in einem Feinkostladen in Midtown über den Weg, in dem sie beide gelegentlich ihr Mittagessen holten.

»Sie hat kürzlich ihre alte Kanzlei verlassen und war zum Bewerbungsgespräch bei Prescott«, setzte Brody hinzu.

»Das ist toll«, sagte Tom, ehe er erneut einen Schluck von seinem Wasser trank. »Ich hoffe, sie hat die Stelle bekommen. Sie ist eine hervorragende Anwältin und kann der Firma viel bringen.«

Brody zog die Augenbrauen hoch und zeigte mit dem Finger auf Tom. »Sie meinte, du hättest auch ziemlich viel zu bieten.«

Tom verschluckte sich und musste husten. »Wovon redest du?«

»Na ja, als das Bewerbungsgespräch vorbei war und sie wusste, dass sie die Stelle kriegt, hat sie gleich angefangen, mich über dich auszufragen. Sie war sehr geknickt, als ich ihr gesagt habe, dass du dieses Wochenende heiratest.«

Wie von selbst beschleunigte sich Toms Herzschlag. Er und Megs waren sehr jung zusammengekommen, aber das bedeutete nicht, dass er aufgehört hatte, andere Frauen wahrzunehmen. Er hatte einfach nur nie das Bedürfnis gehabt, diesen Gefühlen nachzugehen.

Sicher, er und Gina hatten sich gut verstanden. Sie war in einem ähnlichen familiären Umfeld aufgewachsen wie er, und sie hatten innerhalb kürzester Zeit ihre ganz eigene Form der Kommunikation entwickelt. Aber er hatte strikt darauf geachtet, dass ihr Verhältnis professionell blieb, und jeden Funken Zuneigung, den er vielleicht für sie empfand, konsequent unterdrückt. Er hatte niemals ernsthaft in Erwägung gezogen, etwas mit einer anderen Frau anzufangen. Warum auch? Er hatte ja Megs.

Nichtsdestotrotz schmeichelte es ihm, dass jemand Interesse an ihm bekundet hatte. Er wehrte sich nicht gegen das Gefühl. Damals hatte Gina an seiner Haltung zu Megs nichts geändert, und selbst jetzt, nach allem, was vorgefallen war ...

Das mittlerweile vertraute Gefühl der Scham über ihre Untreue drohte, ihn zu verschlingen. Er fühlte sich gedemütigt. Aber er wusste, was er zu tun hatte.

Den Frieden bewahren. Alles richtig machen. Bloß keinen Staub aufwirbeln.

»Tja. Ich bin definitiv nicht mehr auf dem Markt.« Er nickte wie einer der Wackeldackel, die manche Leute auf dem Armaturenbrett ihres Autos stehen hatten. »Insofern: Danke für die Information, aber sie ist vollkommen irrelevant.«

»Was ist irrelevant?«, fragte John, der sich wieder zu ihnen gesellte, gerade als ihr Essen kam.

»*Toms Freundin*«, säuselte Brody wie ein Erstklässler, der einen Mitschüler aufzog.

»Deine Mutter meinte, Megan wüsste gar nichts von Missouri. Du hättest vergessen, es ihr zu sagen.«

»Vergessen«, höhnte Brody und malte Anführungszeichen in die Luft. »Genau wie Emmeline ›vergessen‹ hat, mir zu sagen, dass sie nächstes Wochenende nach Newport Beach fährt.«

»Was?« Tom drehte sich zu seinem Bruder um. So langsam hatte er die ständigen Unterbrechungen satt. Wie betrunken war Brody eigentlich?

»Nichts.« Brody biss ein extragroßes Stück von seinem Krabbensandwich ab.

»Natürlich weiß Megs über den Umzug Bescheid«, beteuerte Tom, ehe er im Stillen hinzufügte: *Dank deiner Tischrede, die wir heute Abend vermutlich zum dritten Mal genießen dürfen.*

»Gut. Ich habe nämlich eine Überraschung für euch. Du musst dich aber noch bis zum Dinner gedulden.«

Tom unterdrückte ein Stöhnen und verbot sich, Spekulationen darüber anzustellen, wie genau Gina es wohl mit der Treue nahm. Fest stand, dass er seinen Vater unmöglich bitten konnte, den Umzug aufzuschieben. Also lauschte er mit geheucheltem Interesse, während John zu einem Monolog über Missouri ansetzte, und hoffte inständig, dass dies den Vorstellungen des Universums darüber, was *richtig* war, entsprach.

Kapitel 14

Megan

Nicht alle Maßnahmen zeigten den gewünschten Erfolg. Dadurch, dass sie Donna am Morgen mit dem Vorschlag eines gemeinsamen Shopping-Trips überrumpelt hatte, waren gleich mehrere neue Brandherde entstanden. Am beunruhigendsten fand Megan, dass sie nun anstelle ihrer Großmutter die Rolle der Bösen an sich gerissen zu haben schien. Sie hatte eine gefühlte Ewigkeit lang auf dem Sofa in der Hotellobby gesessen und mit Engelszungen auf ihre Mutter eingeredet, um sie davon zu überzeugen, dass ihr Kleid wunderschön sei und sie lediglich sicherstellen wolle, dass Donna sich darin auch hundertprozentig wohlfühle. Dann war Brianna mit einem Snickers in der Hand in die Lobby gestapft gekommen, und weil sie grundsätzlich anderer Meinung sein musste als Megan, hatte sie lauthals verkündet: »Keine Ahnung, weshalb wir für Mom ein neues Kleid kaufen müssen. *Ich* finde, ihre Möpse sehen absolut phänomenal aus.« Aus unerfindlichen Gründen schien Brianna in dieser Version des Tages die Heldin zu sein.

»Reg dich ab, wir kaufen ihr bloß ein Schultertuch, um den

tiefen Ausschnitt zu verdecken.« Da sie allmählich am Ende ihrer Geduld angelangt war, hatte Megan ihre Worte nicht wie sonst mit Bedacht gewählt. Sie war zu sehr damit beschäftigt, darüber nachzugrübeln, um wie viel Uhr Leo ankam, damit sie ihre Rückkehr aus Friday Harbor darauf abstimmen konnte.

»Warum machst du überhaupt so ein Getue um Moms Outfit?«, legte Brianna nach. »Sie hat einen tollen Körper, den sie ruhig herzeigen kann, wenn sie möchte. Das ist echt Altersdiskriminierung vom Feinsten.«

»Ich …«

»Und sexistisch noch dazu.« Brianna freute sich sichtlich, dass sie ihrer Schwester so zusetzte.

Der Shopping-Trip selbst verlief auch nicht viel harmonischer. Aufgrund von Megans Ungeduld und der Tatsache, dass Gran sie als Flittchen bezeichnet hatte, war Donna dermaßen aufgewühlt, dass ihre Stimmung wild hin und her schwankte. Zwischendurch kam immer wieder ihr britischer Akzent zum Vorschein, und sie schien nicht die geringste Vorstellung davon zu haben, was sie kaufen wollte. Stattdessen beklagte sie sich laufend über Ehemänner Nummer eins und vier, und um dem Ganzen die Krone aufzusetzen, hatte sie noch gar nicht gehört, dass Carol das Hotel als »düster« bezeichnet hatte, sodass Megans Vorschlag, Vasen und Kerzen zu besorgen, sie nur noch mehr verunsicherte.

Währenddessen bemühte sich Megan, den Überblick über all die vielen Baustellen zu behalten, derer sie sich noch annehmen musste.

Donna beruhigen, indem sie ihr weiter Mut zusprach.

Brianna zu gutem Benehmen ermuntern.

Leo finden, ehe er sie fand.

Es war unfassbar energieraubend, Donna und Brianna halbwegs bei Laune zu halten, während sie die Boutiquen von Friday

Harbor abklapperten. Bei ihrer Mutter fruchteten ihre Bemühungen noch halbwegs, doch ihre Schwester wurde mit der Zeit immer misstrauischer.

»Warum bist du so nett?«, wollte sie von Megan wissen, nachdem diese ihr eine Bettwäsche im Retrolook gezeigt hatte, von der sie fand, Brianna solle sie sich für ihr Bett in New York zulegen.

»Weil ich dich gernhabe.« Was Megan eigentlich sagen wollte, war: *Weil ich unbedingt diesen Tag hinter mich bringen muss, ehe ich wahnsinnig werde und mir die Kugel gebe.*

Brianna schnaubte ungläubig. Es stimmte, Megan hatte den Satz nicht mit besonders viel Gefühl gesagt. Vielleicht musste sie sich noch mehr Mühe geben.

Sie hatte eigens für ihre Schwester noch ein Ass im Ärmel, aber das wollte sie nur im äußersten Notfall spielen. Sollte sie am Abend immer noch das Gefühl haben, dass das Universum ihren Umgang mit Brianna nicht guthieß, würde sie zum Äußersten greifen, um ihrer Schwester bei ihrem geplanten Umzug nach New York behilflich zu sein.

Aber *nur*, wenn gar nichts anderes mehr ging.

Die Fahrt zurück zum Hotel war geprägt von Musik und lautem Gesang, auch wenn Megans Stimme ein wenig gepresst klang, weil sie sich so viel Mühe gab, die anderen davon zu überzeugen, dass sie jede Menge Spaß hatte.

Kaum zurück in Roche Harbor, hetzte sie sofort in die Lobby, weil sie wusste, dass Leo jeden Moment ankommen würde. Ihr Herz hüpfte und sank zugleich, als sie seine Rückseite erkannte, über deren Schultermuskeln sich das T-Shirt spannte.

»Hey!«, rief sie lauter als beabsichtigt. Ihre Stimme echote durch die Halle. Ein älteres Ehepaar sowie ein Page blickten alarmiert auf.

Leo drehte sich ganz langsam zu ihr um, als lebte er in einer anderen Zeitzone als der Rest der Welt. Sein Lächeln brachte all ihre guten Vorsätze ins Wanken.

Nein. Heute war der Tag, um alles wieder geradezubiegen.

»Megan.« Er zog sie in seine Arme. Die Wärme seines Körpers und sein Duft waren ihr so vertraut – nicht nur von den vorangegangenen Versionen dieses Tages, sondern auch aus ihrem früheren Leben.

»Können wir reden?« Ihre Stimme zitterte nur ein kleines bisschen – genau wie ihre Beine.

»Du nimmst mir das Wort aus dem Mund.«

Er steckte seine Schlüsselkarte in die Tasche seiner verschlissenen Jeans und bot ihr den Arm, damit sie sich unterhaken konnte. Sie tat so, als hätte sie die Geste nicht bemerkt. Statt den langen Weg zum Pool zu nehmen, blieben sie gleich draußen vor dem Hotel stehen.

Auf Außenstehende mochte Leos Lächeln locker und entspannt wirken, doch Megan sah die Nervosität in den feinen Linien um seine Augen und in der Falte zwischen seinen Brauen. Wenn die buckligen Pflastersteine sie nicht ins Straucheln brachten, dann vielleicht seine Gefühle für sie und das, was sie ihm gleich sagen musste.

Doch Leo kam ihr zuvor, noch ehe sie den Mund geöffnet hatte. »Warte. Bevor du irgendwas sagst, gibst du mir eine Minute? Ich habe dich so lange vermisst, und jetzt möchte ich es einfach kurz genießen, dich *nicht* zu vermissen.«

Sie hatte sich im Kopf bereits eine komplette Ansprache zurechtgelegt, und die Unterbrechung brachte sie aus dem Konzept.

»Tut mir leid, vielleicht habe ich das Falsche gesagt«, schob er hinterher, als sie nichts erwiderte. »Es ist nur … ich muss so oft an uns denken. Daran, was damals passiert ist. Und ich konnte nicht herkommen, ohne dich zu fragen … einfach nur, um sicherzugehen … Willst du das hier wirklich?«

Du meinst, ob ich ein und denselben Tag dreimal erleben will?, hätte Megan um ein Haar geantwortet. *Ob ich will, dass mir mein Leben wieder und wieder um die Ohren fliegt? Ob ich jeden Morgen mit Granatsplittern von der letzten Schlacht im Körper aufwachen will, nur um festzustellen, dass der Krieg von vorne losgeht?*

»Will ich *was* wirklich?«, fragte sie ungehalten. Sie war erschöpft und durcheinander, und ihr Verstand funktionierte nicht so wie sonst.

Das war alles bloß Leos Schuld. Er hielt sich nicht ans Drehbuch. Vielleicht hätte sie damit rechnen müssen, dass eine veränderte Herangehensweise ihrerseits Auswirkungen auf sein Verhalten haben würde. Sie konnte nicht gut improvisieren. Sie war eine Planerin. Und jetzt musste sie quasi vor aller Augen eine zutiefst vertrauliche Unterhaltung mit ihm führen.

Sie zog ihn ein Stück auf die Seite, um wenigstens ansatzweise ungestört zu sein.

Leo zögerte keine Sekunde. »Das hier. Willst du *das* hier? Die Prescotts? Dieses Leben?« Er hielt inne, um tief einzuatmen. Er scharrte mit der Schuhspitze über den Boden wie ein verunsicherter kleiner Junge und blinzelte ins Sonnenlicht. »Eigentlich hatte ich nicht vor, mit der Tür ins Haus zu fallen, aber du siehst mich so an, und irgendwie wirkst du nicht wie eine freudige Braut. Ich mag dich. Ich möchte, dass du glücklich bist. Ist Tom wirklich das, was du willst? Weil …«

Auf einmal sah Megan alles glasklar. Sie durfte sich nicht auf das philosophische Gedankenspiel einlassen, mit wem sie glücklicher wäre und welches Leben sie sich mehr wünschte. Kaum zu glauben, dass sie es bei ihrer ersten Begegnung zugelassen hatte. Im Moment sehnte sie sich einfach nur nach Normalität. Nach

Emotionen, die sich innerhalb vernünftiger, überschaubarer Parameter bewegten. Danach, dass das Wochenende, auf das sie jahrelang hingearbeitet hatte, endlich wie geplant stattfand. Das Universum hatte ihr aufgezeigt, wo ihr Platz war. Darauf musste sie vertrauen.

Also sagte sie: »Natürlich ist Tom das, was ich will.«

»Aber –«

»Leo. Die Hochzeit wird stattfinden. Mein Leben mit Tom findet bereits statt. Du musst dich damit abfinden.«

»Givens«, flehte er. »Komm schon, hör dir wenigstens an, was ich zu sagen habe. Es liegt vielleicht schon acht Jahre zurück, aber ich kann mich noch an jede Einzelheit unseres Abends – unseres Morgens – erinnern.«

»Du sagst es: Es liegt acht Jahre zurück.«

»Und du denkst, meine Gefühle für dich sind einfach so verschwunden?« Er fuhr sich mit den Fingern durch seine Locken. »Weißt du, dass ich mir jedes Mal, wenn ich irgendwo am Flughafen bin, eine Ausgabe der *GQ* kaufe? Ich blättere sie durch und frage mich, an welchen Beiträgen du wohl mitgearbeitet hast – nur um mich dir ein bisschen näher zu fühlen.«

Megan stockte der Atem. Es war eine ganze Weile her, seit Tom Interesse an ihrer Arbeit gezeigt hatte. Sein eigener Job in der Kanzlei nahm ihn so stark in Anspruch, dass ihm dafür einfach die Energie fehlte. Umgekehrt war es nicht anders. Ihre Gespräche drehten sich meistens nur darum, was sie zu Abend essen oder im Fernsehen anschauen wollten und bei welchen Kollegen eine Babyparty ins Haus stand. Aber so war das eben, wenn man seit zehn Jahren zusammenlebte ... oder nicht? Sie begann, sich zu fragen, ob es eventuell noch andere Gründe dafür gab, dass sie und Tom nicht mehr dieselbe Nähe zueinander spürten wie früher. Warum die Ereignisse eines einzigen Tages ihrer Beziehung praktisch den Todesstoß versetzt hatten. Aber sie wollte alles richtig machen. Und das hier war falsch. *Leo* war falsch. Sie musste ihn loswerden.

»Das ist ja alles ganz süß, Leonardo.« Sie bereute sofort, seinen vollen Namen benutzt zu haben, denn er zauberte ihm ein Lächeln ins Gesicht. »Aber irgendwie auch ein bisschen albern. Wir haben seit Jahren nicht mehr miteinander gesprochen.«

»Das mag sein, Givens, trotzdem kannst du mir nicht erzählen, dass da nichts zwischen uns ist.« Sein Ton wurde ernst. Er schien zu glauben, dass er Boden gutmachte. Am besten, sie erstickte jede weiteren Versuche seinerseits im Keim.

Als sie antwortete, tat sie es mit einer Bestimmtheit, die sie bei Männern aus der Medienbranche schon oft erfolgreich zum Einsatz gebracht hatte. »Ich weiß, du denkst, du hättest noch Gefühle für mich. Aber Fakt ist, du liebst den Nervenkitzel der Jagd, und ich liebe Tom. Also.«

Das letzte Wort transportierte nicht die Endgültigkeit, die sie sich erhofft hatte.

Er lachte zaghaft. Es klang bitter. Ihre Worte hatten ihn überrascht. »Okay.«

»Okay?« Sie sah ihn an. Sie betrachtete jedes einzelne Leo-Atom und die Art, wie sie alle zusammen ein Bild kühler Indifferenz ergaben. *Wenn du dich gegen mich entscheidest, kehre ich einfach in mein Leben voller wunderschöner Menschen und noch schönerer Orte zurück,* schienen diese Atome zu sagen. Doch dann verzog er ein ganz klein wenig das Gesicht.

»Ich weiß, ich kann dich nicht dazu *überreden*, mich zu lieben. Ich dachte bloß … wahrscheinlich hatte ich gehofft …«

Er hatte Tränen in den Augen.

Das war unfair. Sie wandte den Blick ab. Sie konnte ihm nicht sagen, dass es ihr leidtat oder dass er sich die Chemie zwischen ihnen nicht eingebildet hatte. Sie durfte ihm nicht von all den Nächten beichten, in denen sie heimlich seinen Namen gegoogelt hatte, um ihre Sehnsucht nach ihm zu stillen. Solche Geständnisse hätten nur dazu geführt, dass es ihm besser und Tom schlechter ging. Wenn sie diese Gefühle auch nur ansatzweise zuließ, war sie wirklich ganz alleine schuld daran, dass sie Toms Zukunft – und somit auch ihre eigene – vor die Wand fuhr.

»Du solltest jetzt gehen, Leo.«

»Du scheinst vergessen zu haben, dass ich Toms Trauzeuge bin.«

»Er wird es schon verstehen, glaub mir.« Das Letzte murmelte sie halblaut.

Sie sahen einander an. Er wartete darauf, dass sie nachgab. Aber das würde nicht passieren. Nicht heute.

»Ich verspreche dir, wenn du das wirklich willst, dann gehe ich. Es ist nur …« Er stellte sich etwas breitbeiniger hin, um zu signalisieren, dass er vorerst nicht die Absicht hatte, sich vom Fleck zu rühren. »Ich weiß, eigentlich ist Tom der Anwalt, aber hör mir nur einen Moment lang zu. Lass uns das debattieren.«

»Du willst eine Debatte über unsere Gefühle führen?« Zorn regte sich in ihr, aber zugleich lockte sie die Aussicht auf ein Wortgefecht mit ihm. Ein Teil von ihr wollte die Unterhaltung in die Länge ziehen, nur um zu schauen, wohin sie führte. Aber das ging nicht.

»Na ja, vielleicht keine *Debatte*. Eher eine Diskussion. Und hinterher … Wenn du dich wirklich für ihn entscheidest, verschwinde ich.«

»Okay. Dann bis dann.« Trotz ihrer Abschiedsworte war Megan außerstande, sich abzuwenden und zu gehen, also fügte sie noch hinzu: »Vergiss deine Reisetasche nicht, die hast du in der Lobby stehen lassen.«

»Aber …« Er hob die Hand, um ihr die Haarsträhnen aus den Augen zu streichen, die sich aus ihrem Knoten gelöst hatten, doch dann besann er sich eines Besseren. »Ich kann nicht gehen, wenn ich weiß, dass du unglücklich bist. Dass du es vielleicht bereust. Kannst du mir nur eine einzige Frage beantworten?«

Megan nickte. Die vorherigen Versionen des Tages hatten sie nur unzureichend auf dieses Gespräch vorbereitet. Allmählich hatte sie sogar das Gefühl, es waren Generalproben für ein komplett anderes Stück gewesen.

Eine mit unzähligen Koffern beladene Familie rempelte sie versehentlich an, als sie versuchte, zum Hoteleingang zu gelangen. Megan bedeutete Leo, ihr hinunter zum Steg zu folgen.

»Woher weißt du, dass er der Richtige ist? Dass er der Eine für dich ist?«

Zum Glück war das eine einfache Frage. Und so holte Megan wie so oft die Erinnerung an Toms ersten Brief hervor.

»Erinnerst du dich noch daran, wie ich zum ersten Mal bei euch war und wir alle zusammen *Mystery Science Theater 3 000* geschaut haben?«

»Na ja, das haben wir ziemlich oft geschaut. Ich weiß nicht genau, ob ich mich noch an das *erste* Mal …«

»Ich hatte im Grunde einen Nervenzusammenbruch auf eurer Couch.«

Seine Miene wurde weicher. »Ja. Daran erinnere ich mich.«

Zuvor hatte Megan Tom – und damit auch Leo – nur wenig von sich preisgegeben. So hatte sie ihnen beispielsweise nie erzählt, dass ihre Mutter absolut nichts Mütterliches an sich hatte und ihre Töchter ständig emotional manipulierte. Sie hatte nichts von der Parade nichtsnutziger Ehemänner und Liebhaber erwähnt, die Donna anschleppte. Sie hatte nie gestanden, wie einsam sie sich fühlte, wenn sie nicht bei ihnen war. Wie sehr sie ihre Tante

Paulina vermisste. Wie wütend sie auf ihren Bruder und ihre Schwester war.

An jenem Abend hatte sie kurz zuvor mit ihrer Mutter telefoniert. Donna war mal wieder in Höchstform gewesen. Sie hatte Megan vorgeworfen, die Familie im Stich gelassen zu haben und genauso nutzlos zu sein wie all die Männer, die ihr den Laufpass gegeben hatten. Sie hatte geklagt und gejammert, während Megan im Schlafanzug in ihrem Wohnheimzimmer stand, das Handy am Ohr, einen halbfertigen Aufsatz über die Globalisierung des zeitgenössischen Kunstbetriebs auf dem Rechner, und jede bissige Bemerkung, jede ungerechtfertigte Anschuldigung stumm über sich ergehen ließ. Sie hatte sich zum Sündenbock des Elends ihrer Mutter machen lassen.

Sobald Donna sich müde geredet und – nicht zuletzt wegen mangelnder Gegenwehr – aufgelegt hatte, war Megan auf dem Fußboden zusammengesunken und hatte ihre Wunden geleckt.

Dann war sie aufgestanden, hatte sich die Haare gebürstet, sich angezogen und alles verdrängt – bis sie bei Tom und Leo ankam.

Die beiden begrüßten sie mit großer Herzlichkeit, und als sie ihr ein Bier und eine Schachtel Lakritz anboten, weil sie wussten, wie gern sie Lakritz aß, hielt sie das Übermaß an vollkommen unmotivierter Freundlichkeit nicht länger aus. Sie ließ sich auf die Couch fallen und weinte sich die Seele aus dem Leib. Erst nachdem sie wieder halbwegs zur Ruhe gekommen war, erkannte sie voller Entsetzen, wie verletzlich sie sich gezeigt hatte.

Jetzt würden die beiden sie garantiert mit anderen Augen sehen.

Tom würde sie für schwach halten. Für kompliziert.

Für jemanden, der zu viel Ballast mit sich herumschleppte.

Am Ende wurde es noch ein schöner Abend, doch als sie zurück ins Wohnheim kam, weinte sie sich in den Schlaf. Am nächsten Morgen verschlief sie, sodass sie das Auto nehmen musste, um es noch rechtzeitig zur Vorlesung zu schaffen. Da sah sie den Zettel, der an der Windschutzscheibe unter dem Scheibenwischer klemmte. Er war ganz klein und unauffällig und trotzdem unendlich kostbar.

Megan schwebte zurück ins Hier und Jetzt. Zu Leo.

»Es war der Zettel«, sagte sie.

»Tom hat dir einen Zettel geschrieben?« Leo klang ungläubig. »Tom schreibt Textnachrichten und E-Mails. Tom schreibt keine Zettel.«

»Er hat ihn hinter den Scheibenwischer meines Autos gesteckt. Erinnerst du dich noch an den alten Nissan, den ich von Paulina geerbt hatte?«

Eine dunkle Wolke schob sich vor Leos Gesicht. Jetzt musste er doch einsehen, dass er chancenlos war. Er würde seine Niederlage akzeptieren und die Insel verlassen.

»Nach meinem Heulkrampf war ich mir sicher, dass Tom nichts mehr von mir wissen wollte. Aber stattdessen hat er mir einen Zettel geschrieben, auf dem stand: *›Keine Ahnung, warum die Leute immer sagen, dass man jemandem verfällt. Ich finde, es fühlt sich nicht an wie Fallen, sondern wie Fliegen.‹«*

Selbst nach all der Zeit berührten die Worte sie noch immer tief im Herzen. Sie waren ihr Seelenbalsam. Ihr Trost.

»Immer wenn ich mich über ihn oder über seine Familie aufrege, denke ich daran, dass er vor Jahren beschlossen hat, mich bedingungslos zu lieben. Und dann schwöre ich mir, diese Liebe genauso bedingungslos zu erwidern.«

Leo schluckte. »Das ist toll, Megan.« Er nickte. »Ich verstehe das vollkommen.«

Sie hatte es geschafft. Das Kapitel Leo war abgeschlossen. Ein für alle Mal.

Sie trat auf ihn zu, um ihn noch einmal zu umarmen. Ein letztes Lebewohl. Alle verbliebenen Gefühle begrub sie unter einem Berg aus Entschlossenheit. Sie wusste, was sie zu tun hatte.

Als sie einander in den Armen lagen, flüsterte er ihr ins Ohr: »Nur dass der Zettel von mir war.«

Kapitel 15

Tom

Sie hatten vereinbart, sich vor dem Probedinner an der Eisdiele am Pier zu treffen. Das schien ihnen ein sicherer Ort für ein vertrauliches Gespräch zu sein. Brody war laktoseintolerant, und Toms Eltern waren intolerant einem Laden gegenüber, der ausschließlich bunte Desserts verkaufte, weil sie ein solches Geschäftsmodell für frivol hielten. Megs hatte Tom versichert, dass aus ihrer Verwandtschaft ebenfalls niemand unerwartet auftauchen würde. Sie hatte ein spontanes Fotoshooting mit der Familie hinter sich gebracht (nicht, dass mittlerweile noch *irgendetwas* spontan war) und ihnen danach geraten, sich vor dem Dinner noch einen Cocktail auf der *Happy Accident* zu gönnen, während sie angeblich allerletzte Vorbereitungen traf.

Ganz abgesehen davon betrachtete Donna Eis als »Nachmittagssnack«.

Tom nahm einen Umweg zur Eisdiele. Er brauchte Zeit zum Nachdenken und schlenderte zwischen den immergrünen Bäumen entlang bis hinunter an den Strand. Er bemühte sich nach wie vor redlich, Megs zu vergeben und sich weiterhin zu ihrer Beziehung zu bekennen.

Zwölf Jahre lang war er ihr treu gewesen. Dabei hatte er durchaus die eine oder andere Gelegenheit gehabt (siehe Gina). Aber er wusste einfach, was er wollte. *Wen* er wollte. Für ihn barg es keinen Reiz, jemand Neues auf eine derart intime Weise kennenzulernen, wie er Megs kennengelernt hatte. Er war mit einer Frau zusammen, bei der er sich geborgen und geliebt fühlte. Mit einer Frau, mit der er genauso gut weinen wie lachen konnte, die ihn wie keine Zweite zu motivieren verstand und ihn so akzeptierte, wie er war.

Bis vor drei Tagen hatte er noch geglaubt, genau zu wissen, wer Megs war: ein blitzgescheiter, humorvoller, loyaler, vielleicht etwas tollpatschiger, aber innerlich wie äußerlich wunderschöner Mensch. Niemals hätte er für möglich gehalten, dass sie ihm wehtun könnte.

Wie sollte er sich entscheiden, bei ihr zu bleiben, wenn sie eine vollkommen andere geworden war? Es war, als hätte sie seit dem Tag des Uni-Abschlusses eine Verkleidung getragen. Wie sollte er ihr vergeben, wenn er nicht einmal wusste, ob er ihr noch vertrauen konnte?

Acht Jahre waren eine lange Zeit, um jemanden zu belügen. Selbst wenn es nur eine Lüge durch Unterlassen gewesen war.

Als er den Eisladen erreichte, saß Megs bereits an einem der hölzernen Picknicktische. Sie hielt eine Waffel mit Schoko-Minz-Eis in der einen Hand und eine zweite, bereits halb aufgeschleckte, in der anderen.

»Beeil dich, deins schmilzt schon.« Sie hielt ihm die Schoko-Minz-Waffel hin.

Er leckte daran und genoss die Frische der Minze und die dezente Süße der knackigen dunklen Schokoladenstückchen. Megs'

Vertrautheit, ihr Gesicht, ihr Duft, das Mienenspiel, das er in- und auswendig kannte – all das war so lange Freude und Sicherheit für ihn gewesen. Vielleicht konnte es wieder so werden?

Vielleicht musste er einfach nur eine Zeit lang so tun als ob.

Die nächsten Minuten lang widmeten sich beide schweigend ihrem Eis. Der Moment erschien ihm seltsam passend, schließlich hatten sie einander bei einem Eis zum ersten Mal ihre Liebe gestanden. Es war am Ende des zweiten Semesters gewesen, und vor lauter Prüfungsstress hatten sie einander eine ganze Woche lang kaum gesehen. Außerhalb der Weihnachts- und Osterferien waren sie noch nie so lange getrennt gewesen.

Megs hatte die ganze Nacht durchgearbeitet, ihre letzte Prüfung geschrieben und war danach auf Toms Couch zusammengeklappt.

»Ich kriege ohnehin schon Pickel von dem ganzen Stress und weil ich seit Ewigkeiten nicht mehr geduscht habe. Ist es verwerflich, dass ich unbedingt was Süßes zum Frühstück essen will?«

Da er eine Gelegenheit sah, ihr einen Wunsch zu erfüllen, sagte er bloß: »Gib mir fünf Minuten«, schlüpfte in seine Nikes und sprintete buchstäblich die zwei Blocks bis zum nächsten Minimarkt. Als er zurückkam, war er beladen mit Einkaufstüten voller Eiscreme, Mini-Schokoriegel, Lakritz und einer Süßigkeit, die entfernt nach Zuckerstreuseln aussah und in einem kleinen Spielzeughandy verpackt war.

Auch Tom sorgte sich um seine Prüfungen, allerdings machte er sich viel mehr Gedanken darüber, was passieren würde, wenn das Semester rum war. Obwohl er und Megan offiziell ein Paar waren, hatte keiner von ihnen bisher »die L-Bombe platzen lassen«, wie Leo es sarkastisch formulierte. Tom hatten die entscheidenden Worte schon ungefähr hundertmal auf der Zunge gelegen, doch die Angst vor Zurückweisung war zu groß gewesen.

Denn was, wenn Megan nur ein bisschen Spaß haben wollte? Was, wenn Tom nur ein Platzhalter für sie war? Ein Ersatzteillager, bis sie einen Besseren fand?

Als er nun mit seinen Einkäufen zurückkam, stellte er fest, dass Megs auf dem Sofa eingeschlafen war. Ihre Haare waren zu einem verfilzten Pferdeschwanz gebunden, und auf ihrer Stirn prangten tatsächlich einige der Stresspickel, über die sie sich kurz zuvor beklagt hatte. In dem Moment hatte er das Gefühl, als würde ihm das Herz aus der Brust springen.

Sie schlug die Augen auf, warf einen Blick auf das süße Festmahl, das er auf dem Küchentresen ausgebreitet hatte, und sagte: »Hey, Tom. Du weißt, dass ich dich liebe, oder?«

Er antwortete sofort, dass er sie auch liebte, und sie verbrachten den Rest des Tages in einem Rausch aus Zucker und Glückseligkeit.

Das war eine seiner allerliebsten Erinnerungen. Inzwischen erschien sie ihm beinahe drollig in ihrer Unschuld. Wie konnte er sicher sein, dass sie nicht schon damals heimlich an Leo gedacht hatte?

Er zerbiss einen Schokosplitter und nahm sich einmal mehr vor, heute alles richtig zu machen. »Welche Sorte hast du?«

»Rocky Road.« Sie zwinkerte ihm zu, und um ein Haar hätte er über ihren Galgenhumor gelacht. Ihr Weg war wirklich steinig.

Na ja, vielleicht war ihm auch eher nach Weinen zumute.

»Ich dachte, Eis ohne Karamell ist für dich kein Eis. Ist das nicht dein Motto?«

Sie kaute auf einem Stückchen Marshmallow herum. »Das *war* mein Motto, ja. Aber dann dachte ich mir: Wenn ich schon ein und denselben Tag mehrmals erleben muss, sollte ich vielleicht ein Eis nehmen, das thematisch dazu passt. Vielleicht probiere ich auch jeden Tag eine neue Sorte aus.«

Ihr Lächeln erstarb zur selben Zeit wie seins.

Es bestand die Möglichkeit, dass sich der Tag bis in alle Ewigkeit wiederholte.

Gefangen in einer Endlosschleife aus den immer gleichen Gesprächen, den immer gleichen drückenden Erwartungen und Absichten, den immer gleichen Auseinandersetzungen.

So konnte Tom nicht leben, ganz egal, wie viel Eis er aß. Deshalb würden sie das tun, was Megs am Morgen vorgeschlagen hatte: Sie würden jeden Fehler, den sie gemacht hatten, ausbügeln.

Als hätte sie seinen Stimmungsumschwung gespürt, senkte sie den Blick. Er sah das Schimmern ihres professionell aufgetragenen Lidschattens und die dichten Kunstwimpern.

Für einen zufälligen Beobachter mussten sie aussehen wie zwei Liebende, die sich in Schale geworfen hatten und nun gemütlich zusammen ein Eis aßen. Aber die Realität konnte kapriziös sein. Sie konnte grausam sein. Und es gab keinen Zweifel an dem, was getan werden musste.

Sie mussten ein Lächeln aufsetzen und so tun, als wären sie noch dieselben Menschen, die einander unter einem Firmament aus Leuchtstickern einen Heiratsantrag gemacht hatten. An diesem Abend war tadelloses Benehmen gefragt.

Megs sah so unbeschwert aus in ihrem champagnerfarbenen Kleid, das sie ihm unbedingt hatte zeigen wollen, und leckte an ihrem Eis, als hätte sie keinerlei Sorgen auf der Welt. Gott, sie war so wunderschön. Das hatte er vom ersten Tag an gedacht, als sie sich in der Vorlesung über Naturkatastrophen neben ihn gesetzt hatte.

Natürlich war er auch schon anderen schönen Frauen begegnet. Reichtum bot vielfältige Möglichkeiten, das eigene Erscheinungsbild ästhetisch zu optimieren. Aber irgendetwas an Megs war anders gewesen. Es war, als würde in ihrem Innern ein Licht brennen. Alles an ihr strahlte. Ihre Augen tanzten, wenn sie sprach, und sie hatte fast immer ein Lächeln auf den Lippen. Sie lachte unbefangen. Und da war noch etwas anderes ... eine von Herzen kommende Güte. Das hatte ihn magisch angezogen. Megs war sein Leuchtturm.

In diesem Moment wünschte er sich nichts sehnlicher, als sie wieder frei und ohne Vorbehalte lieben zu können, unberührt von allen Verwicklungen.

»Ich habe Leo weggeschickt.« Sie hatte Mühe, die Worte über die Lippen zu bringen, auch wenn sie versuchte, beiläufig zu klingen, so als wäre es keine große Sache gewesen – so alltäglich wie der Gang zum Briefkasten.

Ein Gefühl, das er nicht benennen konnte, zog ihm die Brust zusammen. Sie hatte es nur ungern getan. Er hörte es in ihrer Stimme, sah es an ihrer steifen Körperhaltung. Er fragte sich, ob er womöglich immer nur ihre zweite Wahl sein würde, und ihm wurde kalt.

Daran durfte er jetzt nicht denken. Sie mussten sich auf ihr Ziel konzentrieren. Also sagte er bloß: »Okay«, und nickte. Mehrmals. Zu oft. Er machte die Dinge unnötig kompliziert. Deshalb schob er noch ein einfaches »Danke« hinterher und flehte seinen Kopf an, mit den ständigen Vergleichen aufzuhören. Megs und Leo. Megs und er.

Sie war mit ihrem Eis fertig und stand auf, um die Serviette wegzuwerfen. Tom war der Appetit vergangen. Unauffällig, weil er ihre Gefühle nicht verletzen wollte, ließ er den Rest seiner Waffel im Abfalleimer verschwinden.

»Hey, weißt du noch, im ersten Jahr an der Uni, als ich mich bei dir für einen Brief bedankt habe, den du mir geschrieben hattest? Am Morgen, nachdem ich zum ersten Mal in deiner Gegenwart einen Weinkrampf hatte?«

Er kniff die Augen zusammen und starrte in die Ferne, als hoffe er, dort die Erinnerung zu finden.

»Erinnerst du dich nicht mehr?«, hakte sie nach. »Der Zettel, auf dem stand, dass sich Liebe nicht wie Fallen, sondern wie Fliegen anfühlt?«

Selbstverständlich erinnerte er sich. Denn als sie den Zettel erwähnt und ihm zum Dank mit Küssen überhäuft hatte, hatte er eins und eins zusammengezählt. Die Botschaft war eine Anspielung auf ein Zitat von Edward Albee gewesen, das Leo mochte.

»Doch. Ich erinnere mich.«

»Der war in Wirklichkeit gar nicht von dir.«

Tom schüttelte den Kopf. »Nein.«

Was sie nicht verstand – was sie möglicherweise nie verstehen würde –, war, wie gerne er der Mensch gewesen wäre, der ihr diesen Zettel geschrieben hatte. Deshalb hatte er ihr vor all den Jahren nicht die Wahrheit gesagt. Und deshalb tat es jetzt so weh, es zuzugeben.

Er war sein ganzes Leben lang immer nur Zweiter gewesen. Im Rennen um die Anerkennung seines Vaters. Die Aufmerksamkeit seiner Mutter.

»Du hast mich in dem Glauben gelassen, er käme von dir.« Megs' Tonfall war spitz, nicht wütend.

Und dann, als er endlich einen Menschen gefunden hatte, den er mehr liebte als jeden anderen auf der Welt, hatte sein bester Freund versucht, ihm diese Liebe wegzunehmen. Damals hatte sich Leo praktisch in jede Frau verliebt – und den meisten Frauen war es mit ihm ähnlich gegangen. Tom hatte nichts gesagt. Er hatte gedacht, die Sache würde sich irgendwann von selbst erledigen, weil Leo das Interesse an Megs verlor und sich einer anderen

Frau zuwandte. Seines Wissens war auch genau das eingetreten, denn er konnte sich noch gut an all die Mädchen erinnern, die für den Rest des Jahres in Leos Zimmer ein und aus gegangen waren.

»Ja, das ist richtig«, sagte er. Es zu leugnen hatte keinen Sinn. Er hasste Lügen. Er war ein ganz miserabler Lügner.

»Und?« Sie wartete auf eine Erklärung, doch er hatte keine zu bieten.

»Es tut mir leid.« Diese vier Worte schienen ihm der gangbarste Weg zu sein.

»Okay.« Sie nickte. »Mir tut es auch leid.«

Wofür entschuldigte sie sich? Dafür, mit Leo geschlafen zu haben? Dafür, dass sie ihn nicht am meisten liebte? Für irgendein noch nicht näher definiertes Fehlverhalten?

Doch an dem Punkt, an dem sie jetzt waren, in der nunmehr dritten Reinkarnation dieses Tages, spielte das keine Rolle. Das Einzige, was zählte, war, dass sie alles richtig machten.

Er atmete tief ein, nahm ihre Hand und zwang sich zu einem Lächeln, ehe sie gemeinsam zu ihrem Probedinner gingen.

Kapitel 16

Megan

Megan dachte an den Zettel. An die Worte, die ihr so oft Trost gespendet hatten. Sie waren ein Strang des Seils gewesen, das sie mit Tom verband.

Sie ließ ihrem Zorn freien Lauf. Noch etwas, worüber Tom sie belogen hatte. In gewisser Weise war es ein wesentlich kleineres Vergehen als das Verschweigen des Umzugs, und doch wog diese Lüge viel schwerer, weil nun ein Stück des Fundaments ihrer zwölfjährigen Beziehung weggebrochen war.

Aber dann schob sie all das beiseite. Ihr blieb keine andere Wahl.

Zumindest versuchte sie es.

Hand in Hand gingen sie zum Dinner, ein Zeichen der Einigkeit. In den vorangegangenen Versionen des Tages waren sie zu beschäftigt, zu wütend oder zu verängstigt gewesen, um sich vorher zu treffen. Heute hatten sie sich ganz bewusst darum bemüht.

Seite an Seite, so eng aneinandergeschmiegt, dass kein Blatt mehr zwischen sie passte, machten sie die Runde und begrüßten ihre Gäste.

»Großtante Florence«, sagte Tom und drückte der alten Dame herzlich die Hand. »Ich hoffe doch sehr, dass du heute Abend eine Rede hältst.«

»Ach, ich weiß nicht, ob ich etwas zu sagen habe«, zierte sie sich, während sie unauffällig die Karteikarten in ihrem Ärmel zurechtschob.

Sie gingen weiter zu Megans Großeltern.

»Wir freuen uns so sehr, dass ihr Kinder euch entschlossen habt, hier zu heiraten«, sagte ihr Großvater, dessen milchig blaue Augen feucht schimmerten. »Dies ist ein ganz besonderer Ort für die Familie.«

»Ach, jetzt werd bloß nicht sentimental«, meinte Gran mit einem nachsichtigen Seufzer, als Megan und Tom sie nacheinander auf die Wange küssten.

Abgesehen von Paulina und Hamza hatte Megan nicht viele Vorbilder, was Liebe anging. Umso dankbarer war sie für die Anwesenheit ihrer Großeltern. Sie verkörperten eine Variante dessen, was Megan sich für ihre eigene Ehe wünschte. So schwierig ihre Großmutter auch mitunter war, sie und Megans Großvater liebten einander aufrichtig, und ihre Schwächen ergänzten sich ebenso gut wie ihre Stärken. Während ihr Großvater ein sanftes, freundliches Gemüt hatte, war Gran kühl und schroff. Sie konnte außerdem ziemlich unsensibel sein, was Granddad durch seine bisweilen übermäßig emotionale Art wettmachte.

Auch für Megan könnte es so sein, das durfte sie nicht vergessen. Wenn ihre Großeltern aller Gegensätze zum Trotz einen Weg gefunden hatten, sich dauerhaft zu lieben, dann konnten sie und Tom das auch.

Vielleicht ohne Grans Tendenz, jeden als »Flittchen« zu bezeichnen.

Immer wenn ein Gast, den sie auf ihrer Feier willkommen hießen, ihnen ewige Liebe wünschte, tauschten sie und Tom einen zärtlichen Blick.

Siehst du uns zu, Universum?, schienen ihre ineinander verschränkten Finger zu sagen. *Wir sind kooperativ. Wir machen, was du willst.*

»Oh, seht mal. Das glückliche Brautpaar.« Brody hob sein Glas Pinot Noir, als sie beim Tisch der Brautleute ankamen.

Tom legte Megan den Arm um die Schultern und drückte sie leicht, während sie Brodys Gattin Emmeline begrüßte. Emmeline war eine Frau mit tadellosen Manieren, bis auf die Tatsache, dass sie instinktiv versuchte, einen möglichst großen Abstand zwischen sich und ihrem Ehemann herzustellen, sodass im Kreis der Stühle eine deutlich sichtbare Lücke klaffte.

Megan erinnerte sich noch gut daran, wie sie Emmeline zum ersten Mal getroffen hatte. Es war zu Semesterbeginn in Harvard gewesen. Brody hatte beschlossen, sie zu besuchen, um seine glorreichen Studententage noch einmal aufleben zu lassen, und er hatte seine junge Braut mitgebracht. Megan hatte sich riesig gefreut, Emmeline kennenzulernen, nicht zuletzt, weil sie auf eine Verbündete im Kampf gegen die Familie Prescott hoffte. Doch Emmeline registrierte Megans billige Kleider und kaputten Haarspitzen und kam zu dem Schluss, dass sie ihrer unwürdig war.

Seitdem hatte Megan sich nicht allzu viel Mühe gegeben, Freundschaft mit ihrer zukünftigen Schwägerin zu schließen. Wann immer sie bei den Prescotts Thanksgiving oder Weihnachten feierten, unternahm sie den Versuch, mit Emmeline ins Gespräch zu kommen, doch diese reagierte jedes Mal mit einsilbigen Antworten, ehe sie sich irgendwohin verkroch und nicht mehr gesehen wurde. Megan hegte schon länger den Verdacht, dass Emmeline sich für den Großteil der Feiertage in einem der Badezimmer des Anwesens von Großmutter Prescott einschloss. Sie hatte versucht, Tom auf diese Theorie anzusprechen, doch der hatte bloß gelacht und behauptet, er wolle sich manchmal auch am liebsten vor Brody verkriechen.

Das Abendessen begann pünktlich um neunzehn Uhr. Als Carol angesichts der großen Platten, von denen sich jeder selbst bedienen konnte, das Gesicht verzog, ließ Megan das an sich abtropfen. Es würde ihrer Schwiegermutter gewiss nicht schaden, sich das Salatbesteck mit den Givens zu teilen – selbst wenn sie sich unter dem Tisch heimlich die Hände desinfizierte, sobald sie etwas angefasst hatte.

»Diese Wildlachs-Crostini sind einfach *köstlich*.« Donna zog das Wort in die Länge und schlitterte gefährlich nah an ihrem falschen britischen Akzent vorbei. »Sind sie nicht köstlich, Carol?«

Da sie wusste, dass ihre Mutter nach Aufmerksamkeit lechzte und Carol die am wenigsten aussichtsreiche Kandidatin dafür war, schnappte Megan sich ebenfalls einen Crostino, schob ihn sich in den Mund und nickte enthusiastisch. »*Köstlich*.«

Brianna blieb ihrem Ruf treu und klebte die meiste Zeit am Handy.

»Was ist los?«, fragte Megan und stieß ihre Schwester sanft in die Seite, während Tom, John und Brody die Golfpartie vom Vormittag Revue passieren ließen.

»Ich schreibe Alistair eine Nachricht.«

»Ich dachte, er will nicht, dass du ihm schreibst.«

Als Brianna verständnislos die Brauen zusammenzog, fiel Megan ein, dass sie eigentlich gar nicht wissen konnte, dass Alistair sich über seine Roaming-Kosten beschwert hatte. Das hatte Brianna in der zweiten Version des Tages gesagt.

»Ich weiß jedenfalls, dass *ich* ihm nicht schreiben soll«, log sie. »Er beschwert sich dann immer über seine Mobilfunkrechnung –

als wäre es meine Schuld, dass er ständig quer durch die Weltgeschichte gondelt.«

Briannas Miene hellte sich auf. »Ja, oder? Ich meine, wenn du nicht willst, dass man dich kontaktiert, dann gib halt nicht deine Nummer raus.«

Megan rollte mit den Augen. »Eben.«

»Tja, aber schnall dich an. Unser Bruder, der kleine Drecksack, müsste jede Minute hier aufkreuzen.«

Megan heuchelte Überraschung. »Ach, wirklich? Das ist ja toll.«

Er kommt in Cargoshorts und wird uns eine hanebüchene Geschichte über seine letzte Freundin auftischen, ehe er uns in epischer Breite auseinandersetzt, warum er nicht intelligent genug ist, um als Dachdecker zu arbeiten, und dieses Probedinner wird zu einer Orgie der Erniedrigung und stummen Missbilligung verkommen.

»Ich dachte nur, *falls* ihr eine Überraschung für uns habt, wäre es vielleicht besser, Megs und mir jetzt davon zu erzählen statt in einer Rede vor allen Gästen«, hörte sie Tom sagen.

»Wer hat was von einer Rede gesagt?«, gab John zurück, unmittelbar, bevor Donna fragte: »Was für eine Überraschung?«, und Carol ihren Sohn tadelte, weil der seinem Vater gegenüber nicht respektvoll genug war.

Verdammt noch mal, Tom.

Als John zum ersten Mal das Haus in Missouri erwähnt hatte, hatte das nicht für solchen Unmut am Tisch gesorgt.

Megan musste handeln. Alistairs Erscheinen würde die Situation nur noch verschärfen. Sie musste die Leute am Tisch irgendwie ablenken, und zwar schnell.

Also nahm sie Toms Hand und wandte sich an Brianna. Es war Zeit, das Ass aus ihrem Ärmel zu ziehen, auch wenn sie es wirklich lieber nicht getan hätte. »Hey, Bree. Tom und ich haben uns unterhalten, und wir finden, dass du bei uns wohnen solltest, wenn du nach New York ziehst.«

»Ja? Finden wir das?«, fragte Tom mit bedenklich hoher Stimme.

»Dan auch?«, fragte Brianna, deren Miene sich aufhellte.

»Wer ist Dan?«

»Dan auch. Das ist die vernünftigste Lösung.« Megan trat unter dem Tisch gegen Toms Knöchel. Seine Fragen ignorierte sie. »Das ist ein großer Schritt, und wir möchten, dass du glücklich bist. Vielleicht müssen wir sowieso wegen Toms Job umziehen, aber du kannst in unserem Apartment wohnen bleiben, solange du willst. Bis du finanziell in der Lage bist, dir was Eigenes zu suchen.«

»Solange sie will?«, brummte Tom halblaut und erwiderte den Tritt.

Megan konnte nicht glauben, dass er die Dreistigkeit besaß, sich querzustellen. Dabei hatte sie doch gerade dem Umzug nach Missouri zugestimmt.

»Oh mein Gott, danke, ihr beiden!«, quietschte Brianna. »Ihr werdet es ganz sicher nicht bereuen.«

Während das Servicepersonal Salat und Vorspeisen abräumte und die Hauptgerichte brachte, nutzte Megan die Gelegenheit, um Tom ins Ohr zu flüstern: »Lass uns heute Abend einfach alle glücklich machen, okay?«

»Ich weiß. Du hast ja recht.« Er trank einen Schluck Wasser, dann beugte er sich zu ihr. »Wir haben die Geschenke noch nicht überreicht. Und müsste Alistair nicht gleich kommen? Was ist unser Plan?«

Megan stand auf. Ihr war soeben ein Geistesblitz gekommen. Sie schlug mit der Gabel gegen ihr Glas, und es wurde still im Saal. »Wir danken euch von ganzem Herzen, dass ihr alle gekommen seid. Wir freuen uns wirklich sehr. Zunächst möchten wir gerne unseren Trauzeugen ein kleines Geschenk überreichen.«

Tom hatte recht, sie waren im Verzug. Alistair konnte jeden Moment auftauchen. Wenn die Feier in vollem Gange war, würde er sich vielleicht einfach leise an seinen Platz setzen und keine Szene machen? Es war ihm zwar ohne Weiteres zuzutrauen, dass er die Ansprache eines Gastes unterbrach, aber der Braut die Show zu stehlen würde selbst er nicht wagen. Megan beschloss, so lange wie möglich weiterzureden, denn wenn Alistair seine Anekdote nicht zum Besten geben konnte, hätten die Prescotts einen Grund weniger, sich aufzuregen. Vielleicht würde das die Atmosphäre im Raum wieder entspannen.

Während sie die Geschenke verteilten, schielte Megan mit einem Auge zur Uhr an der Wand.

»Tom und ich sind euch dankbar – ewig dankbar – ewig und von Herzen dankbar –, dass ihr alle hier bei uns seid. Ich weiß, San Juan Island ist nicht unbedingt leicht zu erreichen, vor allem für euch Gäste von der Ostküste ...«

Zustimmendes Gelächter schwappte durch den Raum.

»Man braucht zwei Flieger und eine Fähre, um hierherzukommen«, sagte Carol so laut, dass Donna rot wurde und Brody sich an einer gefüllten Gamba verschluckte, ehe er sein Glas an die Lippen hob.

Aber Megan war noch nicht fertig. Sie sprach unverdrossen weiter und versuchte sogar, die einzelnen Silben in die Länge zu ziehen, wann immer es ging.

»Es ist wundervoll, mit euch gemeinsam unsere Liebe und die Liebe im Allgemeinen zu feiern, denn was ist ein Leben ohne Liebe?« O weh. Das klang verdächtig nach Zitaten aus einer Sitcom, die sie ungefähr ein Dutzend Mal gesehen hatte. Und von

Alistair fehlte immer noch jede Spur. »Es wäre ein einsames und trauriges Dasein. Und ich bin wirklich unbeschreiblich dankbar –«

»Das sagtest du bereits«, fiel Brianna ihr ins Wort.

Warum half Tom ihr denn nicht? Er ließ sie ins offene Messer laufen.

»Stimmt«, pflichtete Megan ihrer Schwester bei. Sie musste ihre Taktik ändern, und zwar schnell. »Tom und ich sind schon seit vielen Jahren zusammen. Als ich ihn kennenlernte ...«

»Als Megan Tom kennenlernte«, ertönte plötzlich eine Stimme vom Eingang her. Dort stand Alistair, die Sonnenbrille noch auf der Nase, obwohl es bereits dämmerte, und zog mit seinen ausgefransten Cargoshorts alle Blicke auf sich »... da war es um sie geschehen.«

Verdammt. Ihr sinnfreies Gestammel hatte ihn nicht davon abgehalten, sich ins Rampenlicht zu drängen. Ganz im Gegenteil. Ihr Bruder war wirklich unmöglich.

Megan war mit Alistair zusammen aufgewachsen, trotzdem konnte sie nicht begreifen, woher er sein Selbstvertrauen nahm.

»Als sie im ersten Semester zu Weihnachten nach Hause kam, da hat sie gesagt: ›Ich habe einen total süßen Typen kennengelernt.‹«

Zu ihrem Entsetzen ahmte er sie auch noch nach, indem er mit einer hohen Fistelstimme sprach, die Megan ziemlich sexistisch fand. Auf einmal sehnte sie sich nach den Versionen des Tages, in denen ihr Bruder lediglich eine peinliche Geschichte über sich selbst zum Besten gegeben hatte.

Alistair jedoch nahm das Murmeln der Gäste zum Ansporn, begann, hysterisch mit den Händen zu fuchteln, und flötete: »›Er heißt Tom Richie Rich, und er ist ein absoluter Traumtyp!‹«

»Ja, ein Traumtyp ist er definitiv«, schnitt Megan ihrem Bruder mit einem gekünstelten Lachen das Wort ab. »Willkommen zu unserem Probedinner, Alistair, verlorener Sohn der Familie Givens.«

Sie wusste, die Ostküsten-Protestanten auf Toms Seite der Familie würden die biblische Referenz verstehen – ganz im Gegensatz zu ihrer eigenen Verwandtschaft. Deren Religion waren das Fernsehen und die Jagd.

Sie hatte wirklich keine Lust, ein drittes Mal Großtante Florence' Rede voller Plattitüden zu hören, aber das war immer noch besser, als Alistair Gelegenheit zu geben, sie noch mehr zu beschämen.

»Und jetzt würden wir gerne den anderen Gästen die Möglichkeit bieten, ein paar Worte zu sagen, wenn sie möchten.« Megan hob ihr Glas. »Großtante Florence, Tom erzählt immer, dass an dir eine Dichterin verloren gegangen ist. Möchtest du vielleicht den Anfang machen?«

Großtante Florence fächelte sich Luft zu und errötete angesichts dieser Schmeichelei, ehe sie ihre Weisheiten über die Liebe zum Besten gab, die nur unwesentlich schlimmer waren als das, was Megan zuvor zusammengestottert hatte.

»Gut gerettet«, raunte Tom, sobald sie wieder neben ihm saß.

Sie war nach wie vor wütend auf ihn, weil er sie mit der Situation alleingelassen hatte. Trotzdem bedankte sie sich mit einem Wangenkuss.

»Ich würde auch gerne eine Rede halten«, sagte Donna eingeschnappt. »Aber hier kriegt man ja kein Wort dazwischen.«

Carol gab ein passiv-aggressives Brummen von sich.

Megan war es leid, jeden Brand selber löschen zu müssen, und knuffte Tom auffordernd in die Rippen. Weil er extrem kitzlig war, zuckte er zusammen, was wiederum Leos Aufmerksamkeit erregte, und sie spürte, wie er in ihre Richtung schaute. Hatte sie ihm nicht gesagt, er solle abreisen?

Ihre Blicke trafen sich, und das Gefühl, das dieser Blickkontakt in ihr auslöste, war so stark, dass sie Mühe hatte, sich wieder auf ihre Tischnachbarn zu konzentrieren.

»Wir würden uns riesig freuen, wenn du morgen eine Rede halten könntest«, sagte Tom geschmeidig zu Donna. »Dann sind ja auch die restlichen Gäste angekommen.«

Carol schnalzte missbilligend mit der Zunge, während Donna über das ganze Gesicht strahlte.

Megan kaute auf ihrer Unterlippe herum, während sie im Stillen Bilanz zog und alle Versprechen zusammenzählte, die sie ihren Verwandten bislang gemacht hatten. Falls ihre Taktik aufging und es tatsächlich ein Morgen geben würde, wären die Konsequenzen beachtlich.

»Du natürlich auch, Carol«, setzte sie hinzu. Wenn sie eine Ansprache ihrer Mutter über sich ergehen lassen musste, sollte Tom das gleiche Schicksal erleiden.

Carol ließ ihre Gabel sinken. Sie hatte keinen Bissen zu sich genommen, sondern lediglich ihr Essen auf dem Teller hin und her geschoben. »Deine Mutter wird bestimmt alles Wesentliche sagen.«

Megan kratzte die letzten Reste ihres fast aufgebrauchten Vorrats an Mitgefühl zusammen und überlegte, was sie tun konnte, um eine Bindung zu ihrer Schwiegermutter in spe aufzubauen. Sie war einfach nicht dafür geschaffen, eine Person wie Carol zu lieben. Eigentlich mochte sie sie nicht einmal. Aber das Universum würde sich garantiert nicht mit Lippenbekenntnissen zufriedengeben, und allmählich machte Megan sich Sorgen, dass sie und Tom nichts anderes zu bieten hatten. Sie musste wahre Güte zeigen und etwas tun, das nicht egoistisch motiviert war.

Sie sah, wie Carol unter dem Tisch eine weitere Dosis Desinfektionsmittel in ihre Handflächen gab und verrieb.

Vielleicht hatte ihr seltsames Verhalten gar nicht in erster Linie damit zu tun, dass sie sich zu vornehm war, um mit den Givens das Essen zu teilen (obwohl das bestimmt auch eine Rolle spielte). Vielleicht lag dem ein ganz anderes Problem zugrunde.

Carol hatte eine Keimphobie.

Carol war ein sehr ängstlicher Mensch.

Und sie verbarg diese beiden ebenso schwerwiegenden wie nachvollziehbaren Probleme hinter der Fassade eines unterkühlten Snobs.

»Ich bin gleich wieder da«, sagte Megan in die Runde. Auf Toms fragenden Blick hin tätschelte sie seine Schulter. »Alles okay, vertrau mir.«

Sie eilte in die Küche und fand einen Mitarbeiter, der so aussah, als ob er das Sagen hätte.

»Entschuldigen Sie? Ich weiß, wir haben uns ganz bewusst für ein zwangloses Dinner entschieden, und ich will Ihnen auch wirklich keine Umstände machen, aber wäre es wohl möglich, für die Mutter des Bräutigams einen Extrateller anzurichten?«

Statt gleich wieder an ihren Tisch zurückzukehren, blieb Megan im Saaleingang stehen und ließ den Blick über die Gäste schweifen. Sie versuchte, den Moment zu genießen und jedes Detail in sich aufzunehmen, doch ihr Blick driftete immer wieder zu einer ganz bestimmten Person. Ihre Handfläche juckte. Der imaginäre Zettel schnitt ihr in die Haut. Sie hatte sich so sehr bemüht, heute keinen Fehler zu machen, damit alle zufrieden waren und Tom und sie zusammenblieben.

Trotzdem konnte sie nicht umhin, sich zu fragen: Was, wenn ihre Beziehung mit Tom der Fehler war?

Später gingen sie schweigend zurück zum Hauptgebäude, vorbei an dem Brautpaar, das zu »And I Love Her« tanzte.

»Toller Song«, sagte Tom so leise, dass sie es fast nicht gehört hätte.

»Toller Song«, stimmte Megan ihm genauso leise zu.

Der Himmel war bedeckt, man konnte keine Sterne sehen. Wieder musste sie an die Sticker denken, die Tom an die Decke geklebt hatte, bevor sie sich verlobt hatten. Wie lange würde es dauern, bis sie sich in ihrer Liebe wieder so frei und sicher fühlten?

Als sie in ihrer Suite ankamen, war Megan erschöpfter, als sie es je für möglich gehalten hätte. Draußen rollte der Donner und kündigte ein weiteres Gewitter an, das sich nicht materialisieren würde. Sie ertappte sich bei dem Wunsch, sie könne die Wolken aufbrechen wie Kokosnüsse und den Regen freilassen. Ein heftiger Schauer hatte immer etwas Reinigendes.

Ihre Augen taten weh, weil sie die ganze Zeit gelächelt und freundlich geschaut hatte. Ihr Magen tat weh, weil sie ihren Ärger, Stress und Zorn heruntergeschluckt hatte. Ihr Herz tat weh, weil sie sich so sehr bemüht hatte, alle Menschen auf die richtige Weise zu lieben, auch wenn sie nicht genau wusste, was die richtige Weise war.

Auf dem Bett sitzend, noch immer in ihrer Abendgarderobe, streiften sich Tom und Megan die Schuhe von den Füßen und ließen sie einen nach dem anderen auf den Boden fallen. Ob der Lärm die Gäste im Zimmer unter ihnen störte, kümmerte sie nicht.

»Wir haben es geschafft.« Unerklärlicherweise war Megan nach Weinen zumute.

»Wir haben es geschafft.« Auch Tom klang, als wäre er den Tränen nahe. »Wir haben alles richtig gemacht.«

Sie drehte sich auf die Seite und betrachtete das Gesicht, in das sie mehr als zehn Jahre lang fast jeden Abend geblickt hatte. Er tat es ihr nach. Einander auf diese vertraute Art anzusehen war ein kleiner Trost am Ende eines anstrengenden Tages. Normalerweise freute sie sich immer darauf, denn egal, was auf der Arbeit passiert war oder wie viele hysterische Voicemails von ihrer Mutter sie bekommen hatte, Tom war eine Konstante in ihrem Leben. Selbst die unbedeutendste Tradition hatte einen Wert, so wie nebeneinanderzuliegen und sich zu küssen, ehe sie sich auf die Seite drehten und einschliefen.

Megan hatte ihre Wahl getroffen, und sie würde sich nicht durch endlose Was-wäre-wenns vom rechten Weg abbringen lassen.

Sie beugten sich zueinander, trafen sich in der Mitte und gaben sich einen flüchtigen Kuss.

»Bis morgen«, sagte Tom.

»Hoffentlich.«

Vierter Tag

Kapitel 17

Megan

Als Megan die Augen aufschlug, versuchte sie, sich zuallererst daran zu erinnern, wie der gestrige Abend geendet hatte. Wenn Tom immer noch neben ihr lag, bedeutete das, dass die Zeit normal weiterlief. Wenn nicht ...

Langsam drehte sie den Kopf.

Die andere Bettseite war leer.

Sie hob die Decke an, um endgültige Gewissheit zu erlangen, auch wenn sie es bereits ahnte. Und tatsächlich: Sie trug ihre gestreiften Shorts und das dazu passende Hemdchen.

Würde dieser Tag denn nie vorübergehen?

Das Schloss an der Tür piepste. O nein. Sie konnte dieses ganze Theater unmöglich noch ein weiteres Mal aufführen. Einer spontanen Eingebung folgend, wälzte sie sich aus dem Bett. Sie stieß sich das Knie und fluchte leise, als sie, unmittelbar bevor die Tür aufging, unters Bett kroch, um sich vor ihrer Mutter zu verstecken.

Stille. Konnte Donna sie sehen? Aber was noch wichtiger war: Unter dem Hotelbett war es bemerkenswert sauber. Nirgends eine

Wollmaus oder ein vergessenes Bonbonpapier. Falls sie dieser Zeitschleife jemals entkam, würde sie eine Bewertungskarte ausfüllen und ein dickes Trinkgeld für das Reinigungspersonal dalassen.

»Moopy?« Ihre Mutter durchquerte die Suite. Ein kleines Quietschen war zu hören, als sie die Badezimmertür öffnete, und kurz darauf spürte Megan, wie sich die Matratze senkte, als ihre Mutter sich auf der Bettkante niederließ. Ihre Füße waren Megans Gesicht so nah, dass sie hätte hineinbeißen können.

Nach einem dramatischen Seufzer (wie sich herausstellte, konnte Donna auch ohne Publikum dramatisch sein), hob sich die Matratze wieder an, und Megan sah, wie sich die Füße entfernten. Sie kroch erst aus ihrem Versteck, nachdem die Tür ins Schloss gefallen war und sie bis zehn gezählt hatte, um ganz sicher zu sein, dass Donna nicht zurückkam.

Während sie sich den verspannten Nacken rieb, überlegte sie, was tags zuvor schiefgelaufen sein könnte. Ja, ihr waren zwischendurch Zweifel gekommen, und sie hatte den einen oder anderen Moment der Schwäche gehabt. Aber sie hatte ihre Zweifel tapfer unterdrückt. Sie hatte sich eindeutig und vorbehaltlos für eine Zukunft mit Tom entschieden.

Der Fehler lag also nicht auf ihrer Seite. Wut stieg in ihr hoch. Tom war schuld an dieser nie enden wollenden Farce. Sie musste herausfinden, was zum Teufel er getan hatte, das sie weiterhin in den Klauen dieses Albtraums festhielt.

Jede ihrer Bewegungen war ein Ausdruck der Wut, ein Akt purer Verzweiflung. Zornig zog sie sich das Kleid über den Kopf. Sie putzte sich die Zähne, als würde sie Schimmel von den Badezimmerfliesen schrubben. Das Trockenshampoo ließ sie weg, denn wen kümmerte es, ob sie fettige Haare hatte? Alles war vollkommen unwichtig geworden.

Außer einem: Wodurch hatte Tom sie diesmal in die Scheiße geritten?

Auf dem Weg nach Friday Harbor fuhr sie, als gäbe es kein Morgen, und knirschte mit den Zähnen, wann immer ein Steinchen hochsprang und einen feinen Riss in der Windschutzscheibe hinterließ. Wozu sich einen Parkplatz suchen? Megan trat auf die Bremse, dass die Reifen quietschten, und hielt direkt in der Nähe des Fähranlegers am Straßenrand. So konnte diese dämliche Frau mit ihrem Fahrradtaxi sie wenigstens nicht fragen, ob sie eine Mitfahrgelegenheit brauchten.

Heute würde sie alles verhindern, was ursprünglich an diesem Tag passiert war – bis hinunter zum kleinsten Detail. Vielleicht würde sie dem Mann seine Babytrage klauen und selbst mit der Katze vor dem Bauch durch die Gegend spazieren.

Die Fähre manövrierte langsam durch die Hafeneinfahrt. Mit jeder Sekunde, die verging, schwoll Megans Zorn weiter an. Wenn Tom an Land kam, konnte er was erleben.

Kapitel 18

Tom

Das Nebelhorn, von dem er hätte schwören können, dass es jeden Morgen lauter wurde.

Der scharfe Schmerz in seinem Nacken.

Das ekelerregend fröhliche »Guten Morgen, Schlafmütze!« des Henry-Winkler-Verschnitts, als Tom die Augen erst ganz fest zusammenkniff und dann öffnete.

Er würde an diesem endlosen Tag sterben.

In allen bisherigen Versionen hatte er auf Henry Winklers Morgengruß geantwortet, doch heute fehlte ihm die Kraft dazu. Stattdessen starrte er wortlos und mit angespannter Miene geradeaus.

Doch das schien den Mann lediglich dazu ermuntern, noch einmal sein Glück zu versuchen, denn er beugte sich zu ihm und klopfte auf das grüne Lochblech zwischen ihnen. »Ich persönlich kann auf der Fähre ja nie schlafen, insofern beneide ich Sie. Ich schütte einfach Kaffee in mich rein, bis ich irgendwann ganz zittrig bin. Und wissen Sie, was ich dann mache?«

Da sein Schweigen nicht die gewünschte Wirkung gehabt hatte, ergab sich Tom in sein Schicksal.

»Nein, weiß ich nicht«, sagte er durch zusammengebissene Zähne.

Henry Winkler lachte schnaubend. »Dann trinke ich noch mehr Kaffee!«

Tom hielt es nicht mehr aus. Er brachte es nicht fertig, auch nur ansatzweise höflich zu sein.

»*Nein*.« Das Wort war ihm entschlüpft, ehe er überhaupt entschieden hatte, was er sagen wollte.

»Entschuldigung?«

Tom holte die Augentropfen aus dem Plastikbeutel in seiner Tasche und spritzte sich so viel davon in die Augen, dass ihm die Flüssigkeit über die Wangen lief. Bestimmt sah er aus wie ein Wahnsinniger, aber das war ihm egal. »Ich habe *Nein* gesagt.«

»Wozu denn?« Henry Winkler rückte seine Brille zurecht. Sein Pullunder war übersät mit Hunde- oder Katzenhaaren.

»Nein zu diesem Tag, nein zu dieser sinnlosen Unterhaltung, nein zu allem.« Noch nie in seinem ganzen Leben war er so unfreundlich zu jemandem gewesen. Es fühlte sich gar nicht mal schlecht an.

Doch zu seinem Entsetzen stiegen Henry Winkler Tränen in die Augen. Prompt fühlte er sich schäbig. »Es tut mir leid«, sagte er aufrichtig. »Heute ist einfach nicht mein Tag.«

»Schon gut.« Henry Winkler winkte ab. »Das kann jedem passieren. Aber sehen Sie es mal so: Es wird auch wieder besser. Und falls nicht – morgen ist ein neuer Tag.«

Wenn Henry Winkler nur wüsste.

Während die Fähre mit der Geschwindigkeit eines Gletschers anlegte, gingen Tom all die Dinge durch den Kopf, die er bereute.

Dabei dachte er nicht nur an die Fehler, die er in den letzten Tagen gemacht hatte, sondern ging noch weiter in die Vergangenheit zurück. »Elend sucht Gesellschaft« lautete ein bekanntes Sprichwort, und da Tom keine Gesellschaft hatte, beschloss er, sich selbst so tief ins Jammertal zu führen, wie es nur ging.

Er dachte daran, wie er in seinem ersten Jahr bei Prescott & Prescott immer die Drecksarbeit hatte machen müssen. Einmal hatte sich die Kanzlei auf einen wichtigen Anti-Trust-Fall vorbereitet. Man hatte ein Team zusammengestellt, dem auch Tom und Brody angehörten, und im Wesentlichen hatten sie wochenlang in einem engen Raum gesessen und Tausende von Dokumenten durchgeackert – wohl wissend, dass die Wahrscheinlichkeit bestand, dass es in dem Fall zu einer außergerichtlichen Einigung kommen würde und all ihre Arbeit umsonst wäre.

Dem Team gehörte auch eine Anwältin namens Mayumi an, die seit einigen Jahren für Prescott arbeitete. Sie und Tom hatten mehrere Tage lang Seite an Seite gearbeitet und dabei immer wieder Wege gefunden, sich neu zu motivieren. Sie hatte einen sehr trockenen Humor, der ihm gefiel. Eines Tages lud sie Tom zum Mittagessen ein.

Er lehnte höflich ab. Er mochte Mayumi und hielt ihre Absichten für rein platonisch, dennoch ging er auf Nummer sicher. Auf keinen Fall wollte er die Gerüchteküche anheizen oder Megs einen Grund geben, sich Sorgen über seine Treue zu machen.

Als er von Bord stapfte, stellte er fest, dass diese Anekdote nicht einer gewissen Ironie entbehrte. Er hatte gestern alles richtig gemacht. Er versuchte schon sein *ganzes Leben lang*, alles richtig zu machen. Und es brachte ihn keinen Schritt weiter.

Jetzt fragte er sich, ob er sich damit womöglich einen Bärendienst erwiesen hatte. Seine Loyalität gegenüber Megs kam ihm immer weniger romantisch und immer mehr wie ein törichter

Fehler vor. Vielleicht wäre er mit Gina oder Mayumi glücklicher geworden ... oder mit einer ganz anderen Frau.

Schließlich erinnerte er sich auch daran, wie die Geschichte weitergegangen war. Als Brody hörte, dass sein kleiner Bruder Mayumis Einladung zum Mittagessen ausgeschlagen hatte, war er eingesprungen und hatte ihr angeboten, zusammen mit ihm in sein Lieblingsbistro zu gehen.

Tom war sich relativ sicher, dass Brody Emmeline nie betrogen hatte. Trotzdem war auffällig, dass sein Bruder jede Gelegenheit wahrnahm, mit einer attraktiven Kollegin ins Gespräch zu kommen. Fast war es, als *hoffte* er, die Gerüchte würden zu Emmeline vordringen. Ob sein Verhalten eine Reaktion auf oder die Ursache für den desolaten Zustand seiner Ehe war, wusste Tom nicht. Er selbst hätte sich eine Beziehung wie die von Brody und Emmeline niemals vorstellen können, aber welches Recht hatte er, über sie zu urteilen? Man wusste nie, wie es in anderen Menschen aussah, und die Brüder hüteten sich, über irgendetwas zu reden, das die Oberfläche des zugefrorenen Teichs ankratzte, auf dem die Familie Prescott Schlittschuh lief.

Aber heute wollte Tom nicht Schlittschuh laufen. Heute wollte er sich in einer dunklen Ecke verkriechen. Vielleicht mit einer Flasche Jack Daniels.

Die Anzughülle über der Schulter, den Trolley hinter sich herziehend, schleppte er sich die Rampe hinauf. Seine Laune verdüsterte sich immer mehr. Dann sah er Megs mit vor der Brust verschränkten Armen oben stehen. Er hatte die Nase voll von ihren wohlmeinenden Plänen. Sie klammerte sich einfach nur stur an ihre eigene Logik. Gott, jetzt sehnte er sich *wirklich* nach Alkohol.

Warum hatte er jemandem mit einem derart fragwürdigen moralischen Kompass vertraut?

Megs wusste es doch auch nicht besser als er. *Niemand* wusste es besser. Sie stolperten alle blind durchs Leben und versuchten, mit möglichst wenigen Blessuren davonzukommen.

Aber heute Morgen hatte er schon beim Aufwachen lauter blaue Flecke gehabt.

Er beschleunigte seine Schritte. Der Trolley rumpelte über die Bohlen, bis er irgendwann umkippte. Tom hob ihn auf und trug ihn unbeholfen am ausgefahrenen Griff, während seine Anzughülle über den Boden schleifte.

Er war noch nicht mal oben an der Rampe angelangt, da fauchte sie schon: »Was hast du getan?«

»Was *ich* getan habe?« O nein. Sie würde ihm *nicht* die Schuld für diese Raum-Zeit-Vollkatastrophe in die Schuhe schieben. »Was hast *du* getan? Hast du Leo wirklich weggeschickt? Aus irgendeinem Grund war er gestern nämlich trotzdem beim Abendessen. Hast du das zwischen euch wirklich beendet, oder dachtest du, du schläfst noch ein letztes Mal mit ihm, der alten Zeiten wegen?«

»Nein, ich habe nicht noch mal mit ihm geschlafen. Und wie hätte ich etwas beenden sollen, das nie angefangen hat?« Ihre Haare peitschten im Seewind hin und her. »Das ist Jahre her, und ich habe mich schon zigmal dafür entschuldigt. Willst du mir das bis in alle Ewigkeit vorwerfen?«

Er zuckte trotzig mit den Schultern. »Vielleicht. Ich habe gestern jedenfalls nichts falsch gemacht.«

»Um genau zu sein …« Sie steckte sich die Haare hinter die Ohren und funkelte ihn böse an. »Hast du *gar* nichts gemacht.«

»Was willst du damit sagen?«

»Während meiner Rede hast du mich eiskalt hängen lassen. Und du hast kein einziges Wort mit meiner Familie gewechselt. Im Grunde spielt das jetzt alles keine Rolle mehr, aber wann hast du mich mal bei der Planung der Hochzeit unterstützt?« Sie zeigte anklagend mit dem Finger auf ihn. »Und wie kannst du es wagen, dich als Moralapostel aufzuspielen, wenn du die Absicht hattest, die Kontrolle über mein Leben an dich zu reißen und mich gegen meinen Willen nach Missouri zu entführen?«

Aus dem Augenwinkel sah Tom das Fahrradtaxi. Weil ihr Mietwagen unerklärlicherweise mitten auf der Straße parkte, näherte es sich in einem ungünstigen Winkel.

»Mitfahrgelegenheit gefällig? Wohin soll's denn gehen?«, fragte die grauhaarige Muskelfrau zum nunmehr vierten Mal.

»VERZIEHEN SIE SICH!«, riefen Tom und Megan im Chor.

»Was soll das heißen, ich habe gestern Abend nichts gemacht? Welches gestern meinst du denn?«, nahm Tom ihren Streit wieder auf. Er hatte keine Ahnung, wovon Megs redete oder weshalb sie so wütend auf ihn war – abgesehen von der Missouri-Sache, und er hatte bereits eingeräumt, dass er sich da feige verhalten hatte.

»Das *letzte* Gestern! Als ich versucht habe, Alistair davon abzuhalten, mich vor deinen Eltern bloßzustellen.«

Die anderen Fährpassagiere, die an ihnen vorbei an Land gingen, versuchten nicht einmal, so zu tun, als würden sie nicht lauschen. Sollten sie doch. Tom kümmerte das herzlich wenig.

»Was hätte ich denn tun sollen, *Megan*?« Er hielt immer noch seinen Trolley mit der Anzughülle in der Hand, und so langsam fingen seine Oberarmmuskeln an zu brennen. Schließlich ließ er beides einfach zu Boden fallen. »Dich unterbrechen und was *Vernünftiges* sagen?«

»Ja, zum Beispiel!« Sie ruderte mit den Armen. »Das wäre wirklich großartig gewesen! Es war doch ersichtlich, dass ich Hilfe brauche! Und du hast *keinen Ton* gesagt! Du sagst *nie* was!«

Ihr Gerede machte immer weniger Sinn. Tom war hin- und hergerissen. Einerseits wollte er ergründen, woher ihr Zorn kam, andererseits wäre er am liebsten in den eiskalten Ozean gesprungen, einfach nur, um etwas anderes zu fühlen als Hilflosigkeit und Frust. Statt Megs um Klärung zu bitten, starrte er sie ausdruckslos an. Er wusste, dass er sich wie das letzte Arschloch verhielt. Beziehungsweise wie sein Vater.

»Du hast mich deiner Familie gegenüber nie in Schutz genommen. Sie behandeln mich wie den letzten Dreck –«

»*Du* genügst ihren Ansprüchen«, widersprach Tom. »Zu *dir* sind sie höflich.«

»Ja, aber auf eine unterschwellig aggressive Art, die deutlich macht, dass ich nur mit dir zusammen sein darf, weil sie es gnädigerweise gestattet haben. Du weißt genauso gut wie ich, dass es ihnen lieber wäre, wenn du eine Frau hättest, die aus einem ›besseren Stall‹ kommt, weil sie meine Familie hassen …«

»*Du* hasst deine Familie!«

»Ich darf das auch. Es ist schließlich meine!« Sie warf den Kopf in den Nacken und stieß einen Schrei aus, der mehrere Passanten zusammenschrecken ließ. Dann fixierte sie Tom mit stechendem Blick. »Du bist ein Feigling, Tom. Ein ganz beschissener Feigling! Du hast dich nie gegen deine Familie zur Wehr gesetzt, nicht mir zuliebe und auch nicht um deiner selbst willen. Und wenn du dein ganzes Leben damit verbringen willst, die Stöckchen zu holen, die sie werfen, bitte. Tu dir keinen Zwang an. Aber ich will damit nichts zu tun haben.«

Fast hätte er sich vor Schmerzen vornübergekrümmt. So hatten sie noch nie miteinander gesprochen. Wie lange hatte Megs das alles in sich hineingefressen?

Du bist ein Feigling, Tom. Ein ganz beschissener Feigling.

Der Schmerz wich dem Zorn, den er mit Gleichgültigkeit zu überspielen versuchte. Sollte sie ihn ruhig für feige halten. Er wusste es besser. Er hatte sein ganzes Leben damit verbracht, für Frieden und Harmonie zu sorgen. Jeden Tag hatte er sein Bestes gegeben, um seine Eltern zu beeindrucken und Megs seine Liebe zu beweisen. Das war keine Feigheit. Das war ein heroischer, kräftezehrender Akt der Tapferkeit.

Also gut. Wenn der Tag jeden Morgen von Neuem begann, gab es keine Konsequenzen. Und wenn es keine Konsequenzen gab, würde Tom seine Zeit bestimmt nicht damit vergeuden, sich von seiner (ehemaligen?) Verlobten unangespitzt in den Boden rammen zu lassen.

Der Mann mit dem breitkrempigen Fischerhut hatte sich ihnen zaghaft genähert, die Schnurrhaare seiner hellwach umherblickenden Tigerkatze zuckten neugierig. »Entschuldigen Sie. Tut mir leid, wenn ich störe. Ich wollte einfach nur fragen, ob bei Ihnen alles in Ordnung ist.«

»Nicht jetzt, Katzenmann!«, fauchte Megan ihn an, und er trollte sich verschreckt.

»Von mir aus. Dann bin ich eben ein Feigling.« In einem Anflug von Leichtsinn warf Tom seine Anzughülle seitlich über den Rand der Rampe. Er hatte gehofft, dass sie auf höchst dramatische Weise im Meer landen und auf den Wellen davontreiben würde, doch stattdessen trudelte sie den kleinen Abhang hinunter und blieb auf einem schmalen Streifen Kieselstrand liegen. Na ja. Irgendwann würde die Flut kommen und sie aufs Meer hinaustragen. »Willst du wissen, was dieser Feigling heute machen wird?«

»*Was?*« Das Wort troff vor Verachtung – und das aus dem Mund, den er Millionen Mal geküsst hatte.

»Das, wozu ich Lust habe.«

Er versetzte seinem immer noch am Boden liegenden Trolley einen Tritt, woraufhin dieser ebenfalls die Rampe hinunterstürzte. Diesmal reichte die Schwerkraft aus, um ihn ins trübe, von Seegras durchwucherte Wasser zu befördern, wo er mit einem befriedigenden Klatschen aufkam.

Kapitel 19

Megan

Der kleine Laden hatte drei verschiedene Sorten Gin im Angebot: Botanical, Zitrus und Pfeffer. Als der Kassierer sie nach ihrer Vorliebe fragte, sagte sie: »Überraschen Sie mich. Und geben Sie mir gleich auch noch eine Zweiliterflasche Club Soda dazu.«

Sie wusste nicht, was Tom vorhatte, und es war ihr auch egal. Sie für ihren Teil würde in der Badewanne sitzen und sich betrinken.

Sie drehte mit den Zehen den Hahn auf, um mehr heißes Wasser einzulassen, und der Badeschaum stieg ihr bis zu den Ohren. Sie trank Gin, bis er all ihre Gedanken glatt gebügelt hatte und das Innere ihres Kopfes absolut faltenfrei war. Ein sicherer Zufluchtsort.

Sie wollte nicht mehr darüber nachdenken, dass Tom die Schuld an allem trug. Dass er sein ganzes Leben – und ihre Beziehung – von seiner Familie diktieren ließ, weil er einfach kein Rückgrat besaß. Dass er glaubte, die Neutralität wahren zu müssen, während sie sich nichts sehnlicher wünschte, als dass er endlich mal Partei für ihre Familie ergriff. Wenigstens ein einziges

Mal, das wäre schon schön gewesen. Donna mochte ein bisschen verrückt sein, aber sie behandelte Tom immer anständig, und auch Brianna, Nervensäge, die sie war, hatte ihre guten Seiten. Megans Familie war nicht durch und durch schlecht, denn wenn sie es gewesen wäre, was hätte das über Megan ausgesagt?

Wenn Tom den Givens gegenüber respektvoller aufgetreten wäre, hätte ein bisschen von diesem Respekt vielleicht auch auf John und Carol abgefärbt.

An Thanksgiving während ihres zweiten Jahres in Harvard hatte sie die Prescotts zum ersten Mal getroffen. Sie waren damals gerade neunzehn gewesen, praktisch noch Kinder, aber ihre Liebe hatte sich viel größer angefühlt als ihr Alter und ihre (nicht existente) Lebenserfahrung. Megan war sich sehr kühn vorgekommen, mit Tom zusammen auf das Anwesen seiner Großmutter in Connecticut zu fahren, statt nach Hause zu fliegen und den Feiertag mit ihrer eigenen Familie zu verbringen.

Sie hatte sich keine Gedanken darüber gemacht, was sie zum Abendessen anziehen sollte – bis sie bemerkte, wie Carol und Emmeline sie kritisch beäugten. Genauso wenig hatte sie daran gedacht, noch einmal ihren Lebenslauf aufzufrischen, ehe sie eine Unterhaltung mit John anfing. Ihr war nicht bewusst gewesen, wie anstrengend es war, bei den Prescotts einen guten Eindruck zu machen.

Alle waren ihr gegenüber höflich, aber desinteressiert. Sie fragte sich, ob sie sich die Missbilligung einbildete. Käme sie aus einer wohlhabenden Ostküsten-Familie, hätten seine Eltern dann auch auf getrennten Zimmern für sie und Tom bestanden?

Tom schlich sich jeden Abend zu ihr. Sie schliefen nur ein einziges Mal miteinander und machten sich dabei die ganze Zeit Sorgen wegen des quietschenden Betts, aber mit Tom zu kuscheln, bis die Sonne aufging, machte ihr die Tage ein wenig erträglicher.

Bis zum Morgen ihres Aufbruchs.

Megan hatte geduscht, sich die Haare geföhnt und kam gerade zum Frühstück die Treppe herunter, als sie zufällig hörte, wie Tom sich in der Bibliothek mit seinen Eltern unterhielt.

»Du meinst es mit diesem Mädchen doch nicht ernst, oder?«, wollte John von seinem Sohn wissen. »Sie ist clever, sicher, aber was ihre Herkunft angeht, sind die Unterschiede einfach zu groß. Du weißt, wie wichtig es ist, dass Kinder mit einem männlichen Vorbild aufwachsen.«

»Was weiß Thomas schon von ernsthaften Beziehungen? Er ist doch noch ein Teenager«, warf Carol abfällig ein.

»Nun, Junge? Sag uns, ob wir uns Sorgen machen müssen.«

Als Tom antwortete, klang er gar nicht wie er selbst. Der Tom, den sie kannte, war mitfühlend, optimistisch und fast immer gut gelaunt. Dieser Tom klang wie ein Duckmäuser. »Es ist keine große Sache«, wiegelte er ab. »Wir haben nur ein bisschen Spaß.«

Tom war der erste Mann, den Megan jemals ernst genommen hatte. Alle anderen vor ihm waren nur Zeitvertreib gewesen.

Sie wusste, dass er noch nie für eine Frau so empfunden hatte wie für sie. Das hatte er ihr gesagt, als sie zum ersten Mal miteinander geschlafen hatten, und seitdem immer wieder.

Warum mochten seine Eltern sie nicht? Sie war nicht anstrengend wie ihre Mutter. Sie war nicht verantwortungslos und unzuverlässig wie ihr Vater.

Zugegeben, sie hatte keine traditionellen elterlichen Rollenvorbilder gehabt, aber sie hätte die Namen unzähliger Menschen nennen können, die in Familien groß geworden waren, die ganz anders waren als die Prescotts und es trotzdem im Leben zu etwas gebracht hatten. Was für eine engstirnige Person musste man sein, um zu glauben, dass es nur einen einzigen Weg gab, zu einem anständigen Menschen heranzuwachsen, und dass alle anderen nichts wert waren?

Andererseits: Was für eine Person belauschte die Familie ihres Freundes heimlich aus dem Flur?

So gerne sie John die Meinung gesagt hätte, sie schluckte ihren Zorn hinunter.

Am Ende räusperte sie sich laut, damit die anderen sie kommen hörten, setzte ein strahlendes Lächeln auf und bedankte sich bei den Prescotts überschwänglich für deren Gastfreundschaft. Es mochte viele Dinge an ihr und ihrer Herkunft geben, über die Toms Eltern insgeheim die Nase rümpften, aber ihre Manieren waren über jede Kritik erhaben.

Auf der Rückfahrt lachten sie darüber, wie steif das Wochenende gewesen war, und waren heilfroh, endlich wieder sie selbst sein zu können. Megan erwähnte das Gespräch, das sie belauscht hatte, mit keinem Wort.

Genauso machte sie es mit all den verächtlichen Bemerkungen, die im Laufe der Jahre noch folgten.

Keine Familie war perfekt, und sie fand es unfair, sich über die Prescotts zu beklagen, wenn ihre eigene Verwandtschaft doch nicht minder problematisch war.

Sie hatten es beide nicht leicht. Wahrscheinlich hatten sie deshalb eine Art stillschweigende Vereinbarung getroffen: Tom vertraute darauf, dass Megan bei Donnas (und Briannas und Alistairs) Eskapaden die Führung übernahm, und im Gegenzug überließ sie es ihm, mit seiner Familie fertigzuwerden.

Sie sank tiefer ins heiße Wasser und trank einen Schluck aus dem Plastikbecher, den sie auf der Ablage des Waschbeckens gefunden hatte. Das Verhältnis von Gin zu Soda verschob sich immer mehr zugunsten des Ersteren. Sie nahm den Becherrand zwischen die Zähne und versuchte, ohne Zuhilfenahme der Hände weiterzutrinken. Die kalte Flüssigkeit rann über ihre unteren Schneidezähne auf ihre Zunge. Sie war schon ziemlich blau, als sie das Piepsen der Schlüsselkarte hörte.

»Megan Rose Givens«, rief Donna von der Tür her. »Wo in Gottes Namen steckst du? Ich suche schon den ganzen Vormittag nach dir.«

»In der Badewanne«, nuschelte sie undeutlich, da sie immer noch den Becher im Mund hatte. Den unerklärlichen Südstaatenakzent ihrer Mutter beschloss sie zu ignorieren.

»Ich will sie nicht nackt sehen«, hörte sie Brianna sagen.

Megan arrangierte den Badeschaum über ihrer unteren Körperhälfte und nahm einen Waschlappen vom Wannenrand, den sie über ihrer Brust drapierte.

Im nächsten Moment erschien Donna im Türrahmen. Brianna stand hinter ihr und spähte über ihre Schulter.

»Du hast vielleicht Nerven«, sagte Donna anklagend. »Aalst dich hier seelenruhig in der Wanne, während ich eine existenzielle Krise habe.«

»Mom hat eine Krise«, echote Brianna trocken. »Warum gehst du nicht ans Handy? Warum antwortet nie jemand in dieser Familie auf meine Textnachrichten?«

»Weil du keinen von uns wirklich zu mögen scheinst.« Megan schenkte sich von ihrem Drink nach, der mittlerweile zu fast hundert Prozent aus Gin bestand. Sie war froh, dass der Mitarbeiter im Laden ihr die Sorte Botanical empfohlen hatte. Sie schmeckte herrlich erfrischend.

»Manchmal mag ich dich schon.« Brianna funkelte ihre Schwester beleidigt an, ehe sie zurückfuhr. »Bäh! Pass mal mit dem Schaum auf. Ich habe kein Interesse daran, deine Intimfrisur zu begutachten.«

»Ich waxe nicht, ich trimme bloß.« Megan machte es Spaß,

der Welt den Stinkefinger zu zeigen. Vielleicht würde sie das den ganzen Tag lang machen. Bis sie davon Muskelkater bekam. O Mann, so langsam konnte sie nicht mehr klar denken.

»*Könntet ihr bitte aufhören, euch zu zanken!*«, zeterte Donna. »Ihr reißt jeden Konflikt an euch, dabei habe ich ein sehr ernstes und sehr beängstigendes Problem.«

»Mom hat ein Kleid, in dem man ihre Möpse sieht«, sagte Brianna und schob sich zwei Streifen Kaugummi auf einmal in den Mund. »Und ich habe sie daran erinnert, dass in diesem Etablissement auch Minderjährige herumlaufen.«

»Moms Kleid ist irrelevant.«

»Mein Kleid ist *was?*« Donna war eingeschnappt, auch wenn sie nicht genau zu wissen schien, weshalb. Ihr Akzent schwankte mittlerweile irgendwo zwischen amerikanischen Südstaaten und BBC-Englisch.

»Irrelevant.« Megan setzte sich auf, sodass das Wasser über den Rand der altmodischen Wanne schwappte. Der Waschlappen blieb an ihrer Brust kleben wie das Oberteil eines Frottee-Bikinis. »Es spielt keine Rolle. Es wird nämlich keine Hochzeit geben, ergo findet heute Abend auch kein Probedinner statt.«

Donna wirbelte zu Brianna herum. »Ich kann nicht mit ihr reden, wenn sie betrunken ist. Sie benimmt sich haargenau so wie Ehemann Nummer drei. Schlag du dich mit ihr herum.«

Sie marschierte aus dem Badezimmer. Den Geräuschen nach ließ sie sich nebenan aufs Bett plumpsen.

Brianna grinste diebisch. »Hattest du Streit mit Mr Perfect?« Sie ließ ihre Kaugummiblase platzen.

»Mehrere sogar, im Verlauf mehrerer Tage. Obwohl – wenn man es genau nimmt, war es eigentlich nur ein einziger Tag.«

»Ich kann auch nicht mit ihr reden. Sie ist komplett *durchgedreht*«, rief Brianna ins Schlafzimmer.

»Sag ihr, sie soll sich zusammenreißen und mir dabei helfen, für heute Abend was Passendes zum Anziehen zu finden!«, rief Donna zurück.

»Du sollst dich zusammenreißen und Mom helfen, was Passendes zum Anziehen zu finden«, wiederholte Brianna unnötigerweise. »Außerdem hat sie gesagt, dass du von uns dreien das Kind bist, das sie am wenigstens leiden mag, deshalb wird sie in ihrem Testament alles mir vermachen. Den Teil hast du vielleicht nicht gehört, sie hat ziemlich leise gesprochen.«

Der letzte Becher Gin, gepaart mit der Ankunft von Donna und Brianna, hatte Megans Selbstmitleid in Zorn umschlagen lassen. Die Verwandlung war so schnell vonstattengegangen, dass sie sie gar nicht bewusst mitbekommen hatte.

»Weißt du, was?« Sie erhob sich aus der Wanne, angelte sich ein Handtuch und wickelte sich darin ein. Dabei rutschte der Waschlappen herunter, sodass sie ihrer Schwester unabsichtlich ihre nackten Brüste präsentierte. »Ich muss nicht mit dir rumdiskutieren. Ich muss mich nicht um Moms völlig aus der Luft gegriffene Krise kümmern, ich muss Tom nicht heiraten – ich muss überhaupt nichts tun, wenn ich es nicht will. Weder heute noch sonst irgendwann.«

Brianna wich einen Schritt zurück. »Whoa. Brautzilla reckt ihren hässlichen Kopf.«

Die freche Bemerkung sollte Briannas Unbehagen überspielen, das begriff Megan trotz ihres Alkoholpegels.

Sie hatte ihr ganzes Leben lang versucht, andere Menschen zufriedenzustellen, einschließlich ihrer Schwester, die sie praktisch alleine großgezogen hatte. Von Geburt an hatte sie es immer allen recht machen wollen – aus reiner Notwendigkeit heraus, denn sobald sie es nicht tat, hagelte es Kritik. Sie war immer der Ansicht gewesen, dass die Welt mehr Menschen wie sie brauchte.

Bis heute. Heute verlieh es ihr ein Gefühl von Macht, ihrer Schwester eins reinzuwürgen. Tropfnass drängelte sie sich an Brianna vorbei, wobei sie sich flüchtig wunderte, ob sie statt eines Duschhandtuchs aus Versehen nur ein Gästetuch erwischt hatte.

»Verpisst euch aus meinem Zimmer! Heute geht es um *mich*, um sonst niemanden.«

Zu ihrer großen Genugtuung gehorchten die beiden. Die Tür fiel hinter ihnen ins Schloss.

Während Megan sich abtrocknete, erhaschte sie einen Blick auf ihr Spiegelbild.

Ihr Gesicht war gerötet, ihre Augen glänzten.

Sie war splitternackt.

Plötzlich wusste sie, was sie heute tun wollte.

Kapitel 20

Tom

Feigling.

Seit Megan ihm diese Granate vor die Füße geworfen hatte, bekam er das Wort nicht mehr aus dem Kopf.

Er wiederholte sein altbewährtes Mantra: *Ich bin kein Feigling, ich bin ein Vermittler.*

Er hatte sich während Megans Rede nicht eingemischt, weil ihm klar gewesen war, dass sie die Situation alleine meistern konnte. Außerdem hatte er nicht gewusst, was sie mit ihrer Aktion bezweckte, folglich hätte er ihr gar nicht helfen *können*, selbst wenn er es gewollt hätte.

Nachdem er im Zorn sein Gepäck im Hafenbecken versenkt hatte, lief er einfach los, ohne zu wissen, wohin. Friday Harbor lag etwas tiefer als der Rest der Insel, und durch die ansteigende Straße fingen irgendwann seine Beinmuskeln an zu brennen, aber er genoss den Schmerz und stapfte entschlossen weiter. Der Seitenstreifen neben der Fahrbahn war breit genug, um ein gewisses Maß an Sicherheit zu bieten – auch wenn er sich hin und wieder bei dem Wunsch ertappte, es gäbe ihn nicht.

Feigling.

Sie hielt ihn also für einen Feigling. Wie lange schon?

Sie hatte ja nicht die geringste Ahnung, wie es war, ein Vollzeit-Prescott zu sein.

Als Tom acht Jahre alt gewesen war, hatte er seinen Vater gebeten, ihm das Schachspielen beizubringen. Es war ein Schrei nach Aufmerksamkeit gewesen. John hatte ihm erklärt, wie er die Figuren auf dem Brett aufstellen musste, dann hatte er ihm gesagt, er solle anfangen. Nachdem Tom seinen Vater mit unzähligen Fragen darüber gelöchert hatte, wie sie die einzelnen Figuren ziehen durften, schob er zögerlich einen Bauern nach vorn.

Innerhalb von drei Zügen hatte John ihn matt gesetzt.

Als er John bat, ihm die entsprechenden Züge zu erklären, sagte der bloß: »Frag deinen Bruder«, und ging. Tom lief zu Brody und lag ihm so lange in den Ohren, bis dieser einwilligte, mit ihm zu üben. Sie bauten das Brett auf, allerdings bat Tom diesmal darum, Schwarz nehmen zu dürfen, weil er glaubte, darin läge die Lösung des Rätsels.

Tom ahmte jeden Zug nach, den Brody machte. Brodys Bauer zog zwei Felder vor. Toms Bauer traf ihn in der Mitte des Feldes. Brody entwickelte seinen Läufer. Prompt zog auch Toms Läufer nach vorn. Die ganze Zeit hoffte er, dass sein Vater zurückkommen und sehen würde, wie sehr er sich verbessert hatte. Er war immer noch nicht matt gesetzt worden.

Doch John kam nicht, und mit der Zeit ärgerte sich Brody so sehr über Toms Unfähigkeit, eine eigene Strategie zu entwickeln, dass er das Schachbrett umwarf und zu einem Freund ging.

Tom blieb stehen, als ein Pick-up an ihm vorbeidonnerte, und zog sich etwas tiefer zwischen die Bäume zurück, während seine Gedanken zu seiner Mutter wanderten.

Jedes Mal, wenn er sie als Kind auf die Wange geküsst hatte,

hatte er danach beobachtet, wie sie sich die Stelle unauffällig mit einem Taschentuch abwischte. Sie war nie ein besonders liebevoller Mensch gewesen, und vermutlich würde sie auch nie einer werden. Ihr Interesse an Tom schien ganz und gar an Johns Launen gekoppelt zu sein, denn wann immer Tom durch irgendetwas den Zorn seines Vaters erregt hatte, warf auch Carol ihm von der anderen Seite des Zimmers aus tadelnde Blicke zu.

Er hatte schnell gelernt, nur dann etwas zu tun, wenn man ihn dazu aufforderte ... und ansonsten nicht.

Vielleicht machte ihn das zu einem Feigling.

Aber Megan konnte das einfach nicht nachvollziehen. Wie sollte sie auch? Bei den Givens wusste man immer genau, was einen erwartete. Die Gefahren lauerten nicht im Verborgenen, sondern traten offen zutage. Jeder konnte sehen, dass Alistair ein Versager war, der nichts auf die Reihe bekam. Brianna sagte immer, was sie dachte, und auch Donna machte aus ihrem Wahnsinn keinen Hehl. Es gab viele Schlaglöcher, in die man geraten konnte, aber sie waren klar ausgeschildert.

Bei den Prescotts hingegen bewegte man sich durch ein Gruselkabinett unausgesprochener Erwartungen: Jedes Mal, wenn man glaubte, den Ausgang gefunden zu haben, stellte man fest, dass man bloß einem Zerrspiegel gegenüberstand. Fehler wurden stillschweigend gemacht und ebenso stillschweigend verdammt. Deshalb war jede Interaktion bei den Prescotts von einer gewissen unterschwelligen Angst begleitet.

Tom hatte geglaubt, dass er sich mit dreißig Jahren längst von seinen Eltern emanzipiert hätte, doch nun schien es, als würde er bis in alle Ewigkeit das Kind bleiben, das um die Aufmerksamkeit seiner Eltern bettelte, nur um es bitter zu bereuen, sobald es sie bekam.

Aber damit würde er Schluss machen. Gleich heute. An diesem nicht enden wollenden Tag.

Er würde den ausgetretenen Pfad verlassen. Er würde niemanden glücklich machen außer sich selbst.

Blieb nur noch die Frage: wie?

Je weiter er ging, desto weniger störte ihn sein steifer Nacken. Stattdessen spürte er das Ziehen in seinen Beinmuskeln und die zwei kleinen Rinnsale aus Schweiß, die ihm Brust und Rücken hinabliefen.

Allmählich wurde es warm. Er warf seine Anzugjacke ins Gebüsch, öffnete die obersten Knöpfe seines Hemds und krempelte sich die Ärmel bis zu den Ellbogen hoch. Schon ging es ihm besser.

Bis ihm bewusst wurde, wohin ihn sein Weg geführt hatte.

Zum Golfplatz.

Ehe er kehrtmachen und in seinen italienischen Slippern das Weite suchen konnte, hörte er seinen Bruder rufen: »Ersatzteillager! Du hast es geschafft! Aber was ist das für ein Aufzug?«

Die Aussicht auf eine Golfpartie mit Brody und seinem Vater, noch dazu in durchgeschwitzten Klamotten und voller brodelnder Existenzängste, erfüllte ihn mit Grauen.

Bis ...

Er sich an etwas Wichtiges erinnerte: Es spielte überhaupt keine Rolle, was er heute tat. Nichts würde irgendwelche Auswirkungen haben.

Auf dem College hatten Leo und Tom einen Schlachtruf geprägt, der immer dann zum Einsatz kam, wenn sie ausgebrannt waren vom vielen Lernen oder es satthatten, ihren selbstverliebten Mitbewohnern, die sich als *Die Könige der Philosophie* bezeichneten, zu sagen, sie sollten gefälligst ihren verschimmelten Tofu aus dem Kühlschrank entsorgen. Es war ein Ausruf, der aus ihrem tiefsten Innern kam, dort, wo all ihre niederen Instinkte wohnten. Sie pflegten einander anzusehen und aus voller Kehle zu brüllen: »LANG LEBE DIE ANARCHIE!«

Dann machten sie irgendetwas total Albernes, um Dampf abzulassen.

Irgendwie waren sie dafür nie zu alt geworden. Bei Leos letztem Besuch in New York hatte er Tom, der extrem gestresst war und kurz zuvor von seiner möglichen Versetzung nach Missouri erfahren hatte, dazu überredet, in eine Pianobar zu gehen. Megs war übers Wochenende mit ein paar Freundinnen aus der Redaktion aufs Land gefahren (ein Detail, das Tom inzwischen mit anderen Augen betrachtete), und die beiden Männer hatten die Nacht zum Tag gemacht. Zusammen mit Wildfremden hatten sie Broadwayhits gegrölt, die Tom eigentlich gar nicht kannte, und getrunken, bis sie schielten. Genau das hatte er gebraucht.

Er hatte Leo wirklich geliebt – mehr als jeden anderen Menschen auf der Welt, mit Ausnahme von Megs. Dass er beide auf einen Schlag verloren hatte, war an Grausamkeit nicht zu überbieten.

Aber heute, in diesem Moment, würde er sich selbst lieben. Er würde im Alleingang die Anarchie ausrufen.

»Lasst uns golfen, Motherfuckers!«, rief er zum stillen Entsetzen seines Vaters und zur unendlichen Belustigung seines Bruders. Als Brody ihm seinen Flachmann anbot, trank Tom ihn bis auf den letzten Tropfen leer. *Lasset die Spiele beginnen*, dachte er bei sich.

»Ich hoffe, dieser krude Enthusiasmus bedeutet, dass das Geschäftsessen gestern Abend gut gelaufen ist?«, sagte John, während er durch zusammengekniffene Augen den Flachmann beäugte.

»O ja, das Geschäftsessen war ein Traum. Und habe ich dir

schon erzählt, wie sehr sich Megs auf den Umzug in den Mittleren Westen freut? Wir reden kaum noch über was anderes.«

John war anzusehen, dass ihn der flapsige Sarkasmus seines Sohnes ärgerte, doch er ging nicht weiter darauf ein. Sie zahlten die Platzgebühr, und Tom schwankte zwischen Ausgelassenheit und ängstlichem Staunen, weil er ausnahmsweise einfach handelte, ohne sich vorher zu fragen, was sein Vater davon halten würde.

»Broderick, deine Füße stehen zu weit auseinander«, rief John beim ersten Loch aus dem Schatten des Golfwagens heraus mit lauter Stimme.

Da Tom kein Frühstück gegessen hatte, war ihm der Alkohol mit der Geschwindigkeit eines Güterzugs ins Blut geschossen und hatte ihn streitlustig gemacht.

»Du kritisierst deinen Erstgeborenen?«, sagte er, ehe er zu Brody ging. »Darauf muss ich einen heben!«

»Du hast bereits alles ausgetrunken.« Brody verlagerte das Gewicht und holte zum Schlag aus.

Ohne flüssigen Nachschub wurde Tom die Partie schnell langweilig. Ein kurzer Blick auf seine Armbanduhr verriet, dass das Restaurant, das zeitgleich als Klubhaus diente, inzwischen Alkohol ausschenkte.

»Lasst uns eine Pause machen und einen Happen essen gehen«, schlug er vor.

Brody, der die ganze Zeit ungewohnt schweigsam gewesen war, willigte sofort ein.

»Geht ihr zwei nur.« John winkte ab und holte sein Handy aus der Tasche.

An keinem der bisherigen Tage hatte John so früh einen Anruf bekommen. Er tat also nur so, als müsse er telefonieren, weil er keine Zeit mit seinen Söhnen verbringen wollte. Klassisch.

Die beiden Brüder suchten sich einen Tisch auf der Terrasse. Die etwa sechzigjährige Kellnerin zuckte mit keiner Wimper, als sie zu ihrem fettigen Essen je ein Bier bestellten.

»Keine Tischdecken.« Brody klopfte auf das Holz der Tischplatte. »Wen wundert's da, dass Dad nicht mitkommen wollte.«

»Dad kann mich mal.«

»Oho. Harte Worte. Bei dir kommt so was ja praktisch einem Mord gleich. Bist du nervös, Ersatzteillager, oder was ist los mit dir?«, fragte Brody, während er von seiner Wurst abbiss.

»Wegen morgen?« Mittlerweile hatte sich Toms Schwips voll entfaltet. »Quatsch. Warum sollte ich?«

Höchstwahrscheinlich würde es nie ein Morgen geben.

Brody ließ seine Gabel sinken und blickte seinen Bruder forschend an, als wolle er telepathisch mit ihm kommunizieren. »Die Ehe, Mann ... Ich sag dir. Die ist nicht so, wie man sie sich vorstellt.«

Seiner Vormittagstrunkenheit zum Trotz verspürte Tom ein kleines Herzflattern, das ihm riet, diesen kostbaren Augenblick nicht zu verschenken. Ein Prescott war im Begriff, seine Gefühle zu offenbaren. »Wie meinst du das?«

»Na ja, wenn man eine Frau datet, selbst wenn man irgendwann zusammenzieht – im Grunde ist das nur Sex mit ein bisschen Drum und Dran. Aber sobald man diesen Wisch unterschrieben hat, verändert sich was Grundlegendes.«

»Was soll sich durch eine Unterschrift ändern?«

Brody trank sein Bier aus und winkte wortlos mit dem leeren Glas, damit die Kellnerin ihm ein neues brachte. Was für ein Arschloch. »All die Kleinigkeiten – dieses Generve, die Auseinandersetzungen, das ganze Zeug, von dem man anfangs dachte, man würde es auf Dauer gar nicht mehr merken ... Man merkt es eben doch. Irgendwann geht es einem richtig unter die Haut.«

»Was geht einem unter die Haut?« Unangenehmerweise fühlte Tom sich schon fast wieder nüchtern. Wahrscheinlich lag es daran, dass ihr Gespräch so ernst geworden war. Also leerte auch er sein Glas, und weil er heute ebenfalls ein Arschloch war, machte er es wie sein Bruder und hielt es als eine stumme Aufforderung an die Kellnerin in die Höhe.

Bei der nächsten Runde würde sie ihnen bestimmt hineinspucken.

»Emmeline und ich lassen uns scheiden.«

Die Härchen an Toms Armen stellten sich auf, und beinahe hätte er sein Glas fallen lassen. Er wusste, dass es um die Ehe von Brody und Emmeline nicht zum Besten bestellt war, aber er hatte keine Ahnung gehabt, dass sie sich trennen wollten. »Was? Warum? Wissen Mom und Dad davon?«

»Was soll das heißen, *was*? Ich habe es dir doch gerade gesagt: Wir lassen uns scheiden. Wir halten es kaum noch miteinander aus. Und natürlich wissen Mom und Dad davon.«

»Sie wissen davon, und du bist *trotzdem* noch ihr Liebling?«, rutschte es Tom heraus. Sein Unterbewusstsein hatte diese Erwiderung im Alleingang geformt, und er wünschte, er könne sie zurücknehmen, bis ihm wieder einfiel, dass er in einem Reich jenseits von Zeit und Konsequenzen lebte. Trotzdem legte er Brody tröstend die Hand auf den Arm. »Geht es dir gut?«

»Klar geht es mir gut.« Brody schüttelte die Berührung ab. »Ich habe mehr Geld, als die meisten Menschen in ihrem ganzen Leben verdienen, ein Apartment in einer Stadt, in der ich mich vor One-Night-Stands kaum retten kann, und Eltern, die mich lieber mögen als meinen kleinen Bruder. Nur weil meine Frau mich nicht ausstehen kann, bedeutet das nicht, dass es mir schlecht geht.«

Sein Bruder wich der Frage aus, weil die Wahrheit zu schmerzhaft war, das wusste Tom. Trotzdem hasste er Brody in diesem Moment. Nur ein kleines bisschen.

Irgendwann hatten sie aufgegessen. Sie legten einen Hunderter auf den Tisch, leerten ihr drittes (oder war es bereits das vierte?) Bier und torkelten zurück in Richtung Golfplatz.

Tom hatte keine Ahnung, beim wievielten Loch sie waren. Er hatte längst den Überblick verloren. Er versuchte auch gar nicht mehr, eine halbwegs gute Partie zu spielen. Er langweilte sich ganz schrecklich. Golf war strunzöde. Fast so strunzöde wie Jura. Seltsamerweise führte er trotzdem. Wenigstens vermutete er das. Mitgezählt hatte er nicht.

Brody verlagerte das Gewicht, veränderte den Griff um seinen Schläger und machte sich bereit.

Eine Brise kam auf, und die Bäume besaßen die Frechheit, sich gerade so stark im Wind zu wiegen, dass die Sonne Tom genau in die Augen schien. Er holte Brodys vergessene Schirmmütze aus dem Golfwagen und setzte sich. Brody wartete immer noch auf den idealen Moment, um seinen Schlag auszuführen. John trat zu ihm, um seine Haltung zu korrigieren.

Tom fragte sich, ob das Gesöff aus Brodys Flachmann, das so geschmeckt hatte, als hätte man alle Flaschen aus der Minibar zusammengekippt, und die Bierchen zum Lunch ihm einen Röntgenblick verliehen hatten. Er hätte schwören können, dass er in den Körper seines Vaters hineinschauen konnte. Er sah all die Hochdruckventile in seinem Innern. Das Lager mit den Witzen darüber, dass sie Tom nur der Ersatzteile wegen bekommen hatten. Und all die verschiedenen Variationen von: »Weißt du schon, was du mit deinem Leben anfangen willst, Junge?«

Bei näherer Betrachtung wusste Tom gar nicht mehr, ob er sich für Jura interessierte. Hatte er jemals Anwalt werden wollen?

Brody holte mit dem Neunereisen aus, um allen zu zeigen,

wie unfassbar weit sein Ball fliegen konnte, und als er mitten im Schwung war ... stand auf einmal die Zeit still.

Warum sollte sie auch nicht? Sie zwang Tom ja auch dazu, ein und denselben Tag wieder und wieder zu erleben.

Er sah seinen Bruder. Sah ihn zum ersten Mal *wirklich*. Seine zerrüttete Ehe. Die winzigen, aber tödlichen Pfeile, die er und Emmeline aufeinander abfeuerten.

Tod durch eine Million kleiner Wunden.

Er dachte auch an Leo, an seinen Vater ... und an Megs. Und dann schrie er: »LANG LEBE DIE ANARCHIE!«, trat das Gaspedal des Golfwagens durch und schoss davon wie Lewis Hamilton in Runde siebzig eines Formel-1-Grand-Prix.

Aus der Ferne hörte er, wie sein Vater (höflich) brüllte, er solle zurückkommen. Brody fluchte, weil er seinen Schlag verpatzt hatte. Tom stieß ein manisches Lachen aus.

In der Zeit, die ein Blitz brauchte, um den Himmel zu spalten, war er von einem nie gekannten Hochgefühl beseelt. Endlich war er frei von den drückenden Erwartungen seiner Familie, frei von den Konsequenzen seiner Entscheidungen, frei von der Zeitschleife, die ihn und Megs gefangen hielt.

Doch das Gefühl verpuffte genauso schnell, wie es gekommen war.

Der Golfwagen besaß nicht die Kurvenlage eines Ferraris. In der ersten Biegung wäre Tom beinahe umgekippt. Eine Gruppe Rentner schaute ihm mit offenem Mund hinterher. Tom zeigte ihnen den Mittelfinger. Er wollte beschleunigen, doch fünfzehn Meilen pro Stunde waren das Äußerste für den kleinen Elektromotor, sodass sein Akt der Anarchie deutlich zahmer und weniger befriedigend ausfiel als erhofft.

Bitterkeit ergriff von ihm Besitz.

Der Goldjunge Brody brachte Schande über die Familie, indem er sich von seiner tollen Vorzeigefrau scheiden ließ, und Tom war trotzdem noch das schwarze Schaf.

Er riss sich Brodys Schirmmütze vom Kopf und warf damit nach einer älteren Dame auf dem Putting Green, ehe er den Golfwagen gen Ausgang lenkte. Er hatte einen Plan.

Und der sah vor, dass er mit dem Golfwagen bis nach Roche Harbor fuhr.

Kapitel 21

Megan

Hotelbademäntel waren zwar gemütlich, aber nicht unbedingt sexy – ganz im Gegensatz zu den La-Perla-Dessous, die sie für die Hochzeitsnacht gekauft hatte. Trotzdem hatte Megan bei der Vorstellung, sie heute anzuziehen, plötzlich das Gefühl, ersticken zu müssen.

Stattdessen entschied sie sich für einen smaragdgrünen BH mit passendem Spitzenslip. Dann überlegte sie, was sie darüber anziehen sollte. Sie kam sich vor, als würde sie ein Geschenk einpacken, auch wenn sie selbst nicht das Geschenk war, sondern vielmehr diejenige, die sich beschenken lassen würde.

Aber erst mal musste sie ein bisschen ausnüchtern. Sie warf die Kaffeemaschine an – möglicherweise, ohne vorher einen Filter einzulegen –, vergaß sie jedoch fast sofort wieder und öffnete stattdessen die Minibar.

Die Wucherpreise hielten sie nicht davon ab, eine ganze Flasche Wasser in einem Zug auszutrinken. Wenn es so weiterging, würde sie ohnehin nie eine Rechnung bekommen. Nach dem

Wasser genehmigte sie sich gleich noch einen Energydrink. Dann musste sie pinkeln.

Sie spürte ein Kribbeln der Vorfreude am ganzen Körper. War es nicht genau das, was sie sich in all den Nächten gewünscht hatte, während Tom schlief und ihr Schattenselbst zum Vorschein kam? War es nicht das, wovon sie jedes Mal heimlich geträumt hatte, wenn wieder mal andere über ihr Leben bestimmten? Wenn sie an all die Dinge dachte, die sie aufgegeben oder gar nicht erst in Angriff genommen hatte, weil es immer ihre Rolle gewesen war, sich so lange zu verbiegen, bis sie in die Form passte, die andere für sie vorgesehen hatten?

Sie hatte viel für Tom und seine Familie getan und noch mehr für ihre eigene. Jetzt würde sie endlich etwas für sich tun.

Und sie weigerte sich, deshalb ein schlechtes Gewissen zu haben, selbst wenn sich die Schuldgefühle hin und wieder zaghaft zu Wort meldeten.

Sie zog sich das Jerseykleid über die mit großer Sorgfalt ausgewählte Unterwäsche, gab sich eine Ladung Trockenshampoo ins Haar und trug Rouge, Mascara sowie einen Hauch Lipgloss auf.

Und dann wurden die Schuldgefühle doch zu stark, also sprach sie sich Mut zu.

Sie rief an der Rezeption an, um herauszufinden, zu welchem Zimmer sie musste (normalerweise wurden solche Informationen natürlich nicht an Gäste weitergegeben, aber sie residierte in der Hochzeitssuite, und anscheinend wurden für Bräute manchmal Ausnahmen gemacht), dann machte sie sich auf den Weg. Sie ging den Flur hinunter bis zu den Fahrstühlen am Ende. Sie drückte den Knopf nach unten.

Ihr war ein bisschen schwindlig von der Mischung aus Gin, Koffein und einer Prise Panik. Sie versuchte, ruhig zu atmen, und fragte sich noch ein allerletztes Mal, ob sie das, was sie zu tun im

Begriff war, auch wirklich wollte. Dann trat sie aus dem Aufzug und klopfte an die Tür zu Leos Zimmer.

Er öffnete. Im ersten Moment war er überrascht, aber dann sah sie die Sehnsucht in seiner Miene.

»Hi«, hauchte sie. Sie klang atemlos – ein absolutes Klischee, aber es war nicht gespielt. »Darf ich reinkommen?«

Statt einer Antwort zog er sie an sich. Seine Arme waren so warm und stark, dass sie für immer darin bleiben wollte. Sie wollte sich Essen in diese Umarmung liefern lassen und in dieser Umarmung schlafen. Sie wollte nie wieder einen Fuß vor die Tür setzen.

Sie dachte an ihre kaputte Beziehung zu Tom und verglich sie mit dem, was sie für Leo empfand. Wieso war ihr nie bewusst geworden, wie stark das Band zwischen ihnen war, aller zeitlichen und räumlichen Distanz zum Trotz?

»Ich war mir nicht sicher, ob du mir aus dem Weg gehen würdest. Aber ich möchte gerne mit dir reden.« Die Hände sanft auf ihren Schultern ruhend, schob er sie gerade weit genug von sich, dass er ihr ins Gesicht blicken konnte. »Ich habe überlegt, ob ich dich anrufen oder dir eine Nachricht schreiben soll, und ich weiß, mein Timing …«

Megans Kopfschütteln ließ ihn verstummen. Ein Lächeln breitete sich auf ihren Zügen aus. »Dein Timing ist perfekt.«

Da sie nicht wusste, wie sie ihm sagen sollte, was sie vorhatte, legte sie ihm die Hände auf die Brust und spürte seine Muskeln unter ihren Fingern.

Heute ging es nur darum, was *sie* wollte.

Was Leo wollte, wusste sie bereits, doch um letzte Zweifel auszuräumen, hob sie den Blick und sah ihm in die Augen, während ihre Finger quälend langsam nach unten über seine Bauchmuskeln bis zum Bund seiner zerschlissenen Jeans wanderten. Er nickte. Eine seiner Hände streichelte ihren Rücken, mit der anderen umfasste er ihren Hinterkopf. Seine Finger gruben sich in ihr Haar, und er zog sie an sich, bis ihre geöffneten Münder sich fanden.

Ihre warmen, feuchten Zungen umschlangen einander, während ihre Körper sich immer fester aneinanderpressten. Sie atmete tief ein, um ihn noch intensiver zu spüren. Sie hätte den Rest ihres Lebens in seinen Armen verbringen und in seinem Kuss sterben können.

Gierig machte sie sich an den Knöpfen seiner Jeans zu schaffen. Währenddessen riss er sich das T-Shirt vom Leib. Darunter kam ein Oberkörper zum Vorschein, der ihr zugleich fremd und vertraut war. Er hatte mehr Muskeln als früher. Auch seine Schultern waren breiter.

Seine Hose landete auf dem Boden, und sie strich mit den Fingern durch sein Brusthaar, das in den Jahren, seit sie ihn zuletzt ohne T-Shirt gesehen hatte, dichter geworden war. Sie wollte jeden Teil seines Körpers lecken, beißen und spüren, aber sie hatte immer noch viel zu viele Klamotten an.

Leo griff nach dem Saum ihres Kleides und wollte es ihr über den Kopf ziehen, doch dann hielt er inne und sah sie fragend an. Seine Miene war so voller Zärtlichkeit, dass ihr die Knie weich wurden.

»Bist du dir sicher?«, fragte er. »Sollen wir vorher lieber reden?«

»Ja, ich bin mir sicher. Und nein, ich will nicht reden.« Sie zog sich eigenhändig das Kleid aus und taumelte fast unter dem Verlangen in seinem Blick, als er ihren beinahe nackten Körper betrachtete.

Ihre Dessous ließ sie vorerst noch an. Es machte zu viel Spaß, ihn ein wenig zu quälen und seine Vorfreude immer weiter zu steigern. Sie gab ihm einen kleinen Schubs, und er bewegte sich rückwärts in Richtung Bett, ehe sie sich vorbeugte und ihm in die Unterlippe biss.

»Ich habe so oft daran gedacht ... an dich ... seit ...«, keuchte er an ihrem Mund.

»Ich auch.« Die Heftigkeit seines Verlangens weckte ein Gefühl von Macht in ihr, und sie spürte ein Ziehen der Lust tief in ihrem Bauch.

Leo drehte sie herum, bis sie auf dem Rücken lag und die Bettlaken sich unter ihnen verfingen. Er begann an ihrem Kiefer und küsste sich von dort aus immer weiter nach unten. Seit Jahren hatte sie niemanden außer Tom nackt gesehen. Seit, na ja ... seit Leo.

Aber sie wollte jetzt nicht an Tom denken. Nicht einmal, als die Wirkung des Gins nachließ und ihre Nerven höflich an die Tür ihres Bewusstseins klopften. Sie brachte sie zum Schweigen, indem sie Leo ermunterte, schneller zur Sache zu kommen.

Acht Jahre waren vergangen, und trotzdem fühlte es sich genauso an wie am Morgen ihres Abschlusses, als sie zum ersten Mal ihrer heimlichen Leidenschaft gefolgt waren.

Nach langer Zeit gaben sie sich einander endlich wieder hin, und Megan kam zu dem Schluss, dass sich das Warten in jedem Fall gelohnt hatte.

Kapitel 22

Tom

Während der Golfwagen über den steinigen Seitenstreifen rumpelte und immer wieder hupende Autos vorbeisausten, musste er an Brody und Emmeline denken. Daran, dass Brodys Weg nach oben immer so mühelos gewirkt und er beim gemeinsamen Brunch innerhalb von Sekunden einen lebenslangen Mythos zerstört hatte.

Brody war unglücklich. Schon seit Jahren. Vielleicht schon immer.

Und jetzt war auch Tom unglücklich.

Wenn es sinnlos war, weiterhin dem Pfad zu folgen, den John für ihn vorgezeichnet hatte, und blindes Nacheifern seines Bruders nur ins Verderben führen würde, musste Tom seinen eigenen Weg finden. Und dieser Weg sollte mit etwas völlig Neuem beginnen – mit etwas, was er noch nie zuvor gemacht hatte. Heute ging es darum, ein Anti-Tom zu sein. Schluss mit der ewigen Jagd nach Anerkennung. Schluss mit dem Drang, nur ja höflich und freundlich zu bleiben. All das hatte er jahrelang versucht, und wohin hatte es ihn geführt? In eine gottverdammte Zeitschleife.

Er hatte sich immer bemüht, Megan, seine Eltern, Megans Familie und seine Kollegen zufriedenzustellen. Aber jetzt nicht mehr. Jetzt würde er etwas tun, wovon er niemals geglaubt hätte, dass er dazu fähig war.

Aber vorher brauchte er unbedingt eine Dusche.

Beim Hotel angekommen, lief er die Stufen zum Souvenirladen hinauf, suchte sich die am wenigsten hässlichen Klamotten aus, die er finden konnte – eine Chino und ein Golfhemd mit Roche-Harbor-Logo –, kaufte sich dazu noch ein Strandlaken und schlug dann den Weg zu den öffentlichen Duschen ein. Dummerweise verkaufte der Souvenirladen keine Boxershorts, und da Toms Koffer höchstwahrscheinlich am Grunde des Ozeans ruhte, würde er nach dem Duschen notgedrungen ohne Unterwäsche gehen müssen.

Nach Eukalyptus und diversen anderen Produkten aus dem Seifenspender duftend, wischte er den beschlagenen Spiegel mit einem Papierhandtuch frei, kämmte sich die Haare mit den Fingern und holte seine Brieftasche sowie eine Packung Pfefferminzbonbons aus der Anzughose, die er daraufhin im Abfalleimer entsorgte. Ja, er trug Klamotten aus dem Souvenirladen, aber mit ein bisschen Glück würden sein ungezwungener Look und eine Prise Charme das ausgleichen.

Denn nachdem es für ihn zwölf Jahre lang nur eine einzige Frau gegeben hatte, war er im Begriff, absolutes Neuland zu betreten. Zum ersten Mal in seinem ganzen Leben würde er etwas tun, was zu hundert Prozent selbstsüchtig motiviert war.

Hinterher würde er wissen, wie Megan sich fühlte, wenn sie ihn betrog.

Im Hotelrestaurant bot ihm die Kellnerin auch diesmal wieder einen Tisch auf der Terrasse an, und auch diesmal winkte er ab, um stattdessen Kurs auf die Bar zu nehmen. Er setzte sich auf denselben Hocker, auf dem er am zweiten Tag gesessen hatte, und wartete darauf, dass Casey kam.

Was sie kurz darauf auch tat. Und sie enttäuschte nicht. Diesmal nahm er sich Zeit, genau zu beobachten, wie sie auf ihn reagierte. Trotz seines pastellfarbenen Outfits – oder vielleicht gerade deswegen, wer wusste das schon so genau? – leuchteten ihre Augen, und sie musterte ihn mit unverhohlenem Interesse. Er versuchte, Brodys Lächeln nachzuahmen, das halb Wolf, halb knabenhafte Unschuld war.

»Hi«, sagte er mit einer Lässigkeit, die er sich selbst nicht zugetraut hätte.

Die Sache erforderte Fingerspitzengefühl. Für Leo mochte es ein selbstverständlicher Vorgang sein, fremde Frauen anzugraben, aber Tom war völlig aus der Übung. In Wahrheit war er nie wirklich *in* der Übung gewesen. Klar, auf der Highschool hatte er ein paar Dates und Freundinnen gehabt, aber um Megs hatte er sich nie bemühen müssen. Zwischen ihnen hatte es sofort gefunkt. Die Chemie war von Anfang an da gewesen.

Aus unerfindlichen Gründen erschien ihm ein klassischer Anmachspruch zu schleimig. Und er wollte nicht schleimig wirken. Er wollte sexy wirken und begehrenswert. Jemand, der für jeden Spaß zu haben war.

Andere schafften es doch auch. Warum er nicht?

»Hallo, Matrose.« Er fragte sich, wie oft sie ihre Gäste schon so begrüßt hatte. Mit funkelnden Augen und einem Grinsen, das Tom sofort küssen wollte, lehnte sie sich über den Tresen. »Wie ich sehe, waren Sie in unserem Souvenirshop.«

Ihre Stimme klang genauso verführerisch wie in seiner Erinnerung. Er wollte sich ihren langen Pferdeschwanz mit den heidelbeerblauen Spitzen um die Finger wickeln.

Mit einem selbstironischen Lachen schaute er an sich herab. »Ja. Es gab da einen kleinen Notfall.«

»Was ist passiert?« Sie machte große Augen, und er sah die Belustigung darin.

»Sie würden es mir sowieso nicht glauben.«

»Stellen Sie mich ruhig auf die Probe.«

Wenn dies ein Tag war, an dem ihm die Konsequenzen seines Handelns am Arsch vorbeigingen, konnte er ihr doch ruhig die Wahrheit sagen, oder? Verschwörerisch beugte er sich zu ihr. »Es sieht ganz danach aus, als hätte ich ein kleines Loch ins Raum-Zeit-Kontinuum gerissen.«

Sie zog die Augenbrauen hoch. »Also … das erklärt zwar nicht Ihr Outfit, aber Sie haben recht, das ist eine ziemlich unglaubliche Geschichte. Wie haben Sie das angestellt?«

»Das ist mir selbst noch nicht ganz klar.«

»Haben Sie die Timelords gegen sich aufgebracht?«

Er lachte, weil er ihre Anspielung auf *Doctor Who* verstand. »Muss wohl.«

»Gerade, als ich dachte, ich hätte an dieser Theke schon alles gehört«, rief sie einem Kollegen zu, »kommt dieser Typ hier rein.« Gleich darauf wandte sie sich wieder Tom zu. »Sie sind ein faszinierender Mann …«

»… Tom«, half er ihr aus.

Sie tippte mit einem im Zebramuster lackierten Fingernagel gegen ihr Namensschild. »Casey. Was darf ich Ihnen bringen, Tom?«

Und jetzt? Wie sollte sein nächster Schritt aussehen? Vielleicht konnte er sich sein Wissen über sie zunutze machen. Sie wusste ja nicht, dass sie sich schon einmal unterhalten hatten. Er konnte es einfach ausprobieren und abwarten, was geschah.

»Ich glaube, ich bin in der Stimmung für ein Glas flüssigen Sonnenschein.« Tom spürte sein wachsendes Selbstvertrauen.

Sie lachte. »Dann sind Sie hier falsch. Ihnen ist doch klar, dass Alkohol stimmungsdämpfend wirkt, oder nicht?«

Er hatte gewusst, dass sie das sagen würde, freute sich aber trotzdem darüber. Er mochte den Klang ihres Lachens und wollte, dass ihre Unterhaltung unverkrampft blieb.

»Prinzipiell schon, ja.« Er stützte die Ellbogen auf die Theke. Megs hatte ihm immer gesagt, wie schön sie seine Arme fand. »Aber warum macht er mir dann meistens gute Laune?«

»Vielleicht sollte ich mal dasselbe bestellen wie Sie«, meinte sie und zog erneut eine Augenbraue hoch. »Was hätten Sie denn nun gern?«

Jetzt war sie wieder ganz geschäftsmäßig. Er musste ihr Interesse halten, damit er sie nicht an einen anderen Gast verlor. Immerhin lächelte sie einladend, das machte ihm Mut. Er rieb sich die Hände und tat so, als würde er lange und gründlich nachdenken. »Ich kann mich nicht so recht entscheiden.«

»Wonach ist Ihnen denn zumute?« Sie beugte sich nach vorn und wischte den bereits sauberen Tresen mit einem Handtuch ab. Sie wollte Zeit schinden. Ein gutes Zeichen.

Jetzt zu seiner Geheimwaffe. Ein Satz, von dem er wusste, dass er damit ihre Aufmerksamkeit fesseln würde, weil er von ihr kam.

»Warum überraschen Sie mich nicht? Ich bin auf der Jagd nach dem großen Unbekannten.« Er hielt ihren Blick fest, um zu sehen, wie sie auf diese Bemerkung reagierte.

Sie stutzte kurz, dann blinzelte sie. »Das sage ich auch immer.«

»Was?« Er tat unschuldig.

»Dass ich auf der Jagd nach dem großen Unbekannten bin.« Sie war ihm ziemlich nahe gekommen und hatte die unverbindliche Höflichkeit, mit der sie sonst ihre Gäste ansprach, abgelegt. Inzwischen klang sie deutlich intimer.

Sie fand ihn attraktiv, daran bestand kein Zweifel. Die Begegnung kam ihm beinahe schicksalhaft vor. Casey brauchte ja nicht zu wissen, dass das Schicksal lediglich eine Fehlfunktion des Universums war.

»Und haben Sie es schon gefunden?« Seine Wangen taten allmählich weh, weil er nicht aufhören konnte, sie anzulächeln. Was als reine Taktik begonnen hatte, wurde auch für ihn allmählich real.

»Ob ich das große Unbekannte schon gefunden habe?« Sie biss sich auf ihre volle Unterlippe.

»Ich frage mich nämlich, ob es ein Ort oder eher ein Gefühl ist ... oder womöglich eine Person.« Er schluckte und strafte damit das Selbstbewusstsein, das er auszustrahlen versuchte, Lügen. Das beinahe kindliche Anzeichen von Nervosität entging auch Casey nicht, doch statt darüber zu lachen, schien sie Gefallen daran zu finden.

»Sie sind irgendwie süß, wissen Sie das?«, wisperte sie. »Sie machen das zum ersten Mal, oder?«

Tom nickte fast unmerklich. »Stimmt.«

»Dann können Sie vielleicht ein bisschen Hilfe brauchen.« Sie zuckte kokett mit den Schultern. »Ich glaube, ich habe vorhin was Großes, Unbekanntes neben dem Schuppen beim Pool gesehen.«

»Dann sollte ich da wohl mal nachschauen.« Er klopfte zweimal auf den Bartresen und hielt den Blickkontakt zu ihr aufrecht. Er wollte sich vergewissern, dass sie beide das Gleiche im Sinn hatten. Er war noch nie so kühn gewesen und hatte Angst, er könne die Situation völlig falsch eingeschätzt haben. Doch sie zwinkerte ihm zu.

»Wir treffen uns in fünf Minuten«, warf sie ihm lässig über die

Schulter zu, ehe sie zum anderen Ende der Bar ging, um dort einige Softdrinks aufzufüllen.

Er blieb ruhig, bis er am Fuß der Treppe angelangt war, dann vergaß er seinen lässigen Schlendergang und fing an zu rennen.

Der Schuppen beim Pool.

Er sah sich um und schlug den schnellsten und unauffälligsten Weg ein. Doch er musste sich verkalkuliert haben, denn als er den kleinen Baumbestand erreichte, in dessen Schatten der Schuppen stand, wartete Casey bereits dort. Sie stand gegen die Holzwand gelehnt und sah noch heißer aus als zuvor in der Bar.

Die Reaktion seines Körpers ließ keine Zweifel zu. Er war bereit. Jetzt musste er nur noch seinen Verstand von seinem Vorhaben überzeugen.

Er war drauf und dran, eine andere Frau zu küssen. Er wollte sich beglückwünschen ... und vielleicht auch ein Aspirin nehmen.

»Du hast ganz schön lange gebraucht«, zog sie ihn auf.

»Und du hast Sommersprossen«, gab Tom zurück, als er bei Tageslicht zum ersten Mal die kleinen goldenen Pünktchen auf ihrer Nase und ihren Wangen sah.

»Richtig.« Sie lachte glockenhell. Ihr Körper war seinem so nahe, dass sie einander berührt hätten, wenn er tief eingeatmet hätte. Und das wollte er in diesem Augenblick mehr als alles andere: von jemandem berührt werden.

»Die sind ziemlich süß«, flüsterte er, ängstlich, dass die Blase platzen könnte – dass sie sich umdrehen und gehen und ihn mit seinen Gedanken allein lassen würde. Denn er hatte sehr viele Gedanken, und keiner von ihnen war gut.

»*Du* bist süß.« Im nächsten Moment lag ihre Hand an seiner Wange, und sie zog seinen Mund auf ihren. Tom drängte sich ihr entgegen und umfasste mit einer Hand ihren Oberschenkel, um ihr Bein anzuheben. Sie stöhnte in seinen Mund.

Sie vertieften den Kuss, während er sich an ihr rieb und sie damit beide um den Verstand brachte. Sie griff nach seiner freien Hand und legte sie auf ihre Brust. Tom wurde schwindlig. Er wollte, dass dieser Moment niemals zu Ende ging – dabei waren sie beide noch vollständig angezogen. Nicht auszudenken, wie viel Spaß er mit Casey haben würde, wenn sie erst nackt waren.

Als hätte sie seine Gedanken gelesen, ließ sie ihre Hände unter sein Hemd wandern und begann, mit ihren lackierten Nägeln seinen Rücken zu kratzen, bis plötzlich ihr Handy anfing zu klingeln.

»Willst du da rangehen?«, fragte er, während sie an seinem Hals knabberte.

»Ach, das ist wahrscheinlich bloß mein Freund.«

Das schlechte Gewissen, das er den ganzen Tag unterdrückt hatte, ließ ihn jäh innehalten. »Dein Freund?«

»Entspann dich, wir führen eine offene Beziehung. Nicht, dass ich häufiger mit Gästen rummache …« Sie fuhr fort, seinen Hals zu küssen, und er spürte an seiner Haut, wie sie lächelte. »Du bist eine Ausnahme. Ein sehr faszinierender Mann, wenn man sich die Klamotten wegdenkt.«

Er holte tief Luft und versuchte, die Stimmung zu retten, die sie heraufbeschworen hatten.

Sie lachte leise. »Außerdem ist er ziemlich dünn. Gegen dich hätte er keine Chance.«

Doch trotz aller Komplimente war die Magie zwischen ihnen auf einmal verflogen. Das Kindergeschrei, das vom Pool her zu ihnen drang, brach den Bann endgültig. Tom löste sich von ihr und wich einen halben Schritt zurück.

»Ich sollte …« Sein Versuch, sich der Situation zu entziehen, war alles andere als geschmeidig.

»Ach, solltest du?«, fragte Casey mit einem spöttischen Funkeln in den Augen. »Wahrscheinlich *solltest* du auch an Baseball oder an deine Mutter denken. Wir sind nämlich ein familienfreundliches Resort, und *das* da«, sie zeigte auf seinen Schritt, »ist definitiv *nicht* familienfreundlich.«

Toms Pheromon-Rausch verging deutlich schneller, als er gekommen war. Auf einmal kam er sich lächerlich vor, hinter einem Schuppen mit einer Frau, die zwar wunderschön, aber eine Wildfremde für ihn war, und er vermisste Megs mit einer solchen Heftigkeit, dass die Knie unter ihm nachzugeben drohten.

»Ich glaube, ich hasse mich«, sagte er, den Blick zu Boden geheftet. Er hatte ganz vergessen, dass Casey noch da war. Als er sie schnauben hörte, sah er auf.

»Armer kleiner reicher Junge.« Von Verführung war jetzt nicht mehr die Rede, stattdessen nahm er einen Anflug von Ekel in ihrer Stimme wahr. Er fragte sich, wie viele wohlhabende, aber insgeheim unglückliche Hotelgäste sie schon abgeschleppt hatte. Sie holte ihr Handy aus der Tasche, wandte sich ab und las im Davongehen ihre Textnachrichten.

Was sie machte, war ihre Angelegenheit. Tom hatte kein Problem damit, dass sie nach Vergnügen suchte. Aber das Gefühl, einfach irgendein Kerl zu sein, dessen Namen sie nicht einmal kannte, nur ein Gesicht unter vielen, hatte einen bitteren Beigeschmack. Tom und Megan hatten Hunderte, vielleicht sogar Tausende Male miteinander geschlafen. Sex mit Megan gab es in unzähligen verschiedenen Farben, Geschmacksrichtungen und Intensitätsgraden. Sie taten es fast nie halb bekleidet, und sie *vögelten* definitiv nicht. Aber genau so hatte sich sein Beinahe-Seitensprung mit Casey angefühlt: wie ein Vorgeplänkel zum Vögeln.

Hatte Megs sich so gefühlt, als sie mit Leo geschlafen hatte? Oder konnte man das gar nicht vergleichen, weil Leo ihr etwas bedeutete?

Ein Gefühl der Leere und Sehnsucht stieg in ihm hoch wie eine Flutwelle. Er hatte Angst, darin zu ertrinken.

Wo immer sie steckte, was auch immer der tiefere Sinn dieses niemals endenden Tages war – hatte es ihr das Herz gebrochen, als Tom und Casey sich geküsst hatten? Tom hätte schwören können, dass er es gespürt hatte.

Oder vielleicht war es auch sein eigenes Herz gewesen, das ein zweites Mal gebrochen war.

Er ließ sich zu Boden sinken. Sein Schädel pochte, und er spürte ein schmerzhaftes Ziehen im Brustkorb. Er fühlte sich an einen Abend vor drei Jahren erinnert. Vielleicht waren es auch fünf. Wenn man so viel Zeit miteinander verbracht hatte, blieben die Erinnerungen nicht immer in chronologischer Reihenfolge, sondern vermischten sich wie Spielkarten. An besagtem Abend hatten Megs und er auf dem Sofa geknutscht, während im Fernsehen irgendeine Show aus dem *Bachelor*-Universum lief.

»Wenn das so weitergeht, müssen wir ein Kondom holen, Mr Prescott«, hatte sie in gespielt strengem Tonfall zu ihm gesagt.

»Oder wir könnten ein Baby machen«, war seine, nur halb scherzhaft gemeinte, Antwort gewesen.

Daraufhin hatten sie angefangen, sich die schlimmsten Babynamen auszudenken, die ihnen einfielen (»Was ist mit Alexander Graham Bellhop?«, »Nein, nein, Camembert van Gouda gefällt mir viel besser.«). Sie hatten gelacht, bis ihnen die Tränen kamen.

»Ich hoffe nur, dass ich nicht wie meine Mutter ende«, hatte Megs irgendwann gesagt und sich die Augen gewischt. Die Fröhlichkeit war aus ihrem Ton verschwunden.

Eine längst verdrängte Erinnerung war dann an die Oberfläche seines Gedächtnisses gekommen. »Ich auch. Einmal als Kind habe ich meine Mom gefragt, ob sie mit mir in den Park geht.

Sie sagte, sie müsse zu einem Termin, also ist die Nanny mit mir gegangen. Wir sind früher als erwartet zurückgekommen, weil ich zu lange auf dem Karussell gefahren bin und mir irgendwann schlecht wurde. Als wir ins Haus kamen, saß meine Mom in einer Kunstpelzjacke vor dem Fernseher, aß Chips und schaute *Days of Our Lives*. Sie hat geweint.«

Tom hatte noch nie zuvor jemandem davon erzählt. Es wäre möglich gewesen, die Anekdote so wiederzugeben, dass sie lustig klang – etwas, worüber sie gemeinsam lachen konnten. Doch so, wie er sie erzählt hatte, hatte sie tragisch geklungen. Megs hatte ihn in die Arme genommen und ihm gesagt, dass sie ihn liebte. Und dann, als Tom schon begonnen hatte, sich dafür zu schämen, weil er aus einem uralten Erlebnis so eine große Sache gemacht hatte, hatte sie ihm einen Kuss auf die Nase gegeben und verkündet: »Ich verspreche dir, für mich wird Vorabendfernsehen niemals wichtiger sein als du.«

Danach hatte sich die Stimmung wieder gebessert, und sie hatten die nächsten Minuten damit verbracht, sich weitere schauderhafte Namen auszudenken – diesmal für Figuren in Seifenopern.

Frustriert ließ Tom nun den Kopf gegen die Schuppenwand sinken. Ein Prescott weinte nicht. Mit Weinen löste man keine Probleme. Es war ein Zeichen von Schwäche, und vermutlich war genau das der Grund, weshalb seine Mutter an jenem Tag allein zu Hause geblieben war – damit niemand sie weinen sah.

Er fuhr sich mit den Fingern durch seinen praktischen Haarschnitt (»Wusstest du das nicht? Praktisch ist das neue Sexy«, sagte Megs oft zu ihm). Er zog an den Haaren, bis es wehtat. Dann zog er noch fester, so lange, bis ihm die Tränen in die Augen schossen.

Am Morgen hatte er sich so sehr gewünscht, endlich an einem

neuen Tag aufzuwachen. Jetzt wünschte er sich, er könnte diesen noch einmal wiederholen.

Anarchie war eindeutig überbewertet.

Kapitel 23

Megan

Das Licht draußen hatte sich verändert, und durch die Fenster des Hotelzimmers wurden allmählich die Sterne sichtbar. Megan und Leo hatten stundenlang im Bett gelegen. Geredet hatten sie dabei nur sehr wenig.

Megan kuschelte sich in Leos Arme, während er mit den Fingern Kreise auf jeden Zentimeter ihrer Haut malte. Im Nachhinein konnte sie nicht glauben, dass sie die gestrige Version des Tages jemals für die richtige gehalten hatte. Ihre Bestimmung lag hier. Das Universum wollte Tom und sie nicht zusammenbringen – es versuchte nach Kräften, sie auseinanderzureißen.

Irgendwann hielten Leos Finger inne. Sie stützte sich auf den Ellbogen, um ihn besser ansehen zu können. »Was ist?«

»Es ist ein bisschen spät dafür, aber du nimmst doch die Pille oder hast irgendeinen Ring oder eine dieser Tassen, richtig?«

Sie schnaubte. »Eine *Tasse*? Hat die Industrie eine Verhütungstasse auf den Markt gebracht, von der ich nichts weiß?«

Doch mit Humor kam sie nicht gegen Leos aufsteigende Panik

an. »Nein. Du weißt schon – eine Spirale oder ein Diaphragma oder was weiß ich.«

»Du glaubst, das sind *Tassen*?« Megan konnte ihr Gelächter nicht zurückhalten. Leo hatte so viel Erfahrung mit Frauen, aber was solche Details anging, war er vollkommen ahnungslos.

»Megan! Ich meine es ernst!«

Daraufhin musste sie nur noch heftiger lachen. Sie stellte sich vor, was passieren würde, wenn sie an diesem sich ständig wiederholenden Tag schwanger würde. Wäre sie dann jeden Morgen wieder unschwanger, oder würde ihr Körper das Baby – auf welche Weise auch immer – vor der Zeitschleife beschützen, sodass sie eines Tages in der vierzigsten Schwangerschaftswoche auf ihrem Probedinner erscheinen würde? Wie gerne würde sie Donnas und Carols Gesichter sehen. Möglicherweise würde Johns Kopf explodieren.

Das wäre es fast wert.

Vielleicht sollte sie sich ein Tattoo stechen lassen oder sich den Schädel kahl rasieren, um zu testen, ob ihr Körper gegen die Zeitschleife immun war.

»Du lächelst«, stellte Leo fest. »Heißt das, es ist alles in Ordnung? Es besteht kein Grund zur Sorge?«

»Es besteht kein Grund zur Sorge.« Megan küsste ihn auf die Nasenspitze. Er schlang den Arm um sie, drehte sie auf den Rücken und strich ihr die Haare aus dem Gesicht.

»Hi«, sagte er leise und zärtlich.

»Hi.«

Sie küssten sich, und es dauerte nicht lange, bis aus der Zärtlichkeit Leidenschaft wurde. Begierde. Doch seine Bemerkung über eine mögliche Schwangerschaft ließ Megan nicht los. Unwillkürlich musste sie daran denken, wie sie und Tom sich einmal alberne Babynamen ausgedacht hatten. Der Gedanke erfüllte sie mit Wehmut über die verlorene Vertrautheit zwischen ihnen. Sexuelle Befriedigung war von Anfang an nur ein kleiner Teil ihrer Beziehung gewesen, davon hatte sie genug auf der Highschool gehabt. Der Sex mit Tom war vor allem deshalb so intensiv und schön, weil sie beide bereit waren, sich dem anderen vollkommen hinzugeben, und keine Angst hatten, ihre Verletzlichkeit zu offenbaren.

Für Megan bestand diese Verletzlichkeit aus kleinen Dingen. Sie erlaubte ihm zu sehen, wie sich die Schwerkraft auf ihre recht üppigen Brüste auswirkte, die sie nie wirklich gemocht hatte, und er erlaubte ihr zu sehen, wie sein Körper unmittelbar nach dem Höhepunkt zusammenzuckte. Sie beide erzählten einander offen, was sich für sie gut anfühlte und was nicht.

Beim Sex waren sie immer aufrichtig zueinander gewesen. An allem anderen haperte es ganz offensichtlich.

Leo machte sich von ihr los. »Givens. Wo bist du mit deinen Gedanken?«

Sie betrachtete das Funkeln in seinen Augen, seine gebräunte Haut und das sonnengebleichte Haar. Sie kannten einander schon seit Ewigkeiten, trotzdem würde es seine Zeit dauern, bis sie den Grad von Intimität erreicht hatten, nach dem sie sich sehnte. Es war nicht fair, ihn in dieser Hinsicht mit Tom zu vergleichen. Es war viel leichter, jemandem gegenüber offen zu sein, wenn man bereits im Alter von achtzehn Jahren damit angefangen hatte.

»Falls meine Verhütungstasse versagt hat und ich versehentlich schwanger geworden bin, welchen Namen würdest du unserem Baby dann geben?« Als Leo die Stirn in Falten legte, begriff sie, dass er mit ihrer Frage nichts anfangen konnte. Also öffnete sie die Tür ein bisschen weiter. »Ich meine, du reist ja sehr viel – vielleicht würdest du es United Airlines Flug 7 421 nennen.«

»Ich mag es, dass du so versponnen bist«, sagte Leo schmunzelnd. »Aber ich will keine Kinder. Nicht mal hypothetische.«

»Oh.« Megan war so lange davon ausgegangen, dass sie eines Tages Mutter sein würde (Toms Eltern hatten Enkelkinder fest eingeplant, und auch Donna drängte sie immer wieder), dass sie erst jetzt feststellte, dass sie gar nicht genau wusste, wie ihre eigene Einstellung zu dem Thema aussah.

»Es erscheint mir unverantwortlich, ein Kind in die Welt zu setzen, nur damit es eines Tages jede Menge Umweltprobleme und eine soziopolitische Trümmerlandschaft von uns erbt.«

Dies war eine Auffassung, die viele von Megs' Bekannten teilten, und prinzipiell konnte sie sie auch gut nachvollziehen. Doch aus rein egoistischen Motiven hatte sie sich schon oft ausgemalt, wie es wäre, ein Kind im Arm zu halten. Ihr eigenes Kind. Einen kleinen Menschen, den sie lieben und umsorgen konnte, so wie Paulina es mit ihr getan hatte.

»Ganz unrecht hast du nicht.« Ein fehlender Kinderwunsch war kein Ausschlusskriterium, fand sie – zumal Leo andere überzeugende Argumente auf seiner Seite hatte.

»Ist das ... okay für dich?«

Die Zaghaftigkeit in seiner Stimme rührte an ihr Herz. Sie nahm sein Gesicht in beide Hände und küsste die Sorgenfalten zwischen seinen Augenbrauen weg. »Klar ist das okay. So schnell wirst du mich nicht los, Leo.«

Er zog sie ganz fest an sich, und so lagen sie da, in ein wildes Knäuel aus Decken gehüllt wie in einen schützenden Kokon. Erst als Leos Magen knurrte, machte das der verträumten Stimmung ein Ende. Sie mussten lachen.

»Hunger?«

»Bärenhunger«, gestand er. »Wie wäre es mit Abendessen? Wir könnten uns was aufs Zimmer kommen lassen.«

Doch Megan antwortete nicht. Ihre Gedanken waren an dem Wort »Abendessen« hängen geblieben. Sie wälzte sich im Bett herum und warf einen Blick auf den Wecker. Neunzehn Uhr fünfundzwanzig. Sie war schon fast eine halbe Stunde zu spät zu ihrem eigenen Probedinner.

Eine Woge der Angst stieg in ihr hoch, doch ehe sie brechen konnte, rief Megan sich ins Gedächtnis, dass sie nicht hingehen musste, wenn sie nicht wollte.

Niemand konnte sie zwingen.

»Ja«, sagte sie. »Abendessen. Und danach?«

Leo streckte umständlich die Arme und ließ seinen Bizeps spielen, ehe er die Hände hinter dem Kopf verschränkte. Megan staunte, dass sie selbst seine Achselhaare sexy fand. *Alles* an Leo war sexy.

»Ich muss am Sonntag nach Belize, um bei einer unserer Touren eine Qualitätskontrolle durchzuführen. Willst du mitkommen?«

Megan versuchte, sich vorzustellen, wie es wäre, all ihre Verpflichtungen in den Wind zu schießen und mit Leo durchzubrennen. Vorausgesetzt, dass die Zeit sich irgendwann wieder in Gang setzte.

Sie konnte es tun. Sie konnte mit ihrem Was-wäre-wenn durchbrennen.

Es war ein Gefühl, als hätte jemand mit einem Vorschlaghammer die Ketten gesprengt, die sie seit Jahren mit sich herumschleppte.

»Erst Abendessen, dann Belize.«

Der Schock stand ihm ins Gesicht geschrieben. »Meinst du das wirklich ernst? Du kommst mit?«

Megan hob ihr Kleid vom Boden auf und hielt es sich vor die Brust. »Und wie ernst ich es meine. Mit dir nach Belize zu fliegen hört sich großartig an. Ich gehe nur schnell in mein Zimmer und packe meine Sachen.«

Gesetzt den – sehr unwahrscheinlichen – Fall, dass es ein Morgen gab, durfte diese Rettungskapsel nicht ohne sie losfliegen. Sie wollte so schnell wie möglich in ihr neues Leben starten.

Ehe sie ging, streckte Leo noch einmal die Hand nach ihr aus. Er strich mit den Fingern ihren Arm hinunter, bis er ihre Hand fand. »Wir tun es wirklich.«

Ihr Mund verzog sich zu einem Lächeln. »Wir tun es wirklich.«

Kapitel 24

Tom

Megs war nicht beim Probedinner – Tom hatte klammheimlich durchs Fenster gespäht und sie nicht gesehen. Weil er keine Ahnung hatte, wo er sonst nach ihr suchen sollte, tigerte er rastlos in ihrer Suite auf und ab. Er trug immer noch die Sachen aus dem Souvenirladen. Obwohl er die letzten Stunden damit verbracht hatte, sich zu überlegen, was er ihr sagen würde, wenn sie sich sahen, trudelten die Worte in seinem Kopf noch immer wild durcheinander. Es war, als hätte jemand lauter einzelne Silben in eine Popcornmaschine geworfen, wo sie nun herumwirbelten und platzten, sobald sie zu heiß wurden.

Ein gedämpftes Piepsen ließ ihn zusammenzucken. Er wartete gefühlt mehrere Stunden, bis der Türknauf herumgedreht wurde, dann stand sie vor ihm. Die Wangen gerötet, die Haare zerzaust, das Kleid zerknittert.

Und Tom hatte gedacht, sein Tag wäre anstrengend gewesen.

»Hey.« Es war die erste heiße Silbe, die aus seinem Mund sprang.

»Hey.« Sie klang überrascht. Offenbar hatte sie nicht mit ihm gerechnet.

Es war schwer, ein Gespräch zu beginnen, wenn man nicht wusste, wie man zu seinem Gegenüber stand. Vor zwei Jahren, als er ihr den Antrag gemacht hatte, hatte er es noch gewusst. Vor einer Woche, als sie im Bett gelegen und sich darüber unterhalten hatten, was sie für die Flitterwochen einpacken wollten, hatte er es auch noch gewusst. Die letzten zwölf Jahre lang hatte er es mit jeder Faser seines Wesens *gewusst*. Doch diese Zeitschleife führte ihm wieder und wieder vor Augen, dass er in Wahrheit rein gar nichts wusste.

»Dann schwänzt du wohl auch das Dinner.« Nicht gerade der eleganteste Gesprächseinstieg.

»Ich habe irgendwie keinen Sinn darin gesehen hinzugehen«, gab sie gepresst zurück.

»Ja.« Er zupfte am Kragen seines Polohemds, der ihn am Hals kratzte.

»Was hast du da überhaupt an?« Sie betrachtete seine Hose und das pastellfarbene Hemd mit dem Roche-Harbor-Logo. Im selben Moment sagte er: »Sollen wir reden?«

Sie standen da wie gelähmt. Keiner von ihnen wusste, welche Frage sie zuerst beantworten sollten.

»Ich habe mein Gepäck ins Meer geworfen«, rief Tom ihr schließlich ins Gedächtnis.

»Ich habe jetzt eigentlich keine Zeit zum Reden, aber wenn alles so weitergeht wie bisher, musst du dir keine Sorgen machen. Dann bleibt uns immer noch die Ewigkeit.«

Die Ewigkeit. Tom wusste nicht, ob er an ein Leben nach dem Tod glaubte, aber tief in seinem Herzen war er immer davon ausgegangen, dass er ewig mit Megs zusammen sein würde. Das war einer der Gründe, weshalb sie irgendwann aufgehört hatten, Feiertage wie den Valentinstag oder ihren Jahrestag zu begehen. Außerdem wurden sie sich nie einig, welcher Tag denn nun am meisten Aufmerksamkeit verlangte. War es der Tag, an dem sie zum ersten Mal in der Lehrveranstaltung über Naturkatastrophen nebeneinandergesessen hatten? Ihr erstes Date? Ihr erster Kuss? Der Tag, an dem sie offiziell zusammengezogen waren?

Sie umgingen das Problem, indem sie einander ganz spontan mit einem kleinen Geschenk oder einem romantischen Abendessen überraschten. Einmal hatte Megs eine Karaokemaschine aus der Redaktion ausgeliehen und den Text von *Mint Car* von The Cure so umgedichtet, dass er die Höhepunkte ihrer Beziehung enthielt. Ein andermal hatte Tom aus alten Kinokarten, Restaurantquittungen, Podcast-Empfehlungen, die Megs extra für seinen Weg zur Arbeit zusammengestellt hatte, und einem zerrissenen Slip, der am Griff der Schublade hängen geblieben war, als sie einmal Sex in der Küche gehabt hatten, ein ziemlich stümperhaftes Scrapbook gebastelt.

Als er nun ihre verschmierte Wimperntusche und das verrutschte Kleid betrachtete, stieg eine Wärme in ihm hoch und breitete sich in seiner Brust aus. Er wusste, dass er ihr ihre Untreue nicht nur verzeihen *wollte*, sondern es auch *konnte*.

»Hast du mal aufs Handy geschaut?«, brach Megs das drückende Schweigen.

»Schon eine ganze Weile nicht mehr. Wieso?« Als er sein Smartphone zückte, erschien auf dem Sperrbildschirm eine schier endlose Reihe ungelesener Nachrichten. Wäre dies ein ganz normaler Tag gewesen und hätte er noch an die Existenz einer Zukunft geglaubt, wäre ihm sofort der Angstschweiß ausgebrochen. Stattdessen lachte er bloß. Es war wirklich komisch: Seine bisherigen Vorstellungen davon, was im Leben wichtig war (den Ansprüchen der Familie gerecht werden; dafür sorgen, dass am

Hochzeitswochenende alles glattlief), erschienen ihm auf einmal vollkommen absurd. Aber sein Lachen war auch ein Versuch, die Anspannung zu vertreiben. Denn irgendetwas an Megs' Verhalten kam ihm eigenartig vor. Am Morgen war sie wütend gewesen. Jetzt war sie immer noch wütend, aber zugleich auch voller Tatendrang, als wäre sie beseelt von einem neuen Ziel. Und er hatte keine Ahnung, was dieses Ziel war.

»Ich nehme mal an, du hast auch ziemlich viele Nachrichten bekommen. Tja, so ist das wohl, wenn man die eigene Hochzeit schwänzt.« Sie holte ihren Koffer aus dem Schrank und begann, wahllos Kleider und Toilettenartikel hineinzuwerfen.

Sein Lachen geriet ins Stocken, und eine eisige Kälte ergriff von ihm Besitz.

Sie wollte ihn verlassen.

Das war es, was sie antrieb. Sie wollte weg. Jetzt gleich.

Panik stieg in ihm hoch. Das durfte sie nicht. Ohne Megan würde er es in dieser Zeitschleife nicht aushalten. Es gab zu viel, was noch gesagt werden musste.

»Warte …« Er ging durch den Raum auf sie zu und nahm ihre Hand. »Können wir reden?«

»Worüber denn?« Sie drehte sich zu ihm herum, allerdings nur, um seine Berührung abzuschütteln. »Es gibt hier keine festen Regeln, Tom. Ich glaube, wir sind das alles ganz falsch angegangen. Bist du noch gar nicht auf die Idee gekommen, dass der eigentliche Zweck dieser permanenten Wiederholung nicht der ist, dass wir zusammenbleiben, sondern dass wir uns trennen?«

Sie sagte dies so hitzig, dass er instinktiv zurückwich. »Wovon redest du?«

»Ich habe mit Leo geschlafen.«

Befanden sie sich noch in derselben Zeitschleife? Ja, sie hatten sich am Morgen am Fähranleger gestritten, aber bestimmt hasste sie ihn nicht so sehr, dass sie jetzt nicht mal mehr ein vernünftiges Gespräch mit ihm führen konnte. Und weshalb tat sie so, als wüsste er nichts davon?

»Das weiß ich.«

»Nein, Tom. *Ich habe mit Leo geschlafen.*«

Die Bedeutung dieses Satzes sickerte im Zeitlupentempo zu ihm durch. Auf einmal ergab ihre aufgelöste Erscheinung einen Sinn.

Er schämte sich für seine Naivität. *Natürlich* hatte sie mit Leo geschlafen. Sie waren übereingekommen, dass der heutige Tag ein Fest der Anarchie werden sollte, und sie war schnurstracks in die Arme des Mannes geflüchtet, der das Konzept erfunden hatte. In die Arme des Mannes, nach dem sie sich vermutlich all die Jahre heimlich verzehrt hatte.

Des Mannes, der in ihren Augen kein Feigling war.

Es gab keinen Weg zur Vergebung, kein Happy End, keine göttliche Intervention. Wenn Megs darauf bestand, die ganze Welt, die sie gemeinsam aufgebaut hatten, in Schutt und Asche zu legen, konnte er sie nicht daran hindern. Er konnte nur noch einen letzten Schuss gegen sie abfeuern, damit sie nicht sah, wie gedemütigt er sich fühlte. Um seine Niederlage zu kaschieren.

»Super. Herzlichen Glückwunsch.« Er hob die Hände. »Und ich habe eine Barkeeperin gevögelt.«

Das entsprach nicht ganz der Wahrheit. Trotzdem …

»Hervorragend. Ich hoffe, es war gut.« Sie griff nach dem Türknauf und riss die Tür auf. Kleidungsstücke quollen aus ihrem halb geschlossenen Koffer. »Ich wünsche dir noch ein schönes Leben.«

»Ja. Viel Spaß beim Ficken mit Leo.«

Sie knallte die Tür hinter sich zu, und er wartete, bis ihre

Schritte draußen im Flur verklungen waren. Erst dann ließ er sich aufs Bett sinken.

Sie sprachen nie darüber, aber einmal, mit fünfundzwanzig, hätten er und Megs sich fast getrennt. Es war kurz vor dem Ende seines Volontariats gewesen, und Megs hatte sich aus einer Laune heraus für eine Stelle bei GQ in London beworben, weil sie die Idee, im Ausland zu leben und gleichzeitig näher bei Paulina und Hamza sein zu können, verlockend fand.

»Komm doch mit«, hatte sie zu ihm gesagt, als sie am Küchentisch saßen. Sie hatten einen kleinen Block mit Haftnotizen unter eins der Beine geklemmt, damit er nicht wackelte. Trotzdem war er immer ein bisschen zur Seite gekippt, wenn einer von ihnen die Ellbogen auf die Tischplatte stützte.

Er hatte sie selbst dazu ermutigt, die Bewerbung abzuschicken. Er hatte sich gar keine Gedanken darüber gemacht, was geschehen würde, wenn sie die Stelle tatsächlich bekam. Sie bewarb sich oft auf irgendwelche Jobs an weit entlegenen Orten, das war für sie eine Art, Frust abzubauen. Er hatte darin immer nur einen Bewältigungsmechanismus gesehen, nicht etwas, das irgendwann mal konkrete Auswirkungen auf ihren Alltag haben könnte.

Doch dann hatte tatsächlich ein Stellenangebot vorgelegen – und damit eine akute Bedrohung ihres Lebensentwurfs.

»Ich kann nicht mitkommen«, hatte er entgegnet. Er hatte Jahre gebraucht, um dorthin zu gelangen, wo er war. In wenigen Monaten würde er seine Zulassung erhalten und fortan als Anwalt viel Geld verdienen. In ein Flugzeug zu steigen und all das einfach aufzugeben war ein beängstigender Gedanke gewesen. Beängstigend und unvorstellbar.

Er hatte sich nach vorn gebeugt und sie forschend betrachtet, um zu ergründen, ob sie es womöglich gar nicht ernst gemeint hatte. Vielleicht hatte sie nicht wirklich vor, alles hinzuschmeißen, was sie sich hier aufgebaut hatten. Der Tisch hatte sich zur Seite geneigt.

»Nein?«, hatte sie gefragt. Es klang flehentlich. »Es könnte so schön werden, das weißt du genau. Nur du und ich und manchmal Paulina und Hamza. Warum denn nicht?«

Weil sie bereits andere Pläne gehabt hatten. Weil sie diese Pläne damals bereits *lebten*. Erst Harvard, dann ein Masterstudium für sie und ein Jurastudium für ihn. Dann New York. Sie hatten das alles gemeinsam durchgezogen. Wo war die Megs geblieben, die nichts mehr liebte, als Punkte auf ihrer To-do-Liste abzuhaken?

Ich kann nicht mitkommen und *Nein?* – die Worte hatten zwischen ihnen in der Luft vibriert. Er hatte immer noch auf ein Zeichen gewartet, dass sie es nur im Scherz gesagt hatte. Dass sie nicht *wirklich* nach London wollte.

»Soll ich ohne dich gehen?«, hatte sie schließlich gefragt.

In dem darauffolgenden Schweigen hatte er das Gefühl, als wäre der wacklige Tisch das Einzige, was ihn noch aufrecht hielt. Staubkörnchen, normalerweise unsichtbar, hatten im Licht der Sonnenstrahlen, die durchs Küchenfenster hereinfielen, getanzt.

Den Schmerz in ihren Augen zu sehen, während sie auf seine Antwort gewartet hatte, war die reinste Qual gewesen, und kurze Zeit später waren sie beide in Tränen ausgebrochen. Sie waren einander in die Arme gefallen und vom Küchentisch zum Sofa umgezogen, wo sie nebeneinandergesessen und sich aneinander festgehalten hatten. Schlussendlich hatten sie das Gespräch nicht fortgeführt, und Megs war nicht nach London geflogen. Noch nie hatte er das Gefühl gehabt, so haarscharf an einer Tragödie vorbeigeschlittert zu sein.

Und trotzdem würde Tom diese Begebenheit fortan lediglich

als eine Zwei auf seiner ganz persönlichen Saffir-Simpson-Hurrikan-Windskala einstufen.

Das heute war eine glatte Fünf.

Er war so nah dran gewesen ... *so* nah dran, ihr zu verzeihen. Aber sie wollte einfach nur so schnell wie möglich weg von ihm. Seine Augen brannten, ein Kloß formte sich in seiner Kehle.

Diesmal war er nicht haarscharf an einer Trennung vorbeigeschrammt. Diesmal machte sie Ernst. Sie hatte mit seinem besten Freund geschlafen. Zum zweiten Mal. Megs hatte die Welt für ihn bedeutet, und er war für sie nichts weiter gewesen als ein ... Platzhalter.

Er wollte mit der Faust gegen die Wand schlagen. Er wollte weinen. Sie hatten sich an diesem niemals endenden Tag schon mehr als einmal getrennt, aber nun zusehen zu müssen, wie sie ihre Sachen packte, um mit Leo abzuhauen – das verlieh dem Ganzen eine schreckliche Endgültigkeit. Sie hatte ihre Wahl getroffen.

Er zog sich die Hose und das pastellfarbene Polohemd aus und kroch nackt ins Bett. Das Adrenalin von ihrem Streit verebbte genau wie das Echo der zuschlagenden Tür. Wenn das Universum es zuließ, würde er bis in alle Ewigkeit schlafen.

Fünfter Tag

Kapitel 25

Megan

Obwohl sie in Leos Armen eingeschlafen war, erwachte Megan in ihrer Suite, als Donna hereingeplatzt kam.

Sie blinzelte verschlafen und salutierte ihrer Mutter spöttisch, ehe sie an ihr vorbeiging, um geräuschvoll und bei sperrangelweit geöffneter Badezimmertür ihre Blase zu leeren.

»Was machst du …« Erschrocken hielt Donna sich die Augen zu. »Vielleicht ist das ja in eurer Beziehung üblich, aber so kann man einen Mann auf Dauer nicht halten.«

Megan gingen tausend Erwiderungen durch den Kopf, doch statt sich für eine zu entscheiden, nahm sie lediglich den Hotelbademantel vom Haken und zog ihn über ihren knappen Pyjama. Ohne dem Monolog ihrer Mutter Gehör zu schenken, verließ sie das Zimmer.

Ihre Haare sahen aus wie das Nest eines Otters, ihre Wangen waren garantiert noch zerknittert vom Kopfkissen, und ihr Morgenatem roch derart ranzig, dass sie ihn schmecken konnte. Nichtsdestotrotz stapfte sie unverdrossen den Flur entlang, bestieg den Fahrstuhl und fuhr nach unten in die Lobby.

Dort angekommen, ließ sie sich in einen Ohrensessel fallen, wo sie wenig später von einem Mitarbeiter des Hotels angesprochen wurde. Es war derselbe, der sonst an der Rezeption stand und Megans eigene Hochzeitsgäste eincheckte, die sie scheinbar nicht mehr loswurde.

»Kann ich Ihnen irgendwie behilflich sein, Miss?«, fragte er mit an Aggression grenzender Höflichkeit.

»Nein.« Megan fixierte ihn mit trübem Blick. Ihre Augen mussten sich erst noch an den neuen alten Tag gewöhnen. »Ich warte auf jemanden.«

»Vielleicht wäre es bequemer für Sie, wenn ...«

Megan neigte den Kopf zur Seite, um den armen Mann besser mustern zu können. Er verfügte eindeutig nicht über die notwendigen Fähigkeiten, um mit dem seltsamen Geschöpf umzugehen, das die Zeit in seine Lobby gespült hatte.

»Ich bin die Braut«, teilte sie ihm durch zusammengebissene Zähne mit.

Diese vier magischen Worte zeigten Wirkung, denn der Mann entfernte sich sogleich und zog sich wieder hinter seinen Rezeptionstresen zurück.

Megan wusste nicht, was Tom für heute geplant hatte. Sie hatte bereits beschlossen, ihn nur kurz abzuklatschen und zum Weitergehen aufzufordern, wenn er an ihr vorbeikam. Ihr stand nicht der Sinn nach einem weiteren Streit oder der nächsten unehrlichen Aussprache.

Sie hatten an diesem höllischen Tag schon so viel geredet, aber statt wieder zueinanderzufinden, war das genaue Gegenteil passiert. Sie hatte sich ihm noch nie so fremd gefühlt.

Während sie wartete, kritzelte sie auf dem Block herum, der neben dem Telefon in der Lobby für Gäste bereitlag. Zunächst versuchte sie, sich selbst im Tic Tac Toe zu schlagen. Dann malte sie einen Kringel, der immer größer und größer wurde, bis er irgendwann die ganze Seite ausfüllte. Sie stellte sich vor, der Kringel wäre ein Tornado, und sie würde hineinfallen, mitten durch das Auge des Sturms. Was wohl am anderen Ende auf sie wartete? Und warum passierte das alles ausgerechnet ihr?

Lösungen für Probleme zu finden lag ihr im Blut. Sie besaß praktisch ein eigenes Gen dafür – obwohl sie das definitiv nicht von ihrer Mutter geerbt hatte.

Ihr Körper lechzte nach Kaffee und fester Nahrung. Gleichzeitig empfand sie eine perverse Genugtuung darin, sich die Befriedigung dieser grundlegenden Bedürfnisse zu verweigern. Sie würde sich nicht eher vom Fleck rühren, als bis sie Punkt Nummer eins auf ihrer heutigen To-do-Liste abgehakt hatte.

Endlich öffneten sich die Eingangstüren, und Paulina erschien, in Sonnenlicht getaucht und von einer leichten Brise umweht. Sie hielt sich den dicken Bauch, beklagte sich, dass das Baby Schluckauf habe und dass das ständige Zucken sie aussehen ließe, als würde sie ein Alien ausbrüten. Hamza lachte, ehe er ihr sanft den Bauch rieb und dem Baby zuflüsterte, es solle seine Mutter nicht so ärgern.

Megan beobachtete die beiden, als wäre sie die Zuschauerin eines Theaterstücks. Genau diese Leichtigkeit und Selbstverständlichkeit wünschte sie sich für ihre Beziehung. Irgendwann wurde die Sehnsucht so groß, dass ihr Tränen in die Augen traten. Wenn es so etwas wie Seelenverwandte gab, dann waren Paulina und Hamza ein perfektes Beispiel dafür.

Mit den Ärmeln des Hotelbademantels wischte sie sich die Tränen von den Wangen und atmete einmal tief durch, um sich zu sammeln. Das Geräusch erregte Paulinas Aufmerksamkeit.

»Megan!« Sie warf Hamza ihre Handtasche zu und eilte, so schnell ihre Leibesfülle es erlaubte, zu ihrer Nichte. »Du wirst aufstehen müssen, wenn du dir die Umarmung abholen willst, die ich extra für dich vorbereitet habe, denn wenn ich mich bücke, kippe ich vornüber und komme nicht wieder hoch. Mein Körperschwerpunkt ist nicht mehr da, wo er früher mal war.«

Megan lachte unter Tränen. Sicher, sie hatte ihre Tante bisher jeden Tag gesehen. Aber heute brauchte sie Paulina wirklich.

»Was ist denn los, meine Kleine?«, murmelte Paulina in Megans Haar, während sie sie im Arm hielt. »Nicht, dass ich diesen Hotel-Hobo-Chic nicht mag – aber du siehst ganz schön fertig aus.«

»Es ist alles vorbei. Es findet nicht statt.«

Als Megan noch klein war, hatte es sie immer schrecklich mitgenommen, wenn sie in der Schule Ärger bekam oder getadelt wurde. Doch sie hatte ihre Tränen tapfer heruntergeschluckt, um sich vor ihren Klassenkameraden nicht noch mehr zu blamieren. Bis zum letzten Klingeln hatte sie ihren Kummer stets zurückgehalten, dann war sie, so schnell sie ihre kleinen Beine trugen, zu Paulinas Haus gerannt. Kaum hatte Paulina die Tür geöffnet, waren alle Dämme gebrochen, und Megan hatte sich von ihrer Tante im Arm halten lassen, bis sie sich ausgeweint hatte.

Als sie nun in der Hotelhalle stand und Paulinas sichere Umarmung spürte, fühlte Megan sich wieder wie das kleine Mädchen, das in der Schule Ärger bekommen hatte.

Nur dass ihr jetziges Problem um einiges verzwickter war.

»Hamza«, rief Paulina über Megans bebenden Kopf hinweg. »Hast du schon eingecheckt? Hast du die Schlüssel?«

»Hab sie«, hörte Megan ihn antworten.

»Okay, Kleines. Lass uns irgendwo reden, wo wir ungestört sind, hm?«

Zusammen machten sie sich auf den Weg zu Paulinas und Hamzas Zimmer. Megan half ihnen mit dem Gepäck, und der gute Hamza lenkte sie von ihrem Elend ab, indem er haarsträubende Geschichten von den rätselhaften Stimmungsschwankungen ihrer Tante und ihrem unstillbaren Heißhunger auf Milchprodukte zum Besten gab.

»Einmal bin ich nach Hause gekommen und habe gesehen, wie sie sich den Schokosirup direkt in die Milchflasche geschüttet hat«, sagte er mit einem verdatterten Lächeln.

»Ja. Und du kannst dir nicht vorstellen, wie heftig ich jedes Mal davon pupsen muss«, fügte Paulina trocken hinzu.

»Wir schieben die Schuld für Linas unflätiges Benehmen gerne auf das Baby.« Abermals tätschelte Hamza seiner Frau liebevoll den Bauch. »*Das Baby* neigt zu Blähungen.«

Er zog die Schlüsselkarte durch den Schlitz an der Tür und ließ Paulina und Megan den Vortritt. Und weil er wirklich einer der tollsten Männer auf Erden war, bot er ihnen an, sie allein zu lassen.

»Ich hole uns allen einen Kaffee, in Ordnung?«

»Und Scones.« Paulina wandte sich an Megan. »Ein bisschen Koffein pro Tag schadet nicht, und glaub mir, ich werde jedes einzelne erlaubte Milligramm konsumieren.«

»Ja, ich könnte auch einen Kaffee vertragen. Danke, Hamza«, sagte Megan, ehe sie sich auf die Bettkante hockte, während Paulina sich gegen das Kopfteil lehnte und umständlich ihre Schuhe auszog, als handle es sich dabei um ein religiöses Ritual.

Kaum hatte sich Hamza zum Gehen bereit gemacht, steckten Gran und Granddad die Köpfe zur Tür herein.

»Da ist ja meine Paulina«, rief Gran und tätschelte Hamza liebevoll die Wange, ehe sie sich ins Zimmer drängte. »Bist du bereit für unseren Brunch?«

Granddad folgte ihr und umarmte Hamza, ehe er sich an der Tagesdecke zu schaffen machte, um Paulinas Zehen zuzudecken.

Es war ein schwülwarmer Tag, aber er hatte ständig Angst, alle könnten frieren. Decken waren seine Sprache der Liebe.

Paulina warf einen Blick zu Megan, die ihre Tante stumm bat, sie in ihrer Not nicht alleinzulassen.

»Mom und Dad, ich freue mich, euch zu sehen«, sagte Paulina, die sich noch immer auf dem Bett rekelte. Sie streckte die Arme nach den beiden aus. »Aber ich bin total erledigt vom Flug. Können wir den Brunch nicht ausfallen lassen und später einfach eine kleine Bootstour machen?«

»Ich freue mich schon seit Wochen auf euer Boot«, fügte Hamza freundlicherweise hinzu.

»Ruh dich erst mal aus.« Gran tätschelte Paulinas Bein, ehe sie sich an Megan wandte. »Und wie geht es der zukünftigen Braut? Bekommst du langsam kalte Füße? Noch ist Zeit, das Weite zu suchen.«

»Unsere Meggy hat überhaupt keinen Grund, das Weite zu suchen.« Granddads blaue Augen funkelten. »Tom ist ein ausgesprochen netter junger Mann.«

Weil sie nicht wusste, was sie darauf erwidern sollte, lächelte sie mechanisch. »Ja. Bei mir ist alles gut.«

»Versuch trotzdem, nicht im Bademantel durchs Hotel zu irren.« Gran taxierte sie von oben bis unten. »Du siehst aus wie ein Flittchen.«

Hamza lotste ihre Großeltern zur Tür hinaus und fragte sie im Gehen, ob sie Lust hätten, mit ihm über den Markt zu schlendern.

»Tut mir leid, dass ich eure Brunch-Pläne ruiniert habe«, sagte Megan, sobald sie allein waren.

Paulina atmete geräuschvoll aus. »Nicht der Rede wert. Ich habe im Moment sowieso keine große Lust, in ein Restaurant zu gehen. Solange wir nachher den Törn mit der *Happy Accident* machen, sind Mom und Hamza bestimmt zufrieden.«

Megan wollte, dass dieser Augenblick nie zu Ende ging. Er fühlte sich so wunderbar normal an. Sie wollte einfach mit ihrer Tante zusammensitzen und so tun, als drehe sich die Welt weiter wie gewohnt. »Wie fühlst du dich?«

»Schwanger«, sagte Paulina trocken. »Wusstest du, dass Hamza inzwischen schon meine Beine für mich rasiert? Ich kann nicht mal mehr meine Knie sehen, geschweige denn mich bücken, und ich *hasse* das Gefühl haariger Beine.«

»Er ist echt ein guter Kerl.« Megan kroch auf dem Bett nach oben und bettete ihre Wange neben ihre Tante auf das Kissen. Als sie den Kopf an Paulinas Schulter sinken ließ, musste sie mit Gewalt ihre Tränen unterdrücken.

»Also. Was ist vorbei? Was findet nicht statt?«, fragte Paulina sanft.

»Die Hochzeit.« Am liebsten hätte Megan die Augen geschlossen. Sie wusste nicht, ob sie diese Erschöpfung jemals wieder loswerden würde, selbst wenn sie die nächsten paar Reinkarnationen des Tages verschlief.

»Bist du sicher?« Paulina neigte nicht zur Hysterie. Sie war ruhig geblieben, als Brianna als Kleinkind einen von Alistairs Legosteinen verschluckt hatte. Sie hatte sie einfach geschnappt und das Heimlich-Manöver angewandt. Mit derselben Gelassenheit hatte sie jeden von Donnas Ausbrüchen über sich ergehen lassen, selbst wenn ihre Schwester mit jedem zerbrechlichen Gegenstand warf, der sich gerade in Reichweite befand.

»Ganz sicher.« Megan schluckte und hätte um ein Haar wieder angefangen zu weinen. »Ich will dich nicht damit belasten, aber könntest du es vielleicht den anderen sagen und dich um die ganzen unangenehmen Details kümmern?«

»Unangenehme Details? Meinst du Donna?«

Ein ersticktes Lachen drang aus Megans Kehle. »Und Toms Eltern nicht zu vergessen.«

Paulina setzte sich auf und legte das Kissen in ihrem Kreuz zurecht. »Megan, Schatz, du weißt, dass ich – innerhalb gewisser Grenzen – alles für dich tun würde. Das schließt auch die Absage deiner Hochzeit mit ein, während du dich irgendwo verkriechst, um den Nachbeben zu entgehen.«

»Danke.«

»Allerdings tue ich es nur, wenn du dir auch ganz sicher bist.« Paulina wartete, bis Megan sie ansah, ehe sie fortfuhr. »Erinnerst du dich noch an meine beste Freundin aus der Highschool? Joanie?«

Megan nickte. »Sie fuhr eine blaue Chevette und besaß mehr Tube-Tops als alle Einwohner von Montana zusammen.«

»Genau die.« Paulina schmunzelte. »Vor ein paar Jahren ist sie mich in London besuchen gekommen und hat mir gesagt, dass sie sich scheiden lässt.«

»Hat sie nicht ein Dutzend Kinder?«

»Es sind bloß fünf – aber sobald man drei überschritten hat, kommt es einem bestimmt wie ein ganzes Dutzend vor. Wie auch immer, als sie mir davon erzählt hat, hatte sie dieses Strahlen in den Augen. Sie wirkte ganz ruhig und wahnsinnig erleichtert.«

»Das freut mich für sie.«

»Eben. So was freut einen. Am Ende war die Trennung sowohl für sie als auch für ihren Mann das Beste – von den Kindern ganz zu schweigen. Was ich damit sagen will: Wenn es das Richtige für dich ist, die Hochzeit abzusagen, dann kümmere ich mich um alles, gar keine Frage.« Paulina steckte Megan eine Haarsträhne hinters Ohr, die ihr in die Stirn gefallen war. »Aber wie lange seid ihr beide jetzt zusammen? Zehn Jahre? Was ist auf einmal anders?«

»Zwölf.« In Megans Magen brodelte es, und ihr Kinn zitterte.

»Aber ich gehe diesen Weg schon so lange, und immer räume ich alles beiseite, was mich vielleicht ins Stolpern bringen könnte. Zum Beispiel die Tatsache, dass Toms Familie über unser ganzes Leben bestimmt und er nichts dagegen tut. Oder dass ich seinetwegen meinen Traum aufgegeben habe.«

Megan dachte an den Job in London zurück, den sie vor fünf Jahren beinahe angenommen hätte. Der Job, der es ihr ermöglicht hätte, näher bei ihrer Lieblingstante und ihrem Lieblingsonkel zu sein. Dann dachte sie an Toms neue Stelle in Missouri.

»Paulina, er hat einen Job in einem anderen Bundesstaat angenommen, ohne mir was davon zu sagen – als wäre ich bloß ein Accessoire, das er sich unter den Arm klemmen und mitnehmen kann, kein Mensch, der in solchen Dingen ein Mitspracherecht hat.« Sie atmete aus. »Ich wusste ja, dass seine Familie ein bisschen kompliziert ist – welche Familie ist das nicht? Aber ich hatte keine Ahnung, wie tief das bei ihm sitzt. Dass ihre Wünsche ihm *immer* wichtiger sein werden als meine. Wenn ich mir meine Zukunft vorstelle, sehe ich ein Leben, das von vorne bis hinten von Carol und John diktiert wird.«

Vorsichtig setzte Paulina sich auf und drehte sich zu Megan um. »Warte mal. Er hat einfach beschlossen, dass ihr umzieht, ohne vorher mit dir darüber zu sprechen? Das sieht ihm gar nicht ähnlich.«

»Ich weiß. Ich habe das Gefühl, als ob sein Bedürfnis, es seinen Eltern recht zu machen, mit der Zeit immer stärker wird.« Paulina rieb Megans Rücken, während diese ihren Ängsten freien Lauf ließ. »Ich will nicht den Rest meines Lebens das Gefühl haben, nicht gut genug zu sein und nicht gehört zu werden. Ich will einen Partner, nicht eine Familie passiv-aggressiver Tyrannen.«

»Es tut mir so leid, dass du dich so fühlst.«

»Ich will das, was du mit Hamza hast«, sagte Megan mit erstickter Stimme.

Paulina lachte. »Was ich mit Hamza habe, ist großartig, ja. Aber glaubst du wirklich, dass unsere Beziehung von Anfang an so war? Ach, Schätzchen, als wir zusammengezogen sind, habe ich richtig Panik gekriegt. Und er auch. Ich habe ihn dafür verantwortlich gemacht, dass es mir so schwerfiel, Freundschaften zu schließen und einen Job in London zu finden, und er hat mir wiederum vorgeworfen, dass ich ihm daran die Schuld gebe ... es war das reinste Gefühlschaos. Aber weißt du was? Menschen sind eben manchmal chaotisch. Und Beziehungen erst recht.«

Megan hatte Paulina und Hamza nie als chaotisch betrachtet. Ihre Beziehung erschien ihr absolut felsenfest. »Und was habt ihr gemacht? Wie habt ihr eure Probleme in den Griff bekommen?«

Paulina zuckte die Achseln. »Zunächst mal waren wir ehrlich zueinander. Und zu uns selbst. Wir haben aufgehört, dem anderen die Schuld zuzuschieben, und eine Paartherapie angefangen. Dabei ist uns klar geworden, dass wir einander so sehr lieben, dass wir bereit sind, gelegentlich auch dieses Chaos auszuhalten.«

»Das wusste ich nicht.« Megan dachte an ein Interview mit dem berühmten Schauspieler Kenneth Birch zurück, an dem sie während ihres Praktikums bei *GQ* hatte teilnehmen dürfen. Sie musste oft daran denken, was er über Auseinandersetzungen in Beziehungen gesagt hatte: dass Paare sich oft immer wieder über ein und dieselbe Sache stritten. Er musste es wissen, denn seine Ehe war eine der längsten in der Filmbranche. Sie fragte sich, was wohl Paulinas und Hamzas immer wiederkehrendes Streitthema war.

»O ja.« Paulina lächelte sanft. »Unsere Beziehung ist was ganz Besonderes. Wir lachen viel, und wir lieben uns mehr als alles andere auf der Welt. Aber glaub mir, das ist harte Arbeit. An manchen Tagen fällt es einem leicht, an anderen müssen wir uns ganz bewusst füreinander entscheiden und uns zwingen, Mitgefühl und Geduld füreinander zu haben.«

Megan wusste natürlich, dass Beziehungen Arbeit bedeuteten, allerdings hegte sie den Verdacht, dass sie die ganze Zeit mit dem falschen Mann daran gearbeitet hätte. Aber das konnte sie ihrer Tante unmöglich beichten.

Sie suchte nach einem Weg, die Frage zu formulieren, die ihr unter den Nägeln brannte, ohne zu verraten, dass sie mit Leo geschlafen hatte und zudem in einer Zeitschleife gefangen war. »Aber woher weiß ich, was mich glücklich macht?«, fragte sie schließlich. »Denn eins ist mal klar: Tom macht mich *nicht* glücklich.«

Zu Megans Erstaunen warf Paulina den Kopf in den Nacken und lachte. »Wusstest du, dass viele Europäer die amerikanische Vorstellung von Glück total albern finden? Für sie ist Glück etwas Vergängliches so wie Frust oder Müdigkeit – *normale* Müdigkeit, wohlgemerkt. Schwangerschaftsmüdigkeit ist ein Monster, lass dir das gesagt sein.«

Paulina musste die Furcht in Megans Augen wahrgenommen haben, denn sie legte ihr die Hand an die Wange, so wie sie es schon unzählige Male getan hatte, wenn sie sich wieder mal mit Brianna gestritten hatte oder es irgendein Drama mit Donna gab.

»Hey. Du weißt, dass ich Tom unglaublich gernhabe. Aber du musst das tun, was für dich richtig ist. Folge deinem Herzen und deinem Kopf. Die wissen schon, was sie tun.«

Genau diesen Rat hatte Megan gebraucht. Die Botschaft ihres Herzens war unmissverständlich.

Hamza kam zurück. Er hatte ein Tablett mit Kaffeebechern und eine Tüte dabei, von der Megan hoffte, dass sie süße Teilchen mit tausend Kalorien pro Stück enthielt.

Während sie im Zimmer frühstückten, aus dem Fenster schauten und sich an frühere Sommerferien erinnerten, in denen sie am Wasser gesessen und Fische geangelt hatten, stellte sich Megan ihr Leben mit Tom vor. Dann verglich sie dieses Leben mit dem, was Leo ihr in Aussicht stellte. Sie dachte daran, wie es sich angefühlt hatte, einen ganzen Nachmittag mit ihm im Bett zu verbringen. Vermutlich verstand er ihren Zorn auf die Prescotts besser, als Tom es je gekonnt hätte.

Ihre Beziehung mit Tom hatte viel Gutes, aber mit der Zeit war sie eng und belastend geworden, voller unausgesprochener Kränkungen und Bitterkeit. Sie wusste nicht, ob sie es noch länger darin aushielt.

Sie schlürfte ihren Kaffee und hörte mit halbem Ohr zu, während Hamza erzählte, wie Paulina einmal versucht hatte, ihm das Angeln beizubringen, und er sich jedes Mal, wenn er die Rute auswarf, im Voraus bei den Fischen entschuldigt hatte. Sie lächelte an all den richtigen Stellen und versuchte, sich den Sturm aus Ängsten und Unsicherheit und Aufregung und Möglichkeiten, der in ihrem Innern tobte, nicht anmerken zu lassen.

Sobald sie mit dem Frühstück fertig waren, gab sie den beiden einen Kuss auf die Wange und verabschiedete sich.

Es war Zeit, auf das laute Donnergrollen ihres Herzens zu hören.

In der Zeit zwischen dem Frühstück und Leos Ankunft duschte sie, packte ihren Koffer und schloss Frieden mit ihrem Entschluss. Sie tat das Richtige. Endlich hatte sie die Botschaft des Universums verstanden.

Es war ein ziemlich heftiger Tritt in den Hintern nötig gewesen, bis sie den Mut gefunden hatte, sich zu Leo zu bekennen.

In der Beziehung mit Tom hatte sie jahrelang zurückgesteckt.

Sie hatte es aus Liebe getan und weil sie an ihre gemeinsame Zukunft glaubte. Doch Stück für Stück hatten diese Zugeständnisse Megans Selbstempfinden immer weiter erodiert und ihr die Sicht auf das genommen, was sie wirklich wollte. Jetzt hatte sie die Chance, sich alles zurückzuholen und sich selbst neu zu entdecken. Mit Leo. Sie würde an ferne Orte reisen und endlich wieder ans Filmemachen denken. Sie würde mit jemandem ihr Leben teilen, der sie in- und auswendig kannte und dessen Familie vielleicht so war, wie sie es sich immer erträumt hatte.

Das war ebenso beängstigend wie aufregend. Ihr ganz persönlicher Neuanfang.

Da sie diesen Tag bereits viermal erlebt hatte, wusste sie auf die Sekunde genau, wann Leo durch die Türen der Lobby treten würde, und wartete bereits auf ihn, als er kam. Die Sehnsucht und das Verlangen, die sie empfand, als er sie entdeckte, ließen einen Schauer durch ihren Körper rieseln.

Es spielte keine Rolle, wer sie sah. Sie ließ ihre Tasche fallen, stürzte auf ihn zu und umarmte ihn stürmisch. Im ersten Moment war er verwirrt, doch nach einem kurzen Zögern erwiderte er die Umarmung und drückte sie genauso fest zurück.

»Givens.« Sein Atem kitzelte ihren Nacken. »Was …?«

Sie ließ ihn gerade lange genug los, damit sie einander in die Augen sehen konnten. »Ich habe auf dich gewartet.«

Sie biss sich auf die Unterlippe, um ihre Glücksgefühle im Zaum zu halten. Sie wollte ihn nicht vergraulen. Sie musste es langsam angehen lassen … schließlich war sie Leo um einige Tage voraus.

»Ich freue mich so, dich zu sehen.« Seine Hände wanderten an ihren Armen hinunter. »Es ist viel zu lange her.«

»Das stimmt. Lass uns von hier verschwinden.«

Er ließ sie los und griff nach seiner Reisetasche. »Klar, wir können gerne einen Spaziergang machen. Lass mich nur schnell einchecken und mein Gepäck loswerden.«

»Nein, Leo.« Sie stellte sich auf die Zehenspitzen, und ihre Lippen streiften sein Ohrläppchen, als sie sagte: »Die Hochzeit findet nicht statt. Und wir beide verschwinden jetzt von hier.«

Es folgte eine Pause, die so lang war, dass Megan schon fürchtete, diese Inkarnation des Tages könnte anders laufen als gedacht. Vielleicht hatte sich irgendeine Kleinigkeit verändert, und Leo wollte jetzt gar nicht mehr mit ihr durchbrennen.

Aber dann breitete sich ein Grinsen auf seinem Gesicht aus. Er nahm ihre Hand und sagte: »Lang lebe die Anarchie, Baby.«

Kapitel 26

Tom

»Es tut mir sehr leid«, sagte die ältere Dame am Schalter freundlich, »aber bisher hat sich noch nichts ergeben. Der nächste Flug ist ebenfalls ausgebucht. Aber fragen Sie gerne später noch mal nach.«

»Danke.« Tom entfernte sich, sein Ticket noch in der Hand. Es war ihm bisher nicht gelungen, einen Platz in einer Maschine nach New York zu ergattern. Er war noch nie Stand-by geflogen und fragte sich, ob das immer so umständlich war.

Natürlich war er auch an diesem Morgen wieder neben Henry Winkler auf der Fähre aufgewacht. Doch sobald sie angelegt hatten und er sah, dass Megs nicht gekommen war, um ihn abzuholen, hatte er kehrtgemacht und war zurück an Bord gegangen. In Seattle hatte er das erstbeste Airport-Shuttle bestiegen.

Er hatte beschlossen, dass es heute darum ging, die Insel gar nicht erst zu betreten, sondern sich irgendwie zurück nach New York durchzuschlagen. Dort ergab sein Leben einen Sinn. In New York lief die Zeit normal, und die Menschen waren noch die, für die man sie immer gehalten hatte. New York war keine magische, idyllische, weit abgelegene Insel, sondern schnell und laut und voll – genau der Ort, an dem er jetzt sein wollte.

Das Universum allerdings schien andere Pläne mit ihm zu haben. Das Universum war ein noch größeres Arschloch als gedacht.

Tom schlug die Zeit tot, indem er sich in jedem Laden des Flughafens Seattle-Tacoma umsah und dann durch die Fressmeile schlenderte. Scheinbar wurde gerade irgendein Jubiläum oder ein anderes Ereignis gefeiert, denn in jedem Gang trat ein anderer Singer-Songwriter auf. Tom holte seine Brieftasche heraus und legte – warum auch nicht? – jedem einen Schein in den Hut beziehungsweise Gitarrenkoffer.

Als sein Hunger und das Bedürfnis nach einem Kaffee irgendwann zu groß wurden, beschloss er, die Fressmeile links liegen zu lassen, und begab sich in ein Restaurant, das wie das Innere einer Blockhütte gestaltet war. Ein Schild vor dem Eingang wies ihn an, sich selbst einen Platz zu suchen, also erklomm er einen Hocker an der Bar. Vielleicht konnte er seinen Kaffee ja auch mit Schuss bekommen.

Zwei Plätze entfernt saß ein großer älterer Mann, dessen Körperhaltung Tom auf Anhieb vertraut vorkam. Er grübelte noch, woher er den Mann kannte, als dieser sich plötzlich umdrehte und ihm lächelnd mit seiner Kaffeetasse zuprostete.

Es war Kenneth Birch. Tom fielen fast die Augen aus dem Kopf.

»Einen wunderschönen guten Morgen.« Kenneths Reibeisenstimme deutete auf viele Jahre in Hollywood und eine geballte Portion Lebenserfahrung hin. Vielleicht auch auf sein Vermögen von mehreren Millionen Dollar.

»Morgen.« Tom wusste nicht recht, wie er mit der Situation umgehen sollte. Allerdings schien ihm das Auftauchen des berühmten Schauspielers kein Zufall zu sein. Noch vor einer Woche hatte er nicht an Vorzeichen oder Omen geglaubt, doch mittlerweile sehnte er sich verzweifelt danach. Er war bereit, sich an jeden Strohhalm zu klammern. Vielleicht war Kenneth sein Schutzengel.

»Kann ich …« Tom war sich nicht sicher, wie er beginnen sollte.

»Was hätten Sie denn gern? Ein Autogramm? Ein Selfie?« Kenneth sagte »Selfie«, als handle es sich um ein Wort in einer Fremdsprache, das er zum ersten Mal aussprach. Zum Glück war er freundlich. Er schien sich auch kein bisschen von Tom gestört zu fühlen, sondern, im Gegenteil, sich über die Gesellschaft zu freuen.

Tom zog kurzerhand auf den benachbarten Hocker um. »Ich bin ein großer Fan von Ihnen«, sagte er zaghaft.

»Danke. Gefällt Ihnen irgendein Film besonders? Normalerweise kann ich es anhand des Alters und des äußeren Erscheinungsbildes erraten.«

Unter Druck war Toms Kopf wie leer gefegt. Er versuchte, sich auf einen Filmtitel zu besinnen, als plötzlich eine Gruppe laut grölender Mittzwanziger am Restaurant vorbeiging. »Kraaaass!«, riefen sie. »Das ist Beau aus *Money City Cha Cha!*«

Kenneth zeigte ihnen gutmütig das Peace-Zeichen. Als es wieder ruhig geworden war, wandte er sich erneut an Tom. »Sie haben gerade was gesagt, nicht wahr? Oder zumindest wollten Sie was sagen.«

»Ja, ich wollte Sie fragen … Ich wollte mit Ihnen über …« Tom holte tief Luft und beschloss, einfach mit der Sprache herauszurücken. »Vor ein paar Jahren haben Sie mal was gesagt, was mich sehr beschäftigt hat.«

»In einem meiner Filme?« Der Schauspieler veränderte seine

Sitzposition. Er wirkte neugierig und zwinkerte. »Vermutlich nicht in *Money City Cha Cha*.«

»Nein, es war in einem Interview mit GQ. Meine Freundin hat zu der Zeit dort als Praktikantin gearbeitet.« Tom zögerte. Er wollte Birchs Worte richtig wiedergeben. »Sie hat mir erzählt, Sie hätten gesagt, Paare, die schon lange zusammen sind, neigen dazu, immer wieder denselben Konflikt auszutragen, nur auf unterschiedliche Weise.«

Der Schauspieler schmunzelte, sodass unter seinen grau melierten Bartstoppeln kleine Grübchen in seinen Wangen sichtbar wurden. »Ach ja, das habe ich ziemlich oft gesagt. Anscheinend haben Paare nicht nur immer wieder dieselben Konflikte, sondern alte Hunde wie ich geben auch immer wieder dieselben Interviews.«

Tom lachte.

»Meine Frau und ich sind jetzt zusammen seit … ach, ich glaube, inzwischen sind es bald zweiundvierzig Jahre. Bevor Sie uns gratulieren«, sagte er und hob die Hand – Tom hatte ihm wirklich Glückwünsche aussprechen wollen–, »sollten Sie wissen, dass wir einen ziemlich holprigen Start hatten. Aber ich glaube, dadurch habe ich sie nur noch mehr zu schätzen gelernt. Die schwierigen Dinge sind mitunter die besten, wissen Sie?«

Tom nickte. Aber wusste er es wirklich?

»Sind Sie immer noch mit Ihrer Freundin von damals zusammen? Und führen Sie auch immer noch dieselbe Auseinandersetzung?« Der Mann war ein international gefeierter Star, trotzdem hatte Tom das Gefühl, dass er ernsthaft an seiner Geschichte interessiert war.

»Eigentlich sollte ich sie morgen heiraten.« Er versuchte, es ganz beiläufig zu sagen, als wäre es keine große Sache. Als hätte das Universum sich nicht gegen sie verschworen, um zu verhindern, dass der Tag ihrer Hochzeit jemals anbrach.

»Ich würde Ihnen ja gratulieren, aber Sie sagten ›*sollte*‹.« Birch kratzte sich gedankenverloren am Kinn, dann zog er seine buschigen Brauen zusammen und sah Tom scharf an. »Haben Sie etwa kalte Füße, mein Sohn? So was ist ganz normal.«

Tom fuhr sich mit der Hand übers Gesicht und ordnete seine Gedanken. Er fragte sich, wie viel er Birch verraten sollte. Dass er in einer Zeitschleife gefangen war, konnte er ihm wohl kaum erzählen. Er dachte lange nach, ehe er wusste, was er wirklich fragen wollte.

Ganz egal, was in der Zeitschleife passierte, am Ende landete er immer wieder bei Megs. Und er wollte sichergehen, dass es nicht bloß Gewohnheit war. Er wollte wissen, ob das zwischen ihnen echt war. Ob es sich lohnte, dafür zu kämpfen.

Die schwierigen Dinge waren oft die besten, hatte Kenneth gesagt.

»Woher weiß ich, dass es richtig ist? Ob ich mit diesem Menschen zusammen sein soll oder nicht? Bis vor Kurzem hatte ich das Gefühl, dass es für jeden Aspekt meines Lebens eine Bedienungsanleitung gibt. Ich wusste immer, was ich tun muss. Aber auf einmal habe ich das Gefühl, als wäre es in Wirklichkeit die Bedienungsanleitung für jemand *anderen* gewesen.«

Der Schauspieler riss ein Zuckertütchen auf und schüttete den Inhalt in seinen Kaffee, während er überlegte. »Kein Leben hat eine Bedienungsanleitung, das ist ja das Schöne daran. Ich habe die Wahl, Sie haben die Wahl, jeder tut Dinge, die Auswirkungen auf alles andere haben. Das Ergebnis ist entweder ein exquisites Ballett oder ein avantgardistisches Chaos.«

»Hört sich ziemlich beängstigend an.«

»Ich finde, es hört sich großartig an, mein Freund.«

Tom hing buchstäblich an Birchs Lippen. Er war kurz davor, die alles entscheidende Antwort zu erhalten, er wusste es. »Mit anderen Worten: Wenn man sich dazu entscheidet, sein Leben mit einem Menschen zu verbringen, kommt dabei entweder ein Kunstwerk oder totales Chaos heraus?«

»Ja und nein.« Kenneth streute Salz auf seine Eier und schwieg zunächst eine Weile. »Das Geheimnis einer guten Beziehung, einer lebenslangen Partnerschaft, ist eigentlich ganz simpel.«

»Ach ja?« Das konnte unmöglich stimmen. *Nichts* war jemals simpel. Wenn Tom etwas gelernt hatte, dann das.

Der Schauspieler lachte tief aus dem Bauch heraus. »Aber klar doch. Man muss einfach nur jemanden finden, der die besten Seiten in einem zum Vorschein bringt und umgekehrt. Wenn sie etwas zu Ihnen sagt, prüfen Sie es. Fragen Sie sich: ›Stimmt das? Bin ich wirklich stur oder oberflächlich oder ungewollt grausam?‹«

Oder ein Feigling, fügte Tom im Stillen hinzu.

»... Und dann versuchen Sie, an sich zu arbeiten. Und wenn Sie zu ihr sagen: ›Du bist egoistisch‹, oder: ›Du hast meine Gefühle verletzt‹, oder: ›Dir ist eine andere Beziehung wichtiger als unsere, und das hat negative Auswirkungen auf mich‹, dann prüft sie diese Aussagen und versucht ebenfalls, an sich zu arbeiten. Nicht lange, und Sie sind so alt wie ich, und die Beziehung ist um einiges einfacher geworden, weil Sie die notwendige Arbeit investiert haben.«

Tom bestellte beim Barkeeper einen Kaffee und einen Toast und ließ sich das Gesagte durch den Kopf gehen.

»Wohlgemerkt«, fuhr Kenneth fort und unterbrach damit Toms Gedankengang. »Wenn es von Anfang an nach sehr viel Arbeit aussieht, ist das natürlich ein schlechtes Zeichen. Aber wenn meistens alles gut läuft, Sie viel zusammen lachen, sich lieben und wirklich Zeit miteinander verbringen wollen, dann ist die Arbeit nur ein kleiner Teil des Ganzen.«

Zum ersten Mal seit Tagen sah Tom klar. Er dachte daran, wie oft er geschwiegen und seinem Vater recht gegeben hatte, obwohl er das, was dieser sagte, insgeheim verabscheute. Er dachte an all die Überraschungsdates, die seine Eltern auf dem College für ihn eingefädelt hatten. Daran, dass er Jura studiert und in den Umzug nach Missouri eingewilligt hatte ... Jeden einzelnen Moment lang hatte er geglaubt, das Richtige zu tun und wichtige Beziehungen zu pflegen, selbst wenn ihm mitunter der Verdacht gekommen war, dass er Megs damit verletzte. Dann versuchte er, sich vorzustellen, wie sein Leben aussehen würde, wenn all das nie passiert wäre. Oder wenn er mehr Widerstand geleistet hätte.

Wäre er dann jetzt Anwalt? Würde er noch in New York wohnen? Würde er weiterhin die Dinner im Kreis seiner Familie über sich ergehen lassen, bei denen es so unerträglich steif zuging, dass man irgendwann vergaß zu atmen?

Von allen Erkenntnissen, die er gewonnen hatte, seit er in dieser Zeitschleife festsaß, erschien ihm folgende als die wichtigste: Er war nie wirklich er selbst gewesen, und er würde es auch niemals sein, wenn er nicht endlich lernte, sich gegenüber seiner Familie zu behaupten.

Denn keine Entscheidung zu treffen war in Wahrheit auch eine Entscheidung.

Selbst wenn es zwischen ihm und Megs aus war, so hatte sie ihm doch noch ein wichtiges Abschiedsgeschenk gemacht: eine Möglichkeit, besser zu werden. Mutiger.

»Danke«, sagte Tom von ganzem Herzen, ehe er und Kenneth Birch ihr Frühstück in kameradschaftlichem Schweigen beendeten.

Kapitel 27

Megan

Zum Mittagessen nach Friday Harbor zu fahren barg ein gewisses Risiko. Obwohl »Konsequenzen« ein Konzept zu sein schien, das der Vergangenheit angehörte, hatte Megan keine Lust, Tom zu begegnen. Das wollte sie Leo nicht zumuten. Aber um den anderen Hochzeitsgästen aus dem Weg zu gehen, mussten sie Roche Harbor verlassen, also hatte sie sich für ein kleines, hübsches mexikanisches Restaurant abseits der Hauptstraße entschieden.

Erst als sie dort ankamen, erinnerte sie sich an den Mexikaner in Cambridge, in dem sie und Tom am Abend ihres ersten Kusses gegessen hatten. Aber vielleicht war die Parallele nicht weiter schlimm – der gleiche Anfang für eine andere Geschichte.

Das Restaurant war nicht nur hübsch, es erfüllte darüber hinaus auch noch zwei Bedingungen, die Leo gestellt hatte: Es gehörte weder einer Kette an, noch war es eine Touristenfalle.

Sie saßen einander gegenüber und grinsten. Wahrscheinlich ging beiden derselbe Gedanke durch den Kopf: *Ich kann nicht glauben, dass wir tatsächlich hier sind.* Megan hatte ein Date mit Leo. Nach zwölf Jahren mit Tom.

Aber sie wollte jetzt nicht an Tom denken. Nicht während dieser wunderschöne sonnengeküsste Mann vor ihr saß.

Ihr hölzerner Tisch war einer von wenigen draußen auf der Terrasse. Wenn sie die Hälse reckten, konnten sie den Hafen sehen. Ein bunter Schirm schützte sie vor der Sonne, und sie konnten die Blicke nicht voneinander lassen. Es war ein unerwartet romantischer Rahmen – und eine ziemlich treffende Metapher für ihre Beziehung, wie Megan fand.

»Erzähl mir mehr über Belize«, bat sie, sobald sie es sich bequem gemacht hatten.

»Du willst wissen, worauf du dich einlässt?«, neckte er sie.

»Ich will mehr über *dich* wissen«, berichtigte sie ihn. »Über dein jetziges Leben.«

Leo strahlte, während er redete. Er neigte nicht zur Prahlerei, trotzdem konnte man ihm ansehen, dass er stolz darauf war, wie weit er es gebracht hatte. »Begonnen hat es mit mir und einem Partner – jemand, den ich auf einer Rucksacktour durch Thailand kennengelernt habe. Wir haben klein angefangen, mit nur einer Tour, aber inzwischen bieten wir ein Dutzend verschiedener Reisen durch vier verschiedene Länder an.«

»Leo!« Natürlich wusste sie all das bereits von Tom und ihren nächtlichen Google-Suchen. Trotzdem war es viel schöner, es nun aus seinem Mund zu erfahren. »Das ist ja der Wahnsinn!«

Sie war tief beeindruckt. Leo war ein Mensch, der irgendwann erkannt hatte, dass ihm sein Leben, so wie es war, nicht gefiel, und der den Mut gehabt hatte, ihm eine völlig neue Richtung zu geben.

»Dann führst du die Touren also nicht mehr selbst durch?« Oberflächlich betrachtet war es eine unschuldige Frage, aber sie wollte damit herausfinden, wie ihr Leben an Leos Seite aussehen würde. Denn sosehr er ihr auch imponierte, sie machte sich Sorgen, dass sie oft allein zu Hause sitzen würde, während er attraktive Mittzwanzigerinnen an exotische Schauplätze entführte.

Er nahm ihre Hand, die auf der Tischplatte lag, und sie verschränkten die Finger ineinander. »Momentan kümmere ich mich hauptsächlich um die unternehmerische Seite und um die Logistik. Aber wenn es dich an einen bestimmten Ort zieht, bin ich durchaus bereit, eine Ausnahme zu machen.«

Sie spürte ein kleines aufgeregtes Kribbeln im Magen. »Ich will *alles* sehen«, sagte sie wahrheitsgemäß.

»Okay.« Er trank einen Schluck von seinem Wasser und lachte in sein Glas. »Aber warte mal – hast du immer noch Angst vor Eidechsen? In Thailand gibt es nämlich Wasserwarane, die können bis zu zwei Meter lang werden.«

»Angst vor Eidechsen zu haben ist nichts Lustiges!« Sie hatten dieses Gespräch schon oft geführt, auch wenn es eine Million Leben her zu sein schien. »Sie haben Schuppenpanzer, damit sehen sie aus, als wären sie unbesiegbar – und ungefähr hundert Jahre alt! Mit unsterblichen Wesen lege ich mich nicht an.«

»Hey, hey.« Leo ließ sie los und hob beschwichtigend die Hände. »Jeder von uns hat das Recht auf seine irrationalen Ängste.«

»Ich habe dir doch gerade erklärt, weshalb meine Angst *nicht* irrational ist«, sagte sie abwehrend, ehe auch sie lachen musste.

Ein Kellner brachte ihnen Tortillachips und Salsa. Megan hatte einen Bärenhunger, war aber gleichzeitig viel zu aufgeregt, um zu essen. Sie gaben ihre Bestellung auf und warteten, bis der Kellner wieder im Restaurant verschwunden war, ehe sie einander mit einem leicht benommenen Lächeln anschauten. Megans Fuß tastete unter dem Tisch nach Leos Bein, und sie genoss das berauschende Gefühl, ihn nach Herzenslust berühren zu können.

»Und?« Sie zuckte mit den Schultern und musste ihre Stimme

im Zaum halten, damit sie nicht zu sehr kiekste oder vor lauter Euphorie überschnappte. »Was passiert *nach* Belize?«

Noch immer unbekümmert lächelnd, legte er den Kopf schief. »Was meinst du damit, nach Belize?«

»Komm schon, Leo. Ich weiß, du lebst am liebsten spontan, aber ich bin eine Planerin, nimm ein bisschen Rücksicht auf mich. Was passiert, nachdem wir nach Belize durchgebrannt sind und uns davon überzeugt haben, dass mit euren Touren alles in Ordnung ist?«

Die Möglichkeiten schienen endlos. Megan konnte sich nicht erinnern, wann sie zuletzt das Gefühl vollkommener Freiheit gehabt hatte – wann es Tage gegeben hatte, die nicht bis zum Bersten mit Arbeit oder Verpflichtungen oder Alltagskram angefüllt waren. Wahrscheinlich nie.

»Wovon redest du?« Wieder nahm er ihre Hand. Seine Finger waren rau und voller Schwielen von seinen zahlreichen Abenteuern. Sie fühlten sich ganz anders an als die von Tom. Hastig schob sie den Gedanken beiseite. »Wir fliegen nach Belize, und dann ... sehen wir weiter.«

Eine Brise kam auf, und beide versuchten gleichzeitig, den bedenklich schwankenden Sonnenschirm festzuhalten. Ein Mitarbeiter des Restaurants kam nach draußen geeilt, um ihn wieder aufzurichten und zu befestigen.

Als sie wieder allein waren, streichelte Leo mit seinem Fuß Megans Wade. Die Berührung machte sie kühn. Sie wollte ausgelassen in den Wogen ihres nagelneuen Lebens baden. Sie wollte ihre gesamte Zukunft *jetzt* planen.

»Ja, was das angeht«, sagte sie grinsend. Sie wollte Leo zu einer konkreten Antwort animieren. »Wenn wir aus Belize zurückkommen, werde ich ja logischerweise aus meiner Wohnung ausziehen müssen ...«

»Logischerweise«, pflichtete er ihr bei.

»... und dann stellt sich die Frage, wohin mit meinen Sachen.«

»Deinen Sachen?«

Ihr Stuhl wackelte auf dem unebenen Terrassenboden, als sie darauf hin- und herrutschte. Es wäre ihr lieber gewesen, Leo hätte es von selbst begriffen, andererseits hatte sie keine Lust mehr, um den heißen Brei herumzureden, wenn es um ihre Bedürfnisse ging. Sie wollte nicht erst überlegen müssen, welche Themen sie ansprechen durfte, und Spielchen spielen wollte sie auch nicht. Es ging hier um *Leo*. *Ihren* Leo.

»Aus der Wohnung. Soll ich sie einlagern oder direkt zu dir bringen lassen? Hast du immer noch das Apartment in Boston?«

Sein Lächeln verrutschte ein wenig, und er riss ganz kurz die Augen auf, ehe er sich wieder fing. Es ging so schnell, dass Megan sich fragte, ob sie es sich womöglich nur eingebildet hatte.

»Ja. Natürlich«, sagte er. »Du kannst dein Zeug auf jeden Fall zu mir bringen lassen. Wir ... wir schaffen schon irgendwie Platz dafür. Ist doch klar.«

Die Selbstgewissheit, die er bisher ausgestrahlt hatte, war dahin. Jetzt war sie ganz sicher: Es war *keine* Einbildung gewesen.

Nein, das war doch albern. Er war extra ihretwegen auf die Insel gekommen. Sie machte sich zu viele Gedanken.

Leo wollte, dass sie bei ihm einzog. Andernfalls würden sie jetzt nicht zusammen beim Mexikaner sitzen.

Die Hauptspeisen kamen, und sie hörten auf zu reden, auch wenn sie zwischen einzelnen Bissen wie Teenager miteinander flirteten. Er sah sie mit hochgezogener Augenbraue an, sie zog die Nase kraus. Währenddessen versuchte sie die ganze Zeit, den Unterschied zwischen ihrer anfänglichen Vorfreude und der wachsenden Nervosität zu ergründen, die sie auf einmal empfand.

Als Leo seinen ersten Taco verspeist hatte, zwinkerte er ihr zu.

»Hey, Givens, was die Sache mit Boston angeht. Du weißt, dass du ein bisschen Geduld mit mir haben musst, oder? Ich lebe seit Jahren allein.«

Sie strich mit dem großen Zeh an seinem Schienbein entlang. »Ich verspreche dir, ich werde die beste Mitbewohnerin sein, die du je hattest.«

Im nächsten Moment erstarb ihr unbeschwertes Geplänkel. Beide dachten an die Person, über die sie bisher noch kein einziges Wort verloren hatten.

Tom war lange Zeit Leos Mitbewohner gewesen. Leo wusste es, und Megan wusste es auch.

Das Schweigen dehnte sich. In Wahrheit dauerte es wohl nur wenige Sekunden, doch es kam Megan so riesig vor, als hätte man eine komplette zweite Zeitschleife darin unterbringen können. Sie wollte unbedingt das Thema wechseln, doch ihr fiel absolut nichts ein, was sie hätte sagen können.

Das war lächerlich. Sie hatten doch jede Menge Gesprächsstoff. Es gab so viel, was sie noch nicht voneinander wussten. Warum war ihr Kopf auf einmal wie leer gefegt?

Aus Sekunden wurden Minuten, die sich anfühlten wie Stunden. Leo nahm ihre Hand, drückte einen Kuss darauf und sagte: »Ich kann nicht glauben, dass wir es wirklich tun.« Danach wurde auch er wieder still.

Vielleicht lag es auch an ihr.

Als der Kellner kam, um ihre Wassergläser aufzufüllen, fiel ihr ein Stein vom Herzen. Das sorgte wenigstens kurzzeitig für Ablenkung. Megan versuchte, die Leichtigkeit wiederzufinden, mit der sie das Mittagessen begonnen hatten. Und sie wusste auch schon, wie. Sie hatten Jahre voller schöner Erinnerungen und waren endlich frei, ohne Schuldgefühle darin zu schwelgen.

Abermals streichelte sie sein Bein mit ihrem Fuß. »Weißt du

noch, wie ich dich dazu überredet habe, mit mir in eine Lehrveranstaltung über Museen zu gehen, weil ich dachte, wir würden was über verschiedene Galerien und Kunstsammlungen lernen?«

Leo lachte. »Am Ende ging es nur um Museumsführer und Kuratoren und darum, wie Museen organisiert sind. Tom hat uns Stichwortkarten gemacht, damit wir die …«

Er brach ab. Einmal mehr hatten sie den Namen heraufbeschworen, den sie den ganzen Vormittag gemieden hatten.

Es wird nicht immer so schwierig sein, machte Megan sich Mut, nur um sich im nächsten Moment zu fragen, ob Leo womöglich gerade dasselbe dachte.

Dass ihre gemeinsame Geschichte nicht ganz unbelastet war, änderte nichts an den guten Dingen zwischen ihnen. Sie würden einfach lernen müssen, die Vergangenheit zu akzeptieren. Eines Tages würden sie vielleicht an alte Zeiten zurückdenken können, ohne dabei von Toms Geist heimgesucht zu werden.

Sie suchte nach einem unverfänglichen Gesprächsthema, doch Leo kam ihr zuvor.

»Tja, Givens. Jetzt hast du alles über mich und mein Unternehmen gehört. Erzähl mir was von dir. Was geht ab in der piekfeinen Welt der Männermagazine?«

»Piekfein?« Sie lachte über seine Wortwahl. Endlich ein Thema ohne verborgene Fallstricke. Und eins, das ihr Spaß machte, denn sie hatte in den letzten Jahren beruflich viel erreicht und brannte darauf, Leo davon zu erzählen. »Habe ich dir schon gesagt, dass ich letztes Jahr zum Senior Visuals Editor befördert wurde?«

»Na klar.« Leo strich mit dem Daumen über ihre Fingerknöchel und sah sie voller Zuneigung an. »Das ist toll – auch wenn das jetzt keine Rolle mehr spielt.«

»Wie meinst du das?«

»Weil du ja gerettet wurdest.«

»Gerettet?« Sie lächelte fragend.

»Ja. Du musst nicht länger für ein geldgieriges Riesenunternehmen arbeiten.«

Da war sie, die Kleinigkeit, die sie bisher erfolgreich verdrängt hatte: Wenn sie mit Leo durchbrennen wollte, würde sie sehr viel mehr aufgeben als Tom und die Prescotts. Natürlich war ihr klar gewesen, dass sie ihren Job kündigen musste. Sie hatte bis zu diesem Moment nur nicht wirklich darüber nachgedacht, was das bedeutete. Ihr wurde unbehaglich zumute.

Warum? Genau das hatte sie doch gewollt. »Ich ...«

»Ich kann es gar nicht abwarten zu sehen, was für Geschichten dir einfallen, wenn du erst mal frei bist, zu tun und zu lassen, was du willst. Du wolltest doch immer Filmemacherin werden, oder?«, hakte Leo nach. »War das nicht dein Traum seit dem College?«

»Schon vorher.«

Nun hatte sie Gelegenheit, diesen Traum endlich zu verwirklichen. Komisch, dass sie als Jugendliche wild entschlossen gewesen war, einmal die Welt zu erobern, und jetzt ... Jetzt wusste sie gar nicht, wo sie anfangen sollte. Dabei war es doch keine große Sache, mit dreißig noch einmal eine neue Karriere zu starten – das taten viele. Weshalb sollte sie es nicht auch schaffen?

»Es muss ein tolles Gefühl sein, endlich wieder das tun zu können, was du liebst«, sagte Leo.

Megan nickte. Auf einmal hatte sie einen Frosch im Hals und musste sich räuspern. »Ja. Ich muss nur rausfinden, wie ich das anstelle.«

»Hey.« Er nahm ihr Gesicht in seine Hände, die kalt waren vom Kondenswasser seines Wasserglases, und hob ihr Kinn an. »Du bist nicht allein. Wir machen das zusammen, Givens. Du und ich.«

Megan stellte sich vor, wie sie sich eine neue (höchstwahrscheinlich gebrauchte) Kameraausrüstung kaufte. Wie sie abwartete und die Leere spürte, die immer da war, ehe in ihrem Kopf eine neue Idee Gestalt annahm. Das wäre bestimmt aufregend. Und sie fand es wunderschön, wie Leo *Du und ich* gesagt hatte.

»Ich werde Geld brauchen – jedenfalls sobald ich mir darüber klar geworden bin, was genau ich machen will«, sagte sie, eher zu sich selbst.

»Du musst doch Ersparnisse haben. Wer, wenn nicht du? Du warst doch immer so vernünftig.«

Das stimmte, allerdings führte dieses Thema sie auf gefährliches Terrain. Leo war der Abenteurer, Megs die Verantwortungsbewusste, und Tom war immer der Optimist gewesen – ihr Lebensretter, wenn einer der beiden anderen zu ertrinken drohte.

»Ich lebe in New York«, sagte Megan. »In einer Stadt, die Ersparnisse zum Frühstück verspeist.«

»Du findest schon einen Weg.« Leo wischte ihre Sorgen mit der Beiläufigkeit eines Menschen beiseite, der das Leben grundsätzlich nach dem Motto *Don't worry, be happy* anging.

»Ja, ich finde einen Weg«, pflichtete Megan ihm bei, während sich in ihrem Innern lauter winzige Ängste zusammenballten.

»Das Wichtigste ist, dass du dein Leben wiederhast. Du kannst jetzt machen, was du willst. Menschen helfen. Etwas bewegen. Die Welt verändern, indem du die Herzen der Leute berührst.«

»Hm.« Sie kaute auf ihrer Unterlippe.

»Endlich kannst du dieses Hamsterrad hinter dir lassen, in dem du dich die ganze Zeit abgestrampelt hast.« Sein Tonfall war neckend, doch seine Worte kränkten sie, selbst wenn sie nicht genau verstand, warum.

Dabei hatte er nicht einmal unrecht. Genau das hatte Megan

sich schon seit Ewigkeiten gewünscht: abenteuerlustig und ein bisschen leichtsinnig sein zu können. All den Kompromissen und Zugeständnissen, die sie gemacht hatte, Lebewohl zu sagen und endlich das zu tun, worauf sie Lust hatte.

Doch jede Wendung in ihrem Leben hatte auch neue Möglichkeiten und unerwartete Höhepunkte mit sich gebracht. Bei dem Gedanken, tatsächlich ihren Job zu kündigen, musste sie unwillkürlich an all die Dinge denken, die sie an ihrer Arbeit bei *GQ* liebte: ihre Kollegen und die immer neuen Wege, ihrer Kreativität Ausdruck zu verleihen. Und das regelmäßige Einkommen war selbstverständlich auch nicht zu verachten.

»Ich bin trotzdem stolz darauf, wie weit ich es in diesem sogenannten Hamsterrad gebracht habe.« Megan bemühte sich um einen unbefangenen Ton, dem man ihre vielen kleinen Ängste nicht anhörte.

»Du bist einer der intelligentesten Menschen, die ich kenne. Du hast immer den Durchblick. Aber nur weil du etwas gut *kannst*, heißt das nicht, dass du es auch tun *solltest*.« Leo strich sich die Haare aus den Augen und richtete den Blick in die Ferne. »Wenn man nicht das tut, wofür man brennt, was hat das Leben dann für einen Sinn? Wenn man mit seinem Handeln nicht irgendwas bewegt, sei es für einen selbst oder für andere, weshalb strengt man sich dann überhaupt an? Ich habe zugesehen, wie du dich jahrelang bemüht hast, es allen recht zu machen. Jetzt ist *deine* Zeit gekommen, Givens.«

Sie nickte. Wie gerne hätte sie ihm geglaubt. Was er sagte, *klang* wahr, doch irgendetwas hinderte sie daran, ihm aus vollem Herzen zuzustimmen. »Ich finde, ich habe bei *GQ* durchaus was bewegt.«

»Ja, bestimmt *lieben* sie dich dort«, sagte er verächtlich. Abwertend. In Megan regte sich der Zorn. »Aber hast *du* es dort geliebt?«

»Ich ... Es gibt Dinge, die ich an der Arbeit dort liebe, ja.« Sie lächelte ihn an, um ihrer Aussage, die auf ihn wie ein Rückzieher wirken musste, die Schärfe zu nehmen. »Ich leite ein neues Programm, mit dem wir Praktikanten – *bezahlte* Praktikanten, wohlgemerkt – aus benachteiligten Communitys anwerben, um ihnen zu helfen, in der Medienbranche Fuß zu fassen. Die Lebenshaltungskosten in New York machen es vielen talentierten Menschen nämlich unmöglich, sich überhaupt auf solche Praktika zu bewerben. Deshalb habe ich eine Liste mit Jobs zusammengestellt, die gut für die Arbeit aus dem Homeoffice geeignet sind, und wir sind gerade dabei –«

Leo lachte leise. »*Das* ist die Leidenschaft, die ich von dir kenne.«

Doch sie hörte ihn kaum, denn sie erinnerte sich daran, wie stolz sie gewesen war, als man ihr das Projekt übertragen hatte, und wie sehr sie sich darauf gefreut hatte, die Bewerbungsunterlagen durchzulesen und die einzelnen Kandidaten und Kandidatinnen per Videochat kennenzulernen.

Etwas derart Konkretes aufzugeben, um möglicherweise irgendwann mal eine Dokumentation über ein Thema zu drehen, das sie noch nicht einmal kannte, erschien ihr ... leichtfertig. Selbstsüchtig.

Obwohl – hatte sie sich nicht genau deshalb für Leo entschieden? Damit sie mal ein bisschen selbstsüchtig sein konnte?

Ihr Blick glitt über das umfangreiche Angebot der Tequilakarte. »Ist es noch zu früh für Hochprozentiges?«

»Es ist nie zu früh für Hochprozentiges.«

Sie brauchte mehr Informationen. Sie musste all die Gründe verstehen, weshalb das hier aufregend und richtig war. Und sie brauchte Tequila.

In ihrem Magen brodelte es, aber das war bestimmt ganz normal. Ihr stand ein großer Schritt bevor. Und sie würde es wirklich tun. Vielleicht würde die Nervosität in Begeisterung umschlagen, sobald sie ein klareres Bild davon hatte, wozu sie eigentlich Ja sagte. »Erzähl mir, wie ein Tag in deinem Leben aussieht.«

Ein Kleinkind, das Jagd auf eine Möwe machte, dackelte vorbei, seine Eltern im Laufschritt hinterher. Megan sah Leo an, um ein belustigtes Schmunzeln mit ihm zu teilen, doch er blickte aufs Meer hinaus.

»Das ist ja das Beste an einem Leben mit mir«, sagte er.

»Was?«

»Dass kein Tag wie der andere ist. In meinem Job bin ich meistens ziemlich flexibel …«

»Ich könnte dich also auch für meine Filmcrew engagieren?«, neckte sie und stellte sich vor, wie er mit seinen muskulösen Oberarmen den Ton angelte.

Er lachte leise. »Klar kann ich dir hin und wieder aushelfen. Und du mir vielleicht auch – mit der Buchführung und Tourenplanung und so weiter.«

»Das klingt ja so, als würden wir ziemlich viel Zeit miteinander verbringen.« Es war seltsam, sich ein Leben vorzustellen, in dem sämtliche Grenzen zwischen Geschäftlichem und Privatem, Arbeit und Freizeit verschwammen. *Nein, nicht seltsam, sondern spannend. Es ist spannend.* Obwohl alles, was Leo gesagt hatte, wirklich verlockend klang, spürte Megan eine beginnende Verhärtung in Nacken und Schultern. Jeden Tag, wenn sie mit der U-Bahn zur Arbeit gefahren war, hatte sie fantasiert, wie es wäre, nicht ins Büro zu müssen. Am Morgen aufzuwachen und ihren Tag völlig frei gestalten zu können, ohne feste Pläne. Leo würde ihr all das bieten. Faule Sonntage und Montage und Dienstage … Sie konnten im Bett bleiben, bis sie den Zeitpunkt für gekommen hielten, aufzustehen und sich ihrer unorthodoxen Arbeit, ihrem unorthodoxen Leben zu widmen.

Solche Gedanken waren Megan fremd. Sie war zeitlebens ein verantwortungsbewusster Mensch gewesen. Aber es war möglich, verantwortungsbewusst zu sein und sich trotzdem Freiheiten zu nehmen. Es *musste* möglich sein.

»Woran denkst du gerade?«, fragte er.

»Veränderung«, antwortete sie aufrichtig.

»Du bist frei, Givens.« Leo schenkte ihr ein träges Lächeln und dippte einen Tortillachip in die Salsa. »Wirf die Ketten ab, und genieße es.«

Trotzdem: einfach so zu kündigen ... nicht nur das neue Praktikantenprojekt zu verlieren, sondern auch die immer größer werdende kreative Freiheit, die sie sich im Laufe der Zeit erarbeitet hatte ... Ihre Bedenken wuchsen. Je länger sie sich vorstellte, ihr altes Leben über Bord zu werfen und noch einmal ganz von vorne anzufangen, desto stärker wurde ihr Drang, dieses alte Leben zu bewahren.

Sie suchte nach Punkten, in denen sie mit Leo übereinstimmte. »Die langen Arbeitszeiten werde ich definitiv nicht vermissen. Oder dass man eine Million verschiedener Dinge im Kopf jonglieren muss, nur um das eine perfekte Foto hinzubekommen. Allein der Umgang mit Models kann einen in die Alkoholabhängigkeit treiben.«

»Na ja, ab jetzt musst du keine Kompromisse mehr machen. Du tust nur noch, was du wirklich willst.« Erneut zwinkerte Leo ihr zu, während er gleichzeitig dem Kellner ein Zeichen gab. Ehe sie wusste, wie ihr geschah, hatten sie mehrere Margaritas intus und gingen schwankend die Gasse hinunter.

Die stockenden Gesprächsversuche waren vergessen. Ihr Schwips war gerade so stark, dass die alte Unbeschwertheit zurückgekehrt war. Sie fühlte sich, als säße sie in einem Fahrgeschäft im Vergnügungspark. Sie schob Leo gegen die nächstbeste Wand und ließ ihren Körper den Rest erledigen. O ja, Leo war ein sehr, sehr heißes Fahrgeschäft.

Da es kein Morgen gab, würde sie auch keinen Kater bekommen. Vielleicht würde sie den Rest ihres Lebens betrunken und nackt mit diesem Mann verbringen. Ein Leben voller ... na ja, vielleicht nicht voller tiefsinniger Gespräche, der Teil hatte ja nicht so gut funktioniert ... aber ein Leben voller Alkohol und Sex. War das nicht, wovon die meisten Menschen träumten?

Nein, das klang irgendwie verkehrt. Was wollte sie noch gleich? Sich selbst finden. Sich selbst treu sein. Genau, das war es.

Leo hatte gesagt, ab jetzt müsse sie keine Kompromisse mehr machen. Das war doch schön ... oder nicht? Sie dachte darüber nach, während sie sich in der Gasse küssten.

Man musste *immer* irgendwelche Kompromisse machen, so war das Leben nun mal. Und das war nicht zwangsläufig etwas Schlechtes. Ein völlig egoistisches Dasein zu führen, nur an sich selbst und ihre eigenen Wünsche zu denken ... würde sie das nicht zu einem zweiten Alistair machen? Und wer wollte schon so sein wie Alistair?

Was stimmte nicht mit ihr? War das ein klassischer Fall von den Kirschen in Nachbars Garten, nur auf Anabolika? Oder hatte sie irgendwelche psychischen Störungen, weil sie sich kein Szenario vorstellen konnte, in dem sie wahrhaft glücklich war?

Paulina hatte gesagt, Glück sei etwas Vergängliches. Aber Megan hatte es die ganze Zeit als eine Leistungsnorm oder ein Ziel betrachtet, das sie erreichen würde, sobald sie identifiziert hatte, was in ihrem Leben falsch lief.

Aber Paulina hatte auch davon gesprochen, wie wichtig es war, Entscheidungen zu treffen, mit denen man sich gut fühlte. Die einem Freiheit gaben. Und im Moment empfand Megan nichts davon.

Es war mitten am Nachmittag, Leo hatte ihr genau das geboten, wovon sie glaubte, es zu wollen, und auf einmal verspürte sie den unerklärlichen Drang, ihr bisheriges Leben gegen all das zu verteidigen. All die Millionen von Kleinigkeiten zu organisieren, damit am Ende das perfekte Foto herauskam, war auch irgendwie befriedigend. Und ihre Arbeitstage waren vor allem deshalb so lang, weil sie ein Workaholic war und neben ihrem Vollzeitjob auch noch ihre Hochzeit hatte planen müssen.

»Hey.« Leo rieb seine Nase an ihrem Hals. »Wo bist du mit deinen Gedanken?«

»Keine Ahnung«, wisperte sie. Innerlich trauerte sie schon jetzt den Dingen nach, die sie aufgeben würde, um das zu bekommen, was sie sich angeblich so sehr wünschte.

Sie hatte sich zu sehr auf die negativen Aspekte ihres Lebens konzentriert, hatte sie in den schwärzesten Farben gemalt. Dabei hatte sie es versäumt, das Gute zu sehen.

Nein, die Arbeit bei *GQ* war ursprünglich nicht ihr Plan gewesen – aber Pläne waren dazu da, um an die Realität angepasst zu werden. Die Zukunft konnte eine neue Gestalt annehmen, je nachdem, welche Möglichkeiten sich boten, und auch Menschen wuchsen und veränderten sich. Sie wollte nicht alles wegwerfen. Es gab zu viel, was ihr am Herzen lag.

Während ihr das klar wurde, murmelte Leo ihr ins Ohr, dass er ihr alles geben würde.

Ein Frösteln ging durch ihren Körper. Sie stand in der Nachmittagssonne an der Wand eines Backsteingebäudes, und auf einmal war da gar nichts mehr.

Keine alles verzehrende Liebe. Keine Antworten auf ihre brennenden Fragen. Sogar ihre Hormone waren von Bord gegangen.

Sie legte Leo die Hände an die Brust und machte sich von ihm los, um ihn anschauen zu können.

»Ich weiß nicht, ob es klug ist, wenn ich jetzt einfach weggehe.«

»Wovon redest du? Natürlich ist das klug. Außerdem bin ich mir ziemlich sicher, dass es ebenso sehr deine Idee war wie meine.«

Sie blickte ihm forschend ins Gesicht und zwang sich, ruhig zu bleiben. Die Sache nüchtern zu betrachten.

»Komm mit mir nach Belize«, bat er. »Wir können morgen früh fliegen. Oder heute Abend. Jetzt gleich. Wann immer du willst. Ich weiß, dass du es brauchst. Das hier ist dein Notausstieg, dein Weg in die *Freiheit*, Givens.«

Sie schluckte. Die Umgebung waberte ein wenig vom Tequila. »Nein, ich meine … Ich weiß nicht, ob ich wirklich mit *dir* weggehen will.«

Leos Brustkorb hob und senkte sich. Zweimal. Dreimal. »Aber du willst mich doch noch, oder?«

Trunkenheit durchlief verschiedene Stadien: fröhlich, geil, verwirrt, melancholisch. Megan war soeben im letzten Stadium angekommen.

»Was, wenn ich nicht mehr weiß, was ich will? Was, wenn ich es mir einfach nicht vorstellen kann?«, wisperte sie, und ihre Augen füllten sich mit Tränen.

»Vielleicht bekommt es dir nicht, wenn du tagsüber Alkohol trinkst, Givens«, sagte er scherzhaft, während seine Miene langsam zu Stein wurde.

»Bin ich denn das, was *du* willst?« Sie berührte seine Brust. »Du schienst nicht sehr begeistert davon zu sein, dass ich bei dir einziehe.«

Er wich ihrer Berührung aus. »Du weißt doch, dass ich dich

will. Okay, vielleicht hat mich die Idee, sofort zusammenzuziehen, kalt erwischt – aber es geht eben alles ziemlich schnell.«

»*Ziemlich schnell?*« Sie zog die Augenbrauen hoch. »Du bist doch derjenige, der hergekommen ist, um meine Hochzeit zu sprengen.«

»Und du bist diejenige, die Ja gesagt hat.«

Abgesehen vom Kreischen der Möwen in der Ferne war es ganz still.

»Oder willst du mich schon wieder verarschen?«, fragte er leise. Er klang eher verletzt als vorwurfsvoll.

Sie erstarrte. Ihr Herz tastete verzweifelt nach einer Rettungsleine. »Dich wieder verarschen? Was meinst du damit?«

»Was bin ich …?« Er entfernte sich einige Schritte von ihr, ehe er sich umdrehte und anklagend mit dem Finger auf sie zeigte. »Damals auf dem Dach konntest du die Finger nicht von mir lassen. Du hast mir Versprechungen gemacht, und dann bist du einfach gegangen. Zurück zu den Prescotts.«

Konnte das stimmen? Hatte sie ihm etwas versprochen? »Ich habe dir keine …«

Wie hatte die Situation dermaßen entgleisen können? Jede Entscheidung, die sie traf, war falsch. Wie konnte es sein, dass sie ein Leben nach dem anderen anprobierte und ihr keins wirklich passte?

Leo sah sie an. Seine Miene war eine Mischung aus Qual und Stolz. Megan musste den Blick abwenden.

»Weißt du, was ich für dich bin?«, fragte er.

»Was?« Wenn er besser verstand als sie, was mit ihr los war, wollte sie es unbedingt wissen.

»Ich bin deine Fantasie. Deine kleine Flucht. Wann immer dein Leben zu vorhersehbar wird oder dich zu sehr einengt, wirfst du dich mir an den Hals, um ein bisschen Spaß zu haben, und danach lässt du mich fallen.«

Ihre Wangen glühten, und ihr wurde heiß. Sie wollte, dass die Welt aufhörte zu schwanken. Wenn sie nur die Margaritas nicht getrunken hätte. »Das klingt ja so, als wäre das ein typisches Verhaltensmuster von mir. Es ist *zweimal* passiert, Leo.«

Für einen Mann von seinem Format gab er sich ziemlich schnell geschlagen. Der Stolz, den er noch Augenblicke zuvor ausgestrahlt hatte, war verschwunden. »Bin ich der Richtige für dich, Megan? Bin ich wirklich das, was du willst? Wenn ja, dann lass uns von hier verschwinden. Lass uns nach Belize fliegen. Lass uns zusammen sein.«

Sie öffnete den Mund. Sie wollte die richtigen Worte sagen. Sie wollte weg von hier.

Weg.

Leo hatte recht. Er war eine Fluchtmöglichkeit für sie gewesen. Jeder Gedanke an ihn, der Tag, den sie zusammen in seinem Bett verbracht hatten, jetzt der Kuss in der Gasse ... all das waren bloß Fluchtversuche. Kein richtiges Leben.

Eine Wolke zog über ihren Köpfen dahin und verdeckte die Sonne lange genug, dass sie eine Gänsehaut bekam. Sie schlang sich die Arme um den Leib.

Allem Anschein nach war Leo doch nicht das, was das Universum für sie vorgesehen hatte. Und der noch entscheidendere Punkt war: Er war nicht das, was sie wollte. Auf einmal kamen ihr die Nächte, in denen sie im Internet nach Spuren von ihm gesucht und sich ein Leben mit ihm ausgemalt hatte, entsetzlich unreif vor. Beschämend.

»Givens.« Leo kniff sich in die Nasenwurzel. »Ich kann nicht noch ein Jahr damit verbringen, mich nach dir zu sehnen und mich zu fragen, ob ich eine Chance bei dir habe. Bitte. Gib ... gib mir einfach eine Antwort.«

Sie hatte das Gefühl, als laste das Gewicht des ganzen Himmels auf ihren Schultern, während sie versuchte, den Mut aufzubringen, ihm in die Augen zu sehen. Als ihre Blicke sich schließlich trafen, wusste sie, wie ihre Antwort ausfallen würde.

Sie schüttelte den Kopf.

Nein.

Er hob sein Gesicht dem bewölkten Himmel entgegen, und sie sah, wie sein Adamsapfel sich auf und ab bewegte, während er um Fassung rang. Als er ihr abermals in die Augen sah, waren sie voller Schmerz.

Und dann ließ sie ihn gehen.

Zurück im Hotel, die Arme voller Unterwäsche und Socken, versuchte Megan, nicht daran zu denken, wie jedes Teil, das sie aus dem Schrank oder einer der Schubladen holte, sorgfältig für ihre Flitterwochen ausgesucht worden war.

In zwei Tagen, vorausgesetzt, die Zeit verlief linear und nicht in satanischen Endlosspiralen, sollten Tom und sie gen Amalfiküste aufbrechen, wo sie weit weg vom Rest der Welt Wein trinken und einander fest versprechen würden, nicht aufs Handy zu schauen.

Die Arbeit hatte sie beide so sehr in Anspruch genommen (Tom noch mehr als sie, und jetzt verstand sie auch, warum), dass sie nicht einmal Gelegenheit gehabt hatten, eine Reiseroute festzulegen. Es war gar nicht lange her, da hätte sie den Gedanken an unverplante Zeit noch sehr verführerisch gefunden.

Megan warf alles achtlos in ihren Koffer, knallte ihn zu und zerrte grob am Reißverschluss, als könne sie die Trümmer ihres Lebens in ein Gepäckstück sperren. Sie war sich immer noch nicht sicher, wo sie eigentlich hinwollte. Sie wusste nur, dass sie raus musste aus diesem Hotel. Weg von dieser Insel.

Sie schloss die Augen.

War es ein Fehler gewesen, mit Leo in der Gasse Schluss zu machen? Nein, ihre Entschlossenheit war seitdem nur noch stärker geworden. Je weiter sie sich von ihm entfernte, so schien es, desto klarer erkannte sie, dass das Ganze im Grunde nur eine Schwärmerei gewesen war.

Wenn sie mit ihm nach Belize geflogen wäre, hätte sie lediglich ein Problem gegen ein anderes und den vorgezeichneten Weg eines Mannes gegen den eines anderen ausgetauscht.

Megan musste alldem entkommen. Sie brauchte Raum, um gründlich über alles nachzudenken. Eine schnelle Entscheidung war nicht zwangsläufig auch eine gute Entscheidung. Sie brauchte Zeit, um den impulsiven Aktionismus, in den sie die letzten Tage über verfallen war, hinter sich zu lassen und einen neuen Weg für sich zu finden.

Plötzlich kam ihr ein Geistesblitz, und sie wusste, wohin sie wollte.

Sie würde die Fähre nach Seattle nehmen und von dort aus direkt weiter zum Flughafen fahren.

Sie vermisste die Berge und den weiten Himmel von Montana. Und da alle, die ihr dort für gewöhnlich auf die Nerven gingen, gerade hier auf der Insel versammelt waren, würde sie die Ruhe haben, die sie zum Nachdenken brauchte. Montana war nicht die Antwort, aber vielleicht eine Möglichkeit, Antworten zu finden.

Ob es die Zeitschleife durchbrechen würde, wenn sie sowohl Tom als auch Leo Lebewohl sagte, oder ob die geografische Veränderung etwas ausrichten konnte, ließ sich unmöglich vorhersagen. Trotzdem hatte sie das untrügliche Gefühl, dass sie, um vorwärtszukommen, zurück in die Heimat fliegen musste.

Das Gepäck in der Hand, ließ sie den Blick durchs Hotelzimmer schweifen, um sich zu vergewissern, dass sie auch nichts vergessen hatte. Im letzten Moment beschloss sie, die Kleiderhülle, die sie über der Schulter trug und in der sich ihr Hochzeitskleid befand, zurückzulassen. Mit einem letzten Gedanken an den Tag, an dem sie es in Gegenwart von Paulina, Gran, Donna und Brianna anprobiert hatte, warf sie es aufs Bett. Es war das Symbol eines anderen Lebens. Eines Lebens, das endgültig der Vergangenheit angehörte.

Kapitel 28

Tom

Der Abend war hereingebrochen. Tom sah es durch die großen Fensterscheiben des Flughafens. Er war stundenlang ziellos umhergelaufen und hatte in regelmäßigen Abständen bei den Schaltern verschiedener Fluglinien nachgefragt, um endlich einen Platz in einem Flieger zu ergattern. Es musste nicht einmal ein Direktflug nach New York sein. Im Laufe des Tages hatte er seine Ansprüche immer weiter heruntergeschraubt. Eine Stadt irgendwo in der Nähe hätte ihm schon ausgereicht.

Die Füße taten ihm weh, hinter seiner Stirn pochte eine Migräne, und er spürte ein Ziehen in der Brust, von dem er beschlossen hatte, dass es sich um die ersten Anzeichen eines Herzinfarktes handelte. Und das alles für nichts – er war einem Flug nach Hause noch kein Stück näher gekommen.

Obwohl: Falls er wirklich den Rest seines Lebens in dieser Zeitschleife verbringen musste, spielte ein vergeudeter Tag auch keine Rolle.

Vergeudet bis auf sein Frühstück mit einem schweigsamen Hollywoodstar.

Die Worte des alten Schauspielers gingen ihm nicht mehr aus dem Kopf. Er dachte darüber nach, wie er sein Leben nach seinen Wünschen und Bedürfnissen gestalten konnte. Wie er es schaffen konnte, der Mensch zu werden, der er sein wollte.

Irgendwann suchte er sich einen ruhigen Sitzplatz in der Ecke eines schummrig beleuchteten Gates. Die Leuchtröhren an der Decke summten leise. Er nahm sich etwas vor: Morgen würde er kein Feigling sein. Denn während er ziellos zwischen den Gates A bis N umhergeirrt war – wobei er gelegentlich aus Gründen der Abwechslung das Shuttle genommen hatte –, war er zu einer Entscheidung gelangt. Er wusste nun, was er am Tag des Probedinners anders machen musste.

Nicht, dass das noch eine Rolle spielte. Brodys und Emmelines Ehe war an vielen Kleinigkeiten gescheitert, aber seine Beziehung mit Megan war durch eine Ladung Dynamit zerfetzt worden. Er kämpfte noch damit, diese neue Realität zu akzeptieren, und bis es so weit war, musste er das hinter sich lassen, was er verloren hatte.

Aber die Trauer war ein launisches Biest. Gerade wenn er dachte, dass eine gewisse Taubheit eingesetzt hatte, wurden die Schmerzen wieder so stark, dass er das Gefühl hatte, als stünde sein Körper in Flammen.

Er würde Megs nie wieder im Arm halten, sich nie wieder an ihren warmen Körper schmiegen, während seine Beine von ihren eisigen Zehen schockgefrostet wurden. Er würde sie nie wieder küssen oder mit ihr im Apartment in Soho zu einem langsamen Song tanzen. Künftig hätte er niemanden mehr, der ihm helfen würde, die Silvesterpartys in New York zu überstehen.

Niemanden, der ihm beim Kochen zusah.

Unzählige Insiderwitze und alberne Songs waren für alle Zeit bedeutungslos geworden.

Es glich einem bitteren Wunder, dass zwölf gemeinsame Jahre voller Erinnerungen und Zukunftspläne sich einfach so in Luft auflösen konnten. Dass ihre Hochzeit nicht stattfinden würde.

Obwohl seine Eltern auf einer traditionellen Zeremonie bestanden hatten, waren Tom und Megs sich einig gewesen, dass sie ihre eigenen Ehegelübde schreiben wollten. Sie hatten sie einander im privaten Rahmen sagen wollen, wenn sie das Hochzeitswochenende hinter sich gebracht hatten und in den Flitterwochen waren.

Megs, hatte er ihr sagen wollen. *Du und ich, wir haben uns über unseren gemeinsamen Musikgeschmack und einen ähnlichen Sinn für Humor gefunden. Als wir achtzehn waren, kamen uns all diese Dinge unglaublich wichtig vor, aber trotzdem war es etwas anderes, was uns durch die darauffolgenden zwölf Jahre getragen hat. Es waren Kleinigkeiten: die Art, wie du gepfiffen hast, wenn ich für dich gekocht habe, oder dass ich dich auf die Stirn geküsst habe, wenn du mal einen schlechten Tag hattest. Wir haben immer versucht, dem anderen ein Lächeln ins Gesicht zu zaubern.*

Aber es waren auch ganz wesentliche Dinge: dass ich mich bei dir immer angenommen, geliebt und wichtig fühlen durfte. Dass ich dir – hoffentlich – auch das Gefühl geben konnte, angenommen, geliebt und wichtig zu sein.

Für mich stand schon am allerersten Tag fest, dass du die Richtige bist, damals, als wir uns in einer Vorlesung für Menschen mit eher geringem Interesse an Naturwissenschaften begegnet sind. Und ich habe mich erneut für dich entschieden, als du mir gesagt hast, dass du es sexy findest, wenn ich bei Filmen mit Happy End weinen muss, und ich dir gestanden habe, dass ich es sexy finde, wie du beim Lachen manchmal grunzt. Ich habe mich immer wieder für dich entschieden: als ich entdeckt habe, wie klug du bist, dass du die meisten Menschen auf Anhieb durchschaust und dass du, wenn du mich ansiehst, jemanden siehst, der es wert ist, ihm deine Zeit, deine Güte und dein Herz zu schenken.

Während er den Text aus dem Gedächtnis hersagte, sah er vor

seinem inneren Auge, wie sie ihm einen Klaps gab und ihm vorwarf, kitschig zu sein, um sich dann die Tränen wegzuwischen. Das Gelübde war wie geschaffen für Megs, und Megs war wie geschaffen für ihn.

Zumindest hatten sie einmal geglaubt, füreinander geschaffen zu sein. Er hatte es geglaubt.

Jetzt fragte er sich, ob er sie all die Zeit klein gehalten hatte. Während sie gemeinsam erwachsen geworden waren und sich in ihrem Leben eingerichtet hatten, war er der Ansicht gewesen, dass sie beide es so wollten. Doch in Wahrheit hatte er ihr nicht immer eine Wahl gelassen. Sein Weg war von Anfang an bis ins kleinste Detail vorherbestimmt gewesen, und sie hatte die undankbare Rolle gehabt, diejenige sein zu müssen, die immer Kompromisse machte. Er hatte vor Jahren ihre London-Idee abgeschmettert, und sie war trotzdem bei ihm geblieben. Es war alles so ein furchtbares Durcheinander. Er wollte nicht in Missouri leben und auch nicht in New York, wenn das bedeutete, ohne sie sein zu müssen.

Ein leichter Regen prasselte gegen die Scheiben. Da außer ihm niemand am Gate B32 war, streckte er sich auf den Sitzen aus. Am Gate B33 gegenüber stellten sich die Passagiere an, um die Maschine nach Helena, Montana, zu besteigen. Auf einmal zog sich Toms Brust so heftig zusammen, dass er sich aufsetzen musste. Dabei erhaschte er einen Blick auf eine vertraute Gestalt, die in der Schlange vor dem Boarding-Schalter wartete.

Wie war sie hierhergekommen? War es ein Wunder, das er heraufbeschworen hatte? Was machte sie hier?

Er wollte, dass sie sich zu ihm umdrehte. Er hoffte auf Antworten.

Im nächsten Moment tat sie es.

Ihre Blicke trafen sich. Sie hob die Hand, in der sie die Bordkarte hielt, und tippte sich zweimal seitlich an die Nase. Ihr geheimer Code, der eine Million verschiedene Dinge bedeuten konnte.

Ich sehe dich.

Es ist wirklich vorbei.

Ich verlasse dich.

Mit einer Schwermut, von der er nicht glaubte, dass sie jemals wieder verschwinden würde, wiederholte er die Geste.

Ich liebe dich.

Es tut mir leid.

Leb wohl.

Sechster Tag

Kapitel 29

Megan

Als Megan aufwachte, schaute sie gar nicht erst nach, ob sie ihren Pyjama trug oder sich die Wimperntusche abgewaschen hatte. Sie ärgerte sich auch nicht, als ihre Mutter nach dem mittlerweile altbekannten Piepsen der Schlüsselkarte ins Zimmer gewirbelt kam und Panik verbreitete, die nach einer Weile in Wut auf ihre Tochter umschlug, weil diese einfach im Bett liegen blieb und sie ignorierte.

Megans Emotionen befanden sich in einem vegetativen Stadium. Sie hatte nicht den Vorsatz gefasst, den ganzen Tag im Bett zu bleiben – für alles andere fehlte ihr schlichtweg die Kraft.

Am Abend zuvor hatte sie versucht, von der Insel wegzukommen. Sie hatte Tom mit zerknitterten Kleidern und ungekämmten Haaren am Flughafen von Seattle sitzen sehen. Wahrscheinlich war er schon seit Stunden dort gewesen. Die Vertrautheit seines Anblicks hatte sich mit dem dumpfen Schmerz vermischt, den sie neuerdings spürte, wann immer sie ihn sah. Sie hatten die ersten Tage zusammen und die letzten getrennt voneinander verbracht und dabei ihr Bestes getan, einander wehzutun.

Nichts schien zu helfen.

Und doch ... Als sie ihn am Gate hatte sitzen sehen, war sie unsagbar traurig gewesen. Nach einem bittersüßen Augenblick und dem Antippen der Nase, ihrem Geheimsignal, das alles sagte und zugleich auch nichts, war sie ins Flugzeug gestiegen. Hatte ihr Handgepäck verstaut. Den Sicherheitsgurt angelegt. Aus dem Fenster auf die Lichter der Startbahn geschaut. Eine scheinbare Ewigkeit lang. Irgendwann kam die undeutliche Stimme des Kapitäns durch die Lautsprecheranlage, der den Passagieren mitteilte, dass sie noch eine Weile am Boden bleiben müssten, während man sich um ein technisches Problem kümmere.

Stundenlang stand die Maschine auf dem Asphalt, bis Babys anfingen zu schreien, eine allgemeine Klaustrophobie einsetzte und Passagiere begannen, auf dezente und höfliche Weise zu revoltieren, indem sie ihre Sicherheitsgurte lösten, in der Kabine auf und ab gingen und lautstark ihren Hunger und Durst kundtaten, woraufhin die Flugbegleiter Tütchen mit Salzbrezeln verteilten und Wasser ausschenkten.

Irgendwann wurden Übernachtungs-Voucher ausgegeben, und Megan beendete ihren Abend in einem Zimmer des nahe gelegenen Marriott-Hotels.

Sie war nicht nur eine Geisel dieses Tages, sie war auch eine Gefangene des Pazifischen Nordwestens.

Donna zog ihrer Tochter die Decke weg und schimpfte so laut, wie sie es in einem Nobelhotel zu tun wagte. Megan reagierte weiterhin nicht, sondern starrte wie in Trance an die Zimmerdecke. Wie lange sie das tat, wusste sie nicht, doch als sie sich irgendwann herumwälzte, war Donna gerade eifrig dabei, eine Nachricht auf ihrem Handy zu tippen, während sie sich gleichzeitig leise brummelnd über den Egoismus ihrer Tochter beschwerte.

Megans Atmung beschleunigte sich. Sie spürte, wie Energie

durch ihren Körper strömte und sie wieder zum Leben erweckte – und sei es nur, um ihre kindische Mutter umzubringen.

Doch im nächsten Moment tauchte eine weitere Gestalt im Türrahmen auf.

»Hey, Donna. Hast du was dagegen, wenn ich ein bisschen Zeit mit meiner Verlobten verbringe?« Tom hatte einen Pappträger mit zwei großen Kaffeebechern und eine Bäckertüte in der Hand. Und er hatte sein Gepäck dabei.

War er der Zeitschleife entkommen? Er hatte sie als seine Verlobte bezeichnet und ihr Frühstück mitgebracht. So etwas taten sie doch nicht. Jedenfalls nicht mehr.

Donna richtete sich behutsam die Frisur, ehe sie Tom von oben bis unten musterte. »Frühstück im Bett? Das erinnert mich an Ehemann Nummer eins. Sehr gut.«

Mit diesen Worten rauschte sie davon. Erst als die Tür mit einem Klicken hinter ihr ins Schloss fiel, setzte Megan sich im Bett auf. »Bitte, sag mir, dass es für dich auch Tag sechs ist und du es nicht mehr aushältst und ernsthaft mit dem Gedanken spielst, dir die Taschen mit Steinen zu füllen und ins Meer zu gehen.«

»Das wäre definitiv eine Option.« Tom reichte ihr einen der beiden Kaffeebecher, den sie dankbar entgegennahm. »Mit Rohrohrzucker und einem Schuss Mandelmilch.«

»Danke.« Sie nippte daran. Perfekt zubereitet. Warum war Tom so nett zu ihr?

»Aber ich habe noch einen anderen Vorschlag. Statt uns zu ertränken, sollten wir vielleicht einfach das Beste aus dem heutigen Tag machen?«

Megan stöhnte. »Optimisten-Tom ist zurückgekehrt.«

Optimisten-Tom war ein Spitzname, den sie ihm auf dem College verpasst hatte, weil er sie vor jeder Prüfung bei den Schultern gepackt und Dinge gesagt hatte wie: »Du rockst das. Du bist eine akademische Maschine. Spüre die guten Noten, die deiner harren!« Sie hatte dann immer lachen müssen, und ein Teil der Anspannung war von ihr abgefallen, was in den meisten Fällen tatsächlich eine gute Note zur Folge gehabt hatte.

Auch nach dem Studium hatte er damit weitergemacht, etwa wenn sie für eine Beförderung im Gespräch war (»Hörst du das? Ich glaube, das war ein Klirren. Du wirst die gläserne Decke zum Einsturz bringen!«) oder wenn ihre Mutter wieder mal einen neuen Mann angeschleppt hatte (»Diesmal hat sie sich einen Netten gesucht. Ich spüre seinen anständigen Charakter über vier Staatsgrenzen und zwei große Seen hinweg!«).

Tom nahm einen Bissen von einem Brombeerteilchen, dann legte er es weg und fasste sie bei den Schultern. »Der heutige Tag ist anders. Na ja, grundsätzlich ist es natürlich noch derselbe Tag, aber wir werden dafür *sorgen*, dass er anders wird. Besser.«

»Wir wollen den Tag zusammen verbringen?«, fragte Megan voller Zweifel.

Es war besonders grausam, dass ihr einziger Verbündeter in diesem niemals endenden Kampf gegen die Tücken der Zeit zugleich der Mensch war, mit dem sie am meisten Konflikte auszufechten hatte. Konflikte, die sie nicht unbedingt den ganzen Tag lang mit sich herumschleppen wollte.

»Als *Freunde*«, stellte Tom klar. »Ich weiß nicht, wie es dir geht, aber ich will heute einfach mal einen draufmachen. Scheiß auf Golf und den Friseur und das Probedinner. Zum Teufel mit unseren Familien ...«

Megan hob ihren Kaffeebecher zu einem Toast. »Zum Teufel mit unseren Familien.«

»Lass uns den ganzen Mist heute vergessen und stattdessen was Schönes machen. Etwas, woran wir beide Freude haben.«

»Hmm ... *Freude*. Das Wort kommt mir vage bekannt vor.«

Es war keine so schlechte Idee. Megan war sich zwar nicht sicher, ob sie wirklich einen ganzen Tag mit Tom verbringen wollte, aber es wäre allemal besser als ein weiterer Shopping-Trip mit Donna und Brianna. Und auf gar keinen Fall würde sie auch nur darüber *nachdenken*, auf ihrem Probedinner zu erscheinen.

Sie beäugte den Mann, der über zehn Jahre lang ihr bester Freund gewesen war. Bestimmt würde sie es noch einen Tag mit ihm aushalten.

»Okay«, sagte sie. »Solange wir nicht auf dieser verdammten Insel bleiben müssen.«

»Abgemacht.« Tom grinste. Es war ein sehr breites Grinsen. Megan gefiel dieses Grinsen nicht.

»Was hast du vor, Optimisten-Tom? Wo willst du mit mir hin?«

Er stand auf, stellte sein Frühstück auf den Nachttisch und begann, sich wortlos das Hemd aufzuknöpfen.

»Warte, warte, warte.« Megan hob abwehrend die Hände. »Ich glaube, jetzt bist du ein bisschen *zu* optimistisch. Das steht nicht zur Debatte.«

»Entspann dich.« Er zog sich das Hemd aus, und sie konnte nicht anders, als die vertrauten Muskeln zu bewundern, die sich unter seinem weißen Unterhemd abzeichneten. »Ich springe nur schnell unter die Dusche, während du dir überlegst, was dich heute glücklich machen würde.«

Sobald im Bad das Wasser rauschte, trank Megan den letzten Schluck von ihrem Kaffee und stand aus dem Bett auf. An diesem Morgen entschied sie sich für ein anderes Outfit, bestehend aus High-Waist-Shorts und einem engen Top, das sie extra für die Flitterwochen gekauft hatte. Sie tuschte sich die Wimpern, um ihre Augen zu betonen, und schminkte sich die Lippen in einer knalligen Farbe. Dann schüttelte sie sich die Haare aus und verteilte mit den Fingern etwas Trockenshampoo darin. Zur Abwechslung würde sie ihre Haare offen tragen, selbst wenn sie dazu neigten, sich in der Luftfeuchtigkeit zu kräuseln.

Im Bad wurde das Wasser abgedreht, gerade als sie sich ihren Schmuck aussuchte. Ihre Finger streiften die Kette mit dem Herzanhänger, doch sie ließ sie auf der Kommode liegen.

Worauf hatte sie heute Lust?

Gleich darauf wusste sie es.

»Ich will Boot fahren«, rief sie Tom durch die geschlossene Badezimmertür zu. Sie packte für sie beide einen Pullover ein, weil sie wusste, dass es auf dem Wasser kühl werden konnte.

»Wir können machen, was immer du willst«, rief er zurück, ehe er die Tür einen Spaltbreit öffnete. »Aber darf ich einen Wunsch äußern? Keine Fähren mehr.«

»Einverstanden. Ich habe sowieso eine viel bessere Idee.«

Es gab die zerstörerische Form von Anarchie, der sie an Tag vier gefrönt hatte, aber es gab auch noch eine sanftere Version. Und genau die war es, nach der ihr Herz heute verlangte.

Tom trat aus dem Bad. Seine nassen Haare ringelten sich auf ganz entzückende Weise um seine Ohren, und in Shorts und einem weißen T-Shirt mit V-Ausschnitt wirkte er entspannt und irgendwie süß. Einen ganz kurzen Augenblick lang sah er so aus wie der Junge, in den sie sich mit achtzehn verliebt hatte.

Doch schon im nächsten Moment wurde diese Vision von den zahlreichen Kränkungen verdrängt, die sie einander zugefügt hatten. Megan nahm sich fest vor, heute einfach nur Spaß zu haben – ohne in alte Verhaltensmuster zurückzufallen oder die Fassade bröckeln zu lassen.

»Schnapp dir deinen Reisepass. Du wirst ihn brauchen.«

»Wo soll's denn hingehen?«, fragte er, während er sich setzte, um sich die Schuhe anzuziehen.

Megan zwinkerte ihm zu. »Dorthin, wo es Boote gibt. Zum Anleger.«

»Wie viel weißt du noch von dem Segelkurs, den wir vor ein paar Jahren im Sommer gemacht haben?« Megan löste die Stromverbindung und die Wasserleitung der *Happy Accident*. Sie freute sich riesig darauf, in See zu stechen, und war voller Tatendrang. Sicher, es war schon eine ganze Weile her, seit sie alleine abgelegt hatte. Das Segelboot ihrer Großeltern besaß kein Bugstrahlruder, allerdings war es auch nur acht Meter lang. So schwer würde es schon nicht werden.

»Ich erinnere mich noch an irgendwas mit Seekarten. Die Knoten habe ich fast alle vergessen.« In Toms Gesicht zeichnete sich ein Anflug von Panik ab. »Sind deine Großeltern nicht sauer, wenn sie vom Brunch mit Paulina zurückkommen und feststellen, dass ihr Boot weg ist?«

»Du hast recht.« Megan zückte ihr Telefon und schrieb Paulina eine kurze Nachricht.

Sag Gran und Granddad, wir haben uns ihr Boot für eine kurze Spritztour ausgeliehen!

Sie war noch nie alleine mit der *Happy Accident* gesegelt und wusste, dass ihre Großeltern sich Sorgen machen würden. Und natürlich bedeutete das auch, dass Hamzas nachmittägliche Bootstour ausfallen musste.

Doch ihre Schuldgefühle hielten sich in Grenzen, schließlich würde keine ihrer Handlungen Auswirkungen auf die Realität haben. Da konnte sie sich diesen kleinen Akt der Rebellion allemal leisten.

Drei blinkende Punkte auf ihrem Handybildschirm signalisierten, dass Paulina gerade dabei war, eine Antwort zu tippen – und dass diese Antwort sehr lang zu werden versprach. Megan zeigte Tom den Bildschirm. »Glaubst du, das ist ein schlechtes Zeichen?«

Ihre Blicke trafen sich, und sie musste daran denken, wie oft sie als Studenten heimlich in irgendwelche Gebäude auf dem Campus eingestiegen waren oder sich von langweiligen Partys verdrückt hatten. Kurzerhand warf sie ihr Handy über Bord und grinste, als es mit einem überaus befriedigenden Platschen auf dem Wasser auftraf.

»Ausgezeichnete Idee.« Tom holte ebenfalls sein Smartphone heraus und warf es weg. Statt im Meer zu landen, fiel es polternd auf den Steg, woraufhin sie beide zur selben Zeit in Gelächter ausbrachen.

Megan wusste nicht genau, ob sie in diesem Moment mit Tom lachen wollte. Sie wollte einfach nur etwas anderes fühlen als das, was sie in den letzten Tagen gefühlt hatte.

Bei genauer Betrachtung war es schon mehr als eine Woche. Sie war lange nicht mehr wirklich glücklich gewesen – aber das war ein Gedanke, den sie sich für später aufheben würde. Erst mal mussten sie ein Boot kapern.

»Mach achtern die Leine los, und wirf sie mir zu«, instruierte sie Tom, während sie den Motor anließ. »Dann nimm die Leine am Bug, stoß uns ein Stück vom Steg ab, und spring an Bord.«

»Aye, aye.« Tom salutierte.

Der Hafen in Roche Harbor war relativ klein, was ihnen die Flucht erleichterte. Hätte das Boot an einem der langen Docks in Friday Harbor gelegen, wäre sie womöglich keine so selbstbewusste Kapitänin gewesen.

Sie legten ihren Kurs fest, beschlossen, lieber nicht die Segel zu setzen, sondern sich auf den Motor zu verlassen (sie wollten ihr

Glück nicht überstrapazieren), und dann schipperten sie mit gemächlicher Geschwindigkeit aufs Meer hinaus. Es würde mehrere Stunden dauern, bis sie ihr Ziel erreichten, aber Megan fühlte sich schon jetzt so frei wie seit Tagen nicht mehr.

Sie erinnerte sich daran, wie sie das letzte Mal vor drei Jahren mit Tom auf der Insel gewesen war und er trotz einiger Vorbehalte eingewilligt hatte, mit ihr einen Segelkurs zu machen. Sie hatten gemeinsam für die Prüfungen gebüffelt und sich gegenseitig für richtige Antworten mit dem Ablegen eines Kleidungsstücks belohnt. Falsche Antworten wurden dadurch bestraft, dass sie die sauersten Süßigkeiten essen mussten, die es im Laden an der Ecke zu kaufen gab. Dem Stress der vorgeschriebenen Nachtfahrt hatten sie standgehalten, indem sie das taten, was sie am besten konnten: Tom hatte den Optimisten gegeben, und Megan hatte sie zwischendurch immer wieder angefeuert

Das war eine ihrer absoluten Lieblingserinnerungen.

Ihrer widerspenstigen Bedürfnisse und Emotionen zum Trotz freute sie sich, wieder gemeinsam mit Tom an Bord eines Bootes zu sein.

Der heutige Tag würde definitiv anders werden. Und anders war gut.

Kapitel 30

Tom

Von der Reling aus konnte er Megs ungestört beobachten, wie diese am Anleger mit dem Zoll telefonierte und die kanadischen Behörden über ihre Invasion in Kenntnis setzte. Er musste im Blickfeld der Kamera bleiben, während sie dem Zollbeamten alle nötigen Informationen aus ihren Reisepässen durchgab, aber er hätte es sowieso vorgezogen, draußen in der Sonne zu bleiben.

Das Hafenviertel von Sidney in British Columbia war eins der schönsten, die er je gesehen hatte, mit einem kopfsteingepflasterten Fußweg entlang der Kaimauer, einer von gedrungenen Häusern gesäumten Straße und einem Amphitheater in Form einer Meeresschnecke, das man vom Anleger aus sehen konnte.

Falls er diesem Tag jemals entkam, sollte er vielleicht darüber nachdenken, nach Kanada auszuwandern.

Doch diesem Gedanken auf dem Fuße folgten zwei andere, die sich als schmerzhafte Stiche in seiner Brust bemerkbar machten. Der erste war die Aussicht, Prescott & Prescott für immer zu verlassen – eine beängstigende, wenngleich nicht gänzlich unangenehme Vorstellung. Der zweite Gedanke war deutlich schlimmer. Es war die Realität eines Lebens ohne Megs.

Komisch, dass er noch vor wenigen Tagen an ihrer Beziehung gezweifelt und all den vielen Frauen hinterhergetrauert hatte, die er ihretwegen nicht hatte kennenlernen können. Jetzt, wo – jedenfalls theoretisch – die Freiheit am Horizont winkte, wollte er ihr einfach nur verzeihen. Und er wollte, dass sie ihm verzieh.

Wenigstens hatte er diesen einen Tag mit ihr. Er würde das Beste daraus machen.

»Alles geregelt.« Megs hatte aufgelegt und kletterte zurück an Bord. »Unser Liegeplatz ist an Anleger E, wir müssen also wenden.«

Tom spürte, wie er blass wurde. Dass sie ein Leben ohne echte Konsequenzen lebten, machte die Aussicht, womöglich eins der teuren Boote zu beschädigen, nicht weniger erschreckend.

»Hey.« Megs tätschelte ihm scherzhaft die Wange. »Wo ist Optimisten-Tom geblieben? Ich brauche ihn an Deck.«

Er schluckte seine Ängste hinunter und salutierte abermals vor seiner Kapitänin.

Das Anlegemanöver gestaltete sich weniger kompliziert als gedacht, da zum Glück einige andere Segler zur Stelle waren, um ihre Leinen aufzufangen. Tom hatte gelernt, dass es zwei Arten von Seglern gab: solche, die Neulinge aus sicherer Entfernung beobachteten, um sich über ihre Unfähigkeit zu amüsieren, und solche, die bereitwillig Hilfe anboten.

Während der ganzen Zeit hatte Megs einen entschlossenen Ausdruck im Gesicht. Sie war einer der tüchtigsten Menschen, die er kannte – eine Eigenschaft, die er, wie ihm nun aufging, die ganze Zeit für selbstverständlich gehalten hatte.

Irgendwann hatte er aufgehört, sie zu fragen, wie es ihr ging. Er war einfach davon ausgegangen, dass bei ihr alles in Ordnung war. Noch eine Verfehlung, wegen der er sich schuldig fühlen musste.

Als sie den Weg in Richtung Hauptstraße einschlugen, griff er spontan nach ihrer Hand.

»So ein Tag ist das heute nicht«, sagte sie leise, und er ließ sie wieder los.

»Tut mir leid.«

»Kein Problem.« Sie schenkte ihm ein dünnes Lächeln und blickte durch halb geschlossene Augen zu ihm auf. »Ich verstehe schon – die Macht der Gewohnheit. Betrachte uns einfach als zwei Menschen, die gemeinsam in einem Zyklon gefangen sind und versuchen, das Beste aus der Situation zu machen.«

Tom blieb stehen. Er wusste, wenn er diesen Moment ungenutzt verstreichen ließ, würde er das später mehr bereuen als alles andere zusammengenommen. Als sie merkte, dass er nicht länger neben ihr ging, hielt auch sie an und drehte sich um.

»Nein. Ich meine – ja, es tut mir leid, dass ich deine Hand genommen habe, aber es tut mir auch leid, dass du dich immer um alles kümmern musst, weil du so gut darin bist.«

Über ihren Köpfen zog eine Wolke vorbei und warf einen Schatten auf sie. Als sie weitergewandert war, fuhr er fort. »Dein Job ist genauso stressig wie meiner, aber ich glaube, das habe ich nie wirklich anerkannt. Ich war viel zu sehr damit beschäftigt, mit meinem Bruder zu konkurrieren, weil ich unbedingt besser sein wollte als er. Und weil mir die Anerkennung meiner Eltern gefehlt hat.«

Er sah zu, wie sich ihr Brustkorb beim Atmen hob und senkte, doch sie schwieg weiterhin. Wahrscheinlich war es noch zu früh für ein so schwieriges Gespräch. Den Rest würde er sich für später aufheben. Nach seiner Unterhaltung mit Kenneth Birch und dem einsamen Tag am Flughafen gab es viel, was er ihr sagen wollte.

Fürs Erste jedoch wollte er, dass die Stimmung unbeschwert blieb. Er sah sich um und entdeckte genau das, wonach er gesucht hatte. »Und es tut mir leid, dass ich hier auf dem Gehsteig rumstehe und über meine Gefühle rede, obwohl wir nur anderthalb Blocks von einer Bäckerei entfernt sind.«

Sie musste lachen. Es war ein Geräusch, bei dem er sich fühlte, als hätte er ein Jetpack auf dem Rücken.

»Ich weiß, wir hatten schon Süßes zum Frühstück, aber dort gibt es die *besten* Zimtschnecken.« Sie stemmte die Hände in die Hüften, und ein spitzbübisches Funkeln trat in ihre Augen. »Wer als Erster da ist.«

Sie rannten los, immer im Zickzack zwischen älteren Passanten mit Hunden und gemütlich dahinschlendernden Seglern hindurch. Als sie bei der Bäckerei ankamen, waren sie beide außer Atem und grinsten.

Zum ersten Mal seit Tagen hatte Tom das Gefühl, dass sie etwas richtig machten.

Auf der Wiese vor dem Amphitheater standen zahlreiche bunte Adirondack-Stühle. Tom und Megan suchten sich zwei mit Blick aufs Meer und ließen sich ihre extrem klebrigen Zimtschnecken schmecken.

Megs stöhnte. »Die Hochzeit findet doch statt, aber ich heirate nicht dich, sondern dieses Ding hier.«

Tom lachte leise und versuchte, die nicht jugendfreien Gedanken zu unterdrücken, die ihm angesichts von Megs' lustvollen Essgeräuschen in den Kopf kamen.

Ihm fiel auf, dass sie die Kette nicht trug. In den letzten sechs Tagen hatte er jedes Mal nachgeschaut, ob sie sie trug oder nicht. Er konnte sich noch sehr gut an den Nachmittag erinnern, an dem er sie gekauft hatte. Es war eine Woche vor dem Valentinstag gewesen. Wann er sich in Megs verliebt hatte, ließ sich nicht an einem bestimmten Datum oder einem Kuss festmachen. Es war von Anfang an unvermeidlich gewesen. Vorherbestimmt.

Allerdings hatte er es damals noch nicht über sich gebracht, ihr seine Liebe zu gestehen. Sein Leben war geprägt von Zurückweisung, hauptsächlich durch seine Eltern, und er hätte es nicht ertragen, auch von Megs abgewiesen zu werden. Er hatte sich vorgenommen, noch abzuwarten und es ihr erst zu sagen, wenn er wirklich bereit dazu war. Wie es der Zufall wollte, war sie ihm einige Monate später bei einem Eis zuvorgekommen.

Trotzdem hatte er noch nie mit einer Frau den Valentinstag gefeiert – jedenfalls nicht mit einer Frau, für die er so viel empfand wie für Megs. Irgendetwas musste er tun. Er musste ihr sagen, was er für sie empfand, ohne es ihr zu *sagen*.

Also ging er in ein Juweliergeschäft, wo ihm ein Verkäufer die Kette aufschwatzte, von der er behauptete, sie sei sehr modern und romantisch. Megs hatte sich überschwänglich bei ihm bedankt und sie trotz des plakativen Anhängers jeden Tag getragen. Inzwischen kannte er ihren Geschmack in- und auswendig. Er hätte in einen Schmuckladen gehen und mühelos etwas für sie aussuchen können. Trotzdem war er immer noch stolz auf die Kette. Und darauf, wofür sie stand.

Er hoffte, sie würde sie wieder tragen. An einem anderen Tag. In einer anderen Zeit.

Megan war still geworden. Es wurde Zeit, sie aufzuheitern.

»Weißt du noch, wie du auf dem College mal gesagt hast, dass du es nicht erwarten kannst, endlich wieder zum Vergnügen zu lesen?«

Sie legte den Kopf in den Nacken und stöhnte. »Das war, als ich mich aus Versehen für das Mythologie-Seminar eingeschrieben hatte und mir ein ganzes Semester lang Homer und Vergil und andere alte weiße Laberköpfe reinziehen musste.«

»Wann hast du zuletzt ein Buch nur zum Spaß gelesen, nicht für die Arbeit oder irgendeinen Buchklub, den dir meine Mutter aufgeschwatzt hat?«

Sie blinzelte in die Sonne und zog die Nase kraus. »Keine Ahnung.«

»Ich habe in dieser Stadt schon mindestens drei Buchläden gesehen.« Tom wischte sich die Hände an einer Serviette ab und stand auf. »Wenn wir für immer in diesem Tag gefangen sind, können wir uns doch eine schöne Lektüre gönnen.«

»Ein sehr guter Plan.« Ein kleiner Schauer durchrieselte Tom, als Megs sich den Rest des Zuckergusses von den Lippen leckte.

Sie gingen die Beacon Street hinauf. Hin und wieder blieben sie stehen, um die Bronzeskulpturen zu bewundern, die entlang der Straße aufgestellt waren, oder ein Schaufenster zu betrachten.

»Ich liebe diese Stadt«, schwärmte Megs. »Ich könnte gleich mehrere wiederkehrende Tage hier verbringen.«

»Ich auch.«

Sie fanden einen Buchladen an einer wenig befahrenen Kreuzung und traten ein. Der Laden war groß, warm und einladend, mit zahlreichen ansprechend gestalteten Auslagen und sehr hilfsbereiten Mitarbeitern.

»Ich glaube, ich muss mich der Polyamorie zuwenden«, verkündete Megs. »Ich heirate die Zimtschnecke *und* diesen Laden hier.«

Es war viele Jahre her, seit Tom sie zuletzt so unbeschwert erlebt hatte. Allmählich kam wieder die Frau zum Vorschein, in die er sich verliebt hatte, und in ihm wuchs die Sehnsucht, dass dieser Tag nie zu Ende gehen möge.

Sie schlenderte zwischen den Regalen umher und blieb gelegentlich stehen, um ein Buch in die Hand zu nehmen und den Klappentext zu lesen. Er nahm eine andere Route, beobachtete sie jedoch heimlich beim Stöbern und erfreute sich daran, wie sehr sie in ihrer Tätigkeit aufging.

Sie ließen sich viel Zeit, und als sie irgendwann zur Kasse gingen, hatten sie zur Freude der Angestellten die Arme voller Bücher. Ihre Auswahl war groß und vielfältig, von kommerziellen Thrillern bis hin zu feministischer Lyrik und Bildbänden über die Umgebung.

»Der beste Tag meines Lebens«, raunte er ihr zu, als sie sahen, wie ihr Zahlbetrag die Hundert überschritt.

Sie beäugte ihn mit einer Mischung aus Argwohn und tief empfundener Zustimmung. Für den Moment war ihm das genug.

Kapitel 31

Megan

Wenn man die Amalfiküste durch Vancouver Island ersetzte, verlief dieser Tag so ähnlich, wie Megan sich ihre Flitterwochen vorgestellt hatte. Solange sie ihre Gedanken an das echte Leben und all die Tage vor und nach diesem einen abschütteln konnte, verspürte sie eine wunderbare innere Klarheit. Doch sobald sie in die Realität zurückkehrte, war auch die Verwirrung wieder da.

Trotzdem konnte sie nicht umhin, diesen Tag mit dem zu vergleichen, an dem sie sich für Leo entschieden hatte. Sich *wirklich* für ihn entschieden hatte. Da hatte sie diese Klarheit nicht gespürt. Es hatten sich keine Antworten, kein innerer Friede eingestellt. Nur jede Menge Fragen, die immer größer und zahlreicher wurden.

Eigentlich hätte sie das nicht wundern sollen. Ihre Beziehung mit Tom war immer dann am stärksten, wenn sie beide gegen den Rest der Welt antraten. Als sie ihre Beute aus dem Buchladen in den Park schleppten und es sich im Schatten gemütlich machten, um ihre neu erworbenen Bücher durchzublättern – wobei sie einander gelegentlich besonders interessante Fotos oder Textpassagen zeigten –, gab sie sich der Illusion hin, dass sie, wenn es die Zeitschleife nie gegeben hätte und es zwischen ihnen nicht zum Streit gekommen wäre, vielleicht ein schönes Leben hätten haben können.

Doch leider waren sie und Tom nicht die einzigen Parameter in der Gleichung. Es würde immer Eltern geben, die dazwischenfunkten, nervende Geschwister, Leo oder Bundesstaaten im Mittleren Westen. Das bedeutete, dass Megan bei sich selbst anfangen musste. Vielleicht fehlte ihr die Einsamkeit von Montana, die sie sich gewünscht hatte, um in Ruhe nachdenken zu können, aber ein Tag am Wasser in einer malerischen kleinen Hafenstadt, weit weg vom Hochzeitsstress in Roche Harbor, war auch nicht zu verachten.

Megan staunte, wie angenehm ihr Toms Gegenwart war. Seit Beginn der Zeitschleife war er der Einzige, dem sie nichts vorspielen musste, und das war viel wert.

Bei ihm konnte sie so sein, wie sie wollte, ob chaotisch oder perfekt strukturiert. Allein das führte dazu, dass sie sich entspannte und sich so gelöst fühlte wie seit Jahren nicht mehr. Durch ihre im Wind wehenden Haare getarnt, erhaschte sie verstohlene Blicke auf sein Profil. Der markante Kiefer, den sie immer bewundert hatte ... die Kontur seiner Nase ... seine Augenbrauen, die so buschig waren, dass er alle paar Wochen den Kopf in ihren Schoß legte, um sie von ihr in Form bringen zu lassen. Das Ritual endete normalerweise damit, dass beide lachen mussten und sie drohte, ihm ihre Initialen in die Brauen zu zupfen.

Megan versuchte, das Bild dieses unbeschwerten Zusammenseins mit dem in Einklang zu bringen, was die ganze Zeit unter der Oberfläche schwelte.

Sie legte den Fotoband über die Westküste beiseite, in dem sie geblättert hatte, und streckte die Beine aus. »Was glaubst du, wer wären wir heute, wenn wir in stabilen, liebevollen Familien aufgewachsen wären?«

Tom schaute von einem Buch mit Gedichten von Amanda Lovelace auf. »Gibt es solche Familien überhaupt?«

»Keine Ahnung. Ich versuche nur rauszufinden, wer ich wäre, wenn ich meine Kindheit nicht damit verbracht hätte, Unterschriften zu fälschen, damit Brianna auf den Schulausflug gehen kann, weil meine Mutter wieder mal auf der Suche nach einem Kerl durch die Kneipen zieht. Wenn ich Eltern wie Paulina und Hamza gehabt hätte.«

Heiße Tränen stiegen ihr in die Augen. Tom streichelte ihre Wade, seine Miene war voller Mitgefühl.

»Ich glaube, das war es, was ich an unserer Zeit in Harvard mit am meisten genossen habe«, fuhr sie fort. »Ich war weit weg von meinem gewohnten Umfeld, und zum ersten Mal hatte ich das Gefühl, dass ich mir wirklich den Raum nehmen durfte, um Fehler zu machen oder …«

Fast hätte sie Leo erwähnt. Toms Hand auf ihrem Bein hielt inne. Sie wusste nicht, ob sie einander jemals wahrhaftig vergeben würden, selbst wenn es noch eine Million weiterer Versionen dieses Tages gab.

»Das tut mir leid«, sagte Tom.

Seine Entschuldigung – und der Zeitpunkt – kamen unerwartet.

»Was tut dir leid?«, fragte sie betont beiläufig.

»Dass ich es dir oft noch schwerer gemacht habe, dir diesen Raum zu nehmen.«

Sie ließ sich seine Worte durch den Kopf gehen. Nahm sie in die Hand, um ihre Bedeutung und ihre Ernsthaftigkeit abzuwägen. Und dann gab sie sich selbst ein Versprechen: Sie würde aufhören, sich mit ihrer Kindheit oder mit Menschen wie John und Carol zu vergleichen.

»Jetzt, wo das gesagt ist …« Tom legte das Buch weg und faltete seine Hände im Schoß, »glaube ich, dass du im Herzen trotzdem die Person wärst, die du jetzt bist. Daran hätte sich nichts geändert.«

Sie schnaubte verächtlich und fragte sich, ob Tom sie immer noch besser kannte als jeder andere. »Ach ja? Und wer ist das?«

»Die fähigste, fleißigste, mutigste und warmherzigste Frau, die ich kenne.«

Das Kompliment verfehlte seine Wirkung nicht. Der Drang, die Hand nach Tom auszustrecken, war groß, doch sie widerstand ihm. Stattdessen konzentrierte sie sich auf das gute Gefühl, endlich an einem Punkt angekommen zu sein, wo eine Freundschaft zwischen ihnen vielleicht wieder möglich war.

Denn sie musste an diesem unendlichen Tag nicht alles verlieren. Und allmählich kristallisierte sich heraus, was sie behalten wollte.

Vielleicht hatte sie keinen Einfluss darauf, wie die Tage in der Zeitschleife begannen, aber sie konnte bestimmen, wie sie endeten. Und sie wusste genau, wie *dieser* Tag enden sollte.

Kapitel 32

Tom

»Komm.« Megan streckte ihm die Hand hin.

»Wohin denn? Was ist mit all den Büchern, die wir gekauft haben?«

Sie zuckte die Achseln. »Sollen andere Leute kommen und sie lesen. Die Sonne geht bald unter.«

»Willst du zurück?« Das Letzte, was Tom wollte, war vorne am Bug zu stehen, während Megan das Boot aus dem Hafen steuerte. Sie lagen neben einer ziemlich edel aussehenden Jacht. Aber sie wollte, dass er ihre Hand nahm, und es schien Ewigkeiten her, seit sie das zuletzt getan hatte. Wenn er dabei Megs' Hand halten durfte, war er zu fast allem bereit.

»Wenn du wirklich möchtest, können wir zurückfahren.«

»Niemals.« Megan deutete auf den Wellenbrecher. »Ich will da raufklettern.«

Unsicher, ob es besser war, auf einen gigantischen Steinhaufen zu kraxeln, als mit der *Happy Accident* die Jacht eines übellaunigen Millionärs zu streifen, ließ er sich von ihr aufhelfen. Leider gab sie seine Hand wieder frei, kaum dass er stand. Sie marschierte los, und Tom blieb nichts anderes übrig, als ihr zu folgen, während er über das Gespräch nachdachte, das sie gerade geführt hatten.

Ein scheinbar unbedeutender Moment der Offenheit – früher war so etwas zwischen ihnen gang und gäbe gewesen. Wie oft hatten sie in ihrer ersten New Yorker Wohnung zusammen auf der alten Matratze gelegen, während das Mondlicht durch die Tischdecke fiel, die sie anstelle eines Vorhangs vor dem Fenster angebracht hatten, und flüsternd Geheimnisse ausgetauscht wie Kinder auf einer Übernachtungsparty?

Im Laufe der Jahre waren solche Momente immer seltener geworden. Zuletzt hatten sich ihre Gespräche fast ausschließlich um banale Alltäglichkeiten gedreht, nicht um Ängste, wichtige Erkenntnisse oder hochfliegende Träume für die Zukunft. Aber das war ein ganz normaler Prozess, ein Teil des Erwachsenwerdens – wenigstens versuchte Tom, sich das einzureden, während Megs und er über den Zaun stiegen und dann den Abhang hinunter bis zum Wellenbrecher kletterten, der die Marina vom offenen Meer trennte und aus riesigen grauen Felsbrocken bestand. Man hörte auf, groß zu denken, und kümmerte sich nur noch um das Tagesgeschäft.

Allerdings war er nicht sicher, ob das stimmte. Ob er überhaupt *wollte*, dass es stimmte.

Er wusste nur, dass er keine Bilder mehr von Megs und Leo im Kopf haben wollte, sobald sie in irgendeinem Kontext das Wort *Fehler* in den Mund nahm.

»Bist du sicher, dass das erlaubt ist?«, fragte er, als Megs mit dem riskanten Aufstieg des ersten Felsens begann.

»Oh, das ist definitiv *nicht* erlaubt.« Sie warf einen Blick über die Schulter. »Aber wir machen es trotzdem.«

Er wischte sich den Schweiß aus dem Nacken und folgte ihr.

Sobald sie es nach oben geschafft hatten, balancierten sie auf dem Wellenbrecher entlang wie auf einem sehr unebenen Schwebebalken.

»Hast du das schon mal gemacht?« Er versuchte, nicht allzu besorgt zu klingen, auch wenn er nicht wusste, weshalb er sich die Mühe machte. Megs wusste, dass er Höhenangst hatte. Er vermied es, in den schäumenden Ozean zu blicken. Er war ganz anders als das Meer vor Hawaii. Hier war der Pazifik so kalt, dass man vermutlich innerhalb weniger Minuten eine Unterkühlung bekommen würde, wenn man hineinfiel. Außerdem bestand die Möglichkeit, sich auf dem Weg nach unten die Schädeldecke an einem der scharfkantigen Felsen zu zertrümmern. Er schluckte trocken und wagte sich mit behutsamen Schritten weiter vor.

»Brianna, Alistair und ich haben das als Teenager oft gemacht. Gran und Granddad sind ein paarmal am Canada Day mit uns hergekommen. Hier war immer der beste Platz für das Feuerwerk, und ich wette, es ist auch der beste Platz für den Sonnenuntergang.«

Als sie endlich anhielt und sich hinsetzte, wäre Tom vor Erleichterung fast in Tränen ausgebrochen. Sie hatte einen ziemlich großen Vorsprung, wartete jedoch geduldig, bis er es an ihre Seite geschafft hatte und neben ihr saß.

Sobald sein Körperschwerpunkt sich nach unten verlagert hatte und er sich wieder einigermaßen sicher fühlte, hob er zaghaft den Blick. »Wow.«

Es war still im Hafen, obwohl fast jeder Liegeplatz besetzt war. Hinter ihnen, jenseits der Felsenbarriere, brachen sich die Wellen, vor ihnen war das Wasser spiegelglatt. Er staunte, wie groß der Unterschied war und wie anders der Ozean auf beiden Seiten wirkte.

»Ja. Kein schlechter Ausblick, oder?« Sie schenkte ihm ein

kleines Lächeln. »Gott, ich liebe es hier draußen. Vergib mir, New York, aber an der Westküste ist es einfach am schönsten.«

Er lachte. »Verräterin.«

Auf dem offenen Meer war der Horizont unendlich weit weg. In der Ferne bewegten sich einige Boote über das Wasser, so langsam, dass sie fast stillzustehen schienen. Als ein Farbenspiel aus Rosa, Orange und anderen Bonbonfarben den Himmel zum Leuchten brachte, kam er zu dem Schluss, dass nicht nur Kinder auf einer Übernachtungsparty Geheimnisse austauschen konnten. Dafür wurde man niemals zu alt. Weit oben am Himmel, Lichtjahre entfernt, zeigte sich ein erster tapferer Stern, noch ehe es vollständig dunkel geworden war.

»Als du mich einen Feigling genannt hast …« Die Erinnerung tat weh, und Gefühle schnürten ihm die Kehle zu.

»Das tut mir leid«, sagte Megs sofort und ließ die Schultern hängen.

»Nein, nein, du hattest schon recht damit. Ich glaube, deshalb hat es mich so hart getroffen.« Ein Stein unter ihm wackelte, und er stützte sich mit gespreizten Fingern ab.

»Keine Angst«, murmelte Megs. »Dieses Ding hält mehr aus als wir beide zusammen.«

Tom sah, dass sie ihre Worte bereute, kaum dass sie ihr entschlüpft waren.

Er ließ einen Moment verstreichen, ehe er fortfuhr. »Ich erlaube meinem Vater, sämtliche Entscheidungen für mich zu treffen.«

Sie nickte.

»Als hätte ich zu viel Angst davor, es selbst zu tun.« Er lächelte traurig. »Du bist die Ausnahme.«

»Wir haben uns beide füreinander entschieden«, bestätigte sie so leise, dass ihm das Herz brach.

»Ja, das stimmt. Wie sich rausstellt, bin ich doch ziemlich gut darin, meine eigenen Entscheidungen zu treffen – wenn es hart auf hart kommt.«

»Findest du?«

Er wusste, dass sie sich auf das Schlachtfeld bezog, zu dem ihre Beziehung geworden war, aber er dachte an ihre erste Unterhaltung in der Naturkatastrophen-Vorlesung, an die Halskette, an das Eis, an die vielen Silvesterpartys, den Heiratsantrag und alles andere dazwischen.

»Ja, ich glaube schon.« Er sehnte sich danach, ihre Hand zu nehmen. Er wollte sie so lange festhalten, wie er konnte, nicht nur in einem flüchtigen Moment des Aufstehens. »Es tut mir leid, dass ich vorausgesetzt habe, dass du dich meinen Karrierezielen unterordnest – auch schon vor Missouri. Dabei waren diese Ziele nicht mal meine eigenen.«

Sie zuckte mit den Schultern, und er wusste, dass sie beide an New York dachten, an London und an alles, was hätte sein können. »Das spielt jetzt keine Rolle mehr.«

»Doch, tut es.« Ganz vorsichtig, um nicht in sein nasses Grab zu stürzen, drehte er sich zu ihr um. »Es war feige und ganz einfach mies von mir. Jedes Mal wieder. Und ich bereue es zutiefst.«

»Ich kann dir nicht wirklich einen Vorwurf daraus machen. Ich bereue auch so einiges.« Sie biss sich auf die Unterlippe, und er verfluchte das Bild von ihr und Leo, das ihm ungebeten in den Kopf kam. Schon wieder.

»Wo wir gerade davon sprechen …« Tom räusperte sich. »Mir tut es sehr leid, dass ich dich wegen des Zettels angelogen habe. Damals, als du dachtest, ich hätte ihn dir hinter den Scheibenwischer geklemmt.«

»Tom, ich …«, versuchte Megs ihn zum Schweigen zu bringen.

»Nein, ich meine es ernst. Und ich möchte, dass du weißt, warum ich es getan habe.«

Es wurde immer dunkler, aber der Mond spendete genügend Licht. Er sah ihre Augen so deutlich, als wäre ein Scheinwerfer auf sie gerichtet.

»Was ich für dich empfinde … Das war so groß, dass ich es nicht in Worte fassen konnte. Ja, ich konnte dich küssen und für dich kochen und dir eine kitschige Kette kaufen …« Tom sah, wie sie instinktiv nach dem Anhänger griff, der nicht da war. »Aber ich wusste oft nicht, wie ich es dir *sagen* soll. Die Worte haben mir Angst gemacht. Und als du an dem Abend so traurig warst und mir dein Herz ausgeschüttet hast und Leo dir diesen Zettel geschrieben hat …« Tom war nach Weinen zumute. Er wollte jede schmerzhafte Erinnerung über seine Tränendrüsen loswerden. »Da ist mir klar geworden, dass seine Botschaft genau das war, was du in dem Moment gebraucht hast. Aber *ich* wollte derjenige sein, der dir solche Botschaften schreibt. Deshalb habe ich dich in dem Glauben belassen, sie wäre von mir.«

Sie nickte langsam und bedächtig. Es wurde kühl. Sie rieb sich die Gänsehaut an ihren Beinen.

»Kann ich …« Die Sterne am Himmel wurden immer zahlreicher, und ihr Anblick verlieh Tom den Mut, nach den Antworten zu suchen, von denen er wusste, dass sie ihn vielleicht am tiefsten verletzen würden. »Darf ich dich was fragen? Wieso ausgerechnet Leo?«

Sie versteifte sich. Offenbar hatte sie nicht damit gerechnet, dass er sich auf dieses Terrain vorwagen würde. Ihr Schweigen hatte etwas Nachdenkliches, und er ließ ihr die Zeit, die sie brauchte. Als sie endlich das Wort ergriff, war ihre Stimme kraftvoll und ruhig. »Er hat mich geliebt. Unverstellt, mein wahres Ich – wie auch immer man es nennen möchte. Wenn ich mit ihm zusammen war, hatte ich nicht das Gefühl, für seine Anerkennung arbeiten zu müssen.«

»Hast du denn bei mir das Gefühl?« Tom konnte das Zittern in seiner Stimme nicht unterdrücken. »Jemand sein zu müssen, der du nicht wirklich bist?«

Sie schüttelte den Kopf. »Nein, nicht bei dir, aber ...«

»Bei meiner Familie.« Es war nicht als Frage formuliert.

»Ja. Obwohl ich glaube, dass es mir bei meiner Familie ganz ähnlich geht. Letztendlich liegt es an *mir*, dass ich so empfinde – was extrem ärgerlich ist.« Sie grinste und sah ihn aus dem Augenwinkel an. »Ich glaube, damit habe ich mir keinen Gefallen getan.«

Wahrscheinlich hätte Tom sich nach diesem Geständnis ein wenig besser fühlen sollen, doch das tat er nicht. Noch nicht. Er versuchte, den Gedanken daran zu verdrängen, wie Megs beim Sex mit ihm aussah und wie sie im Vergleich dazu bei seinem abenteuerlustigen besten Freund ausgesehen hatte. Stattdessen besann er sich auf das Wesentliche. »Wenn ich nicht schuld daran war, dass du dich so fühlst, war Leo dann eine Art Strafe, weil ich mich gegenüber meiner Familie nicht behaupten konnte?«

Sie biss sich auf die Lippe. »Ich glaube, bei der Sache mit Leo ging es in erster Linie um die Vorstellung eines Lebens, wie ich es mir immer erträumt hatte, das mir aber auch Angst gemacht hat. Ich musste immer vernünftig und verantwortungsbewusst sein. Ich musste die Familie zusammenhalten, weil es ohne Paulina oder Gran niemand anderen gab, der das hätte tun können. Weißt du, was meine Mom gesagt hat, als sie Leo zum ersten Mal begegnet ist?«

Tom war sich nicht ganz sicher, ob er es wissen wollte, fragte aber trotzdem: »Was denn?«

»›Oha. Der Mann ist vermutlich die beste Art von Ärger, den

eine Frau sich wünschen kann.‹« Megs ahmte Donnas Stimme und Tonfall ziemlich genau nach. Gleich darauf machte sie ein langes Gesicht. »Ich habe Leo geliebt und hatte gleichzeitig Angst vor ihm, weil ich dachte, mich für ihn zu entscheiden wäre der pure Leichtsinn. Etwas, was Donna getan hätte.«

Er würgte den immer größer werdenden Kloß in seinem Hals hinunter. »Stattdessen hast du dich für mich entschieden, damit du ja nicht so wirst wie deine Mutter?« Diese Vorstellung war beinahe so schlimm wie die, nur ein Platzhalter zu sein.

»Nein.« Megs fuhr zu ihm herum. »Nein. Ich habe mich für dich entschieden, weil ich dich *geliebt* habe. Leo war ... eine alternative Realität. Es war verlockend, bis mir klar geworden ist, dass ich so was im Grunde meines Herzens gar nicht will. Es war die Fantasie eines Lebens, das in Wahrheit nicht zu mir passt und in dem ich mich niemals wohlfühlen würde. Das weiß ich inzwischen. Es tut mir leid, dass ich dich damit so verletzt habe, Tom – und nicht nur das eine Mal vor acht Jahren. Wenn ich dich mit dem zweiten Mal auch verletzt habe, tut mir das genauso leid.«

Er nickte und versuchte, seine Emotionen zu entwirren. Es gab viel, was er verarbeiten musste. Einerseits hatte sie gesagt, dass sie ihn geliebt *hatte* – Vergangenheitsform. Andererseits hatte sie zugegeben, dass sie sich mit Leo keine Zukunft vorstellen konnte. Damit ließ sich doch arbeiten.

Sie fuhren fort, die Sterne zu betrachten, die den Himmel sprenkelten, während der Vorhang der Dunkelheit sich immer tiefer über den Tag senkte.

»Willst du zurück zum Boot?«, fragte Megan irgendwann.

Sie würden den Tag gemeinsam beenden. Er klammerte sich an diese Hoffnung, so wie er sich an die Felsen klammerte.

»Klar.«

»Ich mache dir ein Bett in der Kombüse.«

Natürlich würde sie die Koje im Vorschiff nehmen.

Auf der Bank in der Kombüse zu schlafen war nur unwesentlich bequemer als die Nächte, die er im Mietwagen verbracht hatte. Aber immerhin gab es Luken, durch die man die Sterne sehen konnte, und die Gewissheit, dass Megs wenige Meter entfernt lag, spendete ihm Trost.

Als er die zurückliegenden Tage im Kopf Revue passieren ließ, dachte er daran, wie oft er sich bei ihr entschuldigt hatte. Daran, wie oft sie ihm gesagt hatte, dass ihr die Sache mit Leo leidtat. Sie hatte beteuert, dass es ein Fehler gewesen war, den sie nie wiederholt hatte.

Aber sie *hatte* ihn vor Kurzem wiederholt, während sie durch diesen Tag stolperten, der einfach nicht zu Ende gehen wollte.

Doch er dachte auch daran, dass sie jetzt *nicht* bei Leo war. Sie hatte aus eigenem Entschluss den Tag mit ihm verbracht, und es war ein wunderschöner Tag gewesen. Der schönste seit Langem.

Nichtsdestotrotz würden sie heute Abend in getrennten Betten liegen. Ein vollkommener Tag mit einigen längst überfälligen Gesprächen bedeutete nicht, dass sie nebeneinander einschlafen würden. Vielleicht würden sie das nie wieder tun.

Tom wusste nur, dass er es endlich vorbehaltlos und von ganzem Herzen *wollte*.

Siebter Tag

Kapitel 33

Megan

Mit der Morgensonne kam weder Überraschung noch Wut und auch kein vegetatives Stadium. Nur ein Gefühl tiefer Trauer, als Megan erkannte, dass sie in ihrem Hotelzimmer lag. Sie waren in ein anderes Land gereist, und trotzdem hatte es sie am Ende wieder hierher verschlagen. Derselbe Pyjama, dasselbe Bett. Jeden Moment würde Donna ins Zimmer platzen.

Trotz aller Bemühungen hatte Megan ihre Zukunft verloren. Und nicht nur ihre gemeinsame Zukunft mit Tom, sondern jede Form von Zukunft. Egal, mit wem. Es war, als würde man durch ein Prisma schauen. Man sah nichts als endlose Spiegelungen ein und desselben Tages. Keine Konsequenzen. Aber eben auch kein Entkommen.

Gestern Abend, nachdem sie die Sitzbank in der Kombüse zu einem Bett für Tom umgebaut und ihm ein Kissen und einen Schlafsack gegeben hatte, hatte sie ihn voller Zuneigung angesehen und daran gedacht, wie viel Spaß sie zusammen haben konnten. Wie leicht es ihr fiel, mit ihm zu lachen, sich ihm anzuvertrauen oder einfach nur in kameradschaftlichem Schweigen dazusitzen. In vielerlei Hinsicht war und blieb er ihr bester Freund, insofern war es ein Trost zu wissen, dass sie einander nicht für immer hassen würden.

Es hatte so gutgetan, in Sidney mit ihm über ihre Sorgen und Fehler zu reden. Es war eine Erlösung gewesen, endlich offen auszusprechen, wie leid ihr vieles tat.

Es war nicht genug gewesen, um sie zu retten, aber es hatte einen Heilungsprozess in Gang gesetzt.

Sie staunte, wie ehrlich sie über Leo gesprochen hatten. Das war ihr – und sicher auch Tom – nicht leichtgefallen, doch ihre Gefühle für Leo zu formulieren hatte ihr geholfen, sie zu begreifen und richtig einzuordnen. Während sie im Vorschiff der *Happy Accident* in der Koje lag und auf den Schlaf wartete, hatte sie sich noch einmal alles durch den Kopf gehen lassen und festgestellt, dass sie ihm sein Verhalten gegenüber Tom übel nahm, auch wenn das seltsam klang. Er hatte ihr den Zettel an die Windschutzscheibe geklemmt, obwohl er doch genau gewusst hatte, wie Tom für sie empfand. Tom hatte ihn zu seinem Trauzeugen gemacht, und er war gekommen, um die Hochzeit zu verhindern.

Wer tat seinem besten Freund so etwas an?

Natürlich konnte sie nicht von sich behaupten, Tom besser behandelt zu haben. Dies war ein Gedanke, der ihr wie ein Stein im Magen lag.

Sämtliche Gefühle, die sie jemals für Leo gehabt hatte, waren offiziell erloschen. Es wurde Zeit, ein neues Bild ihrer Zukunft zu entwerfen.

Zum Teil wusste sie bereits, was sie sich von ihrem Leben wünschte, sollte sie es jemals zurückbekommen. So war sie während des Mittagessens mit Leo zu dem Schluss gelangt, dass sie ihren Job bei GQ – oder einen ähnlichen – weiterhin machen wollte. Was all die anderen Leerstellen in den Tagen anging, die rein hypothetisch noch vor ihr lagen ... Wenn sie sich ganz still verhielt, würden sich die Antworten vielleicht von selbst einstellen.

Diese Erkenntnis jedoch wurde von einer düstereren Wahrheit unterhöhlt: Selbst wenn sie irgendwann wusste, was sie wollte, selbst wenn sie die richtigen Worte, das magische Rezept für ein besseres Leben fand, was spielte das überhaupt noch für eine Rolle? Ihr Leben gehörte nicht länger ihr.

Megan zog sich die Decke bis zum Kinn. Es würde diesen ewigen Tag kaum erträglicher machen, wenn sie sich an das klammerte, was sie verloren hatte – was sie immer wieder aufs Neue verlor. Sie brauchte Lösungen. Wie auf ein Stichwort hin klingelte ihr Telefon. Auf dem Display leuchtete Toms Name auf.

»Hallo?«

»Megs«, stieß er hastig und voller Aufregung hervor. »Weißt du noch, wie du gesagt hast, wir müssen alles richtig machen, wenn wir der Zeitschleife entkommen wollen?«

»Ja.« Sie wackelte mit den Zehen im Versuch, sie zu wärmen, und schüttelte ihre finsteren Gedanken ab.

»Ich glaube, wir haben uns geirrt.«

Sie schnaubte. »Ach, meinst du?«

Er ging nicht auf ihren Sarkasmus ein. »Ja. Bist du bereit, ein bisschen zu experimentieren?«

»Ich habe kein Interesse an einem flotten Dreier, Tom, es sei denn, die dritte Person ist Idris Elba, und ich glaube nicht, dass der sich zurzeit auf der Insel aufhält.«

Sie hörte an seiner Stimme, dass er schmunzelte, als er sagte: »Lass uns heute versuchen, unser bestes Selbst zu sein. Wir nehmen alles, was wir zueinander gesagt haben – auch das, was wehgetan hat, und das, was uns wie Schwachsinn vorkam –, und versuchen, daraus zu lernen. Es besser zu machen.«

Sie stieß einen Seufzer aus, der so abgrundtief war, dass sie damit einen Waldbrand hätte ausblasen können. Hatten sie das nicht schon probiert?

Sie schwieg, während sie den leisen Geräuschen aus der Leitung lauschte. Vielleicht ging es gar nicht in erster Linie darum, der Zeitschleife zu *entkommen*.

In diesem Gedanken steckte irgendwo ein Körnchen Wahrheit. Sie musste es bloß finden.

Ohne auf ihre Antwort zu warten, sagt er: »Wir sehen uns nachher beim Probedinner.«

Dann legte er auf.

Megan starrte noch eine ganze Weile, nachdem Tom aufgelegt hatte, auf ihr Handy. Moderner Technologie sei Dank trug man das gesammelte Wissen der Menschheit mit sich herum, und trotzdem vermochte ihr niemand eine Antwort darauf zu geben, was sie, Megan Givens, anstellen musste, um ihr »bestes Selbst« zu sein.

Im Grunde hatte sie am dritten Tag, als sie bestrebt gewesen war, alles richtig zu machen, ja genau das versucht. Sie hatte ihre Mutter aufgebaut und beschwichtigt. Sie hatte Brianna erlaubt, in New York bei ihnen zu wohnen – und das, obwohl ihre jüngere Schwester sie die Hälfte der Zeit nicht mal leiden konnte. Sie hatte Leo gleich mehrfach in die Wüste geschickt und versucht, sich mit Tom zu versöhnen. Sie hatte sich verbogen und verrenkt, um in die Lücken zu passen, die andere für sie übrig ließen.

Aber …

In allen bisherigen Inkarnationen dieses beschissenen Misttages hatte sie nur ein einziges Mal das Gefühl gehabt, wirklich etwas Gutes getan zu haben, nämlich, als sie Carols Problem (genauer gesagt: *eins* ihrer Probleme; Carol hatte so viele, dass man damit die gesamte New Yorker Skyline hätte nachbauen können) erkannt und ihr einen Extrateller organisiert hatte, damit sie das Dinner genießen konnte.

Und nur ein einziges Mal hatte sie das Gefühl gehabt, das Auge des Sturms gefunden zu haben, und zwar in Sidney, als Tom und sie schonungslos ehrlich gewesen waren und einander ihre dunkelsten Geheimnisse anvertraut hatten.

Megan zog sich die Decke über den Kopf und strampelte vor Frust wie ein Kind mit den Beinen.

»Oh! Störe ich gerade?«

Megan schlug die Bettdecke zurück und faltete sie über ihrem Bauch. Der Gedanke, dass sie nicht allein sein könnte, schien Donna zu schockieren.

»Guten Morgen, Mom.« Megan stand auf. Sie ging ins Bad und schloss die Tür hinter sich, um in Ruhe zu pinkeln und noch eine Weile mit ihren Gedanken allein zu sein. Als sie, in den Hotelbademantel gehüllt, wieder herauskam, stand ihre Mutter am Fenster, hatte die Hand an der Gardine und blickte nach draußen.

»Man kann Grans und Granddads Boot von hier aus sehen.«

»Ich weiß.« Sie gesellte sich zu Donna und versuchte, Zuneigung zu der Frau zu empfinden, die *niemals* versuchte, ihr bestes Selbst zu sein.

Vielleicht weil sie nie gelernt hatte, wie.

Donnas Laune schlug urplötzlich um. Sie warf sich die Haare nach hinten und blickte mit vor Tränen glänzenden Augen an die Zimmerdecke.

»Ich brauche was Neues zum Anziehen für das Probedinner heute Abend.«

In dem Moment begriff Megan.

Sie hatte ihr ganzes Leben lang versucht, ihre Mutter zu besänftigen, aber das hatte diese nur in ihrem Verhalten bestärkt. Was, wenn es Donna gar nicht darum ging, im Mittelpunkt zu stehen? Was, wenn die Lösung des Problems nicht darin bestand, ihr ein besseres Kleid zu besorgen? »Wieso denn?«, fragte Megan.

Die Schlichtheit der Frage und die Tatsache, dass Megan an einer ehrlichen Antwort interessiert zu sein schien, brachten Donna aus dem Konzept. Vermutlich hatte sie bereits im Fahrstuhl geprobt, was sie sagen und mit welchen Gesten sie die unverzeihliche Demütigung durch Gran unterstreichen wollte.

Sie hätte inzwischen wissen müssen, dass sie Grans Verhalten nicht ändern konnte. Das Einzige, was sie ändern konnte, war die Art und Weise, wie sie darauf reagierte.

»Deine Großmutter …«, begann Donna, doch Megan schnitt ihr mit einer Geste das Wort ab. Sie nahm sie bei der Hand und setzte sich mit ihr auf die Bettkante.

»Mom, hör mir zu. Wenn du ein Problem mit Brianna hast, dann musst du das mit ihr klären und mir nicht irgendwelche Sachen über sie ins Ohr flüstern. Wenn du ein Problem mit mir hast, sprich mit mir darüber, statt dich hinter meinem Rücken bei Brianna zu beklagen. Und wenn Gran deine Gefühle verletzt hat …«

»Es geht doch gar nicht um Gran!«, rief Donna.

»Worum dann?« Megan spürte, dass ihre Mutter kurz vor einer wichtigen Erkenntnis stand und sie sehr behutsam vorgehen musste. »Ich glaube nämlich nicht, dass es mit dem Kleid zu tun hat.«

»Doch, hat es.« Donnas war in ihrer eigenen Sturheit konsequenter als in der Zuneigung zu jedem Mann.

»Mom …« Megan drückte sanft ihre Hand. »Bitte, sei einfach ehrlich zu mir. Fühlst du dich im Moment vielleicht ein kleines bisschen unsicher? Könnte das das eigentliche Problem sein?«

Es war, als wäre Megan wieder ein Kind und spielte Jenga mit ihrer Mutter. Gerade hatte sie den einen Baustein entfernt, dessen Fehlen die gesamte Fassade zum Einsturz bringen konnte.

»Also schön«, sagte Donna mit einem entnervten Seufzer. »Du willst wissen, was das Problem ist? Das Problem ist, dass ich mich einfach *schön* fühlen möchte. Es wird ein sehr aufreibendes Wochenende, alle werden mich ständig beäugen und über mich urteilen, und ich bin ganz allein. Ich habe niemanden, der mich in den Arm nimmt und mir sagt, wie gut ich aussehe. Du hast das jeden Tag. *Ich* musste immer dafür *kämpfen.*«

Eine überwältigende Woge des Mitgefühls überkam Megan, als sie ihre Mutter betrachtete. Donna war wirklich ein unmöglicher Mensch, und es gab Dutzende von Vorkommnissen, die das bezeugten. Doch so langsam dämmerte Megan, dass der Versuch ihrer Mutter, die beiden Töchter gegeneinander auszuspielen, um mehr Zuneigung zu bekommen, vor allem mit ihrer extremen Unsicherheit zu tun hatte. Bei jedem Mann, den sie ihren Kindern vor die Nase setzte, hatte sie nach Anerkennung gesucht. Und vielleicht hatte sie immer nur so getan, als ginge sie zu all den Bewerbungsgesprächen, weil sie nicht daran glaubte, dass irgendwer ihr wirklich einen Job geben würde.

Megan hingegen hatte die erste Hälfte ihres bisherigen Lebens die Rolle der Mutter übernommen und sich in der zweiten an Tom geklammert, weil er so verlässlich war. Er stand für Verbindlichkeit und Familie und all das, was sie zu Hause nie bekommen hatte.

Sie hatte sich für Tom entschieden, weil sie ihn liebte, aber auch, um gegen ihre Mutter aufzubegehren.

Und trotzdem wurde eins durch das andere nicht bedeutungslos. Vielleicht liebte sie Tom *auch* seiner Verlässlichkeit wegen, aber das war nicht das Wesentliche, was sie in den letzten zwölf Jahren zusammengehalten hatte. Das Wesentliche waren unzählige Kleinigkeiten wie gemeinsame Erinnerungen oder ein ähnlicher Sinn für Humor, aber auch Toms gutes Herz und Megans

Bedürfnis, ihn glücklich zu machen. Sie waren vom rechten Weg abgekommen, weil sie sich zu sehr darauf versteift hatten, es anderen recht machen zu wollen, statt einfach nur ehrlich zueinander zu sein. Und zu sich selbst.

Auf einmal verstand sie, was es bedeutete, ihr *bestes Selbst* zu sein. Sie musste sich nicht verbiegen, um in die Lücken zu passen, die andere ihr übrig ließen. Sie musste sich den Platz schaffen, den sie brauchte. Das war des Rätsels Lösung. *So* würde sie diesem Tag entkommen. Wenigstens war es einen Versuch wert.

Aber zunächst erlaubte sie ihrer Mutter noch einmal, das Kind in ihrer Beziehung zu sein. Ein letztes Mal würde sie es ertragen, um dann längst überfällige Grenzen zu setzen.

»Ich liebe dich, Mom, und du bist wunderschön, ganz egal, was du anziehst. Nachdem das gesagt ist, möchte ich, dass ihr – du und Brianna und wahrscheinlich auch Alistair … dass wir uns alle mehr bemühen.« Sie hielt immer noch Donnas Hände fest. »Ich helfe dir gerne, wenn du Hilfe brauchst, einen Lebenslauf zu schreiben oder einen Job zu finden. Ich unterstütze dich auch, wenn du nach einer neuen Liebe suchst, sofern es das ist, was du wirklich willst. Aber ich werde *nicht* länger deine Probleme für dich lösen, und ich werde auch *nicht* deine Komplizin sein, wenn du versuchst, deinen Selbstwert über einen Mann zu definieren.«

Donna war sprachlos. Megan umarmte ihre Mutter und schob sie dann zur Tür hinaus.

An dem Tag, als Megan ihrer Mutter gestanden hatte, dass sie sich mit Paulinas Hilfe in Harvard beworben hatte und angenommen worden war, hatte Donna mit der Zunge geschnalzt und gesagt: »Aber du willst doch nicht *wirklich* nach Harvard gehen, oder?« Auf Megans Antwort hin, dass sie das sehr wohl wolle, hatte Donna kein Wort mehr mit ihr gesprochen. Am Morgen ihrer Abreise, als sie Paulinas alten Nissan vollgepackt hatte, um nach Boston zu fahren, hatte nur Brianna auf den Stufen gestanden, um sie zu verabschieden. Donna war am Frühstückstisch sitzen geblieben, hatte ihren Instantkaffee geschlürft und so getan, als würde sie Zeitung lesen.

Veränderung fiel Donna nicht leicht. Sie beklagte sich zwar oft über ihr Leben, hatte sich aber gut darin eingerichtet. Jede Abweichung vom Normalen brachte sie durcheinander und ließ sie in kindische Muster der Bestrafung zurückfallen.

Megan hoffte, dass sie mit dem Gespräch bei ihrer Mutter eine Entwicklung angestoßen hatte, aber sie machte sich keine Illusionen. Man konnte sich selbst oder seine Erwartungen ändern, aber niemals andere Menschen. Das war eine seltsam befreiende Erkenntnis.

Kapitel 34

Tom

Zum ersten Mal seit Langem war Tom voller Energie. Besonnenheit und Bequemlichkeit hatten ihn nicht weitergebracht.

Er rief Megan noch von der Fähre aus an. Die Vorsehung musste es gut mit ihm meinen, denn er fand tatsächlich eine Stelle, wo er lange genug Netz hatte, um ihr seine Pläne für den Tag auseinanderzusetzen und sie davon zu überzeugen, bei seinem Experiment mitzumachen. Er sah sie ganz deutlich vor sich, wie sie sich, die Wange voller Knitterfalten vom Kopfkissen, in die Bettdecke kuschelte und verzweifelt versuchte, ihre eiskalten Füße zu wärmen.

Sobald er aufgelegt hatte, machte er sich im Kopf eine To-do-Liste. Punkt Nummer eins war ziemlich beängstigend, aber zugleich freute er sich darauf. Der neu erwachte Tatendrang fühlte sich so gut an, dass er Henry Winkler einen wunderschönen Morgen wünschte und dann ungeduldig an Deck der Fähre auf und ab ging, weil er einfach nicht stillsitzen konnte.

Am Bug stellten zwei Männer mit ergrautem Haar die berühmte »Ich bin der König der Welt«-Szene aus *Titanic* nach. Ihre ausgelassene Freude hatte trotz ihres fortgeschrittenen Alters etwas Unschuldiges. Man spürte die tiefe Liebe der beiden zueinander, die alles in ihrer Umgebung verblassen ließ.

Die Seeluft zerrte an seinem Sakko und zauste sein Haar. Unter Deck wäre es mit Sicherheit angenehmer und sicherer gewesen, aber heute war Tom nicht nach Sicherheit zumute. Er genoss das schrille Pfeifen des Windes in den Ohren und die Tränen in seinen Augen, während er über sein Leben nachdachte – nicht über den ausgetretenen Pfad, den er bereits gegangen war, sondern darüber, wo er als Nächstes hinwollte.

Seit seiner Geburt hatte festgestanden, dass er eines Tages in Harvard studieren würde. Schließlich hatte er ein Erbe anzutreten. Es gab Familienfotos in Rahmen aus Kristallglas, die den kleinen Tom in einem Harvard-Pullover mit V-Ausschnitt zeigten.

Er bereute es keine Sekunde lang, in Harvard gewesen zu sein, schließlich hatte er dort Megs kennengelernt. Und Leo. Seine zwei besten Freunde hatten ihm gezeigt, wie man den Stress abschüttelte und über die Absurditäten des Lebens lachen konnte.

Megan und Leo waren zur Stelle gewesen, um all die Liebe zu empfangen, die seine Familie stets mit einem an Scham grenzenden Unbehagen zurückgewiesen hatte. Allein deshalb konnte er die Jahre mit Megs nicht bereuen – erst recht nicht nach dem gestrigen Tag, den sie gemeinsam in Sidney verbracht hatten. Der Schlag eines Schmetterlingsflügels, durch den eine fundamentale Veränderung in Gang gesetzt wurde.

Er überraschte sich selbst mit der Erkenntnis, dass er auch sein Jurastudium keineswegs bereute. Es hatte viel Zeit und Mühe gekostet, allabendlich die Lektürestapel durchzuackern, die immer wieder neu zu wachsen schienen, sobald man ihnen den Rücken zukehrte, und irgendwann hatte er sich eine Brille mit höherer Dioptrienzahl zulegen müssen, aber unerträglich schwer waren die Aufgaben nicht gewesen. Sie hatten ihn gelehrt, die Dinge aus verschiedenen Blickwinkeln zu betrachten. Außerdem hatte er während des Studiums Freunde gefunden – Freunde, die er vermisste und bei denen er sich unbedingt mal wieder melden musste. Falls er diesem Tag jemals entkam, stand ein Wiedersehen mit seinen alten Kommilitonen ganz oben auf der Liste.

Er hasste Jura nicht, und er hasste auch seine Arbeit nicht. Er hasste lediglich die Art von Recht, die er bei Prescott & Prescott praktizierte.

Oder vielleicht hasste er Jura doch. Vielleicht wäre er viel lieber Geschichtsprofessor oder Bibliothekar geworden.

Um das herauszufinden, musste er anfangen, sich selbst seinen Weg zu bahnen. Heute. Und morgen und übermorgen.

Ab jetzt würde er kein Feigling mehr sein.

Sobald die Fähre angelegt hatte, nahm er ein Taxi zum Golfplatz. Den Mietwagen überließ er Megan, falls sie ihn brauchte.

»Wird auch langsam Zeit, Ersatzteillager«, rief Brody ihm zu, als er ankam. »Was, du hast dich nicht mal umgezogen oder geduscht? Ich rieche dich ja von hier.«

Man hätte meinen sollen, dass eine gemeinsame Kindheit mit emotional unterkühlten Eltern Tom und Brody zusammengeschweißt hätte, aber irgendwie war ihr Verhältnis immer oberflächlich geblieben. Tom musste daran denken, dass ihr Gespräch über Brodys bevorstehende Scheidung nur an einem einzigen der Tage stattgefunden hatte.

Aber Brody konnte warten. In Tom brannte es lichterloh. Er musste seinen Vater finden.

Er marschierte schnurstracks ins Klubhaus, das bei Weitem nicht edel genug war, um John zu beeindrucken. Die Ironie daran entging Tom nicht: Wahrscheinlich würde er auch nie gut genug sein, um John zu beeindrucken.

Als sein Vater seiner ansichtig wurde, warf er demonstrativ einen Blick auf seine Armbanduhr, ehe er sich wortlos auf den Weg aufs Grün machte. Tom folgte in seinem Kielwasser.

Falls John die ungewöhnliche Stimmungslage seines Sohnes aufgefallen war, ließ er sich nichts anmerken, als er behutsam seine Schlägertasche hinten auf den Golfwagen lud und sich ans Steuer setzte.

»Dad? Ich muss mit dir reden.«

»Geht es um das Geschäftsessen gestern? Du kriegst doch keine kalten Füße wegen Missouri, oder? Pass auf, wenn Megan Probleme wegen des Umzugs macht, musst du ...«

»Es geht nicht um die Pharmafirma oder das Geschäftsessen. Das ist gut gelaufen, mach dir keine Sorgen.« Natürlich war das alles, was seinen Vater interessierte. »Ich muss mit dir über was anderes reden.«

»Gut.« John zog sich seine Golfhandschuhe über – vermutlich, damit seine nackte Haut nicht in Berührung mit dem abgewetzten Lenkrad des Golfwagens kam. »Wir unterhalten uns beim ersten Loch. Sag Broderick, er soll sich beeilen.«

Statt zu warten, bis seine Söhne eingestiegen waren, vollführte John ein Wendemanöver und fuhr davon, in der Annahme, dass sie schon nachkommen würden. Brody trat nach draußen und blinzelte trotz seiner Schirmmütze ins Sonnenlicht. »Habe ich dir schon von meinem neuesten Trinkspiel erzählt?«

»Zwei Flieger und eine Fähre«, murmelte Tom, ehe er sich auf den Fahrersitz eines zweiten Golfwagens schwang.

»Genau. Moment mal – wann habe ich dir davon erzählt? Und was machst du im Anzug auf dem Platz? Und dir ist schon klar, dass man zum Golfspielen auch *Golfschläger* braucht, oder?« Brody genehmigte sich einen Schluck aus seinem Flachmann. »Du hast mir gerade die Idee für ein neues Spiel gegeben. Ich trinke jedes Mal, wenn du was Dummes machst.«

An jedem anderen Tag hätte Tom nichts gesagt, sondern seine Wut über die ständigen Gehässigkeiten seines Bruders heruntergeschluckt.

An jedem *anderen* Tag.

Er hatte sich sein ganzes Leben lag als Friedenshüter betrachtet, aber mittlerweile sah er seine Neigung, den Mund zu halten und sich der Meinung anderer unterzuordnen, in einem völlig anderen Licht. Es war so, wie Kenneth Birch gesagt hatte: Er hatte sich Megs' Worte zu Herzen genommen und versuchte nun, es besser zu machen. Besser zu *sein*.

»Hey, Brody.« Er legte einen Arm auf die Rückenlehne des Sitzes und drehte sich zu seinem Bruder herum. »Es tut mir leid, dass deine Ehe am Ende ist, und es tut mir leid, dass du offenbar nicht damit zurechtkommst. Fangt eine Paartherapie an, oder mach du eine Therapie alleine oder beides, ist mir egal – aber ich weigere mich, noch länger als dein Sandsack herzuhalten.«

Brody war so verdutzt, dass er über seine eigenen Füße stolperte. Als er das Gleichgewicht wiedererlangt hatte, hatte Tom bereits Gas gegeben und war seinem Vater hinterhergefahren. Doch dann hielt er noch einmal an.

Er musste sein *bestes Selbst* sein.

»Wenn du jemanden zum Reden brauchst – nicht zum Prügeln, zum *Reden* –, dann bin ich für dich da.«

Am ersten Loch setzte John gerade den Ball auf das Tee. Tom sah zu, wie er zunächst seine Schläger prüfte, ehe er einen aus der Tasche nahm und sich bereit machte.

Er ist ein trauriger alter Mann, dachte Tom. *Ein trauriger alter Mann, der sich in seine Arbeit flüchtet, weil er nicht weiß, wie er eine echte Beziehung zu seiner eigenen Familie aufbauen soll.*

Tom hatte seinen Großvater väterlicherseits nie wirklich gekannt, weil dieser bei seiner Geburt bereits schwer krank gewesen war. Als er starb, war Tom vier gewesen. Er hatte noch vage Erinnerungen daran, wie er in einer Kirchenbank gesessen hatte, während vorne ein Mann eine Rede hielt und unverständliche Passagen aus der Bibel vortrug und seine Großmutter sich mit einem Stofftaschentuch die Augen betupfte. Er war damals noch zu jung gewesen, um zu begreifen, dass er einem höchst seltenen Moment beiwohnte: Ein Prescott zeigte sich verletzlich.

Seine Großmutter väterlicherseits hingegen, eine wahrhaft formidable Gestalt, war in seinem Leben sehr präsent gewesen. Sie verbrachten fast alle wichtigen Feiertage auf ihrem Anwesen in Connecticut. Er hatte noch ihre Stimme im Ohr, die, obschon inzwischen schwach, durch die Säle hallte, wenn sie ihrem Personal Anweisungen gab oder jemanden aus der Familie zurechtwies. Er hatte immer schreckliche Angst vor ihr gehabt … sein Vater vermutlich auch.

Eigentlich war es keine Frage, wer John zu einem so kalten und berechnenden Menschen erzogen hatte. Trotzdem sprach sein Vater nie über seine Kindheit oder seine Vergangenheit. Stattdessen zog er es vor, sich auf die Dinge zu konzentrieren, die er kontrollieren konnte: seine Arbeit, seine Firma, seine Ehefrau und seine Söhne.

Obwohl Tom von Natur aus sanftmütiger war als sein Vater, gab es ein Szenario, in dem er dieser Spirale der Gefühlskälte weiter folgte. Er konnte sich antrainieren, geliebte Menschen vor den Kopf zu stoßen, weil er nicht die Fähigkeit besaß, sich wirklich mit ihnen auseinanderzusetzen. Er dachte daran, wie viele Nächte er sich Sorgen über seine Arbeit gemacht hatte, während Megs direkt neben ihm lag. Er hatte ihr nicht den Raum gegeben, den sie benötigte.

Verstehen brauchte Zeit. Und diese Zeit hatte das Universum ihm gegeben.

»John.« Tom hatte sich nicht bewusst dafür entschieden, seinen Vater mit seinem Vornamen anzusprechen. Es war ihm einfach so herausgerutscht.

John ließ sich nicht aus der Ruhe bringen. Langsam nahm er den Schläger herunter und drehte sich zu Tom um. Er wartete darauf, dass sein Zweitgeborener fortfuhr, was dieser ausnahmsweise nur zu gerne tat.

»Du vergleichst mich schon mein ganzes Leben lang mit Brody. Du bombardierst mich mit Vorwürfen, inwieweit ich ihm nicht das Wasser reichen kann. Vielleicht dachtest du, das würde mich anspornen, aber in Wirklichkeit hat es bloß einen Keil zwischen mich und Brody getrieben, und jetzt ist sein Leben am Arsch, mein Leben ist am Arsch, und das alles interessiert dich überhaupt nicht. Es ist dir vollkommen egal.« Tom war immer lauter geworden. Es tat unfassbar gut, seinen Vater anzubrüllen. »Weil es für dich immer nur darum geht, dass wir dem Namen Prescott Ehre machen. Darum, wie viele Nullen wir auf dem Bankkonto stehen haben oder wie attraktiv und unterwürfig unsere Frauen sind.«

John war kein Mann, der anderen ins Wort fiel oder nach Ausflüchten suchte. Tom ignorierte das kurze Aufflackern von Schmerz in den Augen seines Vaters und redete weiter.

»Ich weiß, dass du nicht viel von Megans Familie hältst, aber ehrlich gesagt, bin ich ziemlich enttäuscht von dir. Von mir selbst auch. Und davon, dass du mein ganzes Leben diktiert hast, ohne auch nur eine Sekunde lang darüber nachzudenken, ob ich vielleicht was ganz anderes machen möchte.«

»Ist das denn so?«

Tom war atemlos, Adrenalin jagte durch seine Adern. Seine Gedanken waren schneller als sein Mund. »Ist *was* so?«

»Möchtest du lieber was anderes machen?« Jetzt war Johns Blick nicht mehr kalt und berechnend, sondern neugierig. Tom wusste nicht genau, mit welcher Reaktion er gerechnet hatte, aber aufrichtiges Interesse an seiner Lebensgestaltung hätte es nicht einmal in seine Top Ten geschafft.

Dies war er also, der alles entscheidende Moment. Die Gelegenheit, einen anderen Weg einzuschlagen.

»Ja. Ich denke, ich möchte wirklich was anderes machen. Was ganz anderes. Um genau zu sein: Ich kündige.«

»Du *kündigst?*« Das Erstaunen in Johns Stimme war nicht zu überhören.

Tom zögerte einen Moment lang. Er wollte sichergehen, dass er nichts tat, was er später bereuen würde. Ein Gefühl der Wärme breitete sich in seinem Innern aus, als er eine ungewisse Zukunft vor sich sah, leer wie ein weißes Blatt Papier. Eine Zukunft, die er selbst gestalten konnte. Er breitete die Arme aus und verkündete mit einem Anflug diebischer Freude: »Ich. Kündige.«

Dann machte er auf dem Absatz kehrt und spazierte pfeifend vom Golfplatz.

Kapitel 35

Megan

Als Megan den Friseursalon betrat, teilte die Frau am Empfang ihr mit, dass Donna den Termin aufgrund eines familiären Notfalls abgesagt habe – nicht nur ihren eigenen, sondern alle.

Megan war hin- und hergerissen. Sollte sie ihre Mutter anrufen und sich nach ihrem Befinden erkundigen, oder war es besser, sie in Ruhe zu lassen? Am Ende beschloss sie, das Beste aus einer Situation zu machen, die bei genauerer Betrachtung gar nicht so schlimm war. Im Gegenteil: Sich zusammen mit Paulina und Brianna in Paulinas Zimmer auf das Probedinner vorzubereiten machte letztlich viel mehr Spaß.

Megan konnte so tun, als wäre es das erste Mal für sie, und es war großartig.

Es war ein kleiner Akt der Selbstbehauptung – weit weniger dramatisch, als mit ihrem alten College-Schwarm durchzubrennen oder das Boot ihrer Großeltern zu kapern, aber nichtsdestotrotz ein Sieg. Allmählich begann das Leben, das sie sich wünschte, oder wenigstens eine Skizze davon, Gestalt anzunehmen.

Paulina, Brianna und Megan schwelgten in Erinnerungen an vergangene Sommer auf der Insel. Daran, wie sie Roller gemietet und sich Rennen auf den gewundenen, von endlosen Wäldern gesäumten Straßen geliefert hatten. An ein Spiel, bei dem sie besonders eklige Süßigkeiten gekauft und dann mit verbundenen Augen gegessen hatten, um die Geschmacksrichtung zu erraten.

Es kam nur selten vor, dass Megan Zeit mit Brianna verbringen konnte, ohne dass Donna irgendwo im Hintergrund lauerte. Dadurch merkte sie überhaupt erst wieder, wie gern sie ihre Schwester mochte und wie viel Spaß man mit ihr haben konnte. Sie und Brianna teilten eben nicht nur eine Mutter, sondern auch ihren Sinn für Humor und viele schöne Erlebnisse.

»Soll ich mal nach Mom schauen?«, fragte Brianna zwischendurch in einem seltenen Anflug von Altruismus.

»Ich habe ihr geschrieben und gefragt, ob sie herkommen möchte, aber sie hat gesagt, sie braucht ein bisschen Zeit für sich. Lass sie einfach, Bree.« Paulina hatte gerade eine zweite Schicht Mascara aufgetragen und drehte sich zu ihnen um. »So. Bitte lügt mich an, und sagt mir, dass ich atemberaubend aussehe. Mein Ischias bringt mich fast um, und ich habe Hämorrhoiden so groß wie Hühnereier.«

Megan lachte, griff nach Briannas Hand, und zusammen nahmen sie ihre Tante in die Mitte, um sie ganz fest zu drücken. Ein Paulina-Sandwich, wenn man so wollte.

»Du siehst toll aus«, versicherte Megan.

»Eine richtige MILF«, ergänzte Brianna.

Die ungewohnte Einigkeit zwischen den Schwestern erinnerte Megan an ihre Kindheit. Wenn im Winter die Temperaturen fielen und die Stürme kamen, waren sie auf Zehenspitzen in den Keller geschlichen, hatten mit Heftzwecken ein altes Bettlaken vor die

Nische unter der Kellertreppe gehängt, und Megan hatte ihrer kleinen Schwester dahinter vorgelesen.

Ihr Lieblingsbuch war *Matilda* gewesen. Nach jedem Kapitel hatten sie einen kleinen Gegenstand vor sich auf den Boden gelegt und versucht, ihn mit der Kraft ihrer Gedanken von der Stelle zu bewegen.

Es war seltsam, dass Megan im Laufe der Jahre vergessen hatte, wie gern sie früher mit Brianna zusammen gewesen war. Es half, dass ihre Schwester in dieser Version des Tages noch nicht ihren geplanten Umzug nach New York erwähnt hatte, auch wenn sie wusste, dass der Moment unweigerlich kommen würde.

Doch bevor sie sich mit Brianna auseinandersetzen konnte, musste sie noch einen anderen Brand löschen. Einen, den sie viel zu lange hatte schwelen lassen.

Sie überprüfte ein letztes Mal ihr Make-up, ließ sich von Brianna den Reißverschluss ihres Kleides schließen und warf den beiden Frauen eine Kusshand zu. »Ich muss mich noch um ein paar Kleinigkeiten kümmern«, log sie.

»Na klar.« Brianna verdrehte die Augen. »Megan Givens, Erste ihres Namens, Schreiberin von To-do-Listen und Meisterin der Effizienz.«

»Ich nehme den Titel an.«

»Viel Glück.« Paulina erwiderte die Kusshand. »Sag Bescheid, wenn wir dir mit irgendwas helfen sollen.«

Es brodelte in Megans Magen, als sie das Hotel verließ. Sie wollte Leo auf dem Weg zum Restaurant abpassen, also setzte sie sich in der Nähe des Marktes an einen kleinen Tisch im Schatten der Bäume und wartete. Von dort aus konnte sie sowohl die Hotelhalle als auch den Eingang zum Restaurant gut überblicken.

Sie wusste gar nicht, weshalb sie so nervös war. Sie hatte Leo in den letzten Tagen oft genug gesehen. Aber da sie ihm in dieser

Inkarnation des Tages bisher erfolgreich aus dem Weg gegangen war, würde *er* gleich zum ersten Mal auf sie treffen.

Am Vormittag hatte sie eine Wanderung über die Insel gemacht. Sie hatte lange überlegt, was sie wollte und wie sie sich ihre Zukunft vorstellte, und war am Ende zu den notwendigen Erkenntnissen gelangt.

Jetzt wollte sie diese Erkenntnisse mit Leo teilen und hoffte, dass er sie verstehen würde.

Sie erkannte ihn sofort an seinem gemächlichen Gang und musste schmunzeln, als er sich auf seine unverwechselbare Art mit den Händen durch die Haare fuhr – ein klares Anzeichen von Nervosität, wie sie nun wusste. Sie winkte ihm und beugte sich nach vorn, bis die Lichter vom Markt ihr Gesicht erhellten.

Je näher er kam, desto breiter wurde sein Lächeln. »Ich habe schon den ganzen Tag nach dir gesucht.«

»Ich weiß.«

»Du weißt es?« Sein Lächeln entgleiste ein wenig. »Bist du mir absichtlich aus dem Weg gegangen, Givens? Nach den letzten zehn Jahren wäre das ja nicht weiter überraschend.«

»Acht«, korrigierte sie ihn und spürte ein Ziehen in der Brust.

Das eine, woran sie sich in dieser Endlosschleife wohl niemals gewöhnen würde, war die Tatsache, dass er sich nicht auf demselben Informationsstand befand wie sie und mit ihr sprach, als träfen sie sich zum ersten Mal.

Ihm Lebewohl zu sagen würde ihr nicht leichtfallen, aber sie war bereit dazu. Das Ziehen in ihrer Brust hatte nichts mit Sehnsucht oder Bedauern zu tun. Es war eher eine Reaktion auf die Gewissheit, dass sie ihn hinter sich lassen konnte. Ein für alle Mal.

»Du warst immer mein größtes Was-wäre-wenn«, sagte sie, sobald er sich zu ihr gesetzt hatte. Er rückte seinen Stuhl näher an ihren heran, und beide zuckten unwillkürlich zusammen, als die Stuhlbeine geräuschvoll über das Pflaster scharrten.

»Ich bin nervös«, gestand er. »Weil du auch mein größtes Was-wäre-wenn warst. Und wenn wir die Unterhaltung an dieser Stelle abbrechen, kann ich weiterhin in einer Welt leben, in der du genauso empfindest wie ich. Aber wenn wir sie fortführen, habe ich Angst, dass du gleich etwas sagen wirst, das mir das Herz bricht.«

»Ich möchte dir nicht das Herz brechen, Leo«, entgegnete sie, weil es die Wahrheit war. »Aber mir ist vor Kurzem etwas klar geworden: Du und ich, wir haben die Erinnerung an das, was zwischen uns passiert ist, als eine Flucht benutzt. Solange alles in der Schwebe blieb, war unsere Beziehung die perfekte Fantasie. Aber genau das ist der Haken: Es ist eben nur eine Fantasie, nichts weiter.«

Seine Augen glänzten im Zwielicht. »Woher nimmst du die Gewissheit, dass es *nur* eine Fantasie ist? Ich weiß, dass ich dich glücklich machen könnte. Das ist mein allergrößter Wunsch, Givens: dich glücklich zu machen.«

»Glück ist vergänglich, und es gibt schon sehr viele wunderbare Dinge in meinem Leben. Ich bereue nichts, Leo, auch wenn du das vielleicht glaubst. In einem anderen Leben könnten wir wahrscheinlich beste Freunde sein, aber dafür ist es leider zu spät. Es ist zu viel passiert. Und was Beziehungen angeht, haben wir einfach nicht dieselben Vorstellungen. Du *glaubst*, mich zu kennen, aber in Wirklichkeit siehst du nur die Eigenschaften an mir, die zu dir passen. Und ich weiß genau, selbst wenn wir es miteinander versuchen würden, hätte unsere Beziehung keine Zukunft.«

Acht Jahre der Anspannung fielen von Megan ab. Sie war unfassbar froh, ihm endlich die Wahrheit gesagt zu haben – und sich selbst auch. »Wir sind nicht füreinander gemacht, Leo.«

Er schüttelte den Kopf und griff nach ihrer Hand. »Wie kannst du dir da so sicher sein? Was, wenn wir nach dem heutigen Abend auseinandergehen, und alles fängt wieder von vorne an?«

Megan drückte seine Hand, dann gab sie sie frei. »Nein. Diesmal nicht.«

»Aber ...«

Am Morgen ihrer Abschlussfeier nach dem Sex mit Leo, nachdem sie festgestellt hatte, wie spät es war, und ehe sie davonstürzte, um zu dem Treffen mit Tom und seinen Eltern nicht zu spät zu kommen, hatte es einen Moment gegeben, in dem die Zeit eine Atempause einlegte. Sie hatte seitdem oft an diesen Moment zurückgedacht: daran, was sie hätte sagen oder tun können. In einigen Nächten hatte sie sich vorgestellt, wie sie Leos Hand nahm, sie zusammen in ihren Nissan sprangen und einfach losfuhren, ohne zu wissen, wohin. In anderen Nächten hatte sie sich ausgemalt, wie sie ihm sagte, dass der Sex ein Fehler gewesen sei und er weder sie noch Tom jemals wieder kontaktieren solle.

Doch in Wahrheit war der Moment genau das gewesen, was sie gebraucht hatte, nicht mehr und nicht weniger. Eine Atempause. Denn manchmal vergaß man zu atmen.

Es war kurz vor sieben. Megan erhob sich vom Tisch – ein Signal an Leo, ebenfalls aufzustehen. Ein Signal, dass es zu Ende war. »Leb wohl, Leo. Ich hoffe, du findest dein Glück da draußen.«

Ohne einen Blick zurück ging sie davon. Noch nie hatte sie sich so frei gefühlt.

Es war okay, noch nicht auf jede Frage in ihrem Leben eine Antwort zu haben. Wenigstens hatte sie endlich erkannt, was sie festhalten wollte und was sie guten Gewissens loslassen konnte.

Kapitel 36

Tom

Tom war allein in der Suite, die er streng genommen immer noch mit Megs teilte, und machte sich für das Dinner fertig. Er hatte sich große Mühe beim Duschen und Rasieren gegeben und sich mit besonderer Sorgfalt angezogen – vielleicht, um seine Nerven zu beruhigen, vielleicht auch, um zu zeigen, dass er wirklich alles tun wollte, um sein bestes Selbst zu sein.

Das Adrenalinhoch, nachdem er seinem Vater die Meinung gesagt und seinen Job gekündigt hatte (Gott, er hatte wirklich seinen Job bei Prescott & Prescott gekündigt), war verflogen und hatte einer ungewohnten Leichtigkeit Platz gemacht, wie er sie seit langer Zeit nicht mehr empfunden hatte … vielleicht noch nie. Den Rest des Nachmittags hatte er damit verbracht, die Insel auf einem geliehenen Roller zu erkunden.

Er hatte seine Gedanken ins große Unbekannte abschweifen lassen. Sein innerer Geschichtsstudent hatte sich geregt, deshalb hatte er sich für eine Führung durch den San Juan National Historical Park, eine der bekanntesten Sehenswürdigkeiten der Insel, angemeldet.

Ein als Soldat aus dem neunzehnten Jahrhundert verkleideter Schauspieler hatte vom Gebietskonflikt zwischen den Amerikanern und Briten erzählt, der sich an der unklaren Grenzziehung zwischen den USA und dem britischen Territorium entzündet hatte. Im britischen Lager auf der Nordseite der Insel habe es wilde Gelage mit Frauen und Unmengen von Essen gegeben, während die amerikanischen Soldaten auf der Südseite unter Isolation, Vorratsknappheit und entsetzlicher Langeweile litten.

Während der Führung erfuhr Tom auch, dass es nie Gefechte gegeben hatte und dass der insgesamt vierzehn Jahre andauernde Konflikt, so unglaublich es auch schien, durch den gewaltsamen Tod eines Schweins ausgelöst worden war.

Unwillkürlich musste er an sich und Megs denken. Wie oft hatten sie sich entschieden, nicht zu kämpfen, obwohl sie sich in unterschiedlichen Lagern befanden?

Während er danach auf seinem Roller durch die Wälder kurvte, versuchte er, sich darüber klar zu werden, was er mit seinem Leben anfangen wollte, falls es jemals ein Morgen gab. Würde er in ein anderes Teilgebiet der Rechtswissenschaft wechseln, das seinen Neigungen mehr entsprach? Würde er eine Kochlehre anfangen? Einen Doktor in Geschichte machen? Nach Neuseeland auswandern und zum Einsiedler werden? Die Möglichkeiten schienen im wahrsten Sinne des Wortes unendlich. Das war beängstigend. Beängstigend und herrlich zugleich.

Er war frei. Frei von Erwartungen, frei von Illusionen, Zweifeln und Selbsthass. An diesem Tag war er ein Mann, auf den er stolz sein konnte. Und das, so hatte er gelernt, war viel wichtiger als die Anerkennung seines Vaters.

Er fragte sich, ob sein Vater wohl am Abend zum Probedinner kommen würde.

Natürlich würde er kommen. John legte viel Wert auf den

schönen Schein. Außerdem war es völlig ausgeschlossen, dass Carol allein mit den Givens an einem Tisch sitzen würde.

Es war noch zu früh, um aufzubrechen, aber Tom wollte nicht länger im Hotel herumsitzen und warten. Um sich die Zeit zu vertreiben, beschloss er, einen Spaziergang über das Gelände zu machen. Es war ein warmer Abend, das Ende des Sommers, und der Vollmond spiegelte sich auf dem Meer. Die sanften Klänge von Folkmusik schwebten durch die Luft, als die Gäste der anderen Trauung auf dem Rasen ihre Plätze einnahmen. Tom setzte sich auf die Bruchsteinmauer, um das Ganze aus sicherer Entfernung zu beobachten.

Wenn die Zeit normal weitergegangen und es zwischen Megan und ihm nicht zum Streit gekommen wäre, hätten auch sie morgen inmitten ihrer Gäste dort auf dem Rasen gestanden. Er rechnete damit, Bedauern zu empfinden, als er sah, wie die beiden Bräute zum Altar schritten, doch tatsächlich war das genaue Gegenteil der Fall: Er war von tiefer Dankbarkeit erfüllt. Megs und er hatten so viele verborgene Schichten freigelegt: Aspekte ihrer Persönlichkeit, ihre Wünsche und Bedürfnisse, Ärgernisse und Kränkungen. Schichten, die sie jahrelang bewusst nicht angerührt hatten.

Sie hätten »Ja, ich will« gesagt, obwohl sie gar nicht gewusst hätten, *wozu* sie da eigentlich Ja sagten. Es wäre ein unaufrichtiges Ja gewesen.

Entschlossen, wenngleich mit einer dumpfen Schwere in der Brust, erkannte Tom, dass er nichts ändern würde, selbst wenn er die Möglichkeit gehabt hätte, die Zeit zurückzudrehen und die vergangenen Tage ungeschehen zu machen. Selbst wenn das bedeutete, dass er die Frau, die er liebte, verlieren würde.

»Tom.« Leo kam auf ihn zu. Er sah aus, als wäre sein sonst so unerschütterliches Selbstvertrauen von einer Dampfwalze überrollt worden.

Tom erhob sich. Fast hätte er seinen ältesten und besten Freund aus reiner Gewohnheit zur Begrüßung in den Arm genommen.

»Hey.«

»Ich bin froh, dass ich dich gefunden habe.« Leo hatte sich offenbar schnell von Toms recht unterkühlter Begrüßung erholt. »Ich ... ich weiß gar nicht, wie ich es dir sagen soll ... Es tut mir echt leid, aber ich kann nicht zur Hochzeit bleiben.«

Tom nickte. Er musste Leo nicht mehr anbrüllen oder schlagen. Aber er musste ihn auch nicht ungeschoren davonkommen lassen. Er wusste nicht, wann oder ob er je bereit sein würde, seinem Wahlbruder zu verzeihen, doch im Moment war es dafür definitiv noch zu früh.

Dass Tom nicht weiter nachfragte, schien Leo aus dem Konzept zu bringen. »Wie gesagt, es tut mir total leid, dass ich dich als Trauzeuge hängen lasse.«

»Schon gut. Ein *Trau*zeuge wärst du ohnehin nicht gewesen.«

»Ich ... was?« Leo lachte nervös auf.

»Ich kann dir nicht trauen«, sagt Tom. »Ich nicht und sie ganz offensichtlich auch nicht.«

Tom musste nicht erst erklären, wen er mit »sie« meinte. Leo ließ die Schultern hängen. All seine Lässigkeit war verflogen.

Ein unangenehmes Schweigen breitete sich zwischen den Freunden aus. Tom machte keine Anstalten, es zu beenden. Er hatte nichts mehr zu sagen.

»Falls es dir irgendwie hilft«, meinte Leo schließlich und fuhr sich mit den Fingern durch die Haare, ehe er den Mut aufbrachte, Tom in die Augen zu schauen. »Es tut mir leid.«

»Das glaube ich nicht, Leo. Und das ist auch völlig in Ordnung. Ich kann dir keinen Vorwurf daraus machen, dass du dich in dieselbe Frau verliebt hast wie ich. Aber nach allem, was passiert ist und was du mir verschwiegen hast, weiß ich nicht genau, ob ich dich je wiedersehen möchte.« Die Worte schmerzten nicht ganz so heftig wie erwartet. Sie hörten sich richtig an.

Ohne ein weiteres Wort ging Leo davon. Tom schaute ihm nicht nach. Er musste zum Probedinner.

Tom nahm sich vor, an diesem Abend jede Kleinigkeit in sich aufzunehmen – auf alles zu achten, was er die anderen Male übersehen hatte.

Das Erste, was ihm auffiel, war die Musik. Es war ein Song, den er auf dem College einmal für Megs' Playlist ausgesucht hatte und über dessen Bedeutung sie bei Bagels mit Frischkäse heftig diskutiert hatten. Danach hatte Megan ihn nur noch liebevoll als »Der große Bagel-Debatten-Song (oder: Wie ich lernte, Tom zu lieben, obwohl er sich mitunter schrecklich irren kann)« bezeichnet.

Das zweite Detail, das ihm auffiel, hatte ebenfalls mit Musik zu tun: Auf einem Schild am Eingang des Speisesaals standen die Worte *Besser zusammen*. Er wusste noch, wie er den Jack-Johnson-Song für Megs auf seiner Ukulele gespielt und dazu gesungen hatte. Ehe die Gefühle ihn überwältigen konnten, wandte er sich den Gästen zu, die von weit her angereist waren, um ihm alles Gute für die Zukunft zu wünschen. Er schlenderte zwischen den Tischen umher, begrüßte Verwandte und Freunde. Bei Paulina und Hamza verweilte er ein wenig länger. Er wollte ihnen unbedingt sagen, wie dankbar er für ihre Unterstützung und Besonnenheit war und dass sein Aufenthalt in London bis zum heutigen Tag zu den schönsten Reisen seines Lebens zählte.

Als Paulina ihn umarmte, hickste das Baby in ihrem Bauch, ein kleines komisches Wunder.

»Der Gedanke, dass ich bald Vater werde, macht mich schrecklich nervös«, gestand Hamza. »Aber die Leute sagen mir immer wieder, dass Kinder zum Totlachen sind – manchmal unbewusst, manchmal aus voller Absicht. An diese Hoffnung klammere ich mich.«

Ein Schmerz pochte in Toms Brust. Trauer um die Kinder, von denen er geglaubt hatte, dass er sie eines Tages mit Megs haben würde. Der kleine Mensch, der gerade in Paulina heranwuchs, hätte ein Spielkamerad seines eigenen Kindes werden können. Ein Komplize, mit dem man bei Familienfeiern Streiche aushecken konnte.

In der Mitte jedes Tischs stand ein gerahmtes Foto von Tom und Megan. Die Motive waren mit Bedacht ausgewählt worden: sie beide vor den Löwenstatuen am Trafalgar Square. Megs am Tag ihres Umzugs nach Soho, wie sie sich mit einem riesigen Karton abmühte, in dem sich bei genauerem Hinsehen der zusammengekauerte Tom verbarg. (Das Bild wurde teilweise von den Fingern ihres lachenden Nachbarn verdeckt.) Es gab ein Foto von ihnen, wie sie sich während einer Sightseeing-Tour auf einem Ausflugsboot in Boston küssten, und auch ein leicht missglücktes Verlobungsfoto, auf dem Megan ihm an den Hintern fasste. (Dieses skandalöse Bild stand auf dem Tisch ihrer Großeltern. Als er das sah, musste er lachen.)

Wann hatte sie die Zeit gefunden, alle Fotos aus zwölf gemeinsamen Jahren durchzugehen? Schuldgefühle kamen in ihm hoch. Er hatte Megs nicht nur mit der Hochzeitsplanung alleingelassen, sondern auch mit hundert anderen kleinen Dingen.

Automatisch ging sein Blick zu ihr, als sie durch die Türen in den Saal trat. Sie sah frisch und wunderschön aus und wirkte so gelöst wie seit Ewigkeiten nicht mehr. Doch er kannte sie gut, deshalb sah er, dass sie geweint und danach ihr Make-up aufgefrischt hatte. Ihre Nase wurde dann immer ganz rot.

Eine Millisekunde lang, ehe sie von Gästen umlagert wurde, hatte er das Gefühl, mit ihr durch einen dünnen Faden verbunden zu sein wie bei einem Dosentelefon. Die Zeit verlangsamte sich, während sie einander eine Nachricht durch die Leitung schickten.

Wir haben es geschafft, lautete sie. *Ein weiterer Tag wäre überstanden.*

Wenn sie heute tatsächlich ihr bestes Selbst sein wollten, würde das Probedinner so verlaufen, wie *sie* es sich wünschten, und nicht das Ergebnis einer Million fauler Kompromisse werden.

Tom nahm den Platz neben seiner Mutter ein. »Kommt Dad noch?«

»Er unterhält sich gerade mit Großtante Florence. Wird das Abendessen wirklich auf großen Platten serviert, von denen sich jeder nehmen muss?« Als Tom nickte, ging ein kleiner Schauer durch ihren Körper.

»Ich habe die Küche gebeten, dir einen eigenen Teller anzurichten.« Megan setzte sich auf Toms andere Seite.

Carol neigte nicht dazu, Gefühle zu zeigen, doch ihr kleines anerkennendes Nicken verriet Tom, dass sie Megs' Fürsorge zu schätzen wusste.

Sie hatten nie über die extreme Keimphobie seiner Mutter gesprochen. Megs musste von selbst dahintergekommen sein. So war sie eben.

Als er die Hochzeit zum ersten Mal abgesagt hatte, war er nicht auf die Idee gekommen, eine Liste aller Dinge zu machen, die ihm an ihr fehlen würden. Diese Liste hatte sich ganz von selbst geschrieben, und mittlerweile kam sie ihm unendlich lang vor.

»Ah, Tom, da bist du ja.« Plötzlich stand John hinter ihnen und wartete darauf, seinem jüngsten Sohn noch eine abfällige Bemerkung reinwürgen zu können, ehe er Platz nahm. »Ich habe mich schon gefragt, ob du heute *alles* hinschmeißt.«

Ehe Tom seinem Vater antworten oder Megs einen aufmunternden Blick zuwerfen konnte, tauchten Brody und Emmeline auf. Tom erhob sich, um Emmeline einen Wangenkuss zu geben und Brody zu umarmen.

»Alles klar bei dir?«, fragte er – nicht, weil er alles richtig machen wollte, sondern weil er endlich hinter die Fassade seines Bruders geblickt hatte. Nach außen hin ein erfolgreicher Mann, hatte Brody in Wahrheit nicht die geringste Ahnung, wer er war.

»Alles in Ordnung, Ersatzteillager. Wieso, hast du Angst, ich könnte bald eins deiner Organe brauchen?«, antwortete Brody ein bisschen zu laut, ehe er flüsterte: »Hat Mom schon ›zwei Flieger und eine Fähre‹ gesagt?«

Megs stand auf, um eine bedrückt wirkende Donna zu begrüßen.

»Tja, wenn jemand zum Probedinner zu spät kommen darf, dann ja wohl die Mutter der Braut«, flötete Carol.

»Sie kommt nicht zu spät, sondern gerade richtig«, gab Megan höflich, wenn auch mit einem leicht angespannten Lächeln zurück.

Vor zwei Tagen hätte Tom angefangen zu schwitzen und sich gefragt, wie er so viele unberechenbare Persönlichkeiten für die Dauer eines ganzen Abendessens bei Laune halten sollte. Inzwischen wusste er, dass er es mit erwachsenen Menschen zu tun hatte und nicht dafür verantwortlich war, einen Waffenstillstand zwischen ihnen auszuhandeln.

Doch das hinderte ihn nicht daran, für das einzutreten, woran er glaubte.

»Beruhige dich, Mom.« Er sprach bewusst leise, auch wenn er spürte, wie Megan neben ihm auf ihrem Stuhl herumrutschte.

»Mäßige deinen Ton, wenn du mit deiner Mutter sprichst«, rügte John ihn ebenfalls mit gedämpfter Stimme, um keine Szene zu machen.

»Ich habe jahrelang mit anhören müssen, wie du meine Verlobte und ihre Familie kritisierst«, sagte Tom ruhig und sehr ernst. »Aber damit ist jetzt Schluss. Entweder, du behandelst diese Leute fortan mit Respekt, oder wir kommen euch nicht mehr besuchen.«

Tom hörte, wie Megan scharf Atem holte, und riskierte einen Blick auf Donna, deren Wangen hochrot angelaufen waren. In ihren Augen schimmerten Tränen. Brianna hingegen reckte den Daumen in die Höhe und murmelte etwas von Glashäusern.

Brody zwinkerte ihm unauffällig zu. Er schien sich hinter seinem Weinglas ins Fäustchen zu lachen.

Seine Eltern schwiegen.

Als die Gäste sich ihre Plätze gesucht hatten und der Salat herumgereicht wurde, stand Tom auf und schlug mit der Gabel gegen sein Glas. Es wurde still.

»Wir möchten uns bei euch allen bedanken, dass ihr an diesem Wochenende gekommen seid. Reisetage – genau wie Beziehungen – verlaufen nur selten ohne Zwischenfälle, deshalb möchten wir zum Ausdruck bringen, wie sehr wir die Mühe schätzen, die ihr auf euch genommen habt, um heute hier sein zu können.«

»Zwei Flieger und eine Fähre!«, trompetete Brody und hob sein Glas. Offenbar hatte er entschieden, mit dem Trinken nicht länger auf Carol als Stichwortgeberin zu warten.

Tom prostete seinem Bruder gutmütig zu. Er ließ den Blick durch den Saal voller Verwandter und Freunde schweifen, ehe er sich an die wichtigste Person wandte. »Mein allergrößter Dank gilt Megs. Es gibt Tausende von Details bei dieser Feier, die ein Beweis dafür sind, wie kreativ sie ist und wie viel Hingabe sie denjenigen gegenüber beweist, die das Glück haben, von ihr geliebt zu werden.«

Als er seiner ehemaligen zukünftigen Braut ein wehmütiges Lächeln schenkte, sah er die Dankbarkeit in ihrer Miene und in der sanften Röte, die ihr in die Wangen stieg.

»Was auch immer geschieht, welche Pläne das Universum auch immer für mich bereithält, ich bin dankbar für die Reise, die ich bisher machen durfte. Dankbar, dass die Frau, mit der ich seit zwölf Jahren mein Leben teile, mich immer wieder aufs Neue gelehrt hat, ein besserer Mensch zu sein, auch wenn ich nicht immer auf sie gehört habe.«

Murmeln und leises Gelächter schwappten durch den Raum, und die Gäste applaudierten.

Kaum dass Tom wieder Platz genommen hatte, war John aufgestanden.

Tom umklammerte seinen Stuhl. Sein ganzer Körper war angespannt, damit er seinen Vater im Notfall unterbrechen oder sich auf ihn stürzen konnte.

»Mein jüngster Sohn«, begann John in seinem imposanten Bariton. Er war ein Mann, der keine Hilfsmittel brauchte, um die Aufmerksamkeit einer Menschenmenge auf sich zu ziehen, »war nie so, wie ich es von ihm erwartet habe. Immer ist er seinem älteren Bruder Broderick hinterhergelaufen, statt seine eigenen Entscheidungen zu treffen – bis er Megan Givens kennengelernt hat, eine junge Frau aus einer kleinen Stadt in Montana, die ihn so glücklich gemacht hat, wie ich ihn zuvor noch nie erlebt hatte.«

Aus dem Augenwinkel sah Tom, wie Megs abermals errötete.

»Ich habe meinem Sohn immer alles gegeben. Heute Abend wollte ich eigentlich verkünden, dass ich vorhabe, ihm ein Haus in Kirkwood, Missouri, zu schenken.« Ein Kichern ging durch die Menge. »Aber heute Vormittag ist er auf den Golfplatz gekommen und hat mir gesagt, dass er seinen Job kündigen will.« Er hob eine Hand seitlich an den Mund, als wolle er den anderen ein Geheimnis verraten. »Ich habe mir sagen lassen, sein Boss ist ein richtig harter Hund.«

Die Gäste lachten nervös.

»Und ich muss sagen, trotz seines unverschämten Tons und meiner anfänglichen Überraschung, dass er Prescott & Prescott verlassen wird, bin ich stolz auf Thomas. Er hat sich entschieden, seinen eigenen Weg zu gehen, und dabei könnte er keine bessere Frau an seiner Seite haben als Megan.«

John erhob sein Glas. Die anderen Gäste taten es ihm nach und spendeten Beifall.

Er hatte es geschafft. Endlich hatte Tom die Anerkennung seines Vaters errungen. Er versuchte, den Triumph zu genießen, doch dann kam ihm eine erstaunliche Erkenntnis: Er empfand keinerlei Freude oder Genugtuung.

Das war vielleicht das größte Geschenk, das sein Vater ihm an diesem Tag hätte machen können.

»Also, das war ja mal eine Rede.« Brianna, die zwischenzeitlich an Paulinas Tisch gewechselt war, ließ sich wieder auf ihren Stuhl fallen. »Am Ende eine Spur zu heteronormativ, aber trotzdem schön.«

»Stimmt«, sagte Megs, ehe sie Tom mit hochgezogener Braue ansah. Er wollte gerade etwas sagen, als Alistair hereingeplatzt kam.

»Hier ist es aber leise für eine Party! Was habe ich verpasst?«

Donna eilte schluchzend an seine Seite und nannte ihn ihr »Baby«. Anscheinend war sie aufgrund der Ereignisse des Tages emotional noch labiler als sonst.

Da Tom sich an Megs' Vorwurf erinnerte, sie im Umgang mit ihren Familien nicht ausreichend unterstützt zu haben, ging er zu Alistair, um ihn willkommen zu heißen. Er schüttelte seine Hand und lotste ihn gleichzeitig geschickt in Richtung Tisch. Donna folgte in ihrem Kielwasser.

»Ihr habt keine Ahnung, was ich alles durchmachen musste, um herzukommen«, verkündete Alistair und ließ durchblicken, dass eine Geschichte voller Abenteuer und fragwürdiger Entscheidungen folgen würde.

»Bestimmt, Al, aber wir freuen uns riesig, dass du jetzt hier bist. Warte, ich mache dir einen Teller zurecht.« Tom begann, Essen auf einen Teller zu häufen. Wenn Alistair den Mund voll hatte, war die Wahrscheinlichkeit geringer, dass er Megs durch sein Gerede in Verlegenheit bringen konnte.

Unter dem Tisch drückte sie seine Hand.

Wieder beschlich ihn das seltsame Gefühl, dass dieser Tag zwar unendlich viele Stunden hatte, es aber trotzdem nicht genug Zeit gab, um alles geradezubiegen, was geradegebogen werden musste, und alles zu sagen, was ihnen auf der Seele brannte.

Aber noch war der Tag ja nicht zu Ende.

Kapitel 37

Megan

So etwas wie ein perfektes Probedinner gab es nicht – wenn Megan im Verlauf dieser Wiederholungshölle eins gelernt hatte, dann das. Trotzdem war es am Ende die bestmögliche Version des Abends geworden, die sie sich hätte erträumen können. Hin und wieder, vor allem, wenn sie sah, wie ihre Großeltern unter dem Tisch Händchen hielten, gestattete sie sich den Gedanken, dieses Dinner wäre der Beginn ihres eigenen Happy Ends. Den Gedanken, dass auch sie eines Tages in ferner Zukunft die Hand eines Menschen halten würde, mit dem sie ihr ganzes Leben verbracht hatte.

Vielleicht war *Wie du fortfahren willst, so beginne* doch kein so gutes Motto, wie sie immer geglaubt hatte. Denn wenn man am Anfang schon ans Ende dachte, führte dies auf direktem Weg in den Stillstand. In die Bequemlichkeit. Ihr neuer Leitspruch lautete: *Gib dein Bestes, und scheiß auf alles andere*. Nicht ganz so poetisch, aber bislang hatte er ihr recht gute Dienste geleistet.

Die Gäste ließen sich Zeit mit dem Dessert, wechselten die Plätze und unterhielten sich über die bevorstehende Hochzeit.

Eine heftige Melancholie ergriff von Megan Besitz. Selbst wenn der Morgen tatsächlich kam, konnte es keine Hochzeit geben. Der Tom und die Megan, die sich verlobt hatten, waren nicht dieselben wie die, die jetzt hier saßen.

Sie ging durch den Saal, wechselte ein paar Worte mit Verwandten, erzählte Witze und lauschte Anekdoten, während sie immer wieder verstohlene Blicke in Toms Richtung warf.

Warum musste er in seinem mitternachtsblauen Anzug auch so umwerfend aussehen? Sie stellte sich vor, wie sie mit den Fingerspitzen am Kragen seines Hemds entlangfuhr und sich an seine Brust schmiegte, während ihr sein vertrautes Aftershave in die Nase stieg.

Nach dem gemeinsamen Tag in Sidney und den mutigen Entscheidungen, die er heute getroffen hatte, wirkte er verändert. Er war immer noch der verlässliche, liebenswerte Mann, in den sie sich verliebt hatte, doch jetzt umwehte ihn ein Hauch von Abenteuer und Unberechenbarkeit.

Aus den Lautsprechern drang ein R'n'B-Song aus den Neunzigern, zu dem Brianna und sie früher oft in der Küche getanzt hatten, mit Schneebesen und Pfannenwendern anstelle von Mikrofonen. Sie suchte den Blick ihrer Schwester.

»Du hast mich nie die hohe Stimme singen lassen«, neckte Brianna sie.

»Ich weiß. Ich war ein ganz schön herrisches Biest, oder?«

»Die Mutter, die ich nie hatte«, sagte Brianna mit gespielter Wehmut. »Du bist immer noch ein herrisches Biest, nur mit größeren Titten und regelmäßigem Einkommen.«

Ihre Zuneigung zu Brianna, die sie erst am Nachmittag wiederentdeckt hatte, wurde noch größer. Ja, ihre kleine Schwester neigte dazu, sich mit den falschen Männern einzulassen, aber Megan musste dies keineswegs tatenlos hinnehmen. »Wollen wir einen kurzen Spaziergang machen?« Sie hielt den Atem an, bis Brianna ihre Einwilligung gab.

Sie streiften sich ihre hochhackigen Sandaletten von den Füßen und schlenderten hinunter bis zum Anleger, wo die *Happy Accident* festgemacht war. Sie sprachen über Erinnerungen an vergangene Sommerferien und lachten darüber, wie sie damals gewesen waren. Still lauschten sie auf die Trompetenmusik der traditionellen Colors Ceremony, während der die Flagge eingeholt wurde, und dachten an die vielen Abende, an denen sie als Kinder dasselbe getan hatten. Zuvor hatte sie die Zeremonie aus unerfindlichen Gründen jedes Mal verpasst.

»Glaubst du, wenn Mom nicht ganz so verrückt gewesen wäre, würden wir uns besser verstehen?«, wollte Megan von ihrer Schwester wissen, nachdem der obligatorische Kanonenschuss, der das Ende der Zeremonie signalisierte, durch den Hafen gedonnert war.

»Vielleicht.« Brianna kletterte an Bord des alten Segelboots und setzte sich hinters Steuerrad. »Aber wenn du Mom als verrückt bezeichnest, heißt das, dass du mich auch für verrückt hältst.«

»Wovon redest du?«, fragte Megan. Ihre Verblüffung war nicht gespielt.

»Ach, komm schon.« Brianna boxte sie kameradschaftlich gegen die Schulter. »Was ist mit den Kommentaren, die du immer ablässt, wenn du versuchst, bei meinen Männergeschichten durchzusteigen? Für dich bin ich doch genau wie sie.«

»Nein, das stimmt nicht.« Doch ihre Worte klangen hohl, was auch Brianna nicht entging.

»Schon verstanden. Es tut mir leid, dass ich nicht so reif und perfekt bin wie du.«

Megan wollte nicht mit ihrer Schwester streiten. Nicht an diesem Abend. Nicht immer wieder. Ohne nachzudenken, antwortete sie: »Und mir tut es leid, dass ich bereits als Frau mittleren Alters zur Welt gekommen bin.«

Briannas Gelächter vertrieb die angespannte Stimmung. »Das bist du wirklich.«

»Irgendjemand musste bei uns zu Hause ja vernünftig sein.«

Sie schwiegen, vermutlich dachte jede für sich über die Höhen und Tiefen ihrer Beziehung nach. Als Kinder hatten sie viele schöne Momente erlebt – aber auch viele, die traumatisierend gewesen waren.

»Wann immer Mom mir von irgendeiner ›schrecklichen Untat‹ berichtet hat, die du in deiner ›Verklemmtheit‹ wieder mal begangen hattest, habe ich ihr sofort zugestimmt.« Brianna schwang die Füße auf das Steuerrad und tat so, als würde sie das Boot mit ihren Zehen lenken. »Das war nicht in Ordnung von mir.«

»Du warst nicht die Einzige, die auf Moms Manipulationen reingefallen ist. Ich glaube, wir haben uns einfach so sehr nach ihrer Aufmerksamkeit gesehnt, dass wir genommen haben, was wir kriegen konnten. Meinst du nicht auch?« Megan drehte sich zu ihrer Schwester um. »Wir waren Kinder, Bree. Im Grunde ist es doch ziemlich beeindruckend, was aus uns geworden ist, wenn man unsere Ausgangslage bedenkt.«

Brianna lachte wieder, allerdings schwang diesmal ein Hauch von Bitterkeit darin mit. »Auf dich mag das zutreffen. Ich weiß nicht, ob es dir schon aufgefallen ist, aber mein Erwachsenenleben ist eine einzige Katastrophe. Von meiner Jugend will ich gar nicht erst reden.«

Megan dachte an all die Dinge, die Brianna angefangen hatte, nur um sie innerhalb kürzester Zeit wieder hinzuschmeißen. An das Geld, das sie ausgegeben hatte, um einen Job zu finden, der sie wirklich erfüllte. Sie hatte ihre Schwester stets für deren Mangel an Durchhaltevermögen verurteilt, statt sie unter ihre Fittiche zu nehmen und ihr dabei zu helfen, die Ursache dafür zu finden.

»Ich weiß nicht, ob Tom und ich noch lange in unserer Wohnung in Soho bleiben werden«, sagte sie nach einer längeren Pause. »Aber ich würde dir gerne helfen, in New York Fuß zu fassen, ganz egal, wie es für mich weitergeht. Und wenn du finanzielle Unterstützung brauchst ...«

Von einer Jacht in der Ferne drang Rockmusik zu ihnen herüber, hier und da unterbrochen von Gelächter und Jubelschreien. Eine Gruppe Wochenendsegler feierte eine ausgelassene Party.

»Ich komme schon klar«, antwortete Brianna. »Ich weiß gar nicht, ob ich wirklich Filmemacherin werden will. Eigentlich wollte ich ...«

Als sie nicht weiterredete, hakte Megan sanft nach. »Was?«

»Gott, das ist so peinlich.« Brianna blickte in den Himmel. In ihren Augen glänzten Tränen. »Ich wollte einfach weniger so sein wie Mom und mehr wie du.«

Ein ungläubiges Gelächter drang aus Megans Kehle. »Ernsthaft?« Sie war gerührt. Ihr war nie bewusst gewesen, dass ihre Schwester ihr nachgeeifert hatte, so wie sie selbst Paulina damals.

Brianna schüttelte den Kopf. »Wir sind beide in demselben kaputten Haushalt aufgewachsen, und trotzdem bist du irgendwie – nein, natürlich nicht *irgendwie*, ich weiß ja, dass du dir das alles hart erarbeitet hast ... Aber du bist auf einer Ivy-League-Uni gelandet und hast einen gut situierten Freund, der dich wirklich liebt. Und dann hast du auch noch diesen coolen, kreativen Job bei GQ und eine Wohnung, in die ich am liebsten direkt einziehen würde. Im Vergleich zu dir komme ich mir wie eine totale Versagerin vor. Als hättest du sämtliche Erfolgsgene abbekommen, und für mich waren nur noch die Desaster-Gene im Angebot.«

»Ich würde sagen, es ist ziemlich offensichtlich, dass die Desaster-Gene größtenteils an Alistair gegangen sind.«

Die Schwestern lachten aus voller Kehle.

»Du bist das genaue Gegenteil von Mom geworden«, meinte Brianna, als sie sich wieder beruhigt hatten. Ihre Stimme war belegt vor lauter Gefühl. »Deshalb blieb mir nur übrig, so zu werden wie sie.«

»Hey.« Überwältigt von einem plötzlichen Beschützerinstinkt, legte Megan den Arm um ihre Schwester. Sie konnte Briannas Paulina sein. Es wäre ihr eine Ehre.

Sie lehnten die Köpfe aneinander. »Was, wenn wir ab jetzt damit aufhören, uns im Vergleich mit Donna Givens zu definieren, und stattdessen versuchen, wir selbst zu sein?«

»Ich will ja nicht den Emo raushängen lassen.« Brianna pustete sich die Ponyfransen aus den Augen. »Aber ich bin mir nicht mal sicher, wer ich überhaupt bin.«

Megan war voller Mitgefühl. »Du bist einer der lustigsten Menschen, die ich kenne. Ich wünschte, ich hätte deinen Mut und deine freche Schnauze. Und was immer du vorhast, ich bin für dich da.«

Brianna schmiegte sich in Megans Umarmung, ehe sie sich von ihr losmachte. »Okay, okay, zukünftige Mrs Givens-Prescott, das reicht jetzt aber mit dem Seelenstriptease. Lass uns auf deine Party zurückkehren.«

Das Erste, was sie sah, als sie endlich die Tür zu ihrer Hotelsuite öffnete, war Tom, der entspannter wirkte als seit Tagen. Vielleicht sogar seit Jahren.

Er saß am Tisch vor dem Fenster und war gerade dabei, seine Armbanduhr abzunehmen. Er hatte sich die Hemdsärmel bis zu den Ellbogen hochgekrempelt, und seine praktische Frisur, die

Megan so sexy fand, saß noch genauso perfekt wie vor dem Dinner.

Während sie ihn betrachtete, stellte sie sich eine Welt vor, in der ihr Leben nicht implodiert war und in der sich dieser Tag nicht immer wiederholt hatte. Eine Welt, in der sie wie geplant geheiratet hätten.

Es wäre ein Leben voller Liebe und schöner Erinnerungen gewesen, aber eines Tages hätten sie wortlos nebeneinander am Küchentisch gesessen und festgestellt, dass sie zu einer Version von Carol und John oder Emmeline und Brody oder Donna und wem auch immer geworden waren. Dass sie nichts vorzuweisen hatten außer jede Menge Was-wäre-wenns.

In dem Moment begriff sie etwas: So qualvoll es auch gewesen war, diesen Tag immer wieder zu erleben, die Wiederholung hatte sie vor einem schlimmen Fehler bewahrt, den sie niemals hätten wiedergutmachen können.

Es war Zeit, Tom Lebewohl zu sagen. Zeit, das Leben, das sie sich zusammen ausgemalt hatten, endgültig loszulassen.

»Wie war dein Tag?«, fragte er, immer noch am Armband seiner Uhr nestelnd.

»Ach, na ja.« Sie zuckte die Achseln, ließ ihre Sandaletten neben der Tür zu Boden fallen und gesellte sich zu ihm an den Tisch. »Ich habe meiner Mutter gesagt, sie muss anfangen, ihre Probleme selbst zu lösen, statt Bestätigung bei Männern zu suchen. Ich hatte ein sehr schönes Gespräch mit Paulina, bin wandern gewesen, und ich habe mich mit meiner entfremdeten Schwester versöhnt.«

»Klingt ereignisreich.« Er lächelte sie an, ohne die Traurigkeit in seinen Augen zu verbergen.

»Was ist mit dir? Ein Vögelchen hat mir gezwitschert, dass du deine Stelle gekündigt hast.«

»Das stimmt. Aber davor habe ich Brody angebrüllt, er soll gefälligst seine Ehe kitten und aufhören, so ein Arschloch zu mir zu sein. Und ich habe meinen Dad mitten auf dem Golfplatz meine Meinung gegeigt, weil er mich wie einen Untertanen in seiner privaten Diktatur behandelt.«

Sie widerstand der Versuchung, seine Hand zu nehmen. Stattdessen begnügte sie sich mit den Worten: »Das muss hart gewesen sein.« *Und längst überfällig*, fügte sie im Stillen hinzu.

»Und ich habe mich von Leo verabschiedet.«

»Was für ein Zufall, ich auch.« Plötzlich war sie nervös und wünschte, ebenfalls etwas zu haben, womit ihre Finger sich beschäftigen konnten. Sie griff nach dem Herzanhänger um ihren Hals, und erst als ihre Finger nackte Haut streiften, fiel ihr ein, dass sie ihn gar nicht umgelegt hatte.

Sie fuhr fort. »Heute Morgen, als du gesagt hast, wir sollten unser bestes Selbst sein ... Darüber musste ich viel nachdenken. Ich glaube nicht, dass ich das in unserer Beziehung war.« Ihre Worte trafen ihn, das merkte sie daran, wie er den Kiefer anspannte. Aber sie wollte es ihm unbedingt erklären.

»Zwischen uns war immer alles leicht und mühelos, aber sobald die Außenwelt ins Spiel kam, insbesondere unsere Familien, habe ich mich zu stark beeinflussen lassen. Ich habe alle meine Entscheidungen entweder aus Furcht getroffen, ich könnte irgendwann so werden wie meine Mutter, oder ich habe mich den Wünschen deiner Familie gebeugt. Ich habe mir eingeredet, dass du mich unmöglich verstehen kannst, dabei habe ich dir gar nicht die Chance gegeben, es zu versuchen. Ich finde es schlimm, dass ich nicht einfach sagen konnte: ›Donna hat mich verkorkst, und jetzt habe ich Angst, irgendwas auch nur ansatzweise Spontanes zu tun‹, oder ›Hey, ich habe das Gefühl, dass ich von allen wichtigen Entscheidungen in unserem Leben ausgeschlossen werde.‹«

All das hinter sich zu lassen und sich, wenngleich nur kurz, eine Zukunft mit Leo vorzustellen hatte ihr gezeigt, dass sie ihr Leben eigentlich gar nicht aufgeben *wollte*. Dass sie, wenn sie wirklich das bekommen wollte, was sie sich wünschte, ihre Angst überwinden und lernen musste, ihre Bedürfnisse zu äußern. Sie musste die Unschärfen und Unwägbarkeiten des Lebens zulassen, statt sie zu verdrängen.

»Ich verstehe das«, sagte Tom. »Ich dachte, wenn ich keinen Staub aufwirble, mache ich es für alle einfacher, aber in Wahrheit habe ich damit bloß bewirkt, dass du dich alleingelassen fühlst. Das Ganze war ein fehlgeleiteter Versuch, die Anerkennung meines Vaters zu erringen – ein Mann, der erst zugeben konnte, dass er stolz auf mich ist, nachdem ich ihn angebrüllt und den Job in seiner Firma hingeschmissen habe. Das ist ganz schön absurd.«

Ihre Blicke trafen sich. Er hörte auf, an seiner Uhr zu spielen, und legte sie auf den Tisch.

Es gab eine Frage, die Megan seit ihrer Wanderung auf der Seele lag. Sie musste sie stellen. »Was, wenn wir all das von Anfang an gewusst hätten? Was, wenn wir ab dem Tag, als ich mich zum ersten Mal in der Naturkatastrophen-Vorlesung neben dich gesetzt habe, einfach nur wir selbst hätten sein können? Vorbehaltlos, ganz und gar?«

Er stützte die Ellbogen auf seine Knie und rieb sich mit der Hand das Gesicht. »Ich weiß es nicht.«

Aber Megan wusste es. Ihre Beziehung wäre etwas wahrhaft Spektakuläres geworden. Sie *war* spektakulär in vielerlei Hinsicht.

Aber nun war der Schaden angerichtet, und er war nicht minder spektakulär.

Sie schüttelte den Gedanken ab. Sie durfte sich jetzt nicht in weiteren Was-wäre-wenns verstricken.

»Was sind deine Pläne für morgen, falls es ein Morgen gibt?«, wollte Tom von ihr wissen.

Megan hatte während ihrer Wanderung beschlossen, dass sie, selbst wenn die Zeitschleife weiterging, versuchen würde, ihr Leben so produktiv wie möglich zu gestalten. Sicher, es würde jeden Tag aufs Neue im selben Hotelbett beginnen, sich aber immer weiter von der Hochzeit, die niemals stattfinden würde, entfernen. »Ich glaube, ich habe keine Lust mehr auf dieses Probedinner, ganz egal, welcher Tag es ist, wenn ich das nächste Mal aufwache.«

»Dachte ich mir schon. Geht mir ähnlich.«

Sie wünschte, diese hart erkämpfte Einsicht hätte sie nicht ganz so viel gekostet. Hoffentlich war sie nicht vergebens. Denn es bestand die Möglichkeit, dass sich alles, was sie heute erreicht hatten, als vollkommen bedeutungslos erweisen würde.

Sie ging zur Minibar, holte eine Piccoloflasche Sekt heraus und verteilte den Inhalt auf zwei Plastikbecher. Als sie Tom einen davon hinhielt, nahm er ihn, und sie stießen miteinander an.

»Darauf, dass wir unsere Fehler morgen nicht wiederholen«, sagte sie.

»Zum Wohl.«

Kapitel 38

Tom

Die ersten Regentropfen lösten sich aus den Wolken und schlugen gegen das Fenster. Sie nippten an ihrem Sekt. Die Stille war unangenehm. Er dachte an all die Fehler, die er im Laufe der Jahre gemacht hatte, und es war, als würde man die Türchen zum schlimmsten Adventskalender der Welt öffnen.

Trotzdem: Wie oft hatten Megs und er sich inzwischen in diesem Zimmer gestritten? Nun einträchtig mit ihr dazusitzen, seien die Begleitumstände auch noch so absurd, war an sich schon ein Erfolg. Er durfte den Moment nicht verstreichen lassen, ohne etwas loszuwerden, das er ihr noch schuldig war. Sicher, sie waren einen großen Schritt weitergekommen, während sie in Sidney auf dem Wellenbrecher gesessen und in den Sonnenuntergang geschaut hatten. Doch eine Sache gab es noch, die sie unbedingt erfahren sollte.

Nachdem er verschiedene blumige Formulierungen im Kopf ausprobiert hatte, entschied er sich für die schlichteste Variante. »Es tut mir leid, Megs. Es tut mir so unendlich leid.«

Es war eine Entschuldigung, die keiner weiteren Erklärung bedurfte. Sie passte sich Megans Bedürfnissen an, war so klein, wie sie wollte, oder so groß, wie sie es brauchte.

»Mir tut es auch leid.« Eine schmerzhafte Wehmut spiegelte sich in ihrem Blick, als sie endlich zu einem gemeinsamen Verständnis gelangten.

In den letzten Tagen hatten sie sich schon oft entschuldigt, vor allem am gestrigen Tag, trotzdem war diese Entschuldigung irgendwie anders. Es ging nicht länger darum, dem anderen sein Leid zu klagen oder seine Sünden zu beichten, sondern darum, endlich wieder nach vorne schauen zu können.

Wenigstens sah Tom es so.

Draußen frischte der Wind auf. Das Prasseln des Regens war eine schützende Hülle aus weißem Rauschen, das sie vom Rest der Welt abschirmte. Er konnte sich nicht erinnern, dass es an einem der anderen Tage so heftig geregnet hatte. Vielleicht ein kleiner Schauer, aber das hier war eine richtige Sintflut.

»O nein!«, rief Megs plötzlich und sprang auf, um aus dem Fenster zu schauen. »Die zwei Bräute draußen. Ihre Hochzeitsfeier!«

»Du meinst die, die zu ›And I Love Her‹ getanzt haben?«, fragte Tom.

Megs nickte.

»Großartiger Song.«

»Großartiger Song«, pflichtete sie ihm bei, genau wie sie es damals, an jenem lange zurückliegenden ersten Tag, getan hatte. Diesmal war der Wortwechsel geprägt von warmherziger Vertrautheit. »Ich sehe sie ... Scheint so, als würden sie sich vom Wetter den Spaß nicht verderben lassen – die ganze Hochzeitsgesellschaft tanzt.« Sie ließ den Vorhang los und setzte sich wieder an den Tisch.

»Hey.« Tom leerte den Rest seines lauwarmen Sekts. Nachdem

er den Becher hingestellt hatte, berührte er ihre Hand mit dem kleinen Finger. Es war eine winzige Geste, nur der Hauch eines Kontakts, doch sie führte sogleich dazu, dass er sie vermisste … obwohl sie ihm gegenübersaß. »Da es morgen ja keine Hochzeit geben wird, magst du mir verraten, zu welchem Song *wir* getanzt hätten?«

Ursprünglich hatten sie vorgehabt, die Hochzeitsfeier bis auf einige wenige Details gemeinsam zu planen. Megs hatte es Tom überlassen, den Ort für ihre Flitterwochen auszusuchen. Optimist, der er war, hatte er sich für die Amalfiküste entschieden. Er hatte sich ausgemalt, wie schön es wäre, mehrere Zeitzonen von der Arbeit und allen familiären Verpflichtungen entfernt zu sein. Im Gegenzug hatte er Megs bei der Wahl ihres ersten Songs freie Hand gelassen, und sie hatte sich absolute Geheimhaltung erbeten.

Natürlich hatten sie letzten Endes die Hochzeit doch nicht gemeinsam geplant.

»Du wärst mit meiner Wahl zufrieden gewesen.« Megs zierte sich.

»Wenn du es mir nicht sagst, werde ich es nie erfahren«, entgegnete er scherzhaft.

Megs trank ihren Sekt aus und stellte ihren leeren Becher in seinen, ehe sie beide in den Mülleimer warf. Sie biss sich auf die Unterlippe und machte ein trauriges Gesicht, obwohl ihre leicht nach oben gezogenen Mundwinkel darauf hindeuteten, dass sie sehr zufrieden mit sich war.

»Ich habe mich für deinen Lieblingssong von The Cure entschieden«, sagte sie, ohne ihn anzusehen. Als sie schließlich doch den Blick hob, explodierte etwas in seiner Brust.

Wie sollte er dieser Frau für immer Lebewohl sagen? Er wusste, dass die Zeit gekommen war. Er war es ihnen beiden schuldig, ein Risiko einzugehen und auf sich selbst zu vertrauen. Auf ihre Beziehung.

Schon vor Monaten hatten sie ihre eigenen Ehegelübde verfasst, und er meinte seins immer noch ernst – sogar noch ernster als zuvor. Im Laufe der letzten Inkarnationen dieses Tages war es gewachsen und hatte sich weiterentwickelt. Was er ihr jetzt sagen würde, wäre ungleich bedeutsamer, denn sie kannten einander besser als jemals zuvor.

»Es wäre doch schade, diesen unverhohlenen Akt der Diplomatie zu vergeuden.« Tom stand auf, suchte *Pictures of You* auf seinem Smartphone und regelte die Lautstärke höher.

Das verträumte Gitarrenriff setzte ein, leicht gedämpft durch das Unwetter draußen. Er streckte ihr auffordernd die Hand hin, und die Gefühlsexplosion in seiner Brust flammte wieder auf wie ein Feuerwerk, als sie ihre Finger in seine legte.

Seine andere Hand glitt in ihren Rücken, und sie begannen, sich im Takt der Musik zu wiegen. Aus reiner Gewohnheit kamen ihre Körper einander immer näher. Da war eine köstliche Anziehungskraft zwischen ihnen. Sie fühlte sich so vertraut an, dass er hoffte, er würde sie auch noch mit neunzig Jahren empfinden. Bis in alle Ewigkeit. Er wollte *Megs* bis in alle Ewigkeit bei sich haben.

»Danke hierfür«, raunte er ihr ins Ohr.

»Freu dich nicht zu sehr. Der einzige Grund, weshalb ich nicht *meinen* Lieblingssong genommen habe, ist, dass der Beat von *Just Like Heaven* für einen Engtanz zu schnell ist.«

Er lachte leise, und sie schmiegte den Kopf an seine Brust.

Die Wolken verdeckten die Sterne. Hätte es in Toms Macht gestanden, hätte er sie zur Seite geschoben, um Megs ihren Sternenhimmel zu schenken. Er hätte nachtleuchtende Plastiksterne an jede Decke der Welt geklebt, damit sie sie überall sehen konnte.

Im Nachhinein ließ sich nicht sagen, wer von ihnen den ersten

Schritt machte. Der Entschluss schien von beiden gleichzeitig zu kommen. Ihre Berührungen waren fahrig und verzweifelt, aber zugleich auch behutsam, denn sie wussten, dass es das letzte Mal war. Noch einmal wollten sie die einzigartige Intimität erleben, die zwischen ihnen existierte.

Er strich ihr mit dem Finger über die Wange, weil er es leid war, ihr nicht mit dem Finger über die Wange zu streichen. Sie zog ihn an sich, weil sie es leid war, ihn nicht an sich zu ziehen. Es war wie ein perfekt choreografierter Tanz, erst mit ihren Fingern, dann mit ihren Armen, schließlich mit dem ganzen Körper. Genau wie vor Jahren im Strandhaus. Er sagte: »Darf ich?«, und sie sagte: »Worauf wartest du?«, und dann wanderte seine Hand ihren Rücken hinauf, und seine Finger öffneten behutsam den Reißverschluss ihres Kleides, während sie sein Hemd aufknöpfte. Die Bewegungen waren ganz natürlich, eingebrannt in ihr motorisches Gedächtnis, das sie im Laufe vieler Jahre entwickelt hatten. Im nächsten Moment fanden sich ihre hungrigen Lippen.

Als ein Donnerschlag sie zusammenfahren ließ, lachten sie leise – und mussten schmunzeln, ehe sie sich erneut küssten. Sie wollten einander nicht loslassen, wollten die Verbindung ihrer Körper um jeden Preis aufrechterhalten.

Mit Megs zusammen zu sein war nie eintönig gewesen. Es war Hitze, es war Lachen, es war Süße und Tiefe.

Kleider fielen zu Boden, und seine Finger gruben sich in ihr seidiges Haar. Er nahm sich vor, sich diesen Moment genau einzuprägen, jede Liebkosung, jedes Gefühl. Ihre weiche Haut, den Druck ihrer Lippen und die Art, wie ihr Körper sich seinem öffnete. Wie sie ihn willkommen hieß, ihn begehrte, ihn genoss. Er hielt sie noch fester und sie ihn auch.

Er konnte sich nicht vorstellen, ein solches Erlebnis mit einer anderen Frau zu teilen.

Sie vereinigten sich, und ihr Höhepunkt ließ die Erde erzittern. Sie spürten gemeinsam die Nachbeben, und als sie sich küssten, schmeckte er ihre Tränen. Vielleicht waren es auch seine eigenen.

Während draußen das Unwetter tobte, erlebten sie das perfekte Ende einer alles andere als perfekten Reise.

Achter Tag

Kapitel 39

Megan

Der Morgen kam auf Zehenspitzen mit der Sonne dahergeschlichen, als würde jemand langsam einen Dimmer hochdrehen. Sie hatten vergessen, am Abend die Vorhänge zu schließen. Megan drehte sich um. Weil sie an den Füßen fror, wickelte sie sich fester in ihre Bettdecke.

Doch als sie daran zog, stieß sie auf Widerstand. Sie schlug erst ein Auge auf, dann das andere.

Ungläubiges Staunen erfüllte sie, ein neues und herrliches Gefühl.

»Guten Morgen.« Tom rekelte sich genüsslich, nur um mitten in der Bewegung zu erstarren, weil ihm bewusst wurde, was Megan bereits kurz zuvor erkannt hatte.

»Wir haben es geschafft«, wisperte sie.

»Sind wir auch ganz sicher?«, wisperte er zurück, als könnte eine zu laute Stimme die empfindliche Wahrheit zunichtemachen.

Beide griffen gleichzeitig nach ihren Handys und präsentierten einander die Displays. Der Kalender zeigte einen neuen Tag an.

»Aber wie können wir *sicher* sein?«, fragte Tom ein zweites Mal, immer noch im Flüsterton.

»Na ja, wenn wir noch denselben Tag haben wie gestern, ist Donna mit ihrem Kleiderdrama mindestens eine Stunde zu spät dran.«

Sie klatschten einander ab, doch gleich darauf wich ihre Freude der Erkenntnis, dass ihnen eine schwere Aufgabe bevorstand. Denn sosehr sich Megan auch gewünscht hatte, dass der Tag des Probedinners endlich vergehen möge, sie hatte nie darüber nachgedacht, was sie tun würde, wenn ihr Hochzeitstag tatsächlich kam.

Sie holte tief Luft und ließ sich zurück in die Kissen sinken. Tom folgte ihrem Beispiel. Wann immer sich Megan auf der Arbeit mit einem scheinbar unlösbaren Problem konfrontiert sah, atmete sie durch, versuchte, den Kopf freizukriegen, und wartete darauf, dass sich die zündende Idee einstellte.

Doch jetzt sah sie nichts als Dollarzeichen vor ihrem inneren Auge. Ihre Verwandten hatten sich für Anreise und Hotelübernachtung in Unkosten gestürzt. Die Prescotts mochten solche Ausgaben aus der Portokasse bestreiten, aber für die Mitglieder der Familie Givens war es viel Geld.

Sie dachte auch an ihre Freunde, die sich extra freigenommen hatten, um ans andere Ende des Landes zu reisen, und einen Teil ihres hart verdienten Geldes in Hochzeitsgeschenke investiert hatten.

Sie stellte sich das Entsetzen der Gäste vor, das irgendwann in Ärger oder Tränen oder Bemerkungen wie »Ich habe es doch gleich gewusst« umschlagen würde. Sie dachte an all die unangenehmen Gespräche, die ihr bevorstanden, ganz zu schweigen von dem Tratsch, den es geben würde.

»Was machen wir denn jetzt?«, sagte Tom, den offenbar dieselben Fragen umtrieben.

»Keine Ahnung.«

»Sollen wir den anderen sagen, dass die Hochzeit nicht stattfindet?« Seine Stimme zitterte ein wenig. Hätten sie nicht direkt nebeneinandergelegen und hätte sie ihn nicht in- und auswendig gekannt, wäre es ihr vielleicht nicht aufgefallen.

Megan drehte sich auf die Seite und betrachtete sein vertrautes Profil: die Kontur seines Kiefers, seiner Stirn, seiner Nase. Sie hatte sein Gesicht schon so oft angesehen und nie daran gedacht, dass es irgendwann vorbei sein könnte. Sie suchte in seiner Miene nach Antworten. Nach Hinweisen darauf, was sie tun sollte.

»Ja«, sagte sie, und auch ihre eigene Stimme drohte zu brechen. »Das sollten wir wohl.«

»Dann stehen wir mal besser auf. Wir haben eine ganze Menge Arbeit vor uns.« Mit einiger Anstrengung schwang Tom die Beine aus dem Bett. Er holte saubere Sachen aus seinem Koffer und begann, sich anzuziehen. Er stieg in seine Hose, schlüpfte in die Ärmel seines Hemds und schloss dann sorgfältig die Knöpfe.

Weil Megan nichts Besseres einfiel, machte sie es genauso. Sie mussten sich anziehen. Die Sache zu Ende bringen.

Gemeinsam putzten sie sich im Bad die Zähne, wobei sie es vermieden, einander im Spiegel anzusehen. Als Tom das Badezimmer verließ, damit sie sich in Ruhe fertig machen konnte, versuchte sie, etwas anderes zu empfinden als abgrundtiefe Traurigkeit. Sie wusch sich die Hände, trocknete sie ab und öffnete die Badezimmertür. Wieder nahm sie sich einen Moment Zeit, ihren ehemaligen Verlobten zu betrachten – den Mann, den sie ihr ganzes Erwachsenenleben lang geliebt hatte. Er saß am selben Tisch, wo sie am Abend zuvor Sekt getrunken hatten ... Doch diesmal zog er sich Socken und Schuhe an, damit er aus ihrem Leben verschwinden konnte. Für immer.

Das Leben war eine Aneinanderreihung von Entscheidungen und ihren Konsequenzen, von glücklichen oder weniger glücklichen Zufällen. Wieder und wieder hatten die vergangenen Tage ihr vor Augen geführt, was sie aufzugeben bereit war und was sie unbedingt behalten wollte.

Was sie behalten wollte.

Auf einmal war sie von einer tiefen Zuneigung zu Tom erfüllt. Sie wurde größer und größer, bis es in ihrem Innern nichts mehr gab als ihre Liebe zu ihm. Und es war keine nostalgische Liebe. Es war das Gefühl, ihn an diesem neuen Tag in einem ganz anderen Licht zu sehen. Ihre Knie wurden weich.

In ihrer Beziehung hatte sie stets versucht, ihm eine gute Partnerin zu sein. In den letzten Tagen hatte sie sich bemüht, sich selbst treu zu bleiben. Gab es einen Weg, beides miteinander zu verbinden?

Denn plötzlich wusste Megan, dass sie es sich niemals verzeihen würde, wenn sie ihn jetzt gehen ließ.

»Hey«, sagte sie leise, gegen den Türrahmen des Badezimmers gelehnt.

»Hey.« Er schaute flüchtig zu ihr hin, ehe er sich wieder seinen Schuhen widmete.

Sie fragte sich, ob er mit den Tränen kämpfte.

Sie durchquerte den Raum, setzte sich neben ihn, stützte das Kinn in die Hände und wartete, bis er sie ansah. »Für ein Seminar über Naturkatastrophen ist diese Veranstaltung aber ziemlich öde. Keine Katastrophe weit und breit.«

Er versteifte sich. Nur ein winziges Lächeln deutete an, dass er wusste, was sie vorhatte. Er sah sie aus dem Augenwinkel an. »Ist dir schon aufgefallen, dass der Dozent aussieht wie eine nerdige Version des Sängers von The Cure?«

»Ja.« Sie nickte. Dann schüttelten sie einander die Hand, und es war, als winde sich ein unsichtbares Band um ihre ineinander verschränkten Finger. »Megan, übrigens.«

»Hi, Megan Übrigens. Ich bin Tom.«

Sie lachte über seinen albernen Scherz und sah das belustigte Funkeln in seinen Augen. »Also, Tom. Was ist denn dein Lieblingssong von The Cure?«

Er tat so, als würde er nachdenken. »Gute Frage. Lass mich überlegen. Ich mag *Pictures of You* ... Aber *Just Like Heaven* ist auch nicht zu verachten.«

Megan griff an ihm vorbei, sodass ihr Arm seine Brust streifte, und angelte sich einen kleinen Block mit Stift, die auf dem Beistelltisch neben dem Telefon lagen. Sie kritzelte einige Textzeilen von *Just Like Heaven* auf das oberste Blatt, gefolgt von etwas anderem, nicht minder Wichtigem. Dann riss sie das Blatt ab, faltete es zusammen und reichte es ihm.

»Was ist das?« Ein kleines Zögern in seiner Stimme gab ihr die Hoffnung, die sie brauchte.

»Das ist meine Nummer, Tom.« Sie schluckte und räusperte sich, damit das, was sie ihm als Nächstes sagen wollte, klar zu verstehen war. »Ich würde dich sehr gern wiedersehen.«

Er faltete den Zettel auseinander, und seine Augen strahlten vor Freude, als er die Songzeilen und ihre Telefonnummer las. Er steckte sich den Zettel in die Tasche und sah zu ihr auf. »Jetzt weiß ich, was ich heute machen will.«

Ihr Herz pochte unter dem Anhänger, den sie an diesem Morgen gleich nach dem Aufstehen umgelegt hatte. »Ja? Was denn?«

»Ich will da sein, wo du bist.«

Danksagung

Seit ich das Alphabet beherrsche, habe ich das Bedürfnis zu schreiben. Jahrelang war das ein ziemlich einsames Unterfangen, doch als ich mich irgendwann entschied, die Schriftstellerei zum Beruf zu machen, stellte ich zu meiner großen Freude fest, dass das nicht zwangsläufig so sein muss. Ganz im Gegenteil: Ich habe einige der klügsten und nettesten Menschen der gesamten Branche an meiner Seite, und das macht den Traum, der für mich wahr geworden ist, umso schöner.

Danke an meine Lektorinnen Helen O'Hare und Kimberley Atkins. Eure Begeisterung und die Vision, die ihr von Anfang an für diese Geschichte hattet, machten die Überarbeitung des Manuskripts für mich absolut schmerzfrei. Die Arbeit mit euch beiden hat mir unheimlich viel Spaß gemacht, und ich bin extrem stolz auf das Endergebnis. Danke, dass ihr an mich und meine Figuren geglaubt habt.

Ebenso möchte ich den Teams bei Little Brown und Hodder and Stoughton danken. Sie haben sich für mein Buch eingesetzt und das Ganze zu einer unvergesslichen, aufregenden und wunderschönen Erfahrung gemacht.

An das Team von Alloy Entertainment: Les Morgenstein, Josh Bank, Sara Shandler, Joelle Hobeika und Viana Siniscalchi ... Ich bin euch ewig dankbar für eure Unterstützung, und ich liebe eure

Kreativität. Viana und Joelle, ihr zwei wart meine literarischen Seelengefährtinnen, und das nicht nur bei diesem Projekt.

Jess Dallow, meine geniale Agentin und großartige Freundin, durch dich bin ich zu einer besseren Autorin geworden. Danke für deine Anmerkungen zu diesem und zu anderen Büchern, dafür, dass du immer hinter mir stehst, dir so viele Gedanken um meine Karriere machst … und für deine Textnachrichten zu den verschiedensten Fernsehserien.

Mein Hexenzirkel: Sonia Hartl, Kelsey Rodkey, Andrea Contos, Auriane Desombre, Susan Lee und Rachel Lynn Solomon – ich liebe eure Bücher, euren Humor, eure Unterstützung und überhaupt alles an euch. Was für ein Glück, dass ich euch gefunden habe.

Zwei meiner Lieblingsautorinnen und sehr guten Freundinnen haben mich und dieses Buch gleich zu Beginn aufgefangen, als wir zu straucheln drohten: Professorin und Autorin Jenny Howe sowie Jen »Alligatorflüsterin« DeLuca. Eure Worte sind mir eine Inspiration, und eure Freundschaft gibt mir Kraft.

Ich habe das große Glück, zahlreiche schreibende Bekannte und Beta-Leser*innen zu haben, die nicht nur literarisch bewandert, sondern auch weise und witzig sind. Jede Menge Liebe und Dankbarkeit an Roselle Lim (mein Life Coach), Suzanne Park (mein Hoodie-Zwilling), J. R. Yates (meine Montags-Schreib-Kumpeline) und Milo Mowery (wie ich aus Aggie stammend). Danke auch an Jody Honywood, die vielleicht keine Autorin ist, aber während des Schreibens sehr oft meine Hand gehalten hat.

Team Dallow: Ich bin dankbar, dass wir gemeinsam in Selbstmitleid baden und unsere Erfolge feiern konnten. Ihr seid wirklich wundervoll.

Jede Menge Liebe an meine Familie von *Pitch Wars*, vor allem an die Table-Flipper von 2016. Danke für all die Schnellschreib-Aktionen und Albernheiten. Ich liebe euch, ihr schrägen Vögel.

Meine Freunde und Familie haben auf meinem unsicheren Berufsweg immer hinter mir gestanden. Sie sind zu zahlreich, als dass ich sie hier alle nennen könnte, aber ihr bekommt eine Kusshand von mir.

An meine Eltern Ray und Sally Pyne, die mich in meinen hehren Zielen von Anfang an unterstützt haben und von denen ich meinen etwas merkwürdigen Sinn für Humor geerbt habe: Ich liebe euch beide. Seid ihr nicht froh, dass ich doch keine Buchhalterin geworden bin? Ich bin grottenschlecht in Mathe.

Paula Smith, es tut mir leid, dass dein Name hier nicht fett gedruckt und in 30-Punkt-Schrift steht – dafür aber in meinem Herzen! Danke, dass du mir immer wieder Mut machst. Es gibt niemanden auf der Welt, mit dem ich lieber Käse und Pickles essen würde als mit dir.

Meine geliebten Kinder, G und A: Mit euch beiden habe ich wirklich das große Los gezogen. Eure Mutter sein zu dürfen ist so ziemlich das Wundervollste, was mir im Leben passiert ist. Danke, dass ihr mich anfeuert und zum Lachen bringt (und dafür, dass ihr mindestens der Hälfte meiner Figuren Namen gegeben habt).

Und natürlich an den gut aussehenden Mann, den ich geheiratet habe: Ich liebe dich, *und* ich kann dich richtig gut leiden. Ich bin zutiefst dankbar dafür, dich an meiner Seite zu wissen, auf dieser Reise wie auf allen anderen.